KB119424

루스터
하우스

러시아와 우크라이나 혈연으로 맺어진 어느 가족 이야기

루스터
하우스

빅토리아 벨림 지음 | 공보경 옮김

문학수첩

발렌티나 할머니(1934~2021)를 추억하며

가계도 ————————————————————————————

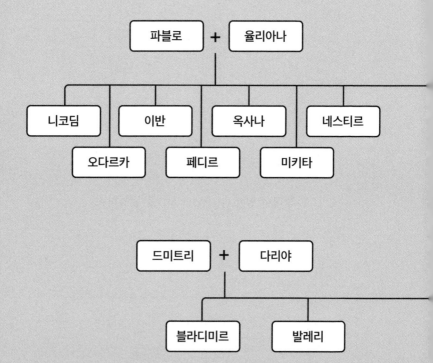

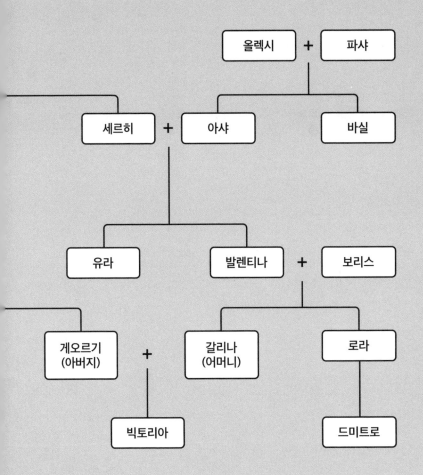

우크라이나 지명

글리브카

키이우

르비우

오데사

| 0 | 100 | 200 | 300 | 400 | 500 |

우리는 대체 누구인가? 어떤 선조의 자손인가?

-타라스 셰우첸코

(타라스 셰우첸코의 시 〈죽은 이, 살아있는 이, 나지 않은 이들에게. 우크라이나에 사는,
우크라이나를 떠나 사는 동포들에게 보내는 우정의 서한〉에서 인용─옮긴이)

————————

새로운 오늘을 시작하려면 과거부터 청산해야 해.

-안톤 체호프의 《벚꽃 동산》

일러두기

1. 이 책 속의 인명, 지명 등의 용어는 '우크라이나어 한글 표기법'에 따라 표기했다. 다만 굳어진 말, 우크라이나어로 대체하기 힘든 용어는 '러시아어 한글 표기법'에 맞춰 표기했다.
2. 본문 속 화자가 언급하는 조상은 거의 대부분 외가 쪽으로, 본문 초반 대목에 '외할머니', '외할아버지', '외증조할머니', '외증조할아버지' 등으로 표기하고 이후에는 가독성을 고려해서 '할머니', '할아버지', '증조할머니', '증조할아버지' 등으로 표기했다. 다만 문맥상 '친가'와 '외가'의 구분이 필요한 경우 '친할머니', '외할머니'로 표기했다. 면지에 수록된 가계도를 보면 자세한 혈연관계를 알아볼 수 있다.

2022년 8월에 《루스터 하우스》 원고를 최종 수정했다. 우크라이나 관련 최신 뉴스를 배경으로 원고를 다시 읽어보니 이 책을 쓰면서 내가 느꼈던 긴박한 심정이 절절하게 다가왔다. 이 책에서 나는 거대한 해일 같은 우크라이나 역사를 배경으로 내 삶을 되짚어 가며 우크라이나를 개인적으로 그려냈다. 동시에 우크라이나가 지닌 정체성의 복잡한 면면, 우크라이나와 과거 소비에트 연방(소련. 1922~1991년 유라시아 대륙의 북부에 위치한 열다섯 개 소비에트 사회주의 공화국으로 구성된 최초의 사회주의 연방 국가. 구성체는 러시아 · 우크라이나 · 벨라루스 · 우즈베키스탄 · 카자흐스탄 · 아제르바이잔 · 몰다비아 · 키르기스스탄 · 타지키스탄 · 아르메니아 · 투르크메니스탄 · 그루지야 · 에스토니아 · 라트비아 · 리투아니아가 있음―옮긴이)의 어려운 관계를 드러내고자 했다. 현재 진행 중인 우크라이나-러시아 전쟁의 맥락을 설명하기 위해서이기도 했다.

2014년은 내 인생이 크게 달라진 해였다. 그해에 일어난 여러 가지 일들 덕분에 고향을 떠난 지 오래됐음에도 불구하고 내 뿌리가 고향과 얼마나 깊게 이어져 있는지 깨달았다. 러시아의 크름 반도 합병은 세계 질서가 얼마나 쉽게 뒤집힐 수 있는지, 국가 간의 합의가 얼마나 쉽게 깨질 수 있는지 보여주었다. '경계 지역'에 위치한 탓에 우크라이나의 역사는 복잡하게 흘러왔다. 러시아와 유럽연합 사이에 자리하고 있으니 이쪽 아니면 저쪽의 영향을 받고 마는 것이다. 다양한 생각을 활발히 주고받을 수도 있지만, 2014년 같은 비극을 겪게 되기도 한다.

2014년, 나는 태어나 15년 동안 살았던 우크라이나로 돌아갔다. 발렌티나 할머니와 시간을 보내고 우크라이나에 대해 다시 알아보기 위해서였다. 그때부터 2019년까지 여러 번 우크라이나를 방문하면서 《루스터 하우스》 집필을 위한 영감을 받았다.

원고를 읽어보니 지금의 전쟁이 옛 전쟁의 연장선에 있다는 사실을 새삼 느끼게 된다. 원고가 다소 서글픈 분위기이긴 하지만, 나의 고국 우크라이나를 이해하려는 독자들에게 내 감정이 잘 전달되었으면 한다. 미래를 알 수는 없지만, 강한 회복력을 지닌 우크라이나가 부디 전쟁에서 승리를 거두고 살아남기를 바란다.

나는 외증조할머니 아샤 벨림의 성 '벨림'을 《루스터 하우스》의 필명으로 삼기로 했다. 내 인생에 가장 큰 영향을 미친 여성이자 나에게 우리 이야기를 쓰도록 영감을 준 분이라서, 'Belim'의 철자도 아샤 할머니의 취향을 따랐다. 우리 가족의 이름은 그대로 썼고, 우크라이나의 현 상황을 고려해 개인 정보를 보호하고자 일부 인물의 이름은 바꿨다.

CONTENTS

·1부·

우크라이나
해변으로

01

블라디미르 큰아버지가 러시아의 크름 반도 합병을 두둔한다는 말을 듣고 한 달 동안 나는 큰아버지와 연락하지 않았다. 텔아비브 시간으로 새벽 3시에 블라디미르 큰아버지가 내게 보낸 마지막 메시지에는 우리 가족이 소비에트 연방에 감사해야 한다는 내용이 담겨있었다. 나는 브뤼셀에서 아침 8시에 큰아버지의 이메일을 읽었는데 그때는 큰아버지의 스카이프(인터넷 전화 서비스 앱—옮긴이) 아바타가 회색으로 변했다는 것도, 큰아버지의 바이버(모바일 전용 인터넷 전화 서비스 앱—옮긴이) 프로필에 가부좌로 앉은 큰아버지의 사진이 더 이상 보이지 않는다는 것도 바로 알아채지 못했다.

메시지 내용에 시선이 쏠려있었기 때문이었다. 큰아버지는 분노에 찬 말을 잔뜩 쏟아냈다. 큰아버지는 미국이 나를 세뇌했고, 미국의 자본주의가 내 아버지를 죽였다고 했다. 특히 우리가, 그러니까 우리 가족이 소비에트 연방에 신세를 졌으니 감사해야 한다는 말에 나는 신경이 확 곤두섰다. 전체주의와 동의어로 쓰이는 소비에트 연방 체제에 감사하라니 어이가 없었다. 열정적인 요가 수련자이며 사진작가인 큰아버지가 소련의 잔학한 행위를 옹호한다는 사실도 믿기지 않았다. 소련은 전쟁, 기근, 숙청으로 우리를 대량 살상하면서 내 가족을 무자비하게 해쳤다. 우리는 70년 동안 소련 사회주의의 지배하에 큰 피해를 받았다. 소련의 영향력 아래 우크라이나에서 어린 시절을 보낸 나는 1980년대 우리의 누추한 삶을 떠올릴수록 울분으로 목이 메고 관자놀이가 욱신거렸다. 노트북을 덮고 창가로 걸어가 차가운 유리에 이마를 기댔다.

얼마 전 내린 비로 브뤼셀의 박공지붕 건물들이 반짝거리고 저 멀리 도시 외곽의 시커먼 나무들 위로 짙은 구름이 걸려있었다. 유리에 대고 천천히 숨을 내쉬며, 붉은 지붕들이 희부연 오렌지색으로 변해가는 모습을 바라보았다. 몇 초 후 입김이 가시자 창밖 풍경이 조금 전보다 더 또렷하고 생생하게 되살아났다. 하지만 머릿속은 여전히 생각이 정리되지 않은 채 뒤죽박죽이었다.

블라디미르 큰아버지는 아버지의 형이었다. 3년 전 아버지가 돌아가시고, 친가 쪽과의 연결점은 이제 큰아버지뿐이었다. 우리는 우크라이나에서 태어났고 러시아어를 썼다. 큰아버지가 즐겨 쓰는 표현대로라면, 지금은 둘 다 어린 시절의 우리를 모르는 곳에서 산다. 큰아버지와 논쟁할 때마다 느끼는 것이지만 우리는 꼭 다른 행성에서 온 사람들 같다. 나는 열다섯 살 때 우크라이나에서 시카고로 이민 갔고, 블라디미르 큰아버지는 쉰다섯 살에 텔아비브로 건너갔는데 큰아버지는 여전히 자기만의 소비에트 은하계 안에서 살고 있었다. 큰아버지가 아는 소비에트 연방은 내가 아는 소비에트 연방과 전혀 달랐다. 내게 소비에트 연방의 이미지는 궁핍, 상점의 텅 빈 선반이었고 큰아버지에게는 핵무기와 강력한 군대였다. 내가 보는 소비에트 연방이 1980년대 경제 몰락과 체르노빌 원자력 발전소 재앙이라면, 큰아버지의 소비에트 연방은 1950년대 경제 호황과 인류 최초의 우주 비행사 유리 가가린이었다. 그러니 내 눈에는 경악스러운 소비에트 연방의 면면이 큰아버지에게는 그저 감사하게 비췄을 것이다.

우리 집안에는 당원증을 소지한 골수 공산주의자도 몇 명 있었고 외증조할아버지는 자신을 자랑스럽게 '볼셰비키(1917년 혁명 후 정권을 잡은 러시아 사회 민주 노동당의 일원—옮긴이)'라 불렀다. 하지만 공산주의자들은 1991년 우크라이나 독립 투표에 찬성표를 던졌고 볼셰비키인 내 외증조할아버지도 마찬가지였다. 당시 소련의 지배를 받고 싶어 한 사람은 없었다. 나는 향수병도 병이라고 생각하는 사람이고, 소련을 그리워하는 건 확실히 병적 이상 증상이라고 여겼기에 블라디미르 큰아버지의 말을 듣고 기분이 좋지 않았다. 정상적인 사람이라면 식량을 배급받기 위해 길게 늘어선 줄, 툭하면 발생하는 정전, 지속적인 식량 부족을 그리워할 수가 없기 때문이다. 제정신이면 인류의 가치를 박살 낸 것으로도 모자라 수백만 명을 죽이고 감옥에 가둔 정부를 열망할 수가 없다. 블라디미르 큰아버지도 비틀즈 노래 테이프의 복사본을 만들었다는 죄목으로 감옥에 다녀왔으니 따지고 보면 세뇌당한 사람은 내가 아니라 큰아버지일 것이다.

다른 때 같으면 큰아버지와 대화를 나누면서 들은 말 정도는 무시했을 것이다. 큰아버지의 정신은 1970년대에 머물러 있고 조부모님 세대 대다수는 내가 이해할 수 없는 의견과 생각을 가졌으니까. 나는 미국을 비판하는 큰아버지의 태도에 화가 났지만, 큰아버지는 러시아 텔레비전 애청자인 만큼 제5열(적과 내통하는 내부 세력을 지칭─옮긴이)과 기만적인 음모의 관점에서 세상을 바라보고 있었다. 평소 나는 큰아버지와 정치 얘기를 하다가 공통의 관심사인 요가 얘기로 대화 방향을 슬쩍 틀어버리곤 했다. 아니면 큰아버지가 젊었을 때 찍고 요즘 조금씩 디지털화하고 있는 무성 영상을 재생해 달라고 부탁하거나. 큰아버지가 최근에 복원한 영상에는 나도 나오는데, 세상에는 아직 나오지 않고 어머니 뱃속에 있던 상태였다. 큰아버지는 가족 캠핑 휴가 때 그 영상을 찍었다. 영상 속에서 임신한 어머니는 부른 배에 손을 올리고 강물에 발가락을 담근 채 수줍은 표정으로 카메라를 힐끔힐끔 쳐다보았다. 아버지는 강물에서 반짝거리는 큼직한 물고기를 낚아 올리고 있었다. 아버지를 비추던 카메라가 어머니에게 옮겨갔다. 아버지가 어머니에게 물고기를 씻어달라며 넘겨주고 있었다. 카메라가 어머니의 창백한 얼굴을 가까이 비췄다. 검은 단발머리를 한 어머니는 우리를 향해 얼굴을 찡그렸다. 큰아버지는 1986년 전까지의 내 어린 시절이 담긴 영상의 후반부를 작업 중이었다. 1986년에는 체르노빌 원자력 발전소가 폭발했고 내 부모님은 이혼했다.

큰아버지가 소련에 대한 그리움을 설파하는 동안 우크라이나는 철의 장막의 재건이라는 명목으로 갈가리 찢기고 있었다. 블라디미르 큰아버지와 푸틴의 또 다른 공통점은 소련의 종말이 '그 세기의 가장 큰 재앙'이라 확신한다는 점이었다.

큰아버지는 평소 미국을 악의 근원으로 몰았고 그런 말을 하지 않을 때는 내가 새로 터전을 잡고 사는 브뤼셀을 비난했다. 그는 내 아파트와 같은 거리에 있는 유럽연합 본부에서 만들어 낸 서류가 모든 사달의 시작이라 여겼다. 그리고 유럽연합과 우크라이나 간 협력과 무역의 조건을 담은 합의서에서 비극의 원인을 찾으려 했다. 합의서에는 재정 지원 약속, 시장에 대한 우선적 접근, 법적 기준 및 방위 정책의 궁극적 수렴을 약속하는 경제적·정치적 제휴와 관련해 세부적인 내용이 기재됐다. 풍성한 농업 자원을 보유하고 유럽연합의 동쪽 경계선이라는 전략적 위치를 점한 우크라이나는 매력적인 파트너였다. 하지만 러시아는 이웃한 우크라이나가 서방 세계 쪽으로 기울어지는 것을 위협적이고 도발적인 행위로 여겼다. 그랬다간 우크라이나에 대한 영향력과 통제력을 잃을 게 뻔하기 때문이었다. 차르 시대 때부터 우크라이나는 러시아 정치에서 중요한 지역 중 하나였다. 제휴 합의서에 서명하더라도 사실 크게 달라질 것은 없었다. 특히 우크라이나 입장에서는 그랬다. 최대한 낙관적으로 보더라도 이 합의서는 소련 해체 후 제 기능을 못 하는 나라가 유럽연합에 가입할 수 있도록 문을 열어주는 정도의 구실밖에 못 했을 테니까.

그런데도 이 합의서는 서명이 되지 못했다. 당시 우크라이나의 빅토르 야누코비치 대통령은 유럽연합 관료들을 만난 자리에서 바보처럼 히죽거리며 자유와 민주주의에 대해 애매한 소리만 늘어놓았다. 그리고 2013년 11월 그는 러시아에서 차관을 받으려 애쓰는 한편, 유럽연합에는 서명되지 않은 합의서를 내밀었다. 이 뉴스가 터져나왔을 때 많은 우크라이나인이 분노했다. 합의서 자체는 중요하지 않지만, 향후 우크라이나가 서방 세계 쪽으로 나아가겠다는 것, 만연한 부패와 러시아의 지속적인 압박이 없는 삶을 꿈꾸겠다는 것을 보여주는 의미이기 때문이었다. 당시 시카고에 살던 엄마는 나와 전화 통화를 하면서 힘겹게 숨을 삼키고 훌쩍이며 "앞으로 아무것도 달라지지 않겠구나"라고 탄식했다. 야누코비치의 갑작스러운 입장 선회를 규탄하기 위해 키이우의 중앙 광장 마이단 네잘레즈노스티 광장에 모인 학생들의 모습이 텔레비전 뉴스로 흘러나왔다. 어머니는 나와 얘기를 나눌 때마다 "우크라이나에서는 아무것도 바뀌질 않을 거야"라며 절망 어린 목소리로 말하곤 했다. 크리스마스가 다가왔고 학생들은 우크라이나의 지독하게 추운 겨울 날씨를 견디며 마이단 광장에서 시위를 이어갔다. "이 사태가 어떻게 될 것 같니?" 어머니가 물었지만 나 역시 답을 알 수 없었다.

마이단 시위가 시작되는 걸 보면서 나는 2004년 야누코비치 측이 저지른 부정 선거를 규탄하며 일어난 오렌지혁명을 떠올렸다. 하지만 늘 그랬듯 다음 우크라이나 대통령 선거도 부정부패로 얼룩졌고 시위의 기세는 점차 사그라들었다. 어차피 혁명이 일어나도 같은 방식으로 종결될 걸 알기에 나는 섣불리 다음 시위에 뛰어들 수 없었다. 블라디미르 큰아버지와 나는 우크라이나 정치를 이해하려 애써봤자 부질없는 짓이라는 데 의견을 같이했다. 나는 정치학을 공부했고 공산화 이후 세계에서 일어나는 부정부패 패턴에 관해 논문도 썼지만 우크라이나의 정치 상황은 여전히 이해되지 않았다. 내가 나고 자란 고향은 늘 저 멀리에 있는 미지의 땅이었다.

내가 우크라이나를 이해하든 못 하든 마이단 시위는 결국 나를 집어삼켰다. 정부가 공권력을 동원해 시위자들을 공격하자 시위대의 규모는 점점 늘어나 온갖 배경을 지닌 각계각층의 사람들이 시위대에 유입됐다. 정부는 한층 더 잔혹하게 대응했고 저격수들을 동원해 시위자들에게 총까지 쏘았다.

시위 관련 뉴스를 보면서 나는 충격에 휩싸였다. 인도 곳곳의 시뻘건 피 웅덩이, 총알구멍, 불붙은 자동차 타이어는 너무 초현실적이라 내가 아는 마이단 같지가 않았다.

"마이단 광장에서 만나."

학교 친구 알료나의 집은 우리 집에서 잠깐 걸어가면 나오는 거리에 있었다. 알료나와 나는 함께 도시를 가로질러 키이우 중앙에 있는 흐레샤티크 거리로 놀러 가곤 했다. 1.4킬로미터 길이의 흐레샤티크 거리에 마이단 광장이 있었다. 우리는 햇볕으로 달궈진 광장의 따뜻한 돌계단에 앉아 지나가는 학생들, 가족들, 관광객들을 구경했다. 다채로운 군상들이었다. 우리는 저들의 넘치는 힘, 유쾌함, 화려함의 일부가 된 듯 상상의 나래를 펼쳤다. 1994년 미국으로 떠나기 전날—우크라이나가 독립하고 3년 후—나는 알료나와 함께 마이단 광장에 놀러 갔다. 우리는 노점에서 초콜릿 아이스크림을 사 먹으며 광장을 거닐었다. 그날 벨벳 칼라가 달린 암청색 원피스를 입은 알료나는 평소 바람대로 팜므파탈(요부) 같은 분위기를 풍겼다. 나는 크랜베리 립스틱이 입가에 번져버려서 내 바람과는 달리 어색하게 화장한 전형적인 10대 소녀가 되고 말았다. 흐레샤티크 거리에는 그맘때면 그렇듯 밤나무마다 진한 분홍색 꽃이 피었다. 영원히 끝날 것 같지 않은 봄이었다.

그러나 2014년에는 다시는 봄이 올 것 같지 않은 분위기가 되어버렸다. 텔레비전 화면에는 서로를 향해 돌진하는 사람들의 모습이 보였다. 검은 연기를 가르며 그들 뒤를 따라간 카메라가 저격수들의 그림자를 포착해 냈다. 브뤼셀의 내 방 안에 총성이 요란하게 울려퍼졌다. 심장이 어찌나 세차게 뛰는지 귀가 먹먹해졌다. 우리의 무언가, 당연히 우리 것이라고 여겨온 무언가가 눈앞에서 파괴되자 우리도 덩달아 무너졌다. 마이단의 총격을 목격한 나는 원래 나의 것, 나의 일부였던 것을 내 안에서 되살리려 안간힘 쓰며 우크라이나의 추억에 매달렸다.

알료나도 마이단에서 시위를 했을까? 우크라이나를 떠나고 몇 년 동안은 알료나와 연락을 주고받았지만, 세월이 흐르면서 편지의 길이가 점점 줄다가 결국 연락이 완전히 끊겨버렸다. 알료나가 키이우 어디에서 살았는지는 기억나는데 어떻게 살고 있는지는 알 길이 없었다.

우크라이나와 러시아 사이에 긴장감이 감돌았지만 내 생활에는 영향을 미치지 않으리라 생각했다. 마이단 광장에서 총격이 발생했는데도 설마 러시아가 전쟁을 시작할 줄은 상상도 못 했다. 설사 전쟁이 나더라도 러시아와 우크라이나 간의 갈등이 내 가족의 얽히고설킨 뿌리를 쪼개놓을 줄은 몰랐다. 내 가족의 우크라이나 쪽 가지에는 집시도 있고, 유대인도 있었다. 러시아 쪽 가지에 속한 분들은 공산당 슬로건인 '양국 인민 우호'를 가슴 깊이 새기고 살았다. 그리고 결혼으로 맺어진 관계들 덕분에 소련 소속 공화국들의 절반 가까이가 우리 가문의 일부가 되었다.

우리 가족은 집에서 주로 러시아어를 썼고, 아샤 외증조할머니와 세르히 외증조할아버지는 우크라이나어를 사용했다. 두 분은 작은 마을에 살고 나머지 가족들은 키이우에서 살았으니 민족이 달라서라고 할 수는 없을 것이다. 소련 내에서 도시 사람들은 러시아어를, 작은 마을 사람들은 공화국 토착 언어를 쓰는 경향이 있었다. 러시아인인 아버지와 블라디미르 큰아버지는 우크라이나어를 알고 있어서, 우크라이나 민족시인 타라스 셰우첸코의 시를 우크라이나인 어머니보다 더 잘 암송했다. 우리 친척들 중에는 아제르바이잔어, 아르메니아어, 이디시어(주로 중부와 동부 유럽에 거주하는 유대인들이 사용하는 언어—옮긴이), 폴란드어, 벨라루스어를 구사하는 이들이 있었다. 친척 중 누군가 결혼하고 친구를 사귀면 새로운 관습과 전통이 유입되어, 다양한 민족으로 구성된 우리 가문은 한층 더 다채로워지고 문화적으로 풍성해졌다. 학창 시절 나는 학교에 필수로 적어 내야 하는 서류의 소속 민족 칸에 뭐라고 적어야 할지 알 수 없어서 빈칸으로 두었고, 이를 본 선생님은 당황했다. 나는 사람을 민족이나 언어, 인종으로 구분 짓는 법을 배우지 못했고 특정 집단의 일원으로 나 자신을 규정하며 자라나지도 않았다. 그게 일반적이지 않다는 걸 수년이 지나서야 알았는데, 그 후로도 굳이 구분 지을 필요 없다는 믿음을 잃지 않았다.

가족과 함께 시카고로 이민 간 후에도 내 자아 정체감은 여전히 모호했다. 우크라이나에 두고 온 친구들과 조부모님이 보고 싶었다. 소련의 거친 느낌을 지녔으면서도 중세적인 분위기를 풍기고, 황금으로 된 화려한 반구형 지붕들을 보유한 키이우의 풍경이 그리웠다. 우울해지면 죽음과 인생의 허무함에 대한 시를 썼다. 어머니와 새아버지는 새로운 생활에 적응하느라 바빴다. 나는 한 나라에서 다른 나라로 옮겨온 데다 어린아이에서 성인으로 자라나며 과도기를 겪었지만 알아서 살아남아야 했다. 그래도 오래지 않아 이 새로운 나라에 사랑스러운 부분이 무척 많다는 것을 알게 됐다. 1990년대 시카고 교외에서 성장기를 보내면서 나는 인종의 용광로라 불리는 미국의 다양성과 다면적 정체성을 빠르게 습득했다. 미국에서는 나를 어느 한 집단에 굳이 가둬둘 필요가 없었다. 사람들이 나더러 어디서 왔냐고 물으면 "러시아"라고 대답했다. 내가 만나본 미국인들은 대개 소련에 관해서는 단편적으로라도 아는데 우크라이나에 관해서는 무지했다. 내 어머니는 우크라이나인, 아버지는 러시아인이니 소련 내에서 굳이 민족을 따지자면 아버지 쪽을 따라 러시아인이라고 하는 게 맞을 것이다.

하지만 우리 가족 내에서 그런 건 전혀 중요하지 않았다. 소련이 붕괴되고 이민을 간 후에도 우리 가족의 열린 마음, 다양성을 자연스럽게 받아들이는 태도는 변함이 없었기에 나는 우크라이나에서 또 다른 정치적 위기가 발생할 줄은 예상 못 했다.

러시아 군대가 크름 반도에 나타나자 블라디미르 큰아버지와 나 사이에도 긴장이 확 고조됐다. 매시간 뉴스를 확인하고 읽을 때마다 내 몸이 내 것 같지 않은 묘한 기분에 휩싸였다. 나는 암울한 영상에서 시선을 떼지 못한 채, 이 사태가 걷잡을 수 없는 방향으로 흘러가지 않게 할 방법을 찾아보려 애썼다. 하지만 결국 탱크가 우크라이나로 밀고 들어왔고, 아무 표시 없는 녹색 군복을 입은 군인들이 여기저기 쑤시고 들어가자 나는 두려움에 휩싸였다.

"너무 괴로워하지 마. 크름 반도는 흐루쇼프의 제안으로 우크라이나에 이양된 땅이야." 블라디미르 큰아버지가 말했다. 나름으로 나를 위로해 주려고 한 말이었다. 큰아버지와 스카이프로 연결됐을 때 우린 둘 다 크름 반도에 마음이 가 있었다. 큰아버지는 소련 공산당 서기장이 크름 반도를 우크라이나 소비에트 공화국의 일부로 만든 1954년 법령을 언급했다. "그리고 크름 반도 사람은 우리 같은 러시아인이야."

나는 내 절반은 우크라이나인이라고 덧붙이고 싶었지만 그 말을 하지는 않았다. 어차피 이 전쟁은 민족 문제로 인해 일어난 것도 아니었다. 그런 쪽으로 몰아가려는 사람들이 있지만 나는 여전히 아니라고 생각한다.

"거기 원래 살던 타타르인들에 대해서는 잊어버리셨나 봐요."

"제대로 따지자면 원주민은 그리스인들이지."

"그러게요. 2차 세계대전이 끝나고 스탈린이 그리스인들과 타타르인들을 강제 추방했죠."

나는 날카롭게 받아쳤다.

"우크라이나는 소련에서 떨어져 나가면서 크름 반도를 받았고 거기 살던 사람들한테 앞으로 어떻게 하고 싶냐고 묻지도 않았어. 그건 알고 하는 소리냐?" 큰아버지는 목청을 높였다. 나를 위로해 줄 마음은 싹 사라진 듯했다. 나는 큰아버지의 역사 인식에 다시 반기를 들었다. 1991년 우크라이나는 독립 여부를 놓고 국민 투표를 실시했다. 투표 결과 크름 반도를 포함한 모든 지역이 독립을 원하는 것으로 나왔다. 정확히 말하자면 크름 반도의 찬성률은 다른 지역들보다 낮은 편이었지만, 내 말은 듣지도 않고 자기 말만 하는 큰아버지에게 군이 그런 부분까지 지적하고 싶지 않았다.

"크름 반도 주민들이 푸틴을 지지한 게 잘못이라고?"

"큰아버지는 푸틴을 왜 지지해요? 다른 곳도 아니고 텔아비브에서 살면서!"

"난 러시아인이니까."

"우크라이나를 떠난 후 러시아인으로서 정체성이 더 강해지셨나 봐요. 큰아버지 고향이 어디죠? 인생의 대부분을 어디서 사셨죠? 우크라이나잖아요!"

큰아버지는 화면 왼쪽 구석을 내려다보았다. 지금 그는 온몸의 관절이 성치 않고 머리도 벗겨졌으며 두 뺨은 푹 꺼졌다. 금욕적으로 마른 체구라 주두행자(기둥 위에서 단독으로 수행하는 그리스도교의 수도사. 5~10세기에 걸쳐서 시리아, 메소포타미아, 이집트, 그리스 등에 나타났음-옮긴이)처럼 보일 지경이었다. 큰아버지는 내 말에 당황했는지 한쪽 입술 끝을 올리며 성질 난 요정처럼 비딱하게 미소 지었다.

"미국이나 유럽 정치인들이 하는 얘길 들어보면 말이야, 우크라이나의 역사에 대해 놀라울 정도로 무지하더라. 숫제 어린애들 옹알이 수준이야."

"우크라이나 사람들도 자기 나라 역사를 잘 모르는데, 다른 나라 사람들한테 뭘 기대하세요?"

큰아버지는 고개를 끄덕이면서, 아직 우리가 의견 일치를 보는 부분이 있어 다행이란 표정을 지었다. 우리는 곧 영화 얘기, 카메라가 어떻게 눈보다 더 많은 걸 보는지에 관한 화제로 넘어갔다.

그날 나는 전쟁이 얼마나 개인적으로 비극이 될 수 있는지 깨달았다. 우크라이나에서 벌어진 충돌은 누가 어디를 지배하느냐에 관한 것이지 민족이나 언어에 관한 문제가 아니었다. 그러니 친러시아, 친우크라이나, 러시아어 사용자, 우크라이나어 사용자, 친유럽 같은 꼬리표는 정치적인 입장을 충분히 나타낼 수 없었다. 난 생전 처음 어느 편에 서서 나를 규정해야만 했는데, 내 정체성을 이루는 다양한 요소들 사이에서 우크라이나나 러시아 요소를 끄집어내 말할 수가 없었다. 정치적 입장도 확실히 세울 수 없었지만, 소련 쪽으로는 절대 기울어지지 않았다.

우크라이나로 돌아가야 할지도 결정할 수 없었다. 어머니는 미국으로 건너온 후 해마다 우크라이나를 방문해 본인 어머니, 즉 내 외할머니인 발렌티나 할머니와 여름을 보냈다. 대서양을 가로지르는 비행기 표를 두 장이나 살 여유가 없어서 나는 어쩌다 한 번씩만 어머니와 동행했다. 막상 키이우에 가면 시카고에 있을 때보다 더 이질감을 느꼈다. 태어나 13년 동안 소속돼 있었던 소련은 이미 사라졌고, 그 자리에 들어선 우크라이나는 생경하게 느껴졌다. 나는 미국에서 20년을 살다가 남편과 함께 벨기에로 옮겨갔는데, 가족과 함께 살았던 구(舊)세계를 되돌아봐도 별다른 회한은 없었다. 나중에 우크라이나에 자주 놀러 와야겠단 생각은 했어도 실행에 옮기지는 못했다. "떠나기도 어렵고 돌아오기도 어렵다"라고 발렌티나 할머니는 말했다. 그때는 그 말의 의미를 제대로 알지 못했다. 새로운 곳으로 옮겨가 사는 것도 번잡하고, 두고 떠나온 곳을 다시 찾아가기도 쉽지 않다는 의미로만 알아들었다.

그런데 결국 우크라이나가 나를 찾아온 셈이 되었다. 나는 선택의 여지가 없었다. 시간이 재설정되어 벨기에와 미국에서 보낸 시간은 사라지고 과거로 돌아갔다. 나의 것이라 주장한 적 없던 우크라이나가 나를 붙잡더니 내 머릿속에 과거의 추억을 밀어 넣었다. 어렸을 때 본 익숙한 지형지물—우리 가족이 살았던 키이우의 낡은 아파트, 흐레샤티크 거리의 밤나무들, 외증조할머니가 살았던 베레 마을의 복숭아색 집—이 브뤼셀의 창밖으로 보이는 건물들보다 더 또렷하게 내 마음에 그려졌다. 우크라이나에서 일어난 대학살 뉴스를 배경으로 과거의 선명한 기억들이 밀려들자 몹시 고통스러웠지만, 세세한 부분까지 기억을 되살려 보려 애썼다. 어디까지 고통을 참을 수 있는지 확인하려고 욱신거리는 타박상 부위를 계속 눌러대는 사람처럼. 마이단 광장의 총격은 우크라이나를 멀게만 느꼈던 내 착각을 박살 냈다. 2014년 3월 1일 러시아 의회의 허가를 받은 푸틴이 우크라이나에 군사력 사용을 결정하자 전쟁에 관한 내 착각마저도 무너졌다. 전쟁이 내 삶으로 다가오고 있었다.

소련 아이들 대부분이 그렇듯 나도 2차 세계대전을 겪은 조부모님의 기억과 함께 성장했다. 조부모님은 "전쟁만 없었어도"라는 말을 주문처럼 입에 달고 살았다. 다른 재앙은 다 극복할 수 있지만 전쟁통에 겪은 일들은 죽음보다 더한 고통이었다고 그분들은 말하곤 했다.

소련-아프가니스탄 전쟁으로 나는 조부모님이 한 말의 의미를 처음으로 알게 됐다. 전장은 멀리 떨어진 곳에 있었지만, 아프가니스탄 고원에서 싸우다 귀향한 군인들은 전쟁을 짊어지고 돌아왔다. 우리는 팔이나 다리를 잃은 군인들이 거리에서 어딘가를 노려보며 아코디언을 연주하는 모습, 버스에서 목청 높여 떠드는 모습, 알아듣기 힘들지만 어딘지 모르게 무시무시한 말을 내뱉는 모습을 보았다. 그중 아버지의 친구인 다닐 아저씨 같은 사람들이 제일 무시무시했다. 다닐은 1984년에 징집돼 복무하다가 1년 후 제대했다. 키 크고 검은 머리에 무척 잘생긴 다닐 아저씨가 아내 마샤 아주머니와 함께 우리 집 식탁 앞에 앉아 툭툭 농담을 던지던 기억이 난다. 빵 터지는 말들을 하던 그가 별안간 너무 심하게 웃자 분위기가 싸늘해졌는데 그는 눈치채지 못한 듯 계속 웃어댔다. 그러다 갑자기 웃음을 멈추고는 손가락 관절이 하얗게 질리도록 식탁 가장자리를 꽉 붙잡았다. 마샤 아주머니의 손과 눈이 초조하게 떨렸다. 어머니는 아버지를 힐끗 쳐다보았다. 아버지는 다닐 아저씨에게 그만하라는 눈빛을 보냈다. 영원 같던 몇 초가 지나자 다닐 아저씨는 표정을 관리하고는 이를 드러내며 껄껄 웃었다. 그러다 마샤 아주머니가 분위기에 안 맞는 말을 내뱉자 어머니는 나더러 밖에 나가 놀라고 했다. 당시 우리는 우울증이나 불안감, 외상 후 스트레스 장애 같은 단어들을 입에 올리지 않았다. 그저 전쟁 때문이라고 한마디 했을 뿐이었다. 그거면 충분한 설명이 됐다.

어느 날 다닐과 마샤 부부가 우리 가족을 저녁식사에 초대했다.

그들의 집에 도착해서 보니 사람들이 잔뜩 모였고 구급차까지 와있었다. 우리 옆에 있던 누군가가 말했다.

"정말 잘생긴 남자인데 아깝게 됐어."

"군인 출신이라 늘 총을 갖고 있었다잖아요."

"상당수가 정신이 망가진 상태로 제대하지."

"사냥용 소총을 썼다던데요."

"욕조에서 그랬대."

"전쟁 탓이야⋯⋯."

아버지는 사람들을 밀치고 서둘러 그 집으로 향했다. 어머니는 내 귀를 막고 내 얼굴을 치맛자락으로 감쌌다. 어머니의 손이 어찌나 격하게 떨리는지 어머니가 손에 낀 작은 진주 반지에 내 머리카락이 감긴 채 당겨져 아팠다. 나는 어머니의 손에서 벗어났다. 의사두 명이 흰 천으로 덮은 들것을 들고 집 밖으로 나왔다. 그들의 걸음에 맞춰 헝겊 인형 같은 팔이 흔들거렸다. 마샤 아주머니는 집 현관문 앞에 돌처럼 굳은 채로 서있었다. 그러다 내 아버지를 보더니 바닥에 주저앉아 울부짖었다. 어머니는 내 손을 잡아끌고 서둘러 그 집 마당을 나섰다. 집으로 돌아가는 내내 짐승의 울부짖음 같은 아주머니의 참혹한 울음소리가 우리 뒤를 따라왔다.

다닐 아저씨가 자살로 생을 마감했을 때 나는 겨우 일곱 살이었다. 2014년에 우크라이나에서 일어난 전쟁 소식을 신문으로 읽으면서, 과거의 기억이 떠올라 몸이 떨렸다. 마샤 아주머니의 울음소리는 여전히 내 안에 살아있었다. 전쟁이 현실로 다가올수록 내 목구멍 안에서 울음덩어리가 느껴졌다. 총격이 시작되기 전인데도 전쟁은 이미 현실이 됐다. 곧 총격이 시작됐고 사람들이 죽어나갔다. 러시아가 크름 반도를 병합한 후 우크라이나 동부의 몇몇 도시들은 키이우 정부로부터 독립을 선언하고 러시아에 지원을 요청했다. 밤 사이 새로운 공화국들이 등장했고 여기저기서 새로운 전투가 벌어 졌다. 사람들이 정부 건물을 기습하고 서로에게 폭력을 자행한 마을 이름들—하르키우, 도네츠크, 오데사, 마리우폴—이 연일 신문 1면에 실렸다.

내가 아는 고향의 주요 지형지물들이 폭동의 격랑에 휘말리는 걸 보면서 시간 감각이 사라진 기분이었다. 어머니는 우크라이나 최북 동의 주요 도시 하르키우에서 태어났다. 아버지는 시베리아에서 잠깐 금을 채굴하다가 일이 잘 풀리지 않자 도네츠크로 옮겨갔고, 그곳에서 원탄 덩어리를 가져왔다. 아버지가 운석이라고 주장한 그 덩어리들을 어머니는 평범한 돌일 뿐이라고 했는데, 나는 그 반짝이는 거친 덩어리에 온통 마음을 빼앗겼다. 오데사에서 나는 유명한 포템킨 계단을 달려 내려가다가 아끼는 테디 베어 인형을 잃어버렸다. 그 일로 의기소침해 있었는데 그날 느지막이 해변에서 아버지가 잡아준 소라게의 껍데기 갈아타기를 보고 기분이 풀렸다. 과일로 유명한 마리우폴에서 어머니와 나는 외증조할머니 아샤의 정원에 심을 가느다란 벚나무 묘목을 샀다. 우크라이나에서 현재 일어나고 있는 일들 때문에 내 속에서는 감정이 마구 짓눌리고 두려움과 공포만 남았다. 내가 태어나서 자란 곳, 발렌티나 할머니가 사는 곳이 고통받고 있으니 나도 고통스러웠다. 우크라이나를 연일 뒤흔드는 난폭한 행위들이 내 안에 파문을 불러일으켜 온갖 이미지와 기억 들이 넘쳐나도록 만들었다.

블라디미르 큰아버지도 불안에 시달리는 듯했다. 그나마 기분
이 좋은 날에는 젊은 시절 사진들을 내게 이메일로 보내면서 친구
의 오토바이 뒷자리에 타고 우크라이나를 가로질러 여행하던 이야
기, 형제들과 녹음 장비를 설치하던 이야기를 늘어놓았다. 하지만
대개는 우크라이나에서 일어나는 일들이 신나치주의자와 민족주의
자의 소행이라 주장하는 러시아 웹사이트들을 내게 폭격하듯 전달
했다. 도네츠크와 루간스크의 친러 분리주의자들이 따로 공화국을
설립하자 러시아 선전 세력은 열정적으로 작업을 시작했다. 그들은
자기네 웹사이트로 흘러든 사람들에게 온갖 음모론과 열강의 입장,
피해망상을 주입했다. 어느 날부턴가 큰아버지는 우크라이나에서
벌어진 일들이 CIA와 우크라이나 민족주의자들의 합작품이라는 주
장을 철석같이 믿기 시작했다. 그 후로 큰아버지와는 대화를 편하
게 이어가기 어려워졌다. 큰아버지가 분노를 쏟아부은 또 다른 대
상은 미국이었다. "미국이 왜 간섭이야? 그것들은 왜 맨날 끼어들
어?" 큰아버지는 깡마른 손가락으로 카메라를 향해 삿대질했다.

나는 미국을 떠났지만 미국은 내게 삶의 자양분을 제공해 준 나
라라서 깊은 애정을 품고 있다. 무엇보다 우크라이나를 침탈하려는
러시아를 막으려면 미국의 원조가 꼭 필요했다. 나는 큰아버지의
말을 잠자코 듣고 있기 힘들어져서 점점 방어적으로 대했다.

"너희 아빠가 미국으로 건너가 살겠다고 했을 때 난 내 생각을 분
명히 말했어. 큰 실수 하는 거라고 했지. 네 아빠가 내 말만 들었어
도……."

나는 턱을 씰룩거리며 받아쳤다. "아빠 얘긴 하지 마세요." 그리고 우체부가 왔다는 핑계로 대화를 종료했다.

시간이 흐르면서 우크라이나와 정치 상황에 대한 논쟁이 우리 대화의 주가 됐다. 신경을 곤두세우고 말을 주고받았지만, 큰아버지는 아버지 쪽 가족과 이어지는 유일한 연결점이었다. 큰아버지는 70대 노인이고 함께 사는 딸은 투잡을 뛰느라 바쁘니 나라도 대화 상대로 삼고 싶은 모양이었다. 큰아버지는 건강이 좋지 않아서 사회생활의 대부분을 온라인에서 하고 있었고, 나는 고향에 두고 온 가족의 끈을 그렇게라도 붙잡고 싶었다. 하지만 큰아버지의 의견은 나날이 극단으로 치달아, 이대로라면 내가 큰아버지 말에 어떻게 반응하게 될지 예측할 수 없었고, 내 입을 제어할 수 있을 것 같지도 않았다.

큰아버지가 말했다.

"유럽은 스탈린에게 감사해야 해. 스탈린이 없었으면 히틀러가 우릴 다 죽였을 거다."

평소에도 큰아버지는 푸틴을 찬양했고, 민주주의는 부의 축적을 허용하는 수단일 뿐이라고 매도했다. 이제 스탈린을 숭배하는 말까지 하니 경악스러울 지경이었다.

"스탈린은 히틀러와 다를 바 없어요."

내 목소리가 의도보다 높아졌는데 큰아버지는 유유히 받아넘겼다.

"하지만 스탈린은 전쟁에서 이겼어."

언제나 그렇듯 큰아버지에게 전쟁은 모든 문제에 대한 답이었다.

"어마어마한 희생을 치렀잖아요! 소련은 사람 목숨을 파리 목숨으로 알았고 사망자를 900만 명이나 냈어요. 다리야 할머니의 형제자매, 그러니까 큰아버지의 삼촌과 고모 열두 명 중 전쟁통에 살아남은 건 두 명뿐이에요! 스탈린 정권이 몇 명이나 죽였는지 아세요? 2천만 명이 넘어요!"

열린 창문을 통해 차가운 봄바람이 불어와 책상에 놓인 종이들을 팔락였지만, 나를 둘러싼 공기는 뜨겁게 달아올라 전기가 튈 지경이었다.

"난 전쟁에서 살아남았어."

큰아버지는 울적한 목소리로 대답했고 난 입을 다물었다. 우리는 스크린 앞에서 서성대며 괜히 카메라 각도만 이리저리 매만졌다.

잠시 후 큰아버지는 침착해진 목소리로 조용히 말했다.

"아까도 말했지만 스탈린은 전쟁을 치러야 하니 거칠게 할 수밖에 없었어. 좋든 나쁘든 결과라는 게 따르게 마련이야."

"스탈린은 1930년대에 우크라이나 농부 수백만 명을 굶어 죽게 했는데, 그때 스탈린이 무슨 전쟁을 치르고 있었나요?"

"홀로도모르를 말하는 거냐?"

큰아버지는 '대기근'을 뜻하는 우크라이나 단어 '홀로도모르'를 비꼬듯 내뱉었다.

"그때는 흉작이었잖아. 우크라이나뿐만 아니라 여기저기서 굶는 사람이 수두룩했어."

"스탈린은 농장 집단화를 강요했어요. 농민들이 반발하니까 공산당은 기근으로 피해받은 지역에 원조를 거부했고요. 스탈린이 소비에트 정책에 반발하는 농민들을 짓밟으려고 고의로 기근을 유발했다는 증거가 문서로 남아있어요."

"미국 학교에서 배운 거냐?"

나는 머릿속에 주장을 뒷받침할 증거와 사실을 담아두고 있었지만, 화가 치밀면서 감정이 격해졌다.

"저는 당시를 기억하는 사람들 사이에서 자랐어요. 그 시절을 살아낸 아샤 할머니와 세르히 할아버지가 당시 이야기를 들려줬어요."

내 목소리가 갈라져 나왔다.

"누구나 자기 이야기를 할 수는 있지만 사실은 생각과 다를 수 있어."

나중에 큰아버지는 러시아 민족주의자 웹사이트에 올라온 기사를 내게 이메일로 보냈다. '우크라이나 기근의 진짜 역사'라는 제목을 단 기사였다. 그 이메일을 열어보지 말았어야 했는데 굳이 열어서 나 자신에게 고통을 가하고 말았다. 그 기사에 따르면 1930년대 기근은 캐나다의 우크라이나 민족주의자들이 조작한 것이고, 우크라이나인들은 피해자 행세를 계속하려고 그 주장을 고수한다고 했다. 나는 침착하게 기사를 눈으로 훑었지만, 온몸의 근육이 바짝 조여들었다.

기근은 소련에 소속된 다른 지역에도 영향을 미쳤지만 제일 큰 피해를 받은 곳은 우크라이나였다. 1932년과 1933년 홀로도모르 때 우크라이나인 400만 명이 아사했다. 그 시절을 살아낸 외증조할머니, 할아버지의 기억에 그 일은 깊은 상처로 남았다. 당시 아샤 외증조할머니—블라디미르 큰아버지는 우리 부모님의 결혼식 때 처음 아샤 외증조할머니를 만났다—는 폴타바 근처의 작은 마을 학교에서 교사로 근무하면서 학생들이 한 명씩 죽어가는 모습을 지켜봐야 했다. 시체를 매장해 줄 가족이 남아있지 않은 아이가 죽으면 그 아이의 시체를 묻을 무덤을 파주고 나서 수업을 시작하는 게 일상이었다. 스탈린은 그 상황에서도 우크라이나의 농작물을 수탈해 소련의 다른 지역으로 보내거나 수출했고, 사람들이 마을을 떠나지 못하게 국경선을 폐쇄했다. 겨우 열여덟 살 때 그런 끔찍한 일을 겪은 외증조할머니는 평생 아사의 두려움에 사로잡혀 살았다. 예전에 내가 곰팡이가 핀 잼을 쓰레기통에 버린 적 있는데 증조할머니는 그걸 알고 몹시 화를 냈다. 나더러 음식 귀한 줄 모르는 못된 아이라고, 굶주림이 뭔지 몰라 저런다고 소리를 질렀다. 그러고는 쓰레기통 옆에 웅크리고 앉아 잼을 손으로 훑어내 작은 통에 담고 먹었다.

컴퓨터를 껐다. 귀가 왕왕 울리고 두 뺨이 달아올랐다. 큰아버지가 우리 가족의 경험을 부정한 건 내 뺨을 후려친 것과 다름없었다.

다음에 큰아버지가 전화를 걸어왔을 때 나는 받지 않았고, 얼마 후 이메일을 보냈다. 우리 가족 여럿의 인생을 나락으로 보낸 소련을 큰아버지가 어떻게 칭송할 수 있는지 도저히 이해가 안 된다는 내용이었다.

큰아버지는 소련을 옹호하는 긴 답장을 보내왔다. 소련이 파시즘으로부터 세상을 지켜냈다, 소련은 인류 최초로 인간을 우주에 보냈다, 소련은 강국이다, 물론 문제가 있을 수 있다, 어떤 체제든 어느 정도 결함이 있게 마련이니까, 미국의 자본주의는 더 심한 결함이 있지 않느냐, 대략 이런 내용이었다.

그 후 큰아버지는 전화를 걸어와 이렇게 말했다.

"썩어빠진 민주주의 이데올로기가 우크라이나를 악취로 물들이고 있어. 푸틴은 미국에 맞서고 있다. 어차피 누군가는 해야 할 일이야."

"푸틴을 그렇게 좋아하시면서 왜 러시아가 아니라 이스라엘에 살고 계신 거죠?"

"우크라이나 애국자인 너는 왜 '네 조국'에서 '네 민족'과 함께 안 살고 브뤼셀에 사는데?"

나는 큰아버지가 비틀즈와 관련된 사소한 문제로 감옥에 갇혔던 얘기를 끄집어냈다. 큰아버지야말로 소련의 탄압으로 인해 고통받았다. 고작 비틀즈 음반을 판매한 죄로 처벌까지 받았으니까. 판사들은 큰아버지를 3년 동안 감옥에 가뒀는데, '난 소련으로 돌아왔어. 넌 얼마나 행운인지 모를 거야(비틀즈의 정규 9집 《더 비틀즈》의 첫 번째 트랙에 수록된 폴 매카트니의 패러디 노래 가사—옮긴이)'가 그렇게나 분노를 자아낼 만한 노래였을까?

큰아버지는 전화를 확 끊어버렸다. 나는 괜한 말을 한 것 같아 죄책감이 들었다. 그래도 홀로도모르에 대한 큰아버지의 말에는 여전히 화가 났다. 그 후 며칠 지켜보니, 큰아버지의 스카이프 프로필이 종종 켜지기는 했는데 큰아버지는 나에게 전화하거나 이메일을 보내지는 않았다. 그리고 그 주가 끝나갈 무렵 짧은 메일을 보내왔다.

큰아버지는 소련 시절 감옥살이를 했지만 후회는 없다고 했다. 그리고 메일 끝에 이렇게 덧붙였다. '소련이 우리에게 준 모든 기회에 감사해야 해. 미국 자본주의가 네 아버지를 죽게 했고 미국은 널 세뇌했으니 내가 무슨 말을 해도 귓등으로도 안 듣겠지만.'

마치 높은 곳에서 추락하는 것처럼 쌔애액 소리가 귓속으로 파고들었다. 목이 콱 조여들어서 숨을 애써 들이마셔 폐에 공기를 채우려 했다. 얼마 후 분노가 사그라지자 큰아버지에게 보낼 답장을 고민하느라 하루를 다 보냈다. 결국 이렇게 썼다. 소련 시절을 살아낸 경험 덕분에 난 소련 체제에 고마움을 느낄 수가 없다고. 우리 가족이 뭔가를 이뤄냈다면 그건 소련의 탄압에도 불구하고 이뤄낸 것이지 소련 덕분에 이뤄낸 게 아니라고. 난 그 메일을 다시 읽고 삭제했다. 그리고 내가 오랫동안 우크라이나를 떠나 멀리서 살고 있어도 우크라이나는 여전히 내가 태어나고 자란 곳이라고 썼다가 지웠다. 잠시 후 미국 자본주의가 아버지의 죽음에 미친 영향을 큰아버지 멋대로 평가하지 말라고 썼다. 잠시 생각하다가 그 메일도 쓰레기통으로 보냈다.

결국 큰아버지에게 딱 한 줄로 된 이메일을 보냈다. '우리가 3년 전에 한 약속을 잊어버리셨어요?'

앞서 썼다시피 지금도 아버지의 얼굴이 눈에 선하다. 희끗희끗하고 무성한 콧수염, 금테 안경, 밤색 고수머리. 아버지를 마지막으로 본 건 샌프란시스코에서였다. 아버지는 새로 맞은 아내 카리나와 베이 에리어에서 10년 넘게 살고 있었다. 나는 캘리포니아로 출장을 갔다가 아버지를 깜짝 방문했다. 기차역으로 마중 나온 아버지는 차 트렁크에 내 작은 여행가방을 싣고는 뜻밖에도 다정한 눈빛으로 나를 바라보았다. 우리 부녀는 껄끄러운 사이로 지낼 때가 종종 있어서 당시 나는 어떻게 반응해야 할지 알 수 없었다. 아버지를 포옹하자 익숙한 담배 냄새, 연한 향수 냄새가 풍겨 마음이 편안해졌다.

"어른이 다 됐구나."

나는 서른두 살이나 됐다고 말하고 싶었는데, 아버지의 목소리에 담긴 애달픔이 전해져 와 울컥했다. 아버지는 예전에 수년 동안 내 곁을 지켜주지 못했던 걸 후회했을까? 어떻게든 보상해 주고 싶었을까?

아버지 집에 머무는 동안 우리는 즐거운 시간을 보냈다. 노래자랑 대회도 구경하고, 새어머니와 함께 게 요리도 만들었다. 아버지는 기분이 꽤 좋아 보였는데, 그래서인지 새로 구상 중인 사업에 관한 얘기도 해주고 구매하려는 집들을 보여주기도 했다. 우리는 프리랜서 작가인 내가 후각을 주제로 쓴 글, 후각이 불러일으키는 향기와 추억에 관해 쓴 글을 놓고 토론을 벌였다. 그렇게 딱 한 번 느긋하게 주말을 보냈을 뿐이지만 아버지의 노란 셔츠에 박힌 납결무늬, 끓인 게의 달짝지근한 맛 같은 기억이 지금도 내 머릿속에 생생하게 남아있다.

아버지가 돌아가신 후 큰아버지와 나는 한 가지 약속을 했다. 큰아버지가 먼저 제안한 약속이었다. 내가 준비됐을 때 아버지에 대한 얘기든 뭐든 할 것. 큰아버지는 아버지의 형이고 아버지를 잘 알며 내 인생에서 제일 가깝다고 느낀 사람이었다. 큰아버지는 아버지와 함께 자라면서 많은 추억을 공유하기도 했다. 하지만 난 아직 아버지를 죽게 한 원인을 파고들 준비가 돼있지 않았다. 생각만으로도 가슴 아프고 고통스러웠다. 그런데 소련에 관한 논쟁을 하다가 큰아버지가 약속을 깬 것이다. 큰아버지가 우크라이나의 역사를 부정하는 것도 속상한데, 돌아가신 아버지까지 끌고 오니 고통은 더없이 컸다. 큰아버지는 자본주의가 아버지를 죽게 했다고 진심으로 믿을 수도 있겠지만, 나는 그 이유를 따지고 들 힘도 없었다.

큰아버지는 내 메일을 받지 않았다. 수신자를 찾을 수 없다는 짤막한 내용의 메시지만 돌아왔다. 답장할 기회를 박탈당했다는 생각에 화가 치민 나는 큰아버지의 비활성화된 스카이프 아바타를 차단하고 그의 이메일 주소를 스팸 처리 해버렸다.

02

장소를 애도하는 것은 사람을 애도하는 것보다 어렵다. 사랑하는 사람을 떠나보내는 일은 비극적이기는 해도 인간으로서 겪어야 하는 불가피한 경험 중 하나다. 하지만 전쟁은 그렇지 않다. 익숙하게 보아온 지형지물이 폭력에 무너지는 것을 보면서, 과거의 우리를 잃은 것을 슬퍼하고 미래의 우리가 없을 수도 있다는 생각을 하게 된다. 나는 깊은 슬픔에 잠긴 나머지 생각을 제대로 이어갈 수 없는 지경에 이르렀다. 친구들과 둘러앉아 와인을 마시면서도 문득 이런 생각이 뇌리를 스쳤다. 러시아 군대가 크름 반도 너머로 치고 들어가면 어떻게 하지? 어렸을 때 본 2차 세계대전의 잿빛 이미지들이 머릿속을 스쳤다. 증조부모님의 마을로 굴러 들어오는 탱크들, 우리 집 체리 과수원을 칼로 마구 베는 군인들, 키이우의 우리 아파트에 떨어지는 폭탄들. 그러다 한 친구가 괜찮냐고 묻자 난 와인을 한 모금 마시고는 고개를 끄덕였다. 안타까워하는 친구들에게 내 심정을 어떻게 토로해야 할지 알 수 없었다. 그 친구들에게 우크라이나 전쟁은 머나먼 나라의 일이고 신문에서나 볼 수 있는 사건이지만, 내게는 예고 없이 들이닥쳐 내 안을 온통 부숴놓은 비극이었다. 이런 슬픔을 털어놓고 동정을 구하려 들면 사람들은 도덕적 잣대를 들이대면서 어느 한편에 서서 자기 입장을 늘어놓는다. 나는 그럴 수도 있다고 이해하려 애썼다.

무수한 밤, 침대에 누워있으면 예리한 칼이 횡경막을 찌르고 들어오는 상상, 내 뼈를 부수고 살을 가르는 상상이라도 해야 전쟁으로 인한 심적 고통을 조금이나마 덜 수 있었다. 내가 느끼는 고통보다 훨씬 큰 고통을 상상하면 잠시라도 위안이 됐다. 하지만 그러고 나면 내 안에 자리한 깊은 슬픔을 더 크게 자각하고 한층 더 견디기 힘든 고통을 겪어야 했다. 도저히 잠들 수 없는 날에는 거실 창턱에 걸터앉아 차가운 유리에 얼굴을 대고 바깥을 내다보았다. 은빛 광륜처럼 은은하게 빛나는 브뤼셀 거리에 눈물이 줄줄 흘러내렸다.

우리 가족은 각자의 방식으로 슬퍼하고 두려워했다. 어머니는 최악의 경우를 상상했고, 발칸 전쟁(1912~13년 발칸 반도에서 두 차례에 걸쳐 일어난 전쟁─옮긴이)의 예를 들어가며 우크라이나의 현 상황을 설명하려 했다. 로라 이모는 블라디미르 큰아버지와 비슷한 생각을 지닌 사람들과 논쟁을 벌였다. 이모는 같은 반 친구였던 남자가 러시아 대통령 푸틴의 팬이라며 한탄했다. "그놈은 푸틴이 입었던 것과 비슷한 재킷까지 샀어. 검은색에 작고 딱딱한 칼라가 붙어있는 재킷. '자유의 공기를 마시러' 매년 러시아에 여행도 다녀온대. 페이스북 상태 업데이트에 그렇게 써놨더라고. 캐나다에 살면서 그러고 있어." 이 대화를 나누고 난 후 나는 울든지 주먹으로 벽을 치든지 둘 중 하나는 해야겠단 생각이 들었다.

내가 제일 자주 얘기를 나누는 사람은 발렌티나 할머니인데, 할머니는 전쟁 얘기를 입에 올리고 싶어 하지 않았다. 텔레비전 채널마다, 나누는 대화마다 온통 전쟁 얘기라 진절머리 난다고 했다. 할머니는 과수원이나 봄심기 얘기를 주로 하셨다. 할머니를 우크라이나 밖으로 대피시켜야 할 수도 있을 것 같아서 여권을 가지고 계시냐고 물었더니 할머니는 여권 같은 건 필요 없다고 했다. 내가 계속 고집을 부리자 할머니는 무슨 일이 일어나든 아무 데도 안 갈 거라고 분명히 말했다. 그러니 할머니와 얘기를 나누다가 전쟁 얘기로 넘어가는 바람에 마음 아파할 걱정은 하지 않아도 되었다.

할머니와 벚나무 가지치기, 토마토 심기 같은 얘기를 나누다 보면 머리를 식힐 수 있어 좋았지만, 전화를 끊고 나면 나는 다시 초조하고 의기소침해졌다. 큰아버지와의 갈등 때문에도 마음이 좋지 않았다. 제일 큰 재앙은 소련의 몰락이 아니라 소련의 존재 그 자체라고 큰아버지를 설득하기 위해 다양한 주장을 머릿속으로 정리해보기도 했다. 우크라이나가 러시아와 서유럽의 중간이라는 핵심 위치에 있기 때문에 러시아는 우크라이나를 제국주의적 야망을 펼치기 위한 전장으로 삼은 거라고, 러시아는 우크라이나 땅을 통제하에 두기 위해 무슨 짓이든 할 거라고, 하지만 우크라이나인들은 누구에게 지배받고 어떻게 살아갈지 스스로 선택할 권리가 있다고 큰아버지에게 분명히 말하는 상상도 해보았다. 그러다 보면 큰아버지의 부당한 비난이 떠올라 분노가 두 배는 더 치솟았다.

그 와중에 내가 할 수 있는 일을 찾아보기로 했다. 비행기 표를 사서 우크라이나로 돌아가는 일이었다. 큰아버지가 나더러 왜 우크라이나에 안 있고 외국에 가있느냐고 시비를 걸었으니 큰아버지의 도전을 받아주기로 한 것이다. 그리고 어느 날 아침 문득 베레 마을에 다시 가봐야겠다는 생각이 들었다.

  우리말로 정확히는 '크루티 베레'라고 불리는 베레 마을은 우크라이나 중앙의 폴타바시 근처에 있다. 크루티 베레는 한때 폴타바 전투(1709년 북방 전쟁에 전환을 초래한 러시아와 스웨덴 사이에 벌어진 전투—옮긴이) 관련 전략의 방향을 결정짓는 역할을 했고 견직물 제조로 번영을 누렸지만 영광은 이제 과거의 일이 됐다. 크루티 베레는 '가파른 강변'이라는 뜻인데 보르스클라강을 끼고 있어서 그런 이름을 갖게 됐다. '가파른'이라는 형용사는 떼어놓고 베레라는 이름만 보자면, 외가 쪽에서는 베레를 '우리 강변'이라는 의미로 쓴다.

  외가 쪽 친지 중 베레 마을에서 태어난 사람은 없는 것으로 안다. 아샤 외증조할머니와 세르히 외증조할아버지도 마찬가지였다. 그분들의 뿌리는 폴타바 지역이고 베레는 그분들에게 조상들의 집과 제일 가까운 마을이었다. 그분들은 유명한 조상에게 가보로 물려받은 보석이나 대단한 족보는 없었다. 그저 자신을 존재하게 해준 분들이라는 정도로 먼 조상을 인식할 뿐이었다. 그분들은 별다른 흔적을 남기지도 못했다. '피의 땅', '국경 지방', '변경 지역'으로 일컬어지는 곳에서 살았으니 가보를 차곡차곡 모을 수도, 끊기지 않는 역사를 보유하기도 어려웠을 것이다. 증조부모님은 20세기의 수많은 대격변을 견디며 살아냈다. 그분들의 삶은 차례로 밀려드는 거

대한 파도에 번번이 휩쓸리기 일쑤였지만, 혼돈 속에서 살아남았다는 것만으로도 충분히 가치가 있었다. 어머니와 이모는 증조할머니가 1930년대부터 사용한 이 빠진 컵을 차지하겠다고 투닥거렸다. 파르테논 신전의 대리석 조각을 반환받으려고 열정적으로 회담하는 그리스인들처럼. 어머니와 이모에게 증조할머니의 반투명한 도자기 컵은 죽음의 상징이 아니라 삶의 상징이고, 생명과 회복의 소중한 증거였다. 어머니의 가족들이 전쟁의 격랑을 겪은 후 정착한 베레 마을은 우리에게 가장 중요한 삶의 상징이었다.

나는 키이우에서 태어났지만 열다섯 살 여름까지 보르스클라 강변의 이 작은 마을에서 살았다. 베레 마을은 내 두 번째 고향이고, 아샤 증조할머니와 세르히 증조할아버지는 내 두 번째 부모였다. 지금도 브뤼셀의 내 집 책장에는 두 분의 결혼식 사진이 놓여있다. 젊은 시절 두 분은 상당히 엄숙한 표정이라서 결혼식이 아니라 전투에 나갈 준비를 하는 사람들처럼 보인다. 그래도 두 분은 가족들에게 이상적인 부부의 본보기를 보여주었고 우리 모두에게 집이 되어주었다. 여덟 살 때 부모님이 이혼한 후 나 역시 베레 마을을 안식처로 삼았다.

세르히 증조할아버지는 베레 마을 중학교의 교장 선생님이었다. 1943년 악명 높은 쿠르스크 전투 때 다리를 잃은 참전 용사이기도 했다. 은퇴 후 할아버지는 정원을 가꾸고 증손자들을 돌보며 시간을 보내셨다. 이혼으로 내 곁을 떠난 아버지를 대신해 나를 책임지고 돌봐주셨다. 부드러운 말투와 온화한 태도를 지닌 분이라 목소리를 높이거나 인내심을 잃는 적이 거의 없었고, 힘과 결단력도 대단한 분이었다. 할아버지가 내게 화를 냈던 적이 딱 한 번 있었다. 할아버지의 서재에서 책을 탐닉하던 나는 레닌의 글도 많이 읽었는데, 그렇게 익힌 어휘로 여섯 살짜리 사촌동생에게 '부르주아'라고 욕을 했다. 그때는 그게 제일 심한 욕이라 생각했던 것 같다. 내가 하는 욕을 듣고 증조할아버지가 천둥처럼 소리쳤다. "우리 집안에 부르주아는 없어! 그건 좋은 말이 아니야!" 할아버지는 10대 청소년 시절 공산당 운동을 받아들였고 한 번도 충성심이 흔들리지 않았다. '부르주아'라는 말을 욕처럼 썼던 나는 할 말이 없어 입을 다물었다. 할아버지는 열두 살짜리가 읽어도 되는 책과 아닌 책을 구분해 줘야 할지 고민했는데, 증조할머니는 그 얘기를 듣고 깔깔 웃었다.

아샤 증조할머니는 세르히 증조할아버지와 같은 학교에서 일하다가 내가 태어날 무렵 교직에서 은퇴하고 다양한 꽃과 과일나무를 기르며 과수원에 열정을 쏟았다. 할머니는 사업가 기질이 있어서 정부가 소규모 개인 사업을 허용하자마자 폴타바시의 중앙 시장에서 꽃과 과일을 파는 사업을 시작했다. 베레 마을 사람들은 폴타바를 '도시'라고 불렀는데, 당시 폴타바는 흰색 신고전주의풍 건물들, 민트-그린 색 성당들, 폴타바 출신 니콜라이 고골(1809~1852년. 우크라이나 출신 러시아 작가. 알렉산드르 푸시킨, 미하일 레르몬토프와 함께 러시아 근대문학의 시작을 알린 문호이자 사실주의 문학의 선구자—옮긴이) 기념비들이 있는 조용한 도시였다. 베레 마을에서 폴타바까지는 버스로 15분 정도 걸렸는데, 증조할머니는 폴타바 시장이 문을 닫는 월요일을 빼고 매일 폴타바에 갔고, 돈을 버는 족족 금에 투자

했다. 훗날 소련이 무너지고 경제도 박살 났지만 할머니는 돈이 아니라 금을 보유하고 있었던 덕분에 별 타격이 없었다. 할머니의 체리 과수원은 우리를 먹이고 입혔으며 1990년대 초의 혼란스러운 상황을 견뎌낼 수 있게 해주었다. 그러니 아샤 증조할머니는 사실 부르주아라고 불려도 할 말이 없을 지경이었다.

꼬장꼬장한 세르히 증조할아버지와 달리 아샤 증조할머니는 입이 걸고 야한 농담도 곧잘 하셨다. 특히 상대의 허를 찔러 당황하게 하는 말도 잘하는 편이었다. 나는 학교에서 남자애들에게 열을 올리기 시작했을 무렵, 증조할머니와 증조할아버지가 어떻게 처음 만났는지 궁금해졌다. 중간 문설주가 있는 좁은 창문을 통해 방 안으로 흘러들어온 오후의 햇살이 묵직한 오크재 가구와 차 탁자에 호박색 빛을 드리우고 있었다. 증조할머니는 새벽 4시에 일어나 시장에서 일을 보고 집에 돌아와 쉬고 있던 참이었다.

"할머니는 할아버지랑 왜 결혼했어요?"

나는 러시아어로 물었고 증조할머니는 우크라이나어로 대답했는데 소비에트 가정에서는 흔히 볼 수 있는 풍경이었다.

"왜냐고? 내가 바보였거든."

할머니의 대답에 난 혼란스러웠지만 할머니는 내가 왜 그러는지 알아채지 못한 눈치였다. 난 영화나 책에서 봤던 것처럼 할아버지가 기타를 치며 세레나데를 부르고 이런저런 구애 의식을 했을 거라고 예상했었다.

"내가 참 예뻤지."

증조할머니는 모래시계 같은 자신의 몸매를 두 손으로 가리켰다.

70대 후반인데도 풍만한 몸 선을 보유한 데다 키 크고 당당하며 매력적인 할머니의 모습에 납득이 갔다.

"너희 증조할아버지가 나한테 홀딱 반했지 뭐."

이 말도 수긍이 됐다. 세르히 증조할아버지는 여전히 증조할머니 말이라면 꼼짝 못 했으니까. 증조할아버지는 2차 세계대전 당시 탱크 사단에 복무했지만, 집에서는 증조할머니가 명령을 내리고 증조할아버지는 묵묵히 따르는 쪽이었다. 잠시 침묵이 흐르는 동안 집 처마 밑에서 날개를 퍼덕이는 비둘기들의 소리가 들려왔다.

"너희 증조할아버지는 배급 카드를 갖고 있었어."

증조할머니가 말했다. 때마침 체리가 담긴 바구니를 들고 들어오던 증조할아버지가 말했다.

"아샤, 애한테 무슨 얘길 하는 거야!"

증조할아버지의 얼굴은 손에 든 체리만큼이나 달아올라 있었다. 증조할머니는 푸른 눈을 짓궂게 반짝거리며 할아버지를 올려다보고 음악처럼 듣기 좋은 소리로 웃었다. 할아버지는 그 웃음소리에 반했을 것이다. 할아버지는 고개를 절레절레 흔들더니 방에서 나갔다.

그때 나는 증조할머니의 이야기를 제대로 이해하지 못했는데, 일단 할머니가 냉정하게 계산해서 결혼했다는 것부터가 믿기지 않았다. 증조할아버지는 증조할머니를 바라볼 때마다 미간의 깊은 주름이 펴지고 얼굴이 확 밝아지곤 했다. 어머니도 나와 같은 생각이었는지 "아샤 할머니를 사랑하는 세르히 할아버지처럼 널 사랑해 주는 사람을 만나"라고 말하곤 했다. 증조부모님은 60년 동안 결혼생활을 유지했고 내 어머니는 겨우 8년이었다. 증조부모님은 기근이 시작된 1932년에 마을 학교에서 교사로 일하다 처음 만났다. 당시 생존을 위해서는 식량 배급 카드가 필수였는데 고참 교사인 증조할아버지는 그 카드를 갖고 있었다. 증조할아버지는 증조할머니에게 반해 청혼했고 할머니는 받아들였다. 할머니는 사랑해서 결혼하는 척하지는 않았다고 한다.

증조할머니의 이야기는 아라비안나이트처럼, 복잡한 이야기 속에 우화가 담겨있어서 열린 마음으로 들어야 이해할 수 있었다. 당시 나는 너무 어렸고 소비에트 선전에 잔뜩 물들어 있어서 증조할머니가 은연중에 내비치는 의미를 포착하지 못했다. 1980년대와 90년대 학교에서 우리는 농부와 노동자가 사회의 기반이며, 공산주의 체제의 주된 수혜자라고 배웠다. 소련 정부가 '사악한 지주들의 멍에로부터 해방시킨' 사람들을 굶어 죽게 하지 않을 거라는 믿음이 있었다. 1960년대에 흐루쇼프는 스탈린주의를 척결했지만 레닌은 여전히 훌륭한 지도자로 남아있었다. 학창 시절 나도 교복에 볼셰비키 혁명 지도자 레닌의 옆얼굴이 새겨진 별 모양의 젊은 개척자 배지를 차고 다녔고, 언젠가 소년선봉대의 상징인 붉은 스카프를 찰 날이 오리라 기대했다. 레닌은 '부르주아 계급을 전복시키는 싸움에서 승리하려면 노동자들과 농부들이 지적인 힘을 강하게 키워야 한다'고 주장했다. 증조할아버지의 책에서 본 내용이었다. 당시에는 몰랐지만 좀 더 나이가 들자 부르주아에 관해 할아버지가 했던 말을 조금씩 이해할 수 있었다.

아샤 증조할머니는 우리 집안의 중심이었다. 이모 가족이 한 번씩 베레 마을에 와서 머물다 가곤 했는데 그럴 때면 나는 내 방을 이모 가족에게 내줘야 했지만 증조할머니 옆에서 잘 수 있어서 좋았다. 증조부모님은 침대를 따로 썼다. 증조할아버지는 좁고 간소한 간이침대에서 잤고, 증조할머니는 용수철이 들어간 크고 정교한 침대를 썼다. 할머니 침대에서 자면 자수가 놓인 베개를 베고 다채로운 색깔의 누비이불을 덮을 수 있었다. 나는 할머니의 부드러운 배와 닿기만 해도 근지러운 투르크멘 벽 카펫 사이에 웅크리고 누워 자곤 했다. 증조할아버지는 잘린 다리의 통증 때문에 밤중에 여러 번 깼다. 잘린 부위에서 묵직한 통증이 일어 온몸으로 퍼져나간다고 했다. 아침이면 할아버지는 의식을 치르듯 공들여 의족을 착용했다. 나는 할아버지가 연분홍색으로 잘린 다리 부위에 플란넬 천을 겹겹이 감는 모습을 구경했다. 물컵에 담아놓은 할머니의 의치를 볼 때처럼 나는 할아버지가 의족을 차는 모습을 호기심에 찬 눈으로 바라보았다. 2차 세계대전이 우리 가족을 할퀴고 지나간 상처였지만 내게는 평범한 일상의 일부였다.

"옛날 얘기 해주세요."

세르히 증조할아버지의 숨소리가 고르게 느려지자 나는 아샤 증조할머니에게 소곤거렸다. 할머니는 할아버지 앞에서는 좀처럼 이야기보따리를 풀지 않았다. 수수께끼 같은 할머니의 이야기는 들을수록 감질이 났고 내 기억에 오래 머물렀다. 나는 다른 이야기도 더 들려달라고 할머니를 졸랐다.

"다 늙은 할매 이야기를 뭘 그렇게 들으려고 해. 쓸데없는 이야기로 머릿속 채우지 마. 과거는 다 지나간 일일 뿐이야."

읽고 있던 책을 덮은 증조할머니는 장미 가시에 긁힌 두 손에 톡 쏘는 냄새가 나는 연고를 문질러 바르기만 하고 얘기는 들려주지 않았다. 그래도 가끔 성화에 못 이겨 이야기를 해줄 때도 있었다.

열다섯 살 때 나는 어머니, 새아버지, 오빠와 함께 시카고로 이사 갔다. 그리고 몇 년 후 아샤 증조할머니와 세르히 증조할아버지가 세상을 떠나셨다. 미국에서 스무 해를 살면서 나는 베레 마을을 두 번 방문했는데, 그때마다 두 분의 부재에 가슴이 너무 아파서 울적 했다. 화단에는 풀이 아무렇게나 자랐고, 원예 도구에는 거미줄이 걸려있었다. 먼지를 뒤집어쓴 가구들 사이에 증조할아버지의 의족 이 시야에 들어왔다. 빈 침대에 기대어 있는 의족은 어울리지 않게 반짝거렸다. 그 무렵 발렌티나 할머니는 키이우에 살고 있었는데, 여름에만 베레 마을에 다니러 오기 때문에 증조부모님이 살던 집과 과수원은 제대로 관리되질 않았다. 그래도 삶의 상징인 베레 마을 을 포기할 수 없었던 어머니와 이모는 매년 꼬박꼬박 그 집으로 돌 아갔다. 하지만 증조할머니, 증조할아버지가 없는 베레 마을은 내 게 더 이상 의미가 없었다. 나는 과거를 지나간 것으로 묻어두라던 증조할머니의 조언을 가슴에 새기며 호박색 추억 속에 그 집에 관 한 기억을 담고 옆으로 치워두었다. 나는 마음이 불편하거나 고통 스러운 기억은 이리저리 피하거나 '과거'라는 폴더에 넣어버리고 잊 으려 했다.

이제 베레 마을로 돌아가야 했다. 발렌티나 할머니가 키이우의 아파트를 팔고 베레 마을에서 쭉 살기로 했기 때문이었다.

베레 마을을 생각하면 마음이 좋지 않았지만 할머니를 다시 뵐 생각을 하니 기뻤다. 증조할머니만큼 가까운 사이는 아니었지만 나는 할머니를 존경하고 따랐다. 내가 어렸을 때 발렌티나 할머니는 바쁜 직장 여성이었다. 지리 과목 교사였다가 나중에는 인사부 부장으로 일했다. 내가 열한 살 때 발렌티나 할머니가 주말을 보내러 베레에 왔었다. 보리스 외할아버지의 흰색 볼가 자동차에서 내리는 발렌티나 할머니의 모습은 너무나 우아했고 무서울 정도로 매력적이었다. 바깥으로 말린 윤기 나는 단발, 황록색 정장을 입고 하얀 구두를 신은 할머니를, 벌어진 입을 다물지 못하고 바라만 보다가 문득 내 작업복에 묻은 풀 얼룩과 앙상한 무릎에 묻은 흙을 의식했다. 할머니는 집에 들어와 실내복으로 갈아입고 슬리퍼를 신었는데도 여전히 세련미를 풍겼다. 할머니는 나를 한 번 바라보고는 곧장 일을 시작했다. 집을 구석구석 문질러 닦고, 나를 닦달해 옷을 갈아입게 하고, 여러 코스로 된 잔치 음식을 만들어 냈다. 할머니는 유명한 예술가와 미술가 들에 관한 이야기들을 들려주었고 내가 읽기에 괜찮은 책들, 볼만한 영화들, 방문하면 좋을 미술관들을 알려주었다. 나는 미국으로 건너간 후에도 할머니와 매주 통화하면서 구원에 대한 톨스토이의 믿음, 여성에 대한 피카소의 대우를 주제로 토론하곤 했다.

정교회 부활절에 맞춰 우크라이나에 갈 생각이라고 말씀드리자 할머니가 말했다.

"그래, 와서 체리 과수원 일 좀 도와주렴. 올해 내가 과수원을 확장할 계획인 거 아니?"

할머니는 오랜만에 나를 보게 돼서 행복하다든지, 내가 오길 기다리고 있었다든지 같은 말은 하지 않았다. 그저 과수원 얘기만 했다. 최근에 할머니와 나눈 대화가 주로 정원 가꾸기에 관한 거라 별로 이상하다는 생각은 들지 않았다. 우리는 항공 요금을 비교하고 날짜를 정하고 베레의 이웃들에게 줄 선물 목록을 만들었다. 브뤼셀에서 몇 가지 처리해야 할 일이 있었지만 내가 하는 일 대부분이 프리랜서로 글 쓰는 일이라 한 번에 꽤 오랫동안 집을 떠나있어도 괜찮았다. 나는 우크라이나에 가서 3주 정도 머물기로 했다. 이런 시기에 우크라이나에 간다고 하니 남편은 걱정하면서도, 이 여행의 의미를 이해하고 내 선택을 지지해 주었다. 나는 여행을 준비하느라 정신이 없어서 블라디미르 큰아버지의 가시 돋친 이메일에 대한 고민을 덜 하게 됐고 큰아버지가 스카이프에 로그인 했는지도 더 이상 확인하지 않았다.

  어렸을 때 나는 발렌티나 할머니가 즐겨 읽던 회고록과 자서전을 흉내 내 일기를 쓰곤 했다. 그 생각이 나서 어머니에게 내 일기를 브뤼셀로 보내달라고 요청했다. 어린 시절 베레 마을에서 살면서 쓴 글이 대부분이라 당시 내가 어떤 글을 썼는지 궁금했다. 어머니는 이 기회에 다락을 청소하려 했는지 내가 어렸을 때 본 책과 그림, 일기를 상자 두 개에 가득 담아 보내주었다. 나는 퀴퀴한 냄새를 풍기는 푸시킨의 시집, 세계 각국의 동화, 러시아어로 번역한 일본 하이쿠 시집, 학교 신문을 찬찬히 들여다보았다. 상자 맨 아래에는 작고 파란 공책이 있었다. 공책 첫 페이지에는 '폴타바주의 고향 마을 마이아치카는 코사크 정착지다. 그러니 우리는 볼셰비키 혁명을 지지해야 한다'라고 적혀있었다. 세르히 할아버지의 필체였다.

한번 쭉 봤는데 그 공책에는 증조할아버지에게서 듣지 못한 내용이 담겨있었다. 할아버지는 꼼꼼한 성격대로 공책 내용을 주제별로 구분해 놓았다. '우리 마을 마이아치카, 부모님, 농장, 일상, 1차 세계대전, 형제자매들'. 그리고 형제자매 항목은 인물별로 나뉘어 있었다. 제일 짧은 마지막 항목이 눈에 띄었다. '니코딤 형. 자유로운 우크라이나를 위해 싸우다가 1930년대에 실종'이라고 적혀있고 밑줄이 그어져 있었다.

세르히 증조할아버지는 8남매 중 막내였다. 남매들에 대해 말하자면, 옥사나는 1918년 러시아 내전 중에 발진티푸스로 사망했고, 미키타는 차르의 비밀경찰로 일하다가 볼셰비키 혁명 때 죽임을 당했다. 페디르는 1942년 동부 전선에서 사망했고, 네스티르와 오다르카는 두 번의 세계대전을 겪고 살아남았다. 이반은 짧은 다리로 태어난 덕분에 징병을 피한 대신 집단농장에서 노역했다. 그리고 맨 마지막에 적힌 게 맏형 니코딤이었다. 고대 그리스어로 니코딤은 '민중의 승리'를 뜻했다. 그리고 니코딤은 사라졌다.

우리 가족 내에서 니코딤의 실종은 상당히 큰 사건이었다. 하지만 나는 세르히 증조할아버지가 니코딤에 대해 말하는 걸 들은 기억이 없었다. 가만히 앉아 공책을 들춰보던 나는 문득 증조할아버지가 가족 얘기만 나오면 회피하려고 했던 기억이 어렴풋이 떠올랐다. 그 기억을 명확히 떠올려 보려고 했는데 기억의 조각들은 쉬이 잡히지 않았다. 아샤 증조할머니와 마찬가지로 세르히 증조할아버지도 우리에게 많은 이야기를 들려줬지만, 본인이 영웅적으로 싸운 2차 세계대전에 관한 이야기가 대부분이고 그 외에 다른 이야기는 해준 적이 없었다. 전쟁은 증조할아버지의 삶을 규정하다시피 했을 것이다. 그리고 그분의 삶에 니코딤은 없었다.

나는 어머니에게 전화를 걸어 그 공책에 관해 물어봤다.

"세르히 할아버지가 여름에 다리 수술 받으러 키이우에 오셨던 거, 기억 안 나니? 아, 맞다. 넌 그때 거기 없었구나. 그때 넌 시카고에 있었어."

세르히 증조할아버지는 수술이 끝나고 키이우의 아파트에 머물면서 몸을 회복했다. 그때 공책을 가져왔다가 나중에 베레 마을로 돌아갈 때는 안 가져갔고 1년 후 세상을 떠났다. 나는 어머니에게 니코딤이라는 분에 대해 들어본 적 있는지 물었다.

"세르히 할아버지의 형제분 중 한 분이 베레 근처 마을에 살기는 했는데, 아샤 할머니가 시댁을 안 좋아하셨어."

"왜요?"

"제대로 된 사람들이 아니라고 하셨어." 어머니는 적당한 표현을 찾으려 잠시 고민하다가 덧붙였다. "적응을 못 했다는 의미였던 것 같아."

"세르히 증조할아버지가 니코딤이란 분에 대해 말한 적 있으세요?"

"2차 세계대전 얘기는 자주 하셨지만⋯⋯."

"엄마, 니코딤이란 분에 대해 말한 적 있으시냐고요?"

"친가 쪽 얘기는 잘 안 하셨어."

어머니가 선뜻 대답을 안 하고 머뭇거리자 답답해진 나는 무릎 위에 올려놓은 공책만 이리저리 뒤적였다.

나는 한 번 더 찔러보기로 했다.

"공책에 가족에 대해 써놓긴 하셨어요. '니코딤 형은 자유로운 우크라이나를 위해 싸우다가 1930년대에 실종됐다'라고 적혀있어요."

"네 말대로 그 니코딤이란 분이 우크라이나 독립을 위해 싸우셨다면, 우리가 그분을 입에 올리는 게 위험한 짓일 텐데."

"소련이 몰락했는데도요?"

"글쎄. 모르겠다. 오래된 두려움이 남아있어서 그런가. 그런데 그 얘기는 왜 그렇게 파고드는데?"

니코딤은 누구일까? 무슨 일을 했을까? 어쩌다 사라지게 됐을까? 나는 어머니의 여동생인 로라 이모에게도 물어봤지만 어머니와 비슷한 대답만 들을 뿐이었다. 세르히 증조할아버지는 친가 쪽 얘기를 입에 잘 올리지 않았고 아샤 증조할머니는 시댁 방문을 꺼렸다는 얘기였다. 하지만 니코딤이라는 이름은 그 공책에 진청색 잉크로 분명히 적혀있었다. 증조할아버지는 '내뱉은 말은 주워 담을 수 없고, 적은 단어는 지울 수 없다'라는 우크라이나 속어를 즐겨 썼다. 나는 니코딤에 관한 내용이 적힌 부분을 손가락으로 문질렀다. '니코딤'이라는 이름을 펜으로 어찌나 꾹꾹 세게 눌러 썼는지 다음 페이지에 자국이 남아있었다.

니코딤에 관해 발렌티나 할머니에게 전화로 물어봐야겠다는 생각을 잠시 했다가 하지 않기로 마음먹었다. 어머니와 로라 이모의 말대로 너무 민감한 주제라서 나중에 직접 얼굴을 보고 말을 꺼내는 게 최선일 듯했다.

니코딤에 대한 생각은 머릿속을 계속 맴돌았다. 2014년 봄, 사람들은 자유로운 우크라이나를 위해 싸우다 목숨을 잃고 흔적도 없이 세상에서 사라졌다. 조국이 겪는 고통이 안타깝고 블라디미르 큰아버지와의 사이가 틀어져 속이 상해 울적했던 나는 내 방에 주저앉아 세르히 증조할아버지의 공책을 멍하니 들여다보면서 공책에 적힌 단어를 소리 내어 말해보았다. 니코딤은 1930년대에 사라졌다. 어느 날 밤이라고만 적혀 있었는데…… 정확히 언제였을까? 집에 있다가 끌려갔겠지…… 누가 잡아갔을까? 그 후 니코딤은 돌아오지 않았다. 대체 무슨 일이 있었을까?

니코딤의 괴이한 실종과 그 후 가족들이 쉬쉬하며 니코딤에 대한 기억을 묻어버린 일은 생각할수록 이해가 되지 않았다. 증조부모님이 들려준 이야기들은 여기저기 빠진 곳투성이였다. 이야기들, 기억의 속임수에 대해 큰아버지가 빈정대며 했던 말이 불길하게 떠올랐다. 내가 진실이라고 믿어온 게 실은 모래성처럼 아무것도 아니었다면? 마음을 달래려 파고든 이야기들이 내 손에서 갈기갈기 찢어지는 느낌이었다.

어머니는 오래된 두려움이 계속 남아있어서라고 말했다. 그런 두려움이 벽돌과 회반죽으로 구체화된 건물이 있었다. 아샤 증조할머니는 그 건물을 루스터 하우스라고 부르면서 나지막하게 루스터 올가미라고 덧붙였다.

루스터 하우스는 겉보기엔 전혀 무시무시하지 않았다. 오히려 폴타바에서 제일 아름다운 건물이었다. '하우스'라는 소박한 단어와는 어울리지 않는, 20세기 초에 지어진 우아한 대저택으로 그 건물에는 은행이 들어왔다. 정문 위쪽 양옆에는 관능적인 자세의 붉은 사이렌(여자의 모습을 하고 바다에 살면서 아름다운 노래로 선원들을 유혹해 위험에 빠뜨렸다는, 고대 그리스 신화 속 존재—옮긴이) 둘이 일상 속 수탉 같은 자세로 앉아있고, 진홍색 건물 정면에는 재에서 날아오르는 불새들의 모습이 정교한 모자이크로 들어가 있었다. 불에 타 죽었다가 재 속에서 부활하는 불새라는 상징은 소비에트 시기에 루스터 하우스를 차지했던 기관과 역설적으로 어울렸다. 처음에 '체카', 즉 비상위원회(반혁명, 투기, 태업, 직권남용 척결을 위한 전 러시아 비상위원회—옮긴이)가 이 건물을 차지했고, 그 후에는 국가 정치국(GPU)이 들어왔다. 나중에는 내무인민위원회(NKVD)를 거쳐 국가보안위원회(KGB)의 차지가 됐다. 명칭이 어떻게 바뀌었던 그 건물은 비밀경찰의 본거지였다.

폴타바 사람들은 지하에서도 시베리아까지 싹 다 볼 수 있으니 루스터 하우스가 마을에서 제일 높은 건물이라며 울적한 농담을 하곤 했다. 건물 아래층이 체카의 고문실로 쓰인 탓에, 1937년부터 38년까지 대테러가 절정에 달했을 때 그 건물 인근에 사는 사람들은 땅 밑에서 흘러나오는 가느다란 비명을 들을 수 있었다고 아샤 증조할머니가 말했다. 할머니는 붉은 사이렌들이 있는 그 건물 앞의 우아한 대로를 지나다니기보다는 멀리 빙 돌아서 다녔다. 그 건물에 관한 얘기를 할 때 할머니의 오른쪽 뺨이 씰룩거리고 목소리가 속삭이는 수준으로 작아진 걸 보면 할머니에게 루스터 하우스는 어떻게든 피하고 싶은 장소였던 듯했다. 나는 그쯤에서 더 자세히 캐물으면 안 되겠다고 생각했다.

"우크라이나의 역사에 관해 읽으려면 진정제부터 먹고 시작해야 한다"라고 소설가 겸 2017년 건국된 우크라이나 인민공화국의 수상 볼로디미르 비니첸코가 말했다. 아샤와 세르히, 두 분은 볼셰비키 혁명, 내전, 적색 테러, 강제적 농장 집단화, 1932~33년의 홀로도모르, 1937~39년의 대숙청, 2차 세계대전, 1946년의 기근, 1970년대의 부정부패, 80년대와 90년대 초의 소련 붕괴를 겪으며 살아남았다. 아샤 증조할머니는 "웅변은 은이요 침묵은 금이다"는 말을 즐겨 했다. 어렸을 때 내가 겪은 소련은 스탈린주의자들이 폭압을 저지르던 체제가 아니었지만, 루스터 하우스는 내게도 두려움을 심어주었다. 우크라이나의 지난 세기 유산은 최악의 사태를 경험하지 않는 사람, 해외에서 대부분 살았던 사람에게도 정신적인 상처를 입힐 정도이니, 현재에는 또 얼마나 암울한 영향을 미치고 있을까? 이것이야말로 소련이 얼마나 끔찍한 체제였는지를 가장 잘 보여주는 예가 아닐까? 나는 나중에 블라디미르 큰아버지에게 이 얘기를 꼭 해야겠다고 속으로 벼렀다.

일단 니코딤에 관한 진실을 찾는 일에 몰두했다. 자유로운 우크라이나를 위해 싸우다가 제일 큰 대가를 치른 니코딤 외증조 큰할아버지의 입지를 우리 가문의 역사 속에서 바로 세우고 싶었다.

다음 날, 러시아는 우크라이나 국경을 따라 부대를 배치했고 나는 브뤼셀에서 키이우로 가는 비행기 표를 끊었다.

"정말 지금 가야겠니?" 전화기 너머로 어머니의 걱정스러운 목소리가 들려왔다. "좀 기다렸다 가지 그래?"

신문에서는 러시아 군대가 우크라이나의 수도로 진격하기까지 몇 시간이 걸릴지를 놓고 이런저런 추측을 하고 있었다. 나는 여행을 미루고 싶지 않았다. 니코딤의 진실을 알아내기 위해 미지의 과거로 뛰어들겠다는 결심이 굳어질수록, 현 상황에 대한 두려움은 옅어졌다.

03

눈을 뜨니 페이즐리 무늬 벽지부터 보였
다. 멍하니 벽지를 바라보다가 시선을 돌리자 겨울 풍경을 배경으로
수사슴 두 마리가 그려진 그림이 눈에 들어왔다. 몇 분이 지나서야
여기가 로라 이모의 키이우 아파트임을 기억해 냈다. 이모는 캐나다
로 이민 간 후에도 이 아파트를 계속 소유했는데, 키이우에 방 두 개
짜리 아파트를 갖고 있으면 바다 건너 미지의 나라에 가서 살더라도
덜 불안할 거라고 여겼다. 그 후 이모는 우크라이나로 돌아와 살지
않았고, 대신 이모의 아들이며 내 사촌인 드미트로가 어느 해 여름
우크라이나로 돌아와서는 쭉 머물고 있었다. 우크라이나에서 잠시
공부하다가 돌아갈 계획이었다는데, 1년이 2년이 되더니 이제 10년
째였다. 보리스필 국제공항의 입국장에서 처음 드미트로를 봤을 때
나는 커다란 장미 꽃다발을 손에 든 남자가 오래전 내게 수영을 배
운 꼬마 사촌이라는 사실이 믿기지 않았다. 드미트로는 우크라이나
식으로 뺨에 세 번 입을 맞추고 인사한 다음 내 여행가방을 받아 들

고 장미 꽃다발과 휴대폰을 건넸다. 발렌티나 할머니의 목소리가 수화기 너머에서 들렸다.

"드미트로, 어떻게 된 거냐? 비행기가 왜 이렇게 늦어?"

할머니가 드미트로를 닦달하고 있었던 모양이었다. 드미트로가 항공 교통을 통제할 수 있기라도 한 듯이.

"할머니, 저 안전하게 도착했어요."

내 목소리에 할머니는 안도의 한숨을 내쉬었다. 할머니는 우리가 어디로 갈 때마다 늘 지나칠 정도로 걱정하는 편이었는데, 내가 30대 후반이 됐는데도 변함이 없었다. 그동안 내가 멀리 살면서 드문드문 고향을 방문했는데도 나를 걱정하는 마음은 그대로였다.

우리는 몇 마디 더 얘기를 나눴다. 정확히 말하자면 할머니가 주로 말을 했고, 나는 장미 꽃다발을 든 채 터미널 입구에 멍하니 서서 행복한 미소를 지으며 할머니의 목소리를 들었다.

복도를 걸어와 문 앞에 이르는 드미트로의 발소리가 들렸다.

"누나 깼어?"

자잘한 무늬가 들어간 형판 유리문 너머로 떡 벌어진 어깨의 드미트로의 윤곽이 비쳤다.

"햇빛은 미안. 시간이 없어서 커튼을 못 샀어. 요즘 키이우에서 내가 시간이 별로 없네."

놀라울 정도로 강렬한 햇살이 내게 쏟아지고 있기는 했다. 눈에 눈물이 고일 지경이었지만 아파트 안 풍경을 분간할 수는 있었다. 누가 이사 나가려고 짐을 싸다가 만 것처럼 어수선했다. 벤치프레스 옆 구석진 곳에 잔뜩 쌓인 종이상자들. 1989년 무렵 유행했던 고동색 벽장에는 체코산 크리스털 잔, 기념품처럼 놓여있는 텅 빈 리큐어 병 두 개, 청동불상 외에는 아무것도 없었다. 그리고 내가 잠을 잔 침대 옆 선반에는 똑같은 회색 표지로 지적인 분위기를 풍기는 소비에트 고전 책들이 가득 꽂혀있었다.

"깼어."

휴대폰 화면을 보니 아침 6시밖에 안 됐다. 드미트로는 조깅을 하러 나갔고 나는 침대에서 일어났다. 긴 복도를 걸어가는데 리놀륨 바닥이 맨발에 쩍쩍 붙었다. 드미트로가 복도 의자에 준비해 둔 수건 두 장과 비누 바를 집어 들고 샤워실로 들어갔다. 녹슨 샤워기에서 얼음처럼 차가운 물이 확 쏟아져 나온 바람에 저체온증에 걸릴 뻔했다. 드미트로가 거울에 붙여둔 포스트잇을 그제야 봤다. '미안, 온수가 안 나와. 우크라이나에 온 걸 환영해!'

주방 찬장도 거의 비어있었다. 있는 거라곤 메밀 한 상자, 설탕, 암염이 다였다. 냉장고 문을 열자 위잉 소리와 함께 텅 빈 속이 드러났다. 수도꼭지를 틀어 컵에 물을 담아 들고 창밖을 내다보았다. 주방 커튼이 곱게 하늘거리는 모습이 창밖의 엄숙한 풍경과 대조를 이뤘다. 상자 모양 건물들, 잎사귀 하나 없이 메마른 포플러 나뭇가지, 송전탑으로 이루어진 풍경은 장식 하나 없이 필수품으로만 이루어진 미니멀리스트의 그림 같았다.

현관문이 열리더니 드미트로가 종이컵 두 개를 쟁반에 받쳐 들고 문지방을 넘어왔다.

"모닝커피 왔어요."

드미트로는 주방 식탁에 쟁반을 내려놓고 내게 종이컵 하나를 건 넸다. 나는 씁쓸한 커피를 한 입 머금고 기쁨의 한숨을 내쉬었다. 단순한 커피 이상의 맛이 느껴졌다.

"마침 커피가 필요했어. 키이우와 브뤼셀의 시차가 한 시간밖에 안 나는데 세계를 절반쯤 빙 돌아서 온 것 같아. 나만 이렇게 느끼 는 건가, 아니면 이 커피가 진짜 맛있는 건가?"

"여기 사람들은 다들 커피에 미쳐있어. 베레 마을에서는 언덕에 있는 가게에서도 맛있는 에스프레소를 마실 수 있지."

드미트로는 아메리카노를 홀짝거렸다. 베레 마을에는 식료품점 이 딱 하나 있는데, 바로 언덕에 있는 가게였다. 그런데도 다들 굳 이 그 가게의 위치까지 말하곤 했다.

"아침 먹으러 푸자타 하타에 갈래?"

드미트로가 물었다. 나는 푸자타 하타가 어떤 곳인지 몰랐지만 밖으로 나가고 싶어서 고개를 끄덕였다.

바깥 공기가 산뜻하고 밝고 유쾌했다. 우리는 마당을 가로질러 가면서 늙수그레한 남자에게 아침 인사를 했다. 헝겊으로 일부 기 운 회색 양복을 입은 그 남자는 가죽 장정 책을 읽고 있었다. 드미 트로가 내게 말했다.

"이따 저 페트르 이바노비치 씨한테 줄 먹을거리를 사라고 나한 테 말해줘. 저분은 동네 고양이들 먹이를 사는 데 연금을 다 쓰고 본인은 쫄쫄 굶거든."

내가 그 남자 옆에 놓인 맥주병을 가리키자 드미트로는 싱긋 웃 으며 덧붙였다.

"굶는다고 했지, 안 마신다고는 안 했어!"

폐무기공장의 일부를 수리해서 만든 쇼핑몰을 향해 길을 가로지르며 드미트로가 말했다.

"지금 같은 상황이 벌어지기 전에는 그래도 분위기는 괜찮았어. 다음에는 무슨 일이 일어날지 누가 알겠어?"

이러다 정치 토론이 될 것 같았다. 큰아버지와 의견 충돌을 겪은 후로는 특히 가족들에게 정치적 입장을 따져 묻기가 조심스러웠다. 드미트로가 '지금 같은 일'이라는 말을 냉소적으로 내뱉은 바람에 내 안에서 조심하라는 신호가 울렸다.

'배불뚝이 오두막'이라는 뜻의 푸자타 하타는 보르쉬, 만두, 속을 채운 양배추 잎과 팬케이크 같은 대중적인 우크라이나 요리를 파는 프랜차이즈 식당이었다. 나는 감자를 곁들인 초승달 모양 만두인 바래느크를 주문하고 사워크림을 추가했다. 드미트로는 양배추와 오이 샐러드, 흑빵, 토마토소스에 담근 미트볼 요리인 테프텔리를 골랐다. 그는 자기가 내겠다면서 우리 음식이 담긴 쟁반을 큼직한 퇴창 앞의 식탁으로 가져갔다. 식사하는 동안 나는 이 식당 안에서 우크라이나 혁명의 의미를 찾으려는 것처럼 주변 사람들의 얼굴을 유심히 바라보았다. 식당에는 커피를 마시고 바래느크를 먹으면서 휴대폰으로 줄곧 메시지를 확인하는 학생들로 가득했다.

"오늘 뭐 할 거야?" 드미트로가 접시를 옆으로 밀어놓으며 물었다. "난 새로 맡은 홍보 캠페인 작업을 해야 돼. 일 끝나면 나랑 같이 나가서 돌아다니든지."

베레에서 그는 스포츠 장비를 만드는 소규모 금속 세공 사업을 했는데 새로운 고객을 찾느라 몇 시간씩 온라인에서 활동했다.

나는 여섯 살 어린 드미트로와 어린 시절을 함께 보냈다. 베레 마을에서 같은 추억을 공유한 사이라 사촌보다는 남매에 가까웠다. 드미트로는 겨우 네 살 때 가족들과 이민을 떠났는데, 내가 이민 갈 때보다 나이가 훨씬 어렸다. 그는 결국 우크라이나로 돌아왔다. 캐나다가 아니라 우크라이나를 선택한 이유를 묻자 그는 뭐라고 대답해야 할지 모르겠다는 듯 어깨만 으쓱했다. 그동안의 경험에 비춰 보자면, 잠재된 열망은 논리로도 꺾을 수 없다.

가방에서 휴대폰을 꺼내 시간을 보니 벌써 9시가 넘어가고 있었다. 저만치 멀어져 가는 아침 시간을 달려가 붙잡고 싶은 심정이었다.

"내 걱정은 마. 지하철 타고 도심으로 가서 여기저기 돌아다닐 거야. 키이우에게 다시 내 소개를 해야 할 것 같은 기분이라서. 그만 가봐."

함께 거리로 나서며 드미트로가 말했다.

"키이우에 며칠 머물면서 일 관련해서 사람들을 좀 만날 거야. 베레에서 살았더니 키이우가 버겁네. 꼭 필요할 때가 아니면 키이우에 오는 걸 별로 안 좋아해. 베레에는 언제 갈 거야?"

"내일." 나는 싸늘하게 느껴지는 태양을 가늘게 뜬 눈으로 올려다보았다. "아니면 모레. 가기는 가야지……."

말끝이 흐려졌다. 너무나 많은 추억이 깃들어 있어 현실 세계에 속하지 않은 느낌을 주는 그곳으로 돌아갈 준비를 해야 했다.

"지하철역까지 데려다줄게."

내가 당장 아파트로 돌아갈 것 같지 않은지 드미트로가 말했다.

그는 우크라이나 남자답게 진지하고 타인을 보호하려는 모습을 보였다. 고맙기도 하고 성가시기도 했다.

모스크바 지하철을 본떠서 만든 키이우 지하철은 모자이크로 장식된 화려한 지하 궁전 같았다. 반면 로라 이모의 아파트 근처에 있는 비교적 최근에 지어진 역사(驛舍)는 흐레샤티크나 마이단 같은 중심지 특유의 장엄한 분위기가 없었다. 나는 끝없이 연결된 길고 긴 에스컬레이터를 타고 도시 지하의 시원한 배 속으로 내려갔다. 세세한 부분까지 오감으로 만끽했다. 지하철 금속 분진의 싸한 냄새와 무광 유리 램프의 누르스름한 빛에 기분이 들떴다. 이렇게 흘러가는 인상들을 추억과 비교하다 보니 어느새 키이우에 정말로 돌아왔단 걸 실감할 수 있었다.

마이단에서 몇 블록 떨어진 곳에서 지하철 밖으로 나가자 흐레샤티크 거리가 나왔다. 키이우는 독특한 건물들과 소수 민족 집단 거주지가 있는 도시이고, 이 도시의 중심은 1.4킬로미터가량 뻗어 있는 이 거리였다. 흐레샤티크 거리에서 상류 쪽으로 가면 베사라비아 시장을 중심으로 북적이는 길이 나왔다. 흐레샤티크는 한때 십자가 모양 골짜기였는데, 그 지형의 흔적은 십자가를 뜻하는 슬라브 어원 '크레스트(крест)'에 남아있었다. 19세기 말에 설탕과 밀 수익으로 도시가 성장하면서 십자가 모양 골짜기를 메우고 키이우의 일류 상점가로 탈바꿈했다. 1941년 9월, 퇴각하는 붉은 군대(1918년부터 1946년까지의 소련 육군의 명칭—옮긴이)에 의해 거리 전체가 파괴됐다가 1950년대에 재건됐다. 신고전주의 대저택들이 사라지고 스탈린주의 로코코 양식 건물들이 들어섰다. 21세기에는 신흥 부유층의 취향에 맞춰 건설된 유리와 크롬 건물들이 익숙한 풍경을 덮어 가렸는데, 변화한 모습을 보니 흐레샤티크가 여전히 이 도시의 중심가임을 알 수 있었다.

나는 우크라이나의 수도 키이우에서 성장기를 보냈지만, 아버지쪽 가족의 소유였던 방 세 개짜리 아파트와 흐루쇼프 시대의 회색 시멘트 건물들로 이루어진 동네를 벗어나지 못했다. 비좁고 흉한 디자인의 흐루쇼프 아파트에는 우리 가족 같은 사람들이 살았다. 다들 어디서든 줄을 서고, 흰색과 붉은색 트램에 몸을 우겨 넣어 타고, 소비에트 영웅들의 이름을 붙인 학교에 자식들을 보내면서 살아갔다. 우리 방 침실의 창문 밖으로는 대형 쓰레기통이 지배한 안마당, 똑같은 모양새로 줄지어 늘어선 아파트 건물들이 내다보였다. 블라디미르 큰아버지 방으로 건너가, 개처럼 엎드려 자는 큰아버지와 당근 피클 병들을 피해 창문 앞에 서면 줄 맞춰 행진하는 군인들처럼 서있는 포플러나무들, 지그재그로 뻗어나간 트램 선, 길 건너 비슷하게 생긴 아파트의 노랗게 부릅뜬 눈 같은 창문들을 볼 수 있었다. 나는 여전히 키이우가 좋았다. 익숙한 풍경의 이 도시는 내 것이라는 느낌이 있었다.

고색창연한 수도원과 이탈리아식 바로크풍 궁전들이 있는 키이우의 구도심은 마치 다른 행성의 도시 같았다. 아버지와 함께 발견한 이 도시는 나의 키이우였다. 부모님이 함께 살던 시절, 아버지는 드니프로 강변에 있는 중세의 정교회 성소인 키이우 페체르스크 라브라 수도원 근처로 나를 데려가 함께 한참을 걸었다. 아버지와 함께 수도원 건물 주변을 거닐며 어둑한 성당 안의 화려한 프레스코

화를 감상했던 기억이 난다. 나는 수도원으로 곧장 가려다가 마이단 광장부터 봐야겠단 생각을 했다. 불과 몇 주일 전 이 도시가 겪은 고통의 흔적을 찾아보려 했는데, 어렸을 때 본 봄철의 키이우 풍경 그대로였다. 봄철의 싸늘한 태양 빛에 반짝이는 성당의 금색 돔형 지붕. 지하철역 입구 근처에서 축축한 신문지로 싼 제비꽃과 파를 파는 할머니들. 아찔한 하이힐을 신고 구시가의 구불구불한 거리를 활보하는 젊은 여자들. 하늘을 향해 가지를 쭉 뻗어 올린 흐레샤티크 거리의 명물 벚나무들. 나는 그 풍경을 바라보며 마이단 광장 쪽으로 발걸음을 돌렸다.

바람이 내 얼굴을 향해 드니프로강의 습하면서도 신선한 기운, 불탄 고무의 매캐한 냄새를 몰고 왔다. 나는 급류를 거슬러 가듯이, 걸음을 늦추거나 숨을 참지 않고 꾸준히 걸어갔다. 숨이 막힐 때까지 도시의 냄새를 내 폐에 채웠다. 마침내 둥그런 마이단 광장과 전승 기념탑이 보였다. 그제야 목구멍이 따끔거릴 정도로 입안이 바짝 말랐다는 걸 깨달았다.

시커멓게 탄 건물들, 부서진 자갈길들, 탑처럼 높게 쌓인 자동차 타이어들, 대충 만든 야영지들도 보였다. 하지만 이런 폭력의 흔적들보다 괴상할 정도로 차분한 분위기가 더 섬뜩하게 다가왔다. 인도 옆에 사진, 초, 꽃이 줄지어 놓여있었다. 바닥에 무릎을 꿇고 앉아 기도하는 사람들도 보였다. 흰 재킷을 입은 젊은 여자가 누군가의 얼굴 사진이 담긴 액자를 깨끗이 닦더니 액자 가장자리에 두른 붉은 카네이션 화환을 매만졌다. 액자 속에는 미간이 넓고 커다란 눈을 가진 젊은 남자가 벌어진 치아를 드러내며 미소 짓고 있었다.

지금 여기는 평범한 도시 광장이 아니라 묘지였다.

나는 가까운 건물 벽으로 걸어가 한 손으로 벽을 짚고 섰다. 매끈한 벽을 따라 미끄러져 내려온 손가락이 들쭉날쭉한 별 모양 자국 속 둥그런 구멍에 닿았다. 브뤼셀에서 사람들은 "왜 너희는 별것도 아닌 유럽연합 합의서 때문에 총까지 맞아?"라고 내게 물었다. 대단히 복잡한 문제에 대해 단순한 답을 찾고 싶어 하는 사람들이었다. 나 역시 때로는 의문이 들었다. 하지만 마이단 광장에서 그런 질문은 우스꽝스럽고 아무 상관도 없었다. 사람들은 단순히 하나의 사실이나 사건, 서명이 안 된 합의서 때문에, 증조할아버지의 공책에 적힌 한 줄의 문장 때문에 확신에 차서 두려움에도 불구하고 나아가는 게 아니었다. 시위 기간에 우크라이나에 있었다면 과연 마이단 광장에 나갔을지 자문했지만 답을 할 수 없었다. 시위에 참여하지 않았을 수도 있었다. 소련 시절 무수한 행진과 시위에 강제로 동원된 터라 아무리 옳다고 판단되는 구호라 해도 다 같이 몰개성하게 구호를 외쳐대는 일이라면 질색이었으니까. 내가 아는 것은 그저 지금 여기 와 있는 게 옳다는 것이었다.

그날 날이 저물 때까지 키이우 이곳저곳을 돌아다녔다. 마이단 광장을 벗어나자 나를 포함한 모두의 예상과 달리 사람들의 삶은 예전처럼 흘러가고 있었다. 어둡고 무시무시한 무언가를 드러낼 줄 알았는데 키이우는 뜻밖에도 활기에 차있었다. 침울할 줄 알았던 사람들은 눈이 마주치자 미소를 지었다. "어이, 디브치나(아가씨). 슬퍼하지 말아요. 모든 게 잘될 거야." 누군가 소리쳤다. 버스 정류장에서 블루벨 꽃을 파는 여자가 내게 손을 흔들며 한 말이었다. 그 여자의 밝은 청록색 머릿수건이 곱게 다문 블루벨 꽃봉오리 색과 잘 어울렸다. 아가씨라 불릴 만한 나이가 훌쩍 지났기 때문에 처음엔 나한테 한 말인 줄 몰랐다. 내가 우크라이나에 대해 그동안 잊고 있었던 게 바로 이것이었다. 우크라이나 사람들은 낯선 사람도 '어머니'나 '할머니', '아가씨'로 부르며 따뜻하고 친근하게 대하는 나라라는 것. 나는 그 여자에게 마주 미소를 지었다.

"작은 꽃도 길고 혹독한 겨울을 견디듯이 우리도 견뎌낼 수 있어요."

여자가 말했다. 내가 우크라이나에 대해 잊고 있던 또 한 가지는 사람들이 이런 식으로 우화를 인용해 말한다는 점이었다. 나는 발렌티나 할머니가 알면 혼쭐이 날 줄 알면서도 흥정 없이 바로 블루벨 세 다발을 사서 서늘한 꽃잎에 얼굴을 묻었다.

그때 가방 안에서 휴대폰이 다급하게 진동했다. 할머니였다.

"어디냐? 언제 올 거야?"

"내일 가려고요."

"알았다. 이제 요리를 시작해야겠네."

집으로 돌아가자 드미트로가 러시아어로 더빙된 미국 드라마 〈프렌즈(Friends)〉를 노트북으로 보면서 크런치 운동을 하고 있었다.

"푸자타 하타 갈래?"

드미트로가 물었고 나는 고개를 끄덕였다. 내일은 베레 마을에 갈 것이다. 가서 발렌티나 할머니를 만나야지. 모든 게 괜찮을 것이다.

우리 이웃 페트르 이바노비치 씨는 마당에 유일하게 켜진 가로등 아래서 아직도 책을 펴고 앉아있었다. 고양이 몇 마리가 그의 주변에 서성이면서 그의 다리에 머리를 비벼댔다. 책에서 눈을 든 페트르 이바노비치는 멍든 것처럼 칙칙한 구름이 낀 하늘을 올려다보며 중얼거렸다.

"요즘은 꼭 안드레이 볼콘스키(톨스토이의 《전쟁과 평화》에 나오는 인물—옮긴이)가 된 것 같아."

그는 톨스토이의 《전쟁과 평화》를 읽고 있었다. 나도 그 책에 나오는 돌아온 아웃사이더 피에르 베주호프가 된 기분이었다.

야간 기차를 타고 키이우를 출발해 폴타바로 가는 동안 기차 창문 밖으로 보이는 강굽이의 풍경을 나는 늘 사랑했다. 기차가 칙칙 소리를 내고 강이 별안간 멋지게 굽어지면 무성히 자란 버드나무들, 체리와 살구 과수원에 파묻히다시피 한 성냥갑처럼 작은 집들이 점점이 드러났다. 나는 늘 그 순간을 기대했다. 안개 깔린 강 너머에는 회색 덧문이 달린 복숭아색 우리 집이 있었다.

그런데 이번에 키이우 중앙역에 가서 보니, 어렸을 때 탔던 야간 기차는 사라졌고 새로 생긴 통근 노선 기차로 두 시간만 가면 된다는 걸 알게 됐다.

내가 야간 기차를 타겠다고 고집을 부리자 기차표 판매 직원이 재미있어하며 말했다.

"침대 열차가 있긴 한데 도착까지 엄청 오래 걸립니다. 열두 시간 이상 가야 하는데 정말 괜찮겠어요?"

현실적이고 성격 급한 나는 결국 그날 저녁에 출발하는 현대(Hyundai) 고속열차를 예약하고 말았다. 푸자타 하타에 드미트로와

한 번 더 들렀다가 집으로 돌아와 다시 짐을 쌌다.

열차가 어찌나 빠른지, 출발했나 싶더니 어느새 목적지에 도착했다. 현대적인 한국산 열차는 다른 여행자들로 붐비는 폴타바역 플랫폼에 나를 토해놓았다. 교통 관리자의 날카로운 호각 소리가 잦아들 때쯤 다른 승객들은 이리저리 흩어졌는데 나는 여전히 여행가방을 들고 플랫폼에 남아있었다. 역사로 내려온 저녁 안개가 줄지어 선 흰색 벽돌 창고들, 녹슬어 가는 유개 화차들, 교통 관리 담당 여직원들을 위한 초록색 초소들을 뒤덮었다. 우크라이나에서는 철도 건널목을 통제하는 일을 여성들이 거의 다 했다. 역사 건물의 싸늘한 푸른 조명 빛, 지붕 아래에서 깜박거리며 지나가는 '폴타바에 오신 걸 환영합니다'라는 빨간 글자들이 봄비 고인 물웅덩이에 반사됐다.

나는 똑같이 검은 패딩 점퍼와 운동복 바지를 입은 택시 기사들이 모인 곳으로 다가가 우크라이나어로 물었다.

"크루티 베레까지 얼마예요?"

택시 기사 하나가 나를 위아래로 훑어보더니 가격을 불렀다. 바가지를 씌우려는 것 같아서 나는 인상을 쓰며 입을 오므렸다. 예전에 시장에서 아샤 증조할머니가 그런 표정으로 가격 협상하는 모습을 본 적이 있었다. 택시 기사는 껄껄 웃더니 가격을 약간 내렸다. 나는 폴타바의 거래 방식을 쉽게 파악한 것 같아 뿌듯한 표정으로 고개를 끄덕이면서, 그의 베이지색 라다 자동차에 여행가방을 싣고 올라탔다. 라다는 소비에트가 피아트를 카피해 만든 자동차였다.

우리는 어둑해지는 폴타바 지역을 이동하면서, 아름답고 가파른 강둑을 낀 강 옆을 지나갔다. 택시 기사가 잡담을 나누려 말을 걸었지만, 나는 황혼의 빛 속에서 나타났다 사라지는 익숙한 고향의 윤곽에 집중하느라 대화를 제대로 이어가지 못했다. 택시 기사는 라디오를 켜고 거친 목소리의 가수가 부르는 노래를 따라 흥얼거리기 시작했다. 범죄자로 사는 인생의 무게를 불평하는 내용의 노래였다. 노래 하나가 끝날 때마다 아나운서가 귀에 거슬리는 목소리로 "라디오 샹송 채널을 고정해 주세요"라고 멘트를 날렸다. 프랑스 샹송이 어쩌다 지하 세계 범죄에 관한 러시아 발라드가 됐는지 알 도리가 없었지만, 이런 장르는 예전부터 우크라이나 버스와 택시 기사들 사이에서 인기가 있었고 지금도 마찬가지였다.

우리는 베레 마을의 공식 경계선인 철로를 가로질렀다. 마을을 바라보는데 점점이 퍼져있는 빛들, 어두운 잿빛 하늘을 배경으로 치솟은 나뭇가지들의 윤곽부터 시야에 들어왔다. 축구경기장에 이어 '언덕'의 가게도 보였다. 그 가게에는 유럽산 제품들을 광고하는 새 점멸식 간판이 달려 있었다. 저 가게에서 아직도 색깔이 칙칙한 캐러멜을 팔고 있을까? 그 가게의 여직원은 우리 집과 같은 거리에 살던 이웃이었는데 보석상처럼 정밀하게 캐러멜 무게를 재서 팔았다.

부연 어둠 속에서 형태만 겨우 구분할 수 있었지만, 언덕의 가게 옆에 '문화의 집'이 있는 걸 알 수 있었다. 문화의 집은 그리스 양식을 흉내 낸 포르티코(특히 대형 건물 입구에 기둥을 받쳐 만든 현관 지붕—옮긴이)와 철판 지붕이 있는 마을회관이었다. 그쪽으로 가면서 나는 택시 기사에게 두 번째 모퉁이에서 방향을 돌려달라고 말했다. 택시 기사는 신중하게 운전해 주택 지역으로 차를 몰았다. 비포장 길이라 물컹한 진흙에 바퀴가 빠져 속도가 느려질수록 내 심장은 더욱 빠르게 뛰었다.

"여기 세워주세요."

나는 바로 앞을 가리켰다. 나는 이미 좌석 끝에 걸터앉아 택시 문의 손잡이를 붙잡고 있었다. 어두워서 제대로 보이는 게 없어도 집이 거기 있다는 걸 알 수, 아니 느낄 수 있었다. 택시가 서자마자 나는 뛰다시피 내렸다. 택시 기사가 트렁크를 열고 여행가방을 꺼내주었다.

"가족을 만나러 해외에서 왔나 봐요?"

그가 물었다. 어떻게 알았을까. 그의 손에 돈뭉치를 쥐여준 뒤, 여행가방을 들고 집으로 달리듯 걸어갔다. 몸에 새겨진 기억 덕분에 묵직한 나무 대문의 걸쇠를 곧장 풀 수 있었다. 대문이 힘차게 끼이익 소리를 내며 열렸다. 쌉싸름한 아몬드와 쌀가루 냄새가 풍기는 어두운 마당으로 들어갔다. 살구꽃이 만발해 있었다.

집 안에서 춤추듯 흔들리는 불빛이 보였다. 가까이 가자 텔레비전 소리가 점점 커졌다. 현관문을 밀어 열자 빛과 소리가 쏟아져 나왔다. 한 손을 식탁의 비닐 식탁보에 올리고, 다른 손에는 리모컨을 쥔 채 의자에 앉아있는 발렌티나 할머니의 모습이 보였다. 나를 돌아본 할머니는 헉 소리를 내며 몸을 앞으로 기울였다. 할머니는 흰색 플란넬 잠옷을 입었고 안에 털가죽을 댄 점퍼를 걸친 모습이었다. 조금 전에 목욕을 했는지 짧은 적갈색 머리카락이 물기에 젖어 단단히 말린 채 이마에 붙어있었다. 할머니의 뺨이 확 달아오르고 입술이 비딱하게 열렸는데 미소와 흐느낌의 중간 같은 느낌이었다.

"할머니, 저 왔어요."

할머니는 텔레비전을 끄려다가 얼떨결에 잘못 눌렀는지 소리를 키우고 말았다. 나는 할머니에게 다가갔는데, 문지방 앞의 깔개가 내 왼쪽 부츠의 버클에 걸려버렸다.

"왔구나."

할머니는 의자 끝에 엉거주춤하게 앉아 내게 두 팔을 뻗었다. 나는 깔개를 거실로 끌고 들어가 쓰러지듯 할머니의 품에 안겼다. 내가 진짜 눈앞에 있는 게 맞는지 확인하려는 듯 할머니는 온 힘을 다해 나를 꽉 끌어안았다. 할머니는 나보다 키가 크고 체격이 컸는데 막상 포옹해 보니 아기 새처럼 약하게 느껴졌다. 쾅쾅 뛰는 할머니의 심장 박동이 내게 고스란히 전해졌다.

나는 텔레비전을 끄고 신발을 벗은 뒤 앞에 놓인 의자에 앉았다.

"왜 드미트로랑 같이 안 왔어? 네가 너무 늦게 도착하면 위험할수도 있다고 걱정하더라."

나는 드미트로가 키이우에서 일이 덜 끝나서 며칠 후에 오기로 했다고 말했다.

"택시비는 얼마 줬어?"

할머니는 뺨이 부드럽고 턱이 둥글며 얼굴이 매끈한 편이라 나이든 티가 많이 나지 않았다. 특히 커다란 녹갈색 눈은 여전히 젊은 기운을 내뿜었다. 할머니가 느끼는 흥분, 초조함, 안도감 같은 온갖 감정이 눈에 담겨있었다.

내가 낸 택시비를 듣더니 할머니는 눈을 가늘게 뜨며 손으로 식탁을 탁 내리쳤다.

"그 기사가 널 아주 벗겨 먹었구나! 원래 가격에서 두 배나 받았어. 드미트로랑 꼭 같이 오라고 할 걸 그랬네."

할머니는 약삭빠른 택시 기사, 세상 물정 모르는 나, 이런 사태를 예상하지 못한 자신을 탓했다. 문지방을 넘어 집에 들어오자마자 우크라이나식으로 할머니에게 꾸중을 듣고 나니 기분이 좋아져서 웃음이 났다.

"여기서는 돈을 우습게 알면 안 돼. 너 사는 데서는 유로화로 얼마 안 하겠지만 흐리브냐화(우크라이나 화폐─옮긴이)로는 큰돈이야."

"저도 흥정을 하기는 했어요. 여기 오자마자 감을 제대로 잡았다고 뿌듯해했죠."

"택시 기사는 널 보자마자 외국에서 온 걸 알았을 거다."

할머니는 팔을 내리고 같이 웃었다. 구김 없이 환한 웃음이었다.

"어쨌든 잘 왔으니 됐다. 먹을 거 좀 차려주마."

나는 배가 별로 고프지 않았는데 할머니는 이미 보르쉬 한 그릇을 데우고 있었다. 할머니는 정원 일과 이웃들 얘기를 주로 했고, 전쟁에 대해서는 물가 상승에 대한 불만을 얘기하며 한 번 언급했을 뿐이었다.

"부활절 때 구운 돼지고기 요리를 하려고 했는데 가격이 두 배나 올랐지 뭐니. 돼지고기 대신 닭고기 괜찮지?"

나는 괜찮다고 말하면서, 이번 부활절의 일요일 식사를 위해 최고급 구운 돼지고기를 사야겠다고 마음먹었다.

할머니와 나는 자정이 넘어서 잠자리에 들었다.

"어머니 침실을 치워뒀어. 아무도 쓰지 않는 방이라 너 쓰라고 청소하고 불도 피워놨어."

할머니는 내게 수건 그리고 본인이 입은 것과 같은 흰색 플란넬 잠옷을 건넸다. 그리고 본인 침실 쪽으로 가다가 나를 돌아보며 나지막하게 말했다.

"정말 돌아왔구나." 그러고는 멀찍이서 나를 향해 성호를 그으며 덧붙였다. "하느님 감사합니다."

나는 리넨 이불을 몸에 둘둘 감고 누웠다. 눅눅한 이불에서 석회수 냄새가 풍겼다. 벽에 걸린 투르크멘 카펫에 뺨을 가져다 대자 익숙한 거친 질감에 마음이 놓였다. "돌아왔어요." 나는 속생각을 소리 내어 뱉고는 곧 잠에 빠져들었다.

다음 날 아침 소리가 들려 눈을 떴다. 할머니가 물 가격을 놓고 누군가와 얘기 중이었다. 상대 여자는 우물 펌프가 고장 난 바람에 과수원에 물을 주기가 힘들다고 경쾌한 폴타바 억양으로 호소했다. 정부 상수도를 이용할 수도 있지만 경찰이 두렵다고도 했다.

"베레 마을 위를 날아다니는 특별 비행기가 정부 상수도를 불법으로 쓰는 사람이 있는지 감시한대요. 특별 비행기요!"

여자는 같은 말을 여러 번 했다. 나는 개들이 활기차게 짖어대는 소리, 주전자 물 끓는 소리를 들으며 다시 잠들었다.

그러다 눈을 뜨고 일어나 보니 할머니가 식탁에 아침을 차리고 있었다. 할머니는 진청색 운동복을 입었고 아샤 증조할머니의 분홍색 숄을 장식처럼 두른 모습이었다.

"바지 입으신 거 처음 봐요. 운동복 입으신 것도 처음 보고요."

나는 할머니가 입은 운동복 상의에 박힌 나이키 로고를 가리켰다. 여든 살인 할머니는 맞춤 정장이나 칵테일 드레스만큼이나 운동복도 멋지게 소화했다.

"네 엄마가 보내준 거야. 세상 편하더라. 정원 일을 할 때 딱이야. 동네 사람들한테 흉잡힐 걱정 없이 아무렇게나 구부리고 앉아도 돼. 전에 입던 옷들은 이제 몸에 안 맞아. 살 많이 찐 거 보이지?"

할머니는 풍만한 허벅지를 손으로 탁 치며 웃었다. 체중이 늘어난 건 별로 걱정하지 않는 눈치였다.

할머니는 쿵쿵거리며 주방으로 갔다가 황금색 시르니키가 담긴 커다란 접시를 들고 돌아왔다. 시르니키는 신선한 흰 치즈로 만든 작은 팬케이크였다. 할머니는 다시 주방으로 갔고 주방 쪽에서 뽁 하고 유리병 따는 소리가 들려왔다.

"사샤랑 떠드는 소리에 네가 잠이 깬 거 아닌지 모르겠구나." 할머니는 차가 담긴 쟁반을 들고 돌아왔다. "정부 상수도를 남용하는 사람들을 감시하는 특별 비행기가 있단 소문 때문에 날 찾아왔어."

의자에 묵직하게 앉은 할머니는 빵에 버터를 듬뿍 바르고 왕소금을 뿌렸다.

"애초에 우크라이나 항공 당국이 그 정도 기량이 있었으면 우린 이런 전쟁을 겪지도 않았겠지. 그래도 사샤의 말에 반박은 안 했어." 할머니는 버터 바른 빵 조각을 한 입 베어 물었다. 운동복 상의에 빵 부스러기가 떨어졌지만 아랑곳하지 않으셨다. "베레 마을에 처음 왔을 때 나는 이 동네 사람들이 소문을 참 잘도 믿는구나 싶었거든. 그런데 요즘은 나도 정원에 물을 뿌리다가, 머리 위에 비행기가 날아다니는지 한 번씩 확인한다니까." 할머니는 웃으며 풍만한 가슴에 떨어진 빵부스러기를 털어냈다. "물론 난 상수도를 정원에 뿌리는 짓은 한 번도 안 했어!"

"저랑 같이 아침 드시지 그러세요?"

나는 식탁에 접시 하나만 놓인 걸 보고 물었다.

"난 방금 먹었잖아." 할머니는 남은 빵조각을 입에 넣고 삼켰다. "남는 씨감자가 있으면 심어야 하는데, 동네 사람들한테 알아보고 와야겠다."

식탁을 뒤로하고 외투걸이 쪽으로 걸어간 할머니는 겨울 외투를 이리저리 뒤져보며 말했다.

"네가 온대서 얼마나 좋았는지 몰라. 모자가 어디 있더라?" 할머니는 털모자를 머리에 쓰고 선명한 빨간색 털실 방울을 턱 밑으로 내려 묶었다. "할 일이 엄청 많구나. 나중에 새로 작업한 정원 설계를 보여주마."

할머니는 두툼한 점퍼를 입고 지퍼를 올려 잠근 후 주머니를 손으로 툭 쳤다.

"돈, 안경, 목록, 펜…… 이따 보자. 오래 있진 않을 거야. 배고프면 보르쉬 데워 먹어."

잠시 후 복도 저쪽에서 할머니가 소리쳤다.

"넌 아직 모르겠지만, 우리 집에 가스관이 연결됐고 제대로 된 가스레인지도 생겼어!"

베레 마을은 폴타바 평원의 가스전 바로 옆에 있는데도 수년 동안 가스관이 연결되지 않아서 그동안 휴대용 연료 탱크를 사용했다. 나는 할머니를 따라 복도로 나갔다. 내가 여길 떠나있던 기간이 사실 그리 길지 않아서 마을에 가스관이 들어온 걸 이미 알고 있었다고 말하려 했는데 할머니는 벌써 집을 나가 가벼운 걸음으로 마당을 가로지르고 있었다.

나는 거실로 돌아와 식탁 앞에 털썩 앉았다. 이 집이 별안간 으스스한 고요함으로 나를 감싸 무겁게 짓눌렀다. 시르니키를 접시에 담고 살구잼과 사워크림을 얹었다. 한 입 베어 물자 살구씨의 씁쓸한 맛이 스며든 잼이 입안을 가득 채웠다. 씨감자가 뭐가 그렇게 중요해서 할머니는 손녀가 집에 돌아와 처음 먹는 아침식사 자리에 함께하지 않을까. 빵을 삼키는데 목이 막히는 기분이었다. 별안간 외로움이 밀려와 어쩔 줄을 몰랐다. 아샤 증조할머니의 침실에 있는 시계의 녹슨 바늘이 인색하게 시간을 재듯 별나게 째깍거렸다.

찻잔을 들고 마당으로 나갔다. 구름 뒤에서 모습을 드러낸 해가 내 얼굴에 황금색 빛을 흩뿌렸다. 햇빛에 눈이 부셔서 창고에 둘러싸인 넓은 마당을 잠시 후에야 볼 수 있었다. 양옆에 체리 과수원을 끼고 있는 마당에 구불구불한 풀이 잔뜩 자라있었다. 빨랫줄에 걸린 빨래들은 자유로이 놓여나고 싶은지 바람에 신나게 퍼덕거렸다. 혹독한 겨울이 있는 이곳의 봄이 얼마나 상쾌한지, 얼마나 흥에 겨운지 그동안 잊고 있었다. 니코딤에 대해 알아보기로 한 계획을 떠올렸다. 살짝 불안했지만 새로운 모험을 하게 되어 신도 났다. 다 괜찮을 거라고 스스로를 달랬다. 괜찮지 않을 이유도 없지 않을까?

· 2부 ·

체리
과수원

04

　　　그 후 며칠 동안은 같은 나날의 연속이
었다. 발렌티나 할머니는 과수원을 둘러보거나 원예 계획을 이웃들
과 논의하러 내가 잠에서 깨기도 전에 외출했다. 저녁에 돌아온 할
머니는 봄심기 계획을 세우느라 너무 바빠서 그날 하루를 어떻게 보
냈는지에 대한 소소한 대화를 나눌 시간조차 없는 듯했다. 100년도
전에 있었던 일들에 대해 말할 기회가 좀처럼 주어지지 않았다. 나
는 째깍거리는 시계와 아침 햇살을 벗 삼아 혼자 아침을 먹는 데 익
숙해졌다.

　집은 내가 기억하는 그대로였다. 문들도 예전처럼 높게 끼이익
소리를 내며 여닫혔다. 바닥은 여전히 꺼져있었고 벽시계는 정각
15분 전에 종을 울렸다. 가구도 그대로였다. 찬장과 1990년대에 산
냉장고, 어찌나 견고한지 이 집의 바닥에서 자라 올라온 것 같은 오
크재 식탁도 변함이 없었다. 이 집은 1945년에 붉은 군대 군인들
이 지었다. 새로 철로를 깔던 공병부대가 숙소로 쓰기 위해 기차역

과 강 사이의 목초지에 땅딸막한 집을 지은 것이다. 창문 위쪽의 무
늬 벽돌은 멋지긴 한데 간소한 집 정면과 어울리지 않았다. 공병부
대가 떠난 후 군은 그 집과 주변 땅을 얼마 전 제대한 우리 외증조
할아버지에게 넘겼다. 서둘러 지은 집이라서 그 후 수십 년 동안 우
리에게 고통을 주었다. 하나뿐인 침실은 너무 작은 데다 폭도 좁았
다. 주방은 겨울에는 얼어붙을 만큼 춥고 여름에는 숨 막히게 더웠
다. 바닥은 전체적으로 울퉁불퉁했다. 1950년대에 찍은 사진을 보
면 그때나 지금이나 집 상태는 크게 다르지 않은데, 우리 가족이 집
을 고치지 않고 그냥 적응해서 살았기 때문이었다.

아샤 외증조할머니의 어머니이자 내게는 외고조할머니가 되는
파샤의 사진이 식탁을 내려다보았다. 파샤 고조할머니는 하얀 머
릿수건으로 이마를 내리덮었고 길고 검은 실내복 차림이라 마치 수
녀처럼 보였다. 발렌티나 할머니 얘기에 따르면 독일이 이곳을 점
령한 시기에 고조할머니는 마을을 슬금슬금 돌아다니면서 징발된
가축들을 몰래 풀어주고, 독일 군인들이 특정한 집에 분필로 그려
둔 표시를 지웠다고 했다. 1943년에 독일군이 퇴각한 후에도 고조
할머니는 '집을 지키겠다며' 이곳에 남았다. 나머지 가족들은 고조
할머니를 두고 달아났다가 나중에 돌아왔는데, 와서 보니 할머니는
튼튼한 독일군 군화를 신고 멀쩡하게 살아있었다. 고조할머니는 성
질이 고약하고 무뚝뚝한 데다가 한 번씩 격하게 화를 내는 편이었
다. "독일 놈들도 그분을 못 건드린 거야"라고 발렌티나 할머니가
말했다. 우리가 저녁을 먹으려고 식탁 앞에 모여 앉을 때마다 벽 높
은 곳에 걸린 사진 속 고조할머니가 우릴 매섭게 내려다보았다.

내가 쓰는 방은 예전에 아샤 증조할머니와 세르히 증조할아버지가 쓰던 방이었다. 지금 두 분은 베레 마을 공동묘지의 키 큰 소나무 밑에서 안식을 취하고 있지만, 우리는 무늬가 들어간 좁은 책장을 볼 때마다 두 분을 떠올렸다. 책장에는 고골, 도스토예프스키, 레르몬토프의 가죽 장정 책들이 세 겹으로 꽂혀있었다. 나는 글을 읽을 줄 모르던 시절, 이 방의 뻑뻑한 유리문을 빼꼼 열고 바닥에 앉아 오래된 책에 스며든 사향 냄새를 맡곤 했다. 책장 아래쪽에는 세르히 증조할아버지가 모아둔 레닌의 책들과 금박 표지로 된 소비에트 연방 헌법서가 있었다. 책들이 워낙 두툼해서 내가 아샤 증조할머니의 정원에서 몰래 가져온 꽃들을 책갈피 사이에 넣어 말리기에 좋았다. 레닌이 추방당한 지금, 레닌의 책이 있던 자리에는 발렌티나 할머니의 농업 관련 책들이 꽂혀있었다.

나는 단서라도 찾는 것처럼 책장도 들여다보고 사진첩도 펼쳐보면서 집 안 여기저기를 돌아다녔다. 그러다 밖으로 나가 정원 길을 따라 걸었고 창고도 들여다보았다. 베레 마을에서는 이런 창고를 '사라이'라고 했다. 투르크어로 '궁전'을 뜻하는 말이었다. 창고에 들어가자 석화된 목재와 흰곰팡이의 퀴퀴한 냄새에 숨이 막혔다. 얼굴에 붙은 거미줄을 떼어내며 창고 안을 둘러보았다. 흘러들어온 흐릿한 햇빛을 받은 먼지가 허공에서 춤을 추었다. 투르크의 궁전이 어쩌다 우크라이나의 정원 창고가 됐는지 알 수 없었다. 어쨌든 우리 집 정원 창고는 기억의 궁전이라 불릴 만했다. 발렌티나 할머니는 아무것도 내다 버리지 않았다. 쌓여있는 물건더미의 맨 위에는 내가 학교 다닐 때 입었던 교복 재킷과 사촌의 낡은 청바지가 있었다. 어머니의 원피스, 1970년대 잡지도 보였다. 물건 더미 아래쪽에 할머니가 장교 클럽에 춤추러 갈 때 입었던 무도회 드레스의 주름 장식이 삐져나와 있었다. 발렌티나 할머니와 보리스 할아버지는 저녁 무도회에서 멋진 커플로 통했다. 할머니는 풍성한 레이스 치마에 붉은 립스틱을 발랐고, 할아버지는 주름을 칼처럼 세우고 별 모양 배지를 반들반들하게 닦은 군복을 입었다. 할아버지는 비행기공장에서 기술자 겸 감독으로 일하면서 상도 여러 번 받았는데, 제대로 된 치료는 받지 못했다. 얼음 수영을 하고 마라톤까지 할 정도로 건강했던 할아버지는 어느 날 복통을 호소했고 몇 달 후 세상을 떠나고 말았다. 의사는 '충수염으로 인한 감염'이 원인이었다고 했는데, 나중에 발렌티나 할머니는 할아버지의 사인이 암이었다는 걸 알게 됐다. 할아버지의 공학 관련 교과서들, 신문들이 정원 창고 안 상자에서 일부 흘러나와 있었다. 나는 오래되어 바스러지는 〈프라우다〉 신문을 휙휙 넘기며 들여다보았다. 주요 공산당 기관지명인 '프라우다'는 '진리'라는 뜻을 담고 있었다. 1988년에 발행된 신문의 표제 '붕괴 직전인 타락한 서방 세계'가 불길한 전조처럼 느껴졌다.

베레 마을에서 내가 좋아했던 장소 중 하나는 체리 과수원 가장자리에 있는 작은 오두막이었다. 우리는 그 오두막을 '여름 주방'이라 불렀지만 실제로 요리할 때 쓰이지는 않았다. 전통적인 방식으로 지어진 그 오두막의 주재료는 갈대와 흙이었다. 벽에 회반죽을 바르고 테라코타 지붕을 얹은 이런 집들은 쇠락해 가는 우크라이나 마을에서 점차 사라지는 추세였다. 우리 오두막은 작은 창문이 있는 네모난 방 하나로 되어있었다. 창문에는 레이스 커튼과 거미줄이 드리워졌고, 방에는 화목 난로가 있었으며 흙바닥에는 거적이 깔렸다. 밝은 분홍색 페인트로 칠을 한 방의 벽에는 벽 카펫이 걸렸고 용수철 침대, 커다란 원형 탁자, 오래된 옷장이 갖춰져 있었다. 벽에는 우묵우묵한 자국이 난 거울이 걸려있었는데 그 거울 속에서 내 모습은 마치 빈티지 사진처럼 적갈색으로 보였다. 초봄이라 난로를 때지 않은 여름 주방은 꽤 추웠다. 나는 방 안을 서성이다 침대에 걸터앉아 방에 스며있는 축축한 흙과 호두 껍데기 향을 들이마셨다.

방치된 방에 가득한 울적한 기운이 나를 압도하는 듯했다. '이 집 구석구석에는 연방에 소홀했던 국가로부터 잔인하게 짓밟힌 사람들의 흔적이 남아 있어요.' 나는 블라디미르 큰아버지에게 보낼 이메일을 머릿속으로 구상했다가 문득 큰아버지에게 이메일을 보낼 수 없는 상황이란 걸 깨달았다. 마크라메 침대보 위에 몸을 쭉 뻗고 누워 눈을 감았다. 열 살 때 이 침대에 앉아서 썼던 시를 떠올렸다. '나는 누군가? 나는 어디에 있나? 광대한 우주의 모래 알갱이 같은 나. 지옥은 어디지? 천국은 어딜까? 누가 내게 말해줄 수 있을까?'

"여기서 뭐 하니?"

발렌티나 할머니의 목소리에 나는 벌떡 일어났다.

"그 담요 작년 가을 이후로 안 빨아서 더러워. 배 안 고프냐?"

할머니는 파를 한 다발 들고 문 앞에 서있었다. 실존적 불안 따위는 할머니가 알 바 아니었다. 쉰 살이 된 로라 이모가 모친에게 삶의 지혜를 구한 적이 있었다. 로라 이모는 젊은 시절에 배웠으면 좋앉을 것 같은 게 뭐냐고 물었는데 할머니는 망설임 없이 "큰 토마토를 길러내는 방법"이라고 대답했다.

키이우에 있던 드미트로는 부활절 주말을 앞두고 수요일에 베레 마을에 도착했다. 그는 친구들과 함께 폴타바의 작은 아파트를 빌려 살고 있었지만 거기 들르지 않고 곧장 베레로 왔다. 할머니는 드미트로에게 정확히 몇 시에 도착하냐고 몇 번이나 전화해서 묻고는 큰 냄비에 만두를 넣은 닭고기 수프를 끓이기 시작했다. 이 방에서 저 방으로 나비처럼 팔랑팔랑 돌아다니며 요를 펴고 수건을 다렸다. 며칠 동안 혼자 아침을 먹고 베레 마을 이곳저곳을 정처 없이 거닐던 나는 드미트로를 다시 보게 돼서 좋았다. 드미트로와 왁자지껄하게 떠들고 선물을 풀면서 음식에 대해 떠들다 보니 어린 시절 방학이 생각났다.

"너 정말 배 안 고프니? 비카, 드미트로 줄 수프 좀 다시 데워라."

할머니는 우리 가족들이 늘 그랬듯 나를 비카라는 약칭으로 불렀다. 나는 가스레인지를 켜고 묵직한 냄비를 불 위에 얹었다.

드미트로가 찻잔을 들고 앉으며 말했다.

"할머니, 배 안 고프다니까요."

"그럼 감자 몇 개만 먹을래?"

"배 안 고프다고요."

"다른 거 먹을래?"

"지금 배 안 고파요. 이따가 간식이나 좀 먹을게요. 저도 냉장고 위치쯤은 알 만큼 여기 오래 살았어요."

"지금은 여기 안 살잖니."

할머니는 코를 훌쩍이며 주방으로 들어가 등 뒤로 문을 쾅 닫았다. 거실 한가운데서 국자를 들고 서있던 나는 이게 무슨 상황인지, 누가 무슨 잘못으로 혼이 난 건지 분간이 되지 않았다.

"할머니는 내가 이 집에서 나가 사는 걸 반대하셨어. 내가 폴타바에 세를 얻어 나간 지 2년째인데 아직도 걸핏하면 그 얘길 꺼내시네."

드미트로는 눈치를 보며 주방 문 쪽을 바라보았다. 그러고는 어째서 이 집에서 나가기로 한 건지, 그게 왜 자신이나 할머니에게 좋은 일이었는지 설명하기 시작했다.

만약 드미트로가 근처 마을로 나가 살기로 한 걸 두고 할머니가 자기를 버렸다고 생각한다면, 아예 바다 건너 다른 나라에 가서 사는 딸들에 대해서는 어떻게 생각할까? 나에 대해서는 어떤 생각을 갖고 있을까? 어머니와 로라 이모는 할머니를 데려가 모시고 살고 싶어 했다. 두 분이 해마다 이 집을 팔고 미국이나 캐나다로 오시라고 했지만 할머니는 싫다고 했다. 내 집과 과수원, 자유를 포기하고 싶지 않다고, 고향을 떠난 건 너희 선택이지만 여기 남는 건 자신의 선택이라고 했다. 그런데도 우리가 곁을 떠난 게 할머니에게는 고통이었을까.

드미트로는 방을 서성이다가 할머니가 있는 주방으로 갔다. 얇은 벽을 사이에 두고 둘의 높아진 목소리, 훌쩍거림, 나지막하게 구시렁거리는 소리가 들렸다. 잠시 후 드미트로는 거실로 돌아왔고 부활절 휴가 기간 내내 우리 곁에 있기로 했다고 말했다. 할머니는 그 뒤에 서서 두 손을 맞잡고 행복한 웃음을 지었다.

다음 날 아침은 세족 목요일(부활절 전의 목요일—옮긴이)이었다. 우리 셋은 부활절을 맞아 집을 청소했다. 드미트로는 거실 바닥을 문질러 닦았고 나는 마당에 나가 빨랫줄에 깔개를 널고 빗자루로 두들겨 먼지를 털었다. 먼지가 구름처럼 팍팍 터져 나왔다.

"안녕!"

뒤돌아 보니 이웃에 사는 사샤 아주머니가 이 집의 경계를 이루는 대문을 열고 마당으로 들어서고 있었다. 사샤는 진홍색 머리에 뺨이 발그레한 쉰 살의 매력적인 여자였다. 베레 마을에서는 캐주얼복으로 통하는 날염 면 원피스에 양모 조끼를 입고 슬리퍼를 신은 모습이었다.

"언제 들러서 얘기나 좀 나눈다는 게 요즘 일이 너무 바빠서 통 짬을 못 냈네."

우리 할머니와 마찬가지로 사샤와 마을 사람들은 내게는 러시아어로 말을 걸면서도 자기네끼리는 우크라이나어를 썼다. 내 우크라이나어에 영어식 억양이 배어있다 보니 이웃들은 그걸 멋지긴 하지만 이질적으로 느끼는 듯했다. 나는 우크라이나어 발음이 우크라이나인으로서의 내 정체성에 어떤 의미가 있는지 의문이었다. 발음 때문에 내가 이곳에 속하지 못할 수도 있겠다는 걱정이 들긴 했지만, 우크라이나어의 감미로운 발음을 좋아했기에 꾸준히 우크라이나어를 사용했다. 내가 우크라이나어로 말할 때마다 할머니는 뿌듯해하는 표정이었다. 때로는 내 잘못된 발음을 나지막한 속삭임으로 고쳐주면서, 마치 최우수 학생을 내보이듯 동네 사람들에게 나를 자랑했다. 그래서 난 기회가 있을 때마다 우크라이나어로 말했고,

할머니는 내가 새로 배워 쓰는 단어와 표현을 들으며 기뻐했다.

"좋은 아침이에요, 사샤 아주머니."

이번에는 러시아어로 대답했다. 어렸을 때부터 사샤 아주머니와 러시아어로 대화했기 때문에 지금도 그렇게 하는 게 자연스럽게 느껴졌다.

사샤는 폴타바 중앙 시장에 가판대를 놓고 채소 묘목과 절화를 파는 일을 하고 있었다.

"우리 사샤가 해외에서 일하려고 하다가 결국 고향에 있기로 해서 내가 얼마나 좋은지 몰라."

'우리 사샤'는 사샤 아주머니의 열아홉 살 된 아들이었다. 아주머니의 가족은 자식들의 이름을 딸이든 아들이든 죄다 사샤로 지어서 이름 짓기의 어려움을 해결했다.

사샤 아주머니는 환하게 미소 지었지만 그녀의 예리한 초록색 눈은 나를 머리부터 발끝까지 샅샅이 훑었다. 봄철에 우크라이나의 태양은 보이는 것과는 달리 따뜻하질 않아서 나는 스웨터를 겹겹이 껴입었고 그 위에 세르히 증조할아버지의 양가죽 재킷까지 걸쳤다. 남들 눈엔 양치기처럼 보이겠지만 나는 편안하고 따뜻했다.

할머니는 사샤 아주머니한테 무슨 말을 하면 곧 온 동네에 소문이 퍼진다고 내게 일러주셨는데, 내가 무슨 말을 하든 안 하든 결과는 똑같을 것 같아서 나는 최대한 자연스럽게 미소를 지으며 뭐니 뭐니 해도 집이 최고라고 말했다. 막상 입 밖으로 내뱉고 보니 가식 같아서 민망했지만 사샤 아주머니는 알아채지 못한 눈치였다. 아주머니는 할머니의 고무장화를 신은 내 발을 찌푸린 눈으로 바라보았다.

"네 남편이랑 그 나라에서 돈을 잘 벌고 있긴 하니?"

나는 투박한 고무장화를 신은 채 이쪽 발에서 저쪽 발로 무게 중심을 바꿨다.

"둘이 벌어 살기엔 충분해요."

아주머니는 믿기지 않는 표정으로 내가 입은 재킷과 장화를 한 번 더 힐끗 바라보았다.

"무슨 일을 하는데?"

때마침 할머니가 집 밖으로 나왔다. 나는 슬쩍 할머니 뒤로 갔다가 복도로 들어갔다. 할머니는 심을 계획인 새로운 토마토 변종에 관해 아주머니와 얘기를 나누기 시작했다.

부활절인 토요일 아침, 나는 총성에 놀라 눈을 떴다. 쿵쾅거리는 심장을 부여잡고 침대에서 벌떡 일어나 앉아, 어디서 들려오는 소리인지 확인하려 귀를 쫑긋 세웠다. 그러다 침대에서 내려가 맨발로 마당으로 달려 나갔다. 풀밭에 서있는데 밤사이 싸늘해진 풀잎이 피부를 태우는 듯 느껴졌지만, 탕 탕 소리가 계속 들리니 그 자리에서 꼼짝할 수가 없었다.

큰 냄비를 들고 정원 창고에서 걸어 나오던 할머니가 말했다.

"신병들 사격 훈련하는 소리야. 저쪽 강변에 신병 훈련소가 있어." 할머니는 내 맨발을 보더니 놀라서 두 손을 얼굴로 올리느라 냄비를 떨어뜨렸다. "아이고, 이 할미 심장마비 오게 할 일 있냐? 얼른 들어가!"

나는 깔개에 발을 문질러 닦았다. 뺨이 달아올라 있었다. 잠자리를 정돈하는데 사샤 아주머니가 찾아와 할머니에게 인사하는 소리가 들렸다.

"저 집도 아주 시끄러워 죽겠네요."

"신앙심이라곤 한 톨도 없는 모양이야. 부활절 주말에 저러고 있으니."

화가 난 할머니의 목소리가 높아져 있었다.

"내가 오늘은 너무 일찍부터 공사를 하지 말아달라고 부탁했거든요. 그런데 이고르 얘기로는 이번 주말까지 담장 수리를 마쳐야 한다네요."

다른 쪽 이웃집에서 들려오는 요란한 드릴 소리에 총성과 할머니의 대답 소리마저 묻혔다. 할머니도 그렇고 사샤 아주머니도 군인들의 사격 연습 소리보다 이고르 씨네 담장 수리하는 소리가 더 거슬리는 모양이었다.

우리는 총성과 전기 드릴 소리를 배경 음악 삼아 부활절 요리를 준비했다. 오븐이 켜져있어 베란다 쪽 주방과 거실 사이의 문을 열어둬야 했는데, 덕분에 바깥 소음이 아주 확실하게 집 안으로 치고 들어왔다. 나는 감자 껍질을 벗기면서 총성이 울려 퍼질 때마다 움찔대지 않으려고 애썼다. 그래도 몇 시간 후 그 소리는 베레 마을의 일상적인 온갖 불협화음—수탉 소리, 개 짖는 소리, 아이들 떠드는 소리, 서로에게 목청 높여 인사하는 마을 사람들의 목소리—속으로 묻혔다. 사람들이 비일상적인 소음을 아무렇지 않게 받아들이고 사는 모습에 신경이 곤두섰지만, 달리 재앙을 견디며 살아갈 방법이 있을지 의문이었다.

언덕에 있는 가게에서 빵 두 덩어리를 사 온 드미트로가 말했다.

"어째 축제 자체보다 축제일을 위한 준비가 더 요란스럽네. 이틀째 요리를 하고 나면 다들 너무 지쳐서 음식을 즐기면서 먹을 기운도 없을걸. 할머니는 동트기 전에 우릴 깨워서 달걀과 부활절 빵을 성당에 가져가 축복을 받아오라고 시키실 거야."

그러자 할머니가 말했다.

"당연히 그렇게 해야지. 부활절 행사를 한 번도 안 해본 사람처럼 구는구나. 왜 통밀빵을 사 왔어?" 할머니는 직사각형 모양이라 우리가 키르피치크(작은 벽돌)라 부르는 빵을 손가락으로 쿡 찔렀다. "이건 너무 시큼한 냄새가 나는데!"

"정확히 흰 키르피치크 모양 맞잖아요." 드미트로는 빵을 약간 떼어 입에 넣었다. "전혀 안 시큼해요."

나는 감자칼을 휘저으며 드미트로에게 말했다.

"야, 껍질 부분 다 먹지 마."

우린 둘 다 그 빵의 바삭바삭하면서도 캐러멜처럼 달콤한 가장자리 부분을 좋아했다. 어렸을 때처럼 지금도 여전히 그 빵 때문에 툭탁거렸다.

할머니는 양파 껍질 한 줌을 큰 냄비에 넣으며 말했다.

"할 일이 엄청 많아. 비카, 감자 몇 개 더 까라."

"까놓은 감자만 해도 열두 개가 넘어요. 저녁식사 때 몇 명이나 오는데요?"

나는 또 다른 감자 줄기로 손을 뻗으며 투덜거렸다. 브뤼셀에서 파는 포슬포슬한 타원형 감자와 달리, 이곳 감자는 단단한 데다 조그마한 초현실주의 조각품 같은 모양이었다. 달콤하고 고소했다.

"우리 셋." 할머니는 내가 껍질을 까야 하는 감자 여섯 개를 그릇에 더 담아주며 덧붙였다. "드미트로랑 내가 감자를 좋아하잖니."

"우리 할머니랑 미국 군대의 공통점이지. 뭐든 최선을 다해라." 드미트로는 할머니 귀에 다 들리도록 큰 소리로 웃었다. "내 경험상 발렌티나 장군에게 복종하고 얌전히 명령을 따르는 게 신상에 좋아."

"할미를 장군에 비교하다니 불쾌하구나."

말과는 달리 할머니는 즐거워하는 표정이었다.

할머니는 내가 까놓은 감자가 담긴 그릇을 집어 들고 파스카 재료가 적힌 종이를 건넸다. 파스카는 높은 원통형 틀에 넣고 굽는 부활절 브리오슈였다.

"밀가루를 2킬로그램이나 사 오는 게 맞아요?"

그 정도 양이면 마을 사람들을 다 먹일 파스카를 만들 수 있지 않을까. 할머니는 다시 쇼핑 원정을 떠날 드미트로에게 장 봐 올 목록을 확인해 주느라 복도에 있어서 내 목소리를 듣지 못했다. 나는 밀가루와 우유, 이스트의 무게를 재서 할머니가 식탁에 놓아둔 커다란 나무 그릇에 담은 뒤, 그릇에 두 손을 넣고 재료를 반죽하기 시작했다. 밀의 진한 크림 향이 나를 휘감았다. 일체의 종교의식을 거부하는 세르히 증조할아버지 때문에 집에서 부활절 축하 행사를 할 수 없었을 때도 우리는 봄마다 파스카를 만들었다. 럼주에 재운 건포도, 설탕에 조린 오렌지 껍질을 가득 넣은 버터 향 브리오슈의 풍성한 맛을 즐기기 위해서였다. 손안에서 반죽이 쭉쭉 늘어나기 시작했다. 할머니에게 배운 대로 반죽 덩어리를 꼬아 여러 번 접어 가며 치댈수록 탄력이 생겼다. 잠시 후 반죽 덩어리를 사발로 덮어놓고 의자에 앉아 팔뚝에 묻은 밀가루를 닦아냈다.

주방으로 돌아온 할머니는 부활절 달걀에 쓸 천연 색소를 만들기 시작했다. 물에 양파 껍질을 넣고 끓여 색을 내는 방법이었다. 거실에 퍼져나가는 달콤한 양파 냄새가 꼭 과숙한 망고 향 같았다. 향기에 대해 글을 쓰고 있는 터라 주변의 냄새들을 감지해서 기억을 떠올리게 하는 다른 향과 연결 지을 수 있었다. 몇 달 전, 남편이 인도 뭄바이에 친척들을 만나러 갈 일이 있다고 해서 같이 갔었다. 망고철이 아니었는데도 열대 과일의 강렬한 향기가 향신료 향, 조리용 기름 향, 모닥불 향이 진하게 배어있는 공기 중에 섞여 들어가 춤추듯 퍼져나갔다. 우리는 고아에 있는 향신료 농장을 방문했는데, 그곳 농부들이 후추, 카르다몸, 바닐라 꼬투리를 추수하는 방법을 직접 보여주었다. 나는 그 마을과 초록빛 덩굴, 재스민 화환을 찍은 사진을 블라디미르 큰아버지에게 보냈다. 큰아버지는 농부들이 사는 오두막을 보니 러시아에 있는 조부모님의 마을이 떠오른다고 답장했다. 그런 기억이 생각날 듯 말 듯 아련한 곡조처럼 떠올랐다가 사라졌다.

작은 창문으로 네모나게 흘러 들어온 햇살이 식탁을 지나 내 뒤의 바닥으로 미끄러져 내려갔다. 정오가 지나고 있었다. 할머니는 팔팔 끓인 양파 껍질에서 끈적한 액체를 거른 뒤 냄비에 달걀을 넣었다. 그리고 연한 색이던 달걀 껍데기가 진한 적갈색이 될 때까지 뭉근히 끓였다.

할머니와 나는 번갈아 파스카 재료를 반죽하면서 달걀, 설탕, 버터, 밀가루를 조금씩 추가했다. 반죽이 번들거리며 팽창하자 방 안에 육두구와 크림 향이 가득 퍼져나갔다. 할머니는 온몸으로 식탁까지 밀어가면서 힘차게 반죽을 주물렀다. 할머니가 밀어붙일 때마다 식탁이 탭댄스 추듯 흔들거렸다. 할머니는 허리를 숙이고 반죽을 앞으로 밀다가 갑자기 우뚝 멈추더니 헉 하고 숨을 내뱉었다. 그리고 버터와 밀가루 범벅인 손으로 허리를 짚었다.

나는 얼른 달려갔다.

"할머니, 왜 그래요?"

"별거 아니다."

할머니는 숨을 세게 들이마시더니 극심한 통증 때문인 듯 얼굴을 찌푸렸다.

나는 의자를 끌어다가 할머니를 부축해 앉혔다.

"허리를 삐셨나 봐요. 반죽은 놔두세요. 제가 할게요."

할머니는 화가 치민 눈으로 나를 쳐다보았다.

"내 허리는 멀쩡해."

말은 이렇게 하면서도 내가 건넨 수건으로 손을 닦고 계속 앉아만 있었다.

시장에 갔던 드미트로가 돌아오자 할머니는 힘겹게 일어나 주방으로 갔다. 나도 따라 들어가 드미트로에게 물었다.

"집에 진통제 있어? 할머니가 허리를 삐셨어."

할머니는 고개를 돌리고 나를 쏘아보며 말했다.

"멀쩡하다고 했잖니."

할머니가 건강 문제에 민감하고 의사를 무서워한다는 얘길 어머니한테 들은 적이 있었다. 아파서 끙끙대면서도 치료받는 걸 거부하는 분이었다. 나는 거실로 돌아갔다.

주방에서 할머니가 드미트로에게 하는 얘기가 들려왔다.

"이 상표 햄은 별로인데."

"우리가 늘 사던 거예요."

"슬라이스 치즈는 얼마 줬니? 아이고 비싸라! 왜 이렇게 많이 샀어?"

향신료 냄새로 가득한 공기 중에 두 사람이 주고받는 말이 툭탁 툭탁 오갔다. 나는 반죽을 주먹으로 치댔다.

드미트로가 거실을 빼꼼 내다보았다. 그는 팔꿈치까지 밀가루를 묻히고 식탁 앞에 서있는 나를 보며 말했다.

"무슨 빵 하나 만드는 데 온종일 걸려?"

드미트로가 장난스럽게 물었지만 난 전혀 즐겁지 않아서 고개를 돌려버렸다.

그는 가까이 다가와 내 눈을 들여다보았다.

"도와줄까? 설거지는 해줄 수 있어."

그러고는 탁자 위에 기울어진 탑처럼 잔뜩 쌓인 접시와 그릇더미를 들고 주방으로 가져갔다.

"네가 무슨 설거지를 해! 내가 하든지 아니면 비카가 파스카 다 만들고 나서 해도 돼." 할머니가 드미트로를 가로막았다. "차 끓여 주마. 배고프니?"

"드미트로가 설거지하면 왜 안 되는데요?"

내가 따져물었다. 드미트로는 이미 개수대 안에 스펀지 수세미를 내려놓고 주방 밖으로 나오고 있었다. 나는 마지막 버터 조각을 집

어넣으며 다시 반죽을 치댔다. 반죽이 두껍고 미끈거려서 버터가
스며들지 않았고 손도 미끄러졌다.

"남자가 할 일이 아니야."

할머니는 낡은 스펀지에 대고 주방 세제를 짰다.

"우리 집에서는 남편이 설거지해요."

나는 고집스럽게 받아쳤다.

"서방 세계 남자들은 다르니까."

"드미트로는 캐나다에서 자랐거든요."

반죽을 잡고 씨름하느라 팔이 욱신거렸다. 피곤하고 짜증도 나고
기운이 빠졌다. 따져봤자 할머니와 부딪치기만 할 뿐인 걸 알면서
도 입을 다물 수가 없었다.

"내 남편은 집에서 설거지를 한 번도 한 적 없어. 난 여자들이나
하는 그런 하찮은 일을 남편이 하게 두질 않았다." 할머니는 세제
푼 물에 포크와 칼을 담갔다. 할머니는 '네 할아버지'가 아니라 굳이
'내 남편'이라 말했다. 개수대 안에서 접시들이 달그락달그락 부딪
치는 소리, 식탁에 대고 반죽을 치대는 소리가 계속 나고 있음에도
불구하고 우리 둘 사이에는 얼음처럼 싸늘한 정적이 흘렀다. 손에
서 또 반죽이 빠져나갔다.

"베레 마을에는 우리만의 방식이 있어. 드미트로는 이 마을 사람
이야."

할머니는 차가운 물을 틀어 접시를 헹궜다.

주먹으로 식탁을 치며 반죽하는데 팔에 통증이 느껴졌다. 나는
할머니의 아버지인 세르히 증조할아버지가 집에서 설거지를 했고

아샤 증조할머니를 위해 차를 끓였으며 내게 줄 아침식사도 만드셨다는 얘기를 굳이 하지 않았다. 할머니가 말한 '이 마을 사람'에 나도 포함되느냐고 묻지도 않았다. 아니라는 대답을 들을까 봐 두려웠다.

새벽녘에 드미트로가 나를 깨웠다. 베레 마을에는 성당이 없고 철로 너머 마을에는 있었다. 폴타바에서 차를 몰고 온 신부가 철로 너머 마을의 성당에서 부활절을 축복하는 의식을 집전했다. 나는 적당한 옷을 찾으려고 침실 벽장 안을 뒤졌다. 내 기억에 일부 정교회 성당에서는 여성의 복장을 엄격하게 규제했다. 나는 파란색 긴 주름치마를 입고 검은색 양모 외투를 걸쳤다. 계속 흘러내리는 머리카락은 회색 스카프로 감쌌다.

침실에서 나오는 나를 보며 할머니가 말했다.

"우리 어머니(아샤) 젊었을 때 같구나."

어젯밤 다투고 나서 우리는 부자연스러울 정도로 조심스럽고 정중하게 서로를 대하고 있었다. 우린 둘 다 내가 키 크고 금발이었던 아샤 증조할머니와는 전혀 안 닮았으며, 내 짙은 색 머리카락과 자그마한 체격은 아버지 쪽에서 물려받았단 걸 알고 있었다. 그래도 나는 할머니가 무슨 말을 하고 싶었던 건지 이해가 돼서 마음이 누그러졌다.

거실로 와서 보니 식탁 위에 파스카들이 잔뜩 놓여있었다. 높은 원통형 모양의 파스카 위쪽은 흰 머랭과 설탕에 절인 제비꽃 꽃잎으로 반들반들하게 장식돼 있었다. 우리는 제일 예쁘게 만들어진 파스카를 골라 바구니에 담고, 부활절 달걀 몇 개와 손수건에 싼 소금도 같이 넣었다. 부활절 저녁식사는 축성 받은 소금에 찍은 달걀과 파스카 한 조각으로 시작됐다. 나는 전날 많이 먹질 못해서인지 식욕이 올라서 음식의 온갖 색깔과 질감, 향기를 또렷하게 받아들였다.

할머니는 대문을 나서는 우리에게 성호를 그어주었다. 할머니는 화장대 위에 성화들을 쭉 두었고 달력에 종교 휴일을 표시한 날에는 일을 쉬었다. 그렇지만 성당에는 거의 가지 않았다. 성당에 가서 어떻게 행동해야 할지 몰라서 안 간다고, 하지만 빵에 축성은 받고 싶다고 했다.

우리는 아직 잠들어 있는 집들, 서서히 깨어나는 과수원들 앞을 지나 걸어갔다. 하얀 구름처럼 피어난 살구꽃 덕분에 마을은 마치 일본 그림처럼 세련된 느낌을 풍겼다. 드미트로와 함께 강 쪽으로 걸어가는데 휴대용 온실이 갖춰진 채소밭이 시야에 들어왔다. 가파른 강둑에 올라가서 보니 베레 마을은 회반죽을 바르고 목재 덧문, 수양버들, 뒤얽힌 포도 덩굴이 갖춰진 오두막의 고색창연한 은판 사진 같았다. 강둑에는 사람이 없었고 물살이 빠르게 흐르고 있었다. 강물에는 거꾸로 선 나무들, 지붕이 아래에 있는 집들, 우리의 흐릿한 그림자가 비쳤다.

"신병 훈련소가 어디야?"

내가 묻자 드미트로는 하늘을 배경으로 투명하고 환하게 펼쳐진 숲 쪽을 가리켰다. 맑은 아침 하늘인데 왠지 어둡고 불길해 보였다.

금 십자가로 장식된 파란색 금속 지붕이 있는 작고 하얀 건물이 성당이었다. 우리는 성당 안뜰에 모여있는 사람들 사이에 끼어 섰다. 다들 달걀과 파스카에 축성을 받으려 기다리고 있었다. 청바지에 가죽 재킷을 입은 여자 둘이 내 긴 치마와 양모 외투를 힐끔거리며 자기네끼리 킥킥대고 속닥거렸다. 그곳에 모인 70세 미만 여자들 중에 치마를 입은 사람은 나뿐이었다. 성당 문이 열리고 성긴 검은 턱수염을 기른 젊은 신부가 나왔다. 그 턱수염 때문에 신부는 나이보다 훨씬 어려 보였다. 신부는 작은 빗자루와 양철통을 들고 안뜰로 걸어 나왔다. 할머니가 감자를 담아두는 통과 같은 종류였다. 신부는 빗자루를 양철통에 담그고 "그리스도께서 부활하셨습니다"라고 읊조리더니 우리에게 물을 튀겼다. 빗자루는 성수 스프링클러였고 양철통은 성스러운 그릇이었다. 조용히 서있던 군중은 기쁜 얼굴을 하고서는 "참으로 부활하셨습니다"라고 조화롭게 합창했다. 아침 해가 고도를 높이자 성당의 십자가는 불길에 활활 타오르는 듯했다. 신부는 둥글게 모여 선 사람들 앞으로 지나가면서 성수를 세 번 뿌려주고는 성당 안으로 들어갔다. 축성의 마법에 걸린 사람들은 서로에게 인사를 건네면서 얼싸안고 입을 맞췄다. 아는 얼굴은 보이지 않았다. 다들 친하고 정이 돈독해 보였다. 고풍스러운 내 옷차림을 보고 비웃던 여자들도 마찬가지였다.

"너희 아샤 베레즈코네 손주들 아니냐?"

성당 문 가까이에서 커다란 바구니를 들고 지팡이를 짚은 구부정한 할머니가 우리에게 가까이 오라며 손짓했다. 드미트로는 그 할머니에게 고개를 끄덕여 인사했지만 나는 당황해서 쳐다보기만 했다. 동네 사람들이 내 가족을 다 아는 곳에서 살았던 게 무척 오래전이라, 여기서는 살아계시든 돌아가셨든 자손이 윗대의 이름으로 규정된다는 사실도 잊고 있었다. 할머니는 말없이 우리 얼굴을 자세히 들여다보았다. 드미트로가 말했다.

"맞아요. 아샤 할머니의 증손주들이에요."

"우리 집 젊은 것들은 나가 살려고만 하는데 너희는 계속 돌아오는구나."

할머니는 땅바닥에 바구니를 내려놓았다.

바구니를 덮은 수놓인 수건 아래로 부활절 빵, 달걀, 빨간 튤립한 묶음이 보였다. 진홍색 튤립의 머리 부분을 고무 밴드로 묶어놓은 게 눈에 띄었다. 아샤 증조할머니가 시장에 꽃을 팔러 나가면서 나더러 장식용 풍선을 가늘게 잘라 고무 밴드처럼 만들어서 차가운 꽃봉오리에 둘러주라고 하셨던 기억이 났다. 빨간 튤립에는 빨간 풍선, 하얀 튤립에는 하얀 풍선이었다. 그렇게 하면 꽃들이 개화해 신선도가 떨어지는 걸 막을 수 있었다.

이 할머니는 내 대답을 기다리지 않고 손등에 입술을 문지르며 말했다.

"돌아올 만한 이유가 있으니 왔겠지? 집은 언제나 집으로 남아있으니까."

집으로 돌아온 나는 소파에서 잠들었다가 땅거미 질 무렵 깨어났다. 부활절 미사의 주문이 여전히 주변에서 메아리치고 있었다. 눈에 눈물이 고이고 숨쉬기가 힘들었다. 누군가 내 이마에 손을 올리는 느낌이 나서 보니 할머니가 나를 내려다보며 서있었다.

"깨울 수가 없어서 그냥 뒀다. 드미트로가 축성 받은 부활절 빵을 사샤와 다른 이웃들에게 전해주러 갔어. 열이 좀 있네. 라즈베리잼을 넣은 차 한 잔 줄까?"

"괜찮아요. 정말이에요." 나는 일어나 앉아 몽롱한 기운을 털어냈다. "라즈베리잼을 넣은 차는 마실게요."

홍차에 라즈베리잼 한 스푼을 넣고 휘저어 마시는 것은 우리 가족이 감기에 걸렸을 때 쓰는 민간요법이었다.

할머니는 침실에서 나가며 나지막하게 말했다.

"다 내 잘못이야. 내가 더 준비를 잘해놨어야 했는데. 너한테 일을 너무 많이 시켰나 보다."

할머니는 구운 돼지고기와 감자를 데우고 축성 받은 파스카를 잘랐다. 우리는 달걀을 하나씩 쥐고 서로 부딪쳐 내년에 누가 더 운이 좋을지 겨뤘다. 내 달걀에 금이 갔고 할머니가 이겼다. 다음 날 나는 일찌감치 일어나 할머니를 따라 체리 과수원에 갔다.

05

키이우에 있는 국립 기록보관소에 가야
해서 부활절 휴가 기간이 어서 끝나기를 초조하게 기다렸다. 사회
주의 국가 체제의 역사와 정치에 관해 어느 정도 공부를 해봤더니,
1930년대에 소비에트 연방에서 누가 실종되면 비밀경찰의 짓일 가
능성이 제일 크다는 걸 알게 됐다. 답을 찾으려면 루스터 하우스에
들어갈 방법부터 알아내야 했다.

"구체적인 정보도 없이 친척분에 관한 기록을 제가 어떻게 찾아
드려요? 혹시 하늘에서 뚝 떨어지셨어요?"

전화기 너머 목소리가 내게 물었다.

상대에게 쓸데없이 모욕을 주는 말투에 나는 소비에트 관료 체제
에 대한 본능적인 혐오가 일었다. 어째서인지 큰아버지가 떠올라 분
노가 더 치밀었다. 하지만 이런 대화가 길어져 봤자 위험해진다는
걸 알기에 신랄하게 받아치고픈 마음을 꾹 참고 도움을 요청했다.

상대방은 조금 전보다는 누그러졌지만 지루해하는 목소리로 대

답했다.

"전화번호 남기시면 연락드릴게요."

하지만 연락은 오지 않았다.

내가 베레 마을에 돌아온 첫날 할머니는 정원 일을 해야 한다며 서둘러 밖으로 나갔다. 어쩌면 그게 사모바르(찻물을 끓일 때 쓰는 큰 주전자—옮긴이)를 가운데 두고 차를 따라 마시면서 여유롭게 이야기를 나누는 게 내 상상과 달리 어려운 일임을 알려주는 징조였을지도 모른다. 니코딤에 관해 물어도 할머니는 못 들은 척했고 오랜 과거의 일을 되새기고 싶어 하지도 않았다. 사람들은 자기네보다 나이 많은 분들은 과거에 살기 마련이고 마치 사진 더미를 펼치는 것처럼 추억 되새김질을 좋아한다고 여긴다. 하지만 발렌티나 할머니는 큰아버지와는 달랐다. 할머니는 소비에트 연방 시절이나 자신의 젊은 시절을 그리워하지 않았다. 내가 집 여기저기서 찾아낸 젊은 시절 할머니의 사진들, 즉 카메라 앞에서 요염한 자세를 취한 키 크고 날씬한 여자의 사진들을 들여다볼 때마다 할머니는 미소를 지으며 낯선 사람 얘기하듯 "그래, 참 아름다웠지"라고 말할 뿐이었다.

할머니는 사진들을 옆으로 치워버리고는 즐겨 읽는 농사연감을 꺼내 펼쳤다. "다 옛날얘기야. 우린 미래를 생각해야 해." 그러고는 농사연감 여백에 메모하면서 복잡한 채소 재배 시설 설계 그림을 그리셨다.

처음엔 화가 치밀었지만 완벽한 정원을 만들려고 노력하는 할머니를 보면서 나는 아샤 증조할머니의 강박적인 탐구가 떠올라 감동받기도 했다. 나는 할머니가 나를 위해 일상의 틀을 깨주기를 기대하기보다 차라리 나를 바꾸기로 했다. 그런 의미에서 할머니를 따라 과수원으로 나갔다.

"누가 과수원 나무를 이렇게 칠하라고 가르쳤니?" 할머니의 호통에 나는 시선을 들었다. 내 옆으로 와 양손으로 허리를 짚은 할머니는 화가 난 표정이었다. "석회 용액을 충분히 바르질 않았잖아."

과수원에서 석회 칠을 해본 건 그날이 처음이었다. 그때까지 내게 과수원은 쫙 펼쳐진 벚나무 나뭇가지 아래서 쥘 베른(1828~1905년. 프랑스의 소설가이며 과학 소설 분야를 개척한 '과학 소설의 아버지'—옮긴이)의 소설을 몰입해서 읽는 장소였다. 부드럽게 바스락거리는 나뭇잎 소리를 벗 삼아 지구의 중심을 향해 여행(1864년에 출간된 쥘 베른의 과학 소설 《지구 속 여행》의 내용—옮긴이)하는 곳이었다. 나중에 우크라이나를 떠나 미국으로 이민 갈 때도, 내 기억 속 과수원은 꽃이 만개한 나뭇가지 아래서 오후의 차를 즐기는 낭만적인 환상의 터전이었다. 타라스 셰우첸코의 유명한 시 〈집 옆의 체리 과수원. 체리 위에서 딱정벌레들이 노래하네〉를 읽으면서 나는 우리 과수원을 머릿속에 떠올렸다. 내 어머니처럼 우크라이나인이지만 모국어를 유창하게 못하는 사람들도 이 시의 낭만적인 종결부 '나이팅게일들은 밤을 지새우네'를 암송할 수 있었다.

내가 향기에 대한 글을 쓰기 시작했을 때 과수원은 향기로운 화폭이 되어주었다. 나는 꽃들과 만개한 나무들에 대한 기억을 향기에 대한 글 속에 차곡차곡 담아냈다. 베레 마을의 정원은 다양한 향기와 미묘한 느낌의 차이를 내게 끝없이 알려주는 저장소였다. 과수원에 석회 칠을 하는 것은 지금까지 내 몽상에 없었다. 하지만 완벽한 체리 과수원을 만들려는 할머니의 계획에는 나무 몸통에 석회 용액을 하얗게 바르는 일도 포함되어 있었다.

"충분히 바르지 않았다는 게 무슨 말이에요? 얼마나 더 발라야 충분한데요?"

"이렇게 얼룩덜룩한 회색 줄무늬가 아니라 완전히 하얗게 되도록 칠해야지."

나는 다시 칠하기 시작했다. 나무 몸통의 중간 아랫부분을 최대한 세심하게 칠하고 줄무늬처럼 된 부분을 특히 두껍게 칠했다. 두 시간쯤 지나자 과수원 나무들이 하얗게 빛났다. 부식성 용액이 장갑 안으로 스며든 바람에 내 손가락은 빨갛게 붓고 껍질이 벗겨졌다. 평소 체호프의 소설 속 시골 저택 여주인을 꿈꿨건만, 할아버지의 낡은 운동복을 입고 증조할머니의 앞치마를 두른 나는 소설가 고골이 그려낸 도시 악몽의 부랑자 같았다.

결과물을 확인하러 나온 할머니는 나무들을 빙 둘러보았다.

"됐다." 그러더니 우뚝 서서 눈살을 찌푸렸다. "저기 고르지 않게 칠해진 거 안 보이니? 어떤 부분은 다른 곳보다 두껍게 칠해졌구나. 우물 옆에 있는 나무는 숫제 빼먹었어."

석회 용액이 묻은 두 손이 따끔거렸다. 나는 제대로 칠하는 기술을 시범으로 보여주는 할머니에게 투덜거렸다.

"저는 농업이 아니라 정치학 전공이라고요."

"정치학이 무슨 쓸모가 있니?"

내가 할머니에게 정치학 석사 과정을 하기로 했다고 말씀드렸을 때 할머니는 "쓸데없는 짓"이라고 단언했었다.

나는 나무 몸통에 붓을 대고 눌렀다. 희부연 용액이 홈으로 스며들었다. 석회 용액의 분필 가루 냄새를 맡으니 학교의 칠판과 오래된 크레용이 떠올랐다.

"정치학 공부를 왜 쓸데없는 짓이라고 하셨는지 전 아직도 이해가 안 돼요."

나는 조심스럽게 말했다.

할머니는 벚나무 가지를 손으로 더듬어 끈적한 봉우리들을 손가락으로 만져보았다.

"세상에 아무짝에도 쓸모없는 게 정치학 공부야. 정치학 공부를 하고 그쪽 분야에서 뭘 하겠다고 설쳐대느니 그냥 정치와 상관없이 살면서 정치가 네 인생을 말아먹지 않길 바라는 게 낫지. 이 나라에서는 정치 때문에 인생 망치지 않고 살기가 어렵긴 하다만. 러시아와 문제가 생기면서 물가가 어마어마하게 치솟고 있어. 네가 제대로 바르지 못한 이 석회 용액만 해도 몇 달 전에 비해 가격이 두 배나 올랐어."

나는 내 붓끝에서 뚝뚝 떨어지는 허연 액체를 바라보았다.

"소련이 무너졌을 때 우리가 겪은 일 때문에 정치학을 공부하고 싶었어요. 이 나라를 이해하고 싶었어요. 학생들을 가르치는 것도 재미있을 것 같았고요. 할머니는 교사 일을 좋아하지 않으셨어요?"

"가르치는 건 좋았지. 지리학을 전공한 건 순전히 우연이었어. 우리 어머니는 내가 육류 기술자, 즉 영광에 빛나는 도축업자가 되길 바라셨지. 그럼 우리 식탁엔 늘 고기가 올라올 테니까. 그런데 난 도축장에 발을 들여놓자마자 썩은 살의 악취와 시멘트 바닥에 널린

내장을 보고 기절해 버렸어. 그래서 지리학자가 되기로 결심했지. 그때는 경제지리학이라고 했어. 자연을 5개년 계획에 순응시키는 학문이었으니까." 할머니는 고개를 절레절레 흔들며 덧붙였다. "숫자와 지도를 공부하면 피를 볼 일은 없을 거라는 바보 같은 생각을 했지."

내가 이 마을에 온 후 할머니와 나눈 제일 진솔한 대화였다. 나는 대화를 이어가고 싶었다.

"어떤 과목을 가르치셨든 할머니는 멋진 교사였을 거예요. 어렸을 때 할머니 강연을 듣는 게 좋았어요. 내용은 못 알아들었지만요. 박물관에서 할머니가 예술품을 설명할 때 다른 사람들이 들으려고 우리 주변에 모여든 것도 기분 좋았어요. 저도 교수가 돼서 할머니 뒤를 따르고 싶었어요."

하지만 할머니는 다시 무표정으로 돌아가 붓을 쥐고 어느 벚나무 앞에 웅크리고 앉았다. 할머니는 내가 어떤 과정을 거쳐 인생의 중요한 선택을 했는지보다, 나무에 더 관심을 쏟았다. 할머니 덕분에 새로운 분야를 시도해 볼 자신감을 얻었다는 말이 입 밖으로 나오려다가 말았다. 막상 해보니 정치학 공부가 기대한 만큼 만족스럽지 않아서 나는 주저 없이 진로를 바꿨다. 게임 이론 모델에 관한 공부를 집어치우고 조향 전문학교에 들어가 유기화학을 공부했다. 무형의 대상을 단어로 옮겨가며 다양한 향과 풍미에 관한 글도 썼다. 미지의 세상에 뛰어드는 건 전혀 겁나지 않았다.

문득 아버지를 만나러 캘리포니아에 마지막으로 갔을 때가 기억났다. 당시 아버지도 새로운 일을 시작하려 준비 중이었는데, 아버지의 목소리까지 들떠있던 걸로 기억한다. 나는 할머니에게 그 얘기를 하고 싶었다. 할머니는 내 아버지를 잘 알면서도 아버지에 관한 얘기를 좀처럼 하지 않았다.

"나무에 석회 용액을 바르는 걸 왜 수학처럼 정확히 해야 하죠? 나무껍질이 병충해를 입지 않게 보호할 수 있으면 되는 거잖아요?"

나는 할머니에게 아버지에 관해 물어보려다가 알 수 없는 두려움 때문에 그만두었다.

할머니는 고개를 옆으로 돌리더니 내게 손을 뻗었다.

"그 큰 붓 이리 다오."

할머니는 늙은 벚나무에 비딱하게 발린 석회 용액의 선을 바로잡았다.

"이렇게 칠을 해야 겨울에 나무껍질이 햇볕에 타 검어지는 걸 막고 병충해도 막아. 어차피 칠할 거면 아름답게 해야지."

할머니의 기준은 늘 높았다.

우리 집 체리 과수원 바로 옆에는 사샤 아주머니네 채소밭이 있었다. 할머니의 완벽주의와 내 고집이 충돌할 때마다 우리 이웃 사샤 아주머니는 두 집 땅을 구분해 놓은 엉성한 철사 울타리 사이로 우리를 쳐다보곤 했다. 바람이 양쪽 집 정원을 오가며 대화를 물어 날랐다. 우리가 사샤 아주머니와 그분 아들의 얘기를 속속들이 듣고 있듯이 사샤 아주머니는 우리가 벌이는 작은 드라마를 세세하게 다 듣고 있었을 것이다.

"오늘 나무에 석회 칠을 하기로 하셨나 봐요." 사샤 아주머니가 대문을 열고 우리 집 정원으로 들어왔다. "발렌티나 세르게이브나,

루스터 하우스

114

석회 가루 얼마 주고 샀어요?"

내가 석회 용액 칠을 계속하는 동안 할머니와 사샤 아주머니는 석회 가격에 관한 얘기를 주고받았다.

"우리 아들이 초대한 오이 주술사가 이따 오후에 오기로 했어요. 씨앗을 준비해 둬야겠어요."

사샤 아주머니는 이렇게 말하고는 자기네 집 정원으로 돌아섰다.

나는 칠을 멈추고 고개를 돌려 아주머니를 바라보며 물었다.

"오이 주술사요?"

"응. 오이 주술사. 그 여자는 《폴타바의 새벽》에 광고하는 돌팔이들과 달리 진짜 전문가야." 아주머니는 어째서인지 살짝 화가 난 목소리였다. "신문 광고로는 제대로 된 오이 주술사를 구할 수 없어. 신문에 광고하는 것들은 죄다 사기꾼이야."

"오이 주술사는 무슨 일을 하는데요?"

사람들이 오이 주술사라며 광고를 한다는 것도, 그런 직업이 존재한다는 것도 처음 들었다.

"오이 주술사는 풍작이 되도록 주문을 걸어줘."

사샤는 당연한 걸 묻느냐는 듯 눈을 위로 굴렸다. 나는 말문이 막혀 멍하니 서있었다. 할머니도 오이 주술사를 고용한 적 있을까. 사샤는 내가 석회 칠을 한 나무들을 힐긋 쳐다보더니 내게 살짝 웃음지었다.

"도시 여자가 이렇게 석회 칠을 잘할 줄 몰랐네."

사샤 아주머니는 내 앞에서는 늘 칭찬하는 말을 했지만, 과장되고 지나치게 달콤한 말투라서 거짓말처럼 들렸다. 나는 이 아주머니가 뒤에서 내 험담을 한다는 걸 알고 있었다.

다음 날, 나와 함께 정원 일을 하면서 할머니가 말했다.

"사샤는 네가 늘 못생긴 신발만 신는다고 하더라. 네 신발은 아메리칸카(미국 여자)가 아니라 콜호즈니차(집단농장 노동자)에게 더 잘 어울리겠다고, 유럽에 사는 아메리칸카한테는 안 어울린다고 하더라!"

할머니는 깔깔 웃더니 눈가를 손으로 문질러 닦았다.

뭐가 그렇게 재미있는지 난 이해가 되지 않았다.

"아니 그럼 뭘 신어요? 비가 계속 와서 집 앞길이 온통 진창이라 다른 신발로는 지나다닐 수도 없는데!" 나는 현관문 앞에 놓아둔 내 고무장화를 힐끗 바라보았다. 튼튼하고 거친 그 고무장화는 최신 유행 스타일이 아니기는 했다. 하지만 찢어진 슬리퍼를 즐겨 신는 사샤 아주머니가 내 신발을 놓고 왈가왈부하는 건 이해할 수가 없었다.

할머니는 성가신 파리를 쫓듯 본인 얼굴 앞에 대고 손을 휘저으며 말했다.

"신경 쓸 거 없다. 사샤는 그냥 수다 떠는 걸 좋아할 뿐이니까."

사샤 아주머니의 수동적 공격 성향(공격성을 수동적으로 표현하는 성향—옮긴이)에 짜증이 치밀어 더는 참을 수 없었다.

"그분이 저에 대한 소문을 퍼뜨린다고요. 요전 날에는 누가 저더러 이혼했냐고, 이혼한 게 아니면 여기로 왜 돌아왔냐고 묻기까지 했어요."

"실없는 소리 하는 거야. 사샤가 쓸데없는 소리를 잘하지만 나쁜 의도는 없어. 너희가 곁에 없을 때 날 도와준 사람이다."

내 결혼에 관한 소문이 돈다는데도 할머니가 아무렇지도 않은 게 이해되지 않았다.

"그럼 그 여자가 제 신발에 대해 떠든 얘길 뭐 하러 저한테 전하세요? 그 여자를 늘 두둔하시는 건 또 뭐고요?"

"왜 그렇게 화를 내니? 고무장화가 보기 흉하다는 거잖아. 너 좋으면 계속 신어. 남들이 뭐라든 성질 내지 말고."

할머니는 내게 눈썹을 치떴다.

"이 고무장화를 신으라고 주신 건 할머니예요. 스니커즈 운동화보다 낫다고 하셨잖아요."

나는 베레 마을을 떠들썩하게 만든, 가짜 털 안감을 넣은 고무장화를 손으로 가리켰다.

할머니는 후우 하고 숨을 내쉬며 일어섰다.

"너 신고 싶은 거 신어라. 난 정원에 나가볼란다."

그러고는 날 쳐다보지도 않고 점퍼를 입었다.

"이 동네 사람들은 네가 외국서 살다 왔으니 너한테 다른 기준을 적용하는 거야. 속으로는 네가 돌아온 걸 고맙게 여기고 있어. 자랑스러워한다고 볼 수 있지. 어쨌든 그 사람들은 자기네 나름으로 널 평가할 거다." 할머니는 목에 스카프를 둘렀다. "드미트로가 여기 살려고 캐나다에서 돌아왔을 때 동네 사람들이 뭐라고 했는지 상상이 가니?"

할머니는 한결 풀린 표정으로 현관을 나섰다.

나는 고무장화의 흙을 소매로 툭툭 털었다. 사샤 아주머니가 주변에 있든 없든 일할 때 다른 신발은 신지 않겠다고 마음먹었다.

나중에 남편에게 전화를 걸어 할머니와 나눈 대화를 털어놨다. 남편은 작은 동네에서는 다들 서로에 대해 시시콜콜 알고 떠들고 싶어 한다며 위로해 줬다. 우리는 서로를 그리워했지만, 내가 필요한 만큼 우크라이나에 더 머물기로 합의를 봤다. 원래 우크라이나에 한 달 정도 있으려고 했는데 기간을 늘리기로 했다. 장미 수확철에 맞춰 프랑스 남부에도 가볼 생각이었다. 글쓰기 과제 때문에 당장 브뤼셀로 돌아갈 필요는 없었다.

결국 내 마음을 심란하게 한 것은 사샤 아주머니의 말 때문이 아니었다. 그런 얘기쯤은 흘려들을 수 있었다. 하지만 할머니와 나 사이에 조성된 긴장감은 쉬이 무시할 수 없었다. 할머니는 예측할 수도, 속을 알 수도 없는 사람인 것 같았다. 할머니와 가까워지려면 우크라이나행 비행기 표를 사는 것이나 체리 과수원에 석회 칠을 하는 것 이상의 노력이 필요한 듯했다.

니코딤에 대한 조사는 전혀 진전이 없었다. 국립 기록보관소 쪽은 포기하고 폴타바 지역에서 자료를 찾아보기로 했다. 방문객 정보를 제출하려고 기록 부서의 공식 홈페이지에 들어가 확인해 보니 굳이 예약하고 갈 필요는 없었다. 나는 고무장화를 벗고 도시를 돌아다니기에 적합한 신발로 갈아신은 뒤 폴타바행 버스에 올랐다.

폴타바 덕분에 좌절도 했고, 기쁨도 누렸다. 우크라이나에서는 지리적 위치가 운명을 결정지을 때가 많은데 폴타바는 분류가 쉽지 않았다. 동쪽도 아니고, 서쪽도 아닌 딱 중간이었고 그나마도 주변부였다. 폴타바의 주요 광장에 가 보니 대부분 파르테논 신전을 흉

내 내 지은 건물들이 널찍한 공원을 에워싼 모습이었다. 공원에는 1709년 러시아의 표트르 대제가 스웨덴과의 전쟁에서 거둔 승리를 기리는 기념물이 자리했다. 기둥 위에 러시아 황실 독수리가 붙어 있고 그 위에 우크라이나 국기가 펄럭거렸다. 도시가 내려다보이는 언덕 위에는 홀리 크로스 수도원의 금색 반구형 지붕이 은은한 빛을 발했다. 이 수도원은 코사크인들의 돈으로 지어졌는데, 오래전 일이지만 여전히 또렷하게 기억되고 있는 18세기 전쟁에서 코사크인 대부분은 스웨덴 편을 들어 싸웠다. 레닌 거리는 옛 수도원 거리와 나란히 뻗어있었다. 엥겔스 거리 바로 옆이 고리키 거리였다. 푸시킨 거리는 고골 거리, 로자 룩셈부르크 거리와 닿아있었고 고요한 린든 골목으로 이어졌다. 린든 골목에서는 러시아 시인 푸시킨의 청동 조각상이 도미노 하는 노인들, 빈 의자에 엎드려 낮잠 자는 고양이들을 청동 눈으로 내려다보았다. 거리명은 바뀌고 있었지만, 표지판에는 여전히 소비에트 시대의 거리명이 표기되어 있었고 사람들은 지금은 없어진 레닌 기념비 근처에서 만날 약속을 잡았다. 이처럼 옛 기억을 마음 깊이 새기고 있는 마을이라면 니코딤의 운명이 어떻게 흘러갔는지에 대한 단서를 제공해 주지 않을까.

하지만 지역 기록보관소에 들어간 순간부터 자신감이 흔들렸다. 소비에트 관료주의적 기관의 특징을 모두 갖춘 회색 시멘트 건물은 정체불명의 막강한 힘을 뿜어냈다. 먼지 냄새, 미완으로 끝나고 만 5개년 계획의 냄새가 훅 밀어닥쳤다. 나는 줄 맨 끝으로 가 섰다.

접수처 쪽으로 여러 사람이 초조하게 떠밀려 가고 있었으니 사실상 '줄'이라고 할 수도 없었다. 보청기를 끼고 구식 펠트 모자를 쓴 노부인에게 젊은 접수 직원이 "2층으로 가세요"라고 말하는 소리가 들렸다.

"7층? 뭘 어떻게 하라고? 이 건물에는 7층이 없는데."

노부인은 보청기를 매만지다가 바닥에 떨어뜨리고 말았다.

"2층이라고요. 2층!"

접수 직원은 악을 쓰다가 목소리가 쉬어버렸다. 다른 사람들이 바닥을 둘러보며 보청기를 찾아서 노부인에게 주었고, 소리 높여 방향을 일러주며 2층 쪽으로 데려갔다. 다시 줄이 만들어져 나는 그 끝에 섰다. 트위드 재킷을 입고 훈장을 단 늙수그레한 두 남자가 공문서에 대한 증거라며 누런 종이를 흔들어 댔다. 그들이 외치는 머리글자가 무엇을 뜻하는지 나는 알 수 없었다. 사람들은 증명서나 허가증, 인증서를 요구했지만 거부당했다. 직원은 조회해 보니 불가능하다고 선언했다. 이 기록보관소 역시 난공불락이었다.

빨간색 긴 외투를 입은 중년 여자가 유대인 혈통 증명서를 요청하자 접수 직원이 물었다.

"폴타바에서 태어났어요? 유대교 회당에 문의해 보셨어요?"

"무슨 회당이요? 그 회당은 오페라 극장이 됐잖아요. 오페라 극장은 불에 타서 문을 닫았어요."

"제가 회당 문을 닫고 오페라 극장에 불을 낸 것처럼 말씀하시네요." 접수 직원은 중년 여자에게 종이를 내밀었다. "폴타바에 있는 모든 유대교 회당 목록이에요. 여러 개 있어요."

"뭘 도와드릴까요?"

접수 직원은 이렇게 말하며 나를 힐긋 쳐다보더니 컴퓨터 화면으로 시선을 돌렸다.

나는 가계도를 확인하고 있는데 외증조부모님이 살았던 마을에 관한 기록을 얻고 싶다고 말했다. 국립 기록보관소에서 겪은 일을 떠올린 나는 지금은 니코딤 얘기를 꺼내지 않는 편이 좋겠다고 판단했다.

"디부슈카(아가씨), 기록보관 책임자와 만날 약속을 잡고 왔어야죠. 오늘은 그분이 바쁘세요. 다음 분!"

아가씨라 불린 것에 대해 평소보다 더 짜증이 치밀었다.

"여긴 예약 시스템이 없던데요. 홈페이지에서 확인하고 왔어요."

뒤에서 내 등을 밀어대는 사람들이 느껴졌다.

"우리 홈페이지를 보는 분이 있는 줄 몰랐네요."

"저는 다른 데서 왔어요."

베레 마을을 의미한 거였다.

"파리에서 왔다고 해도 상관없어요. 아시겠어요? 다음 분!"

"파리에서 온 게 아니라……."

내가 말을 하려는데 접수 직원이 내 말을 가로막았다.

"그래요, 딱 보니 알겠네."

접수 직원은 내가 입은 소박한 검은 외투와 아샤 증조할머니의 장미 무늬 숄을 힐끗 바라보며 말했다.

나는 뒤로 떠밀리고 말았다. 누가 나를 팔꿈치로 치며 내 자리를 차지했다. 옆으로 물러서는데 누가 또 팔꿈치로 내 옆구리를 콱 질렀다. 예상치 못한 가격과 통증에 분노한 나는 사람들을 밀치며 접수대로 돌아갔다.

"여긴 기록보관소예요. 방문객을 모욕하는 게 아니라 돕는 게 당신이 할 일이고요." 내 뜻대로 될 때까지 버티기로 마음먹자 분노가 싸악 가라앉았다. 내 카랑카랑한 목소리에 사람들은 입을 다물었다. "난 다른 나라에서 살고 있어요. 굳이 설명하자면 파리에서 가까운 곳이긴 해요. 그리고 우리 가족의 역사를 확인하려고 여기 온 겁니다. 예약해야 한다면 어떻게 해야 하는지 설명이라도 해주시든가요."

접수 직원은 물론이고 줄 서있던 다른 사람들도 입을 딱 벌리고 나를 가만히 쳐다보았다. 어차피 이렇게 된 거 세르히 증조할아버지의 소련 재킷에다가 일할 때 신는 고무장화를 신고 올 걸 그랬다.

"외국에서 왔다고 처음부터 말하지 그랬어요?" 접수 직원이 중얼거렸다. "기록보관 책임자인 옥사나 바실리브나 씨를 만나시면 되겠네요. 그분 사무실은 저 모퉁이 너머에 있어요."

나는 옆으로 물러나 외투에 묻은 먼지를 털고 숄을 바로 걸쳤다. 한바탕 싸움을 한 기분이었다. 외국에서 왔다는 말 한마디에 쉽게 문이 열리니 내가 거둔 승리가 싸구려처럼 느껴졌다. 그래도 그 승리를 악착같이 거머쥐고 기록보관 책임자의 사무실을 향해 복도를 걸어갔다. 접수 직원이 친히 안내해 주었다. 접수 직원은 나를 데리고 옥사나 바실리브나의 사무실로 들어가서는, 폴타바에서 가족에 관한 자료를 찾는 외국인이라고 나에 대해 설명했다. 나는 씁쓸하게 고개를 끄덕였다. 기록보관 책임자가 크고 두툼한 기록 책으로 손을 뻗자 나는 심장이 빠르게 뛰었다. 그 여자의 손짓이 좋은 징조처럼 느껴졌다.

"우리 데이터베이스에 뭐가 있는지 확인해 보죠. 이게 우리가 쓰는 첨단 장비랍니다."

옥사나는 눈을 위로 굴리더니 손으로 쓴 표식이 붙은 책의 페이지를 펼쳤다.

나는 폴타바에 뿌리를 둔 우리 가문 사람들이 퍼져나가 살았던 다른 마을 이름을 댔다.

"미하일리우카, 마이아치카……."

그런데 옥사나는 책을 탁 덮더니 책꽂이에 도로 꽂았다.

"도와드릴 수가 없겠네요. 그쪽 마을들에 관한 기록보관소는 살아남지 못했어요. 내전 때 불에 탔거나 스탈린주의 탄압 때 파괴됐거나 독일 점령이 끝난 후 사라졌죠. 싹 다 없어졌어요."

옥사나는 문에 기대어 서서 우리 얘기를 듣고 있던 접수 직원에게 말했다.

"맞지? 존재한 적도 없는 것처럼 없어졌잖아."

두 여자는 아무리 대단한 관료 체계라도 우크라이나의 복잡한 역사 앞에서는 할 수 있는 일이 없다는 듯 두 손을 펼쳐 보였다.

"존재한 적도 없는 것처럼이라고요."

1919년도에만 수십 번 정부가 바뀐 나라이니 기록 소실은 흔한 일이었다. 하지만 기록보관소를 직접 찾아오기 전까지, 나는 벨기에만 한 면적인 이 지역에서 한 가족의 흔적이 완전히 사라졌으리라고는 예상 못 했다. 나는 조심스럽게 말을 꺼냈다.

"1930년에 실종된 친척 어른이 계세요. 루스터 하우스에 문의하면 답을 얻을 수 있을까요? 우크라이나의 보안 기관 같은 곳이에요."

두 여자는 안타까워하는 어머니 같은 미소를 지으며 고개를 저었다.

옥사나가 말했다.

"범죄자 기록은 아직도 기밀로 분류돼요. 요즘 같은 상황에, 언제 사라졌는지도 정확히 모르는 친척분 찾는 일을 그 기관 사람이 도와줄 수 있다고 생각하세요?"

접수 직원도 옆에서 거들었다.

"직계 가족도 아니잖아요. 그럼 제일 가까운 친척에게 물어보는 게 유일한 방법이에요."

과수원 일로 바쁜 발렌티나 할머니가 관심을 두고 도와줄 리 없었다. 니코딤에 대한 정보를 내주도록 할머니를 설득할 수 있을 것 같지도 않았다.

접수대 앞에 모여있는 나이 지긋한 사람들의 눈을 마주 보지 않고 기록보관소 건물을 나섰다. 그 사람들은 서둘러 지나가는 나를 쳐다보며 자기네끼리 쑥덕거렸다. 버스 정류장에서는 이리저리 밀쳐대는 사람들을 의식하지 못한 채, 중고 가구와 농기구를 파는 광고지가 붙은 금속 차양 아래에 가만히 서서 지금까지 알아낸 정보를 돌아보았다. 기록보관소들이 사라진 마당에, 할머니가 과거 얘기를 안 하고 싶어 하면, 나는 이 조사를 포기하는 수밖에 없었다.

버스를 기다리지 않고 길을 따라 걸어갔다. 가다 보니 폴타바의 포장된 중앙대로가 자갈길과 체리 과수원으로 연결됐다. 오른쪽으로 돌아가는데 반구형의 단순한 초록 지붕을 얹은 하얀 건물이 보였다. 대문 옆에는 최근에 설치된 것으로 보이는 간판이 있었다.

'성 니콜라스 우크라이나 정교회 성당.' 지붕 달린 포르티코, 양옆으로 돌출된 부속 건물이 있는 작은 성당이었다. 골짜기 가장자리에 불안정하게 자리하고 있어서 마치 이제 막 날아오르려는 혹은 심연으로 거꾸러지려는 새를 보는 듯했다.

나는 아버지 쪽 가문 덕분에 정교회보다 유대교에 관해 더 잘 알고 있었다. 세르히 증조할아버지는 독실한 정교회 집안에서 성장했지만, 정교회가 운명론과 공포를 조장한다고 여겨 종교 교리와 의식을 떠올리게 하는 것은 뭐든 경멸했다. 사람들이 평소에 쓰는 "하느님의 뜻"이나 "하느님 맙소사" 같은 말에도 진저리를 쳤다. 집안에서 최초로 학사 학위를 받은 증조할아버지는 학교에서 역사와 문학을 가르쳤는데, 교육을 보급하는 것만이 유일하게 성스러운 사명이라고 주장하는 무신론자였다.

나는 증조할아버지가 질색했던 정교회의 신비주의에 이끌렸다. 정교회의 의식은 불가사의하면서도 마음을 달래주는 구석이 있었다. 성당 안에 들어가면 향냄새, 기도 소리가 온몸을 감쌌고, 신비로운 분위기가 호기심을 자극하곤 했다. 나는 성 니콜라스 성당 앞에서 머뭇거리다가 묵직한 나무문을 밀어 열었다. 내가 여기서 무엇을 기대하는지 알 수 없었고, 딱히 알고 싶지도 않았다.

건물 안으로 들어가자 환한 햇살이 물러가고 탁한 그림자가 드리워졌다. 좁고 어두운 복도에는 금색 테두리를 두른 깃발과 화환이 잔뜩 걸려있었다. 비틀거리며 작은 문을 통과해 들어갔는데 아무도 없었다. 어쩐지 대규모 모임을 방해한 기분이었다. 비잔틴 양식으로 그려진 수백 개의 눈이 천상의 왕국에 들어온 유일한 인간인 나를 바라보았다. 성당의 소박한 흰색 벽에는 성인, 순교자, 성모 마리아의 성화들이 걸려있었다. 화려한 자수가 놓인 천이 성화를 감쌌고, 예첨창(상단이 뾰족한 창문—옮긴이)에서 흘러드는 햇빛이 바로 크풍 액자와 금빛 후광을 비췄다. 꽃과 몰약 향을 머금은 정적이 내 발소리를 증폭시켰다. 나는 성녀 바르바라의 성화 아래에 놓인 초에 불을 붙였다. 성녀 바르바라는 믿음을 포기하라는 명령을 거부하고 참수당했다. 쭉 둘러보니 그녀의 제단에 놓인 초와 공물이 제일 많았다.

문득 나를 바라보는 시선이 느껴졌다. 따뜻한 인간의 눈빛인 것 같아 휙 돌아보다가 예순 살쯤 되어 보이는 키 작은 여자와 부딪칠 뻔했다. 여자의 둥글고 발그레한 얼굴, 머리 위로 두른 두껍게 땋은 머리가 눈에 들어왔다.

"사진 좀 찍어도 될까요?"

"그럼요. 난 파니 올가라고 해요."

잘못 들었나 싶었다. 레닌 거리와 엥겔스 광장이 있는 우리 마을에서 사람들은 귀부인을 뜻하는 '파니'라는 구식 단어를 잘 사용하지 않았다. 파니 올가는 내 캐논 카메라를 유심히 보더니 다짜고짜 말했다.

"사진으로 찍어둬야 하는 자료가 있는데, 일주일에 한두 번 정도 와서 좀 찍어줄 수 있어요?"

내가 망설이자 파니 올가는 얼른 덧붙였다.

"당신을 위해 기도해 줄게요."

나는 정확히 어떤 일을 해야 하는지도 모르는 채 승낙했다.

세르히 증조할아버지는 레닌을 따르기 위해 정교회를 버렸는데, 그해 봄에 나는 정확히 반대되는 길을 걸었다. 평일에는 과수원에 서 할머니의 일을 거들었고 주말에는 버스를 타고 폴타바에 가서 파니 올가의 요청대로 자료 사진을 찍었다.

나는 성 니콜라스 성당이 무너지기 직전인 것 같다는 느낌을 받 았는데 그 느낌은 틀리지 않았다. 신조차 필요 없다고 느껴질 만큼 평화롭고 풍족했던 1950년대에 폴타바 공산당은 이 성당을 박살 냈다. 현재 남아있는 부분은 신성한 세계와 인간 세계를 잇는 홀인 나르텍스(고대 기독교 교회당의 본당 입구 앞의 넓은 홀. 참회자와 세례 지원자를 위한 공간—옮긴이)뿐이었다. 성당 측은 파괴된 부분을 재건 하기 위해 기부금을 모아 교구에 전달했지만 완전하게 복구하기에 는 돈이 모자랐다. 그 지경이 됐는데도 성당은 끈질기게 목숨을 부 지했고 지금은 나까지 포용했다. 성당 안에 가득한 향냄새가 내 피 부와 머리카락에 스며들었다. 몇 번 방문했더니 통통하고 귀여운 얼굴에 검은 턱수염을 기른 올렉시 신부는 나는 물론이고 내가 눌 러대는 카메라의 날카로운 셔터음도 의식하지 않고 자연스럽게 의 식과 고해성사를 진행하게 됐다. 내가 사진 작업을 하는 동안 파니 올가는 성화 앞에 초를 놓고, 바닥에 떨어진 촛농을 치우고, 건강을 기원하거나 영원한 휴식을 바라며 미사 중에 호명할 이름들을 종이 에 적었다. 그리고 성 니콜라스 성당 앞을 지나가는 사람들에게 나 에 대해 설명했다. "이분은 우리 역사를 기록하고 있어요." 다들 나 름의 걱정과 문제가 많아서 나에 대해 신경 쓸 여력도 없어 보였다. 성당 문은 누구에게나 열려있었고, 나는 다른 사람들처럼 어쩌다 흘러들어온 존재일 뿐이었다.

파니 올가가 말한 '자료'는 천 꾸러미였다. 성 니콜라스 성당이 소련 시절 무너졌다가 다시 문을 열기 전부터 사람들은 그동안 숨겨둔 성화와 십자가, 향로 등의 종교용품들을 성당으로 가져왔다. 파니 올가는 그런 보물들을 모아두기 시작했는데 그중 가장 귀한 것이 루슈니크였다. 얼핏 봐서는 널찍한 자수 두 줄이 화려하게 놓인 수건 같았다. 파니 올가는 내 무지에 놀라며, 루슈니크가 부적으로 쓰인다고 알려주었다. 집이나 성당에서 성화 테두리에 루슈니크를 걸어놓는 것도 그래서였다. 아샤 증조할머니와 발렌티나 할머니도 루슈니크에 자수를 놓기는 했지만 집에서 평범한 수건으로 사용했다. 세르히 증조할아버지가 살아있었을 때 우리 집에는 성화가 한 점도 없었다. 루슈니크로 장식할 게 아예 없었던 거다. 요즘은 발렌티나 할머니가 집에 성화 몇 점을 두긴 했지만 대부분 얇은 인쇄물이거나 정교회의 주요 성지에 순례 다녀온 친구와 이웃이 준 기념품이었다.

파니 올가가 설명해 주었다.

"루슈니크는 갓난아기를 감싸는 데 쓰여. 영원한 결합을 상징하기 때문에 신혼부부를 하나로 묶어주는 의미가 있지. 루슈니크의 크기는 기능에 따라 다른데, 제일 긴 루슈니크는 관을 땅속으로 내릴 때 사용돼……."

베레 마을에서는 사샤 아주머니나 다른 이웃들이 집에 들러 러시아 제재, 침략의 위협, 날씨, 토마토 병의 위험성에 관한 얘기를 나누곤 했다. 그들에게는 경중의 차이가 없는 주제들이었다. 현실에 눈을 감거나 결과에 무지하지 않았지만, 자신들이 통제할 수 없는 부분이기에 과수원을 돌보면서 계속 일상을 살아가는 것이었다. 하지만 성 니콜라스 성당에서 전쟁은 늘 곁에 있는 존재였다. 며칠째 잠도 못 잔 지친 얼굴로 찾아와 피난민인 자신이 할 만한 일을 알아봐 달라고 부탁하는 여자, 축성을 받으려고 군복 차림으로 찾아온 가슴 시리게 젊은 군인들, 슬픔과 괴로움에 어쩔 줄 몰라 하며 장례를 치러달라 부탁하는 친척들, 그들의 대화와 기도와 생각 속에 전쟁이 자리하고 있었다. 사람들은 '이 전쟁'을 '그 전쟁'과 구분해서 말했다. 우크라이나어로 명확하게 말하지 않아도 여기서 '그 전쟁'은 2차 세계대전을 의미했다. 2차 세계대전은 무수한 가족에게 상처를 남겼다. 그 전쟁을 경험한 세대가 세상을 떠났어도 사람들은 2차 세계대전을 신성한 전쟁, 정의의 전쟁, 용기와 희생의 전쟁으로 여겼고, 가장 오래도록 남아있는 소련의 유산 중 하나가 됐다. 지금의 전쟁은 그 전쟁에 비하면 비겁하고 추악할 뿐이었다. 심지어 전쟁으로 불리지도 않았다. 서방 세계 신문들은 '우크라이나의 위기'라는 애매한 표현을 썼고, 우크라이나 언론에서는 대테러 작전이라 칭했다. "그런 게 무슨 전쟁이야?"라는 말을 나는 몇 번이나 들었다. 뭐라 불리든 사람들이 죽어나가기는 마찬가지였다.

저녁 미사가 시작될 무렵 한 남자가 들어오더니 신부를 만나고 싶다고 내게 말했다. 올렉시 신부가 예복을 여미고 길고 검은 턱수염을 매만지며 다가오자 남자가 말했다.

"제 아들이 도네츠크에서 행방불명됐습니다....... 시체도 못 찾았다고 합니다." 까칠하게 수염이 자란 남자의 뺨을 타고 눈물이 흘러내렸다. 남자는 눈물을 닦을 생각도 하지 않고 굳은살 박인 손으로 야구모자를 꼭 쥐고는 파니 올가가 붉은 루슈니크를 둘러놓은 커다란 십자가상을 바라보았다. 올렉시 신부는 미사전례서를 펼치고 말했다.

"하느님의 손에 우리를 맡깁니다……."

하얀 벽에 부딪혀 메아리치던 기도가 부드러운 속삭임, 향 연기가 만들어 낸 부연 아라베스크 무늬 뒤로 사라졌다. 몰약과 유향 냄새 때문에 어지럼증이 일어서 나는 잠시 햇빛을 쐬러 밖으로 나갔다. 성당의 종소리, 비둘기 우는 소리가 봄날의 씁쓸하고 달콤한 화음에 어우러졌다. 풀밭에 앉은 어린 소녀가 끈적한 민들레 줄기를 엮어 화환을 만들고 있었다.

"미사 시작했는데 안 들어가니?"

내가 묻자 소녀는 새침한 표정으로 대답했다.

"우리 아빠가 신부예요. 미사 내용은 이미 들어서 알아요."

나도 소녀처럼 성당의 의식이 지루하게 느껴지던 참이었다. 신부가 "하느님의 손에 여러분을 맡기세요"라고 말할 때마다 나는 세르히 증조할아버지와 그분의 믿음이 떠올랐다. 증조할아버지는 성당이 복종을 조장하고, 사람들을 수동적으로 살게 만들고, 이성적인 사고를 못 하게 한다고 믿었다. 하지만 나는 낯선 종교의 신비로운 힘에 이끌리고, 파니 올가와 점점 돈독한 우정을 쌓고 있어서 계속 성 니콜라스 성당을 찾아갔다. 화창한 낮이면 우리는 풀밭에 이불을 널어놓고는, 중국 돌사자처럼 성당 입구 근처에 앉아있는 지저분한 개가 이불 가까이 오지 못하게 쫓아내곤 했다.

"이건 생명의 나무야." 파니 올가는 환상적인 느낌의 나무를 표현한 루슈니크의 자수를 손가락으로 짚으며 설명했다. 나뭇가지에 풍성한 꽃들이 피어있었다. "수놓은 사람이 장수와 대가족을 꿈꿨다는 걸 알 수 있어."

"이건 제일 오래된 루슈니크 무늬 중 하나야."

파니 올가는 불규칙한 모양의 지그재그를 가리키면서, 트리필리아 도자기에도 비슷한 무늬가 있다고 설명했다. 트리필리아 문명은 7천 년 전 우크라이나 땅에서 번성한 문명인데, 트리필리아 문명의 유물인 기하학적 무늬가 들어간 토분들이 이 나라의 여러 고고학 박물관에서 전시되고 있었다.

"이건 금고를 지키는 베레지냐 여신이야." 파니 올가의 설명에 나는 풍만한 엉덩이와 가슴을 가진 인물상으로 시선을 돌렸다. 그 인물상은 포도와 꽃이 잔뜩 핀 나뭇가지를 손에 들었다. "사랑하는 사람이 해를 입지 않게 보호하려는 의미를 담아 수를 놓은 거야." 그 인물상의 이미지에서는 정교회의 냉철함이라든지 식물과 동물, 새, 바위의 영혼을 섬기는 슬라브족의 옛 물활론(모든 사물에는 영혼이 있으며 그 영혼이 인간에게 영향을 미친다는 믿음—옮긴이)적 종교관이 느껴지지 않았다.

"정말 놀라운 작품이야!" 흥분한 파니 올가가 소리친 바람에 우리 주변에서 킁킁거리며 돌아다니던 개가 깜짝 놀랐다. "이 루슈니크는 60년대 자수 작품인데, 노란색과 파란색 색감 좀 봐. 여기 이 잎사귀의 구부러진 부분은 또 어떻고. 삼지창처럼 보이지 않아? 이 자수를 놓은 사람은 삼지창 무늬를 또렷하게 집어넣으면 우크라이나 민족주의자로 몰릴 수 있다는 걸 알았을 거야."

삼지창은 독립 우크라이나의 문장으로, 소련 시절에 들통 났다가는 시베리아 유배행이 확실해지는 상징이었다.

파니 올가는 검은색 실로 수놓인 작은 수건을 펼쳤다.

"힘든 시기를 보내거나 해결할 수 없는 문제에 맞닥뜨린 사람은 천에 자수를 놓아 그 감정을 풀어내고 그렇게 만든 루슈니크를 나무에 묶어둬."

내 친구 파니 올가의 손에 담긴 천들 하나하나가 열망, 꿈, 불안의 기록이었다. 파니 올가는 좀이 슨 천들을 책처럼 들여다보며 디자인과 색에서 메시지와 감정을 읽어냈다.

"'가족 관계와 환희, 돌아옴' 같은 메시지는 어떻게 수놓을 수 있죠?"

내가 물었다.

파니 올가는 나를 쳐다보더니 눈을 가늘게 떴다.

"난 당신이 순례 여행 중인 것 같다고 생각했는데, 내 추측이 맞았네."

"그런가요? 현재를 이해하려고 애쓸수록 혼란만 커지네요. 할머니는 저라는 존재를 거북해하시는 것 같고요."

"그렇지는 않을 거야. 가족보다 중요한 건 없거든. 때로는 싸우기도 하지만 그래도 가족은 가족이지."

나는 블라디미르 큰아버지 생각이 났지만 그 얘기는 하지 않았다. 파니 올가도 더 자세히 묻지 않았다. 파니 올가는 자식 둘이 있는 과부로서 살기가 쉽지 않다며 가정교사 일에 대한 불만을 털어놓았다.

"학생들이 배우려고 들질 않는다니까. 기말 과제를 대신 해달라는 부탁이나 하고 말이야. 물론 난 해주지. 달리 돈을 벌 방법도 없거든. 난 내가 경멸하는 부패한 시스템에 기여하고 있어."

파니 올가의 집안은 러시아 쪽에 뿌리를 두고 있었다. 그녀의 말에 따르면 '진정한 시베리아인'이었다. 파니 올가는 동료 에스페란토어 교수이자 우크라이나 사람인 남편과 결혼해 폴타바로 건너왔다.

"남편과 나는 언젠가 에스페란토어가 국제 공용어가 될 거라고 믿었어. 그런데 우리 둘만 쓰는 언어가 돼버렸지 뭐야. 우린 남들이 못 알아듣게 하려고 에스페란토어로 얘기를 나눴어. 남편이 세상을 떠난 후 에스페란토어는 내 안에서 죽어가고 있어."

파니 올가는 고개를 숙였다가 옆으로 돌렸다.

위로해 주고 싶었지만 가까이 다가갔을 때 파니 올가는 이미 미소를 지으며 쾌활한 모습으로 돌아와 있었다. 파니 올가는 자신에 관해 고통스럽거나 슬픈 얘기를 꺼내놓더라도 그 얘기를 오래 곱씹거나 내게 동정을 받으려 하지 않았다. 언제든 기적이 일어날 가능성이 있다고 믿는 사람이라 수치심과 비통함도 있는 그대로 받아들였다. 그녀에게 루슈니크는 기적의 표현이었다.

파니 올가는 붉은 실로 수놓은 루슈니크를 집어 들었다. 공작처럼 긴 꼬리를 가진 불새가 별과 꽃으로 장식된 나무에 홰를 타고 앉아 천국을 올려다보는 그림이 수놓여 있었다.

"남편이 세상을 떠난 후 난 자수에 매달려 살았어. 무늬를 수집하고, 다양한 기술의 목록을 만들고 다른 자수사들을 만났지. 인생이 여전히 아름답다는 걸 되새길 수 있었어."

오후의 햇빛이 풀밭에 비스듬한 그림자를 드리우고 우리 얼굴을 붉게 물들였지만 공기는 차가웠다. 파니 올가는 내게 그 루슈니크를 건넸다. 거의 보이지 않을 만큼 작은 바늘땀으로 만들어 낸 고운 무늬가 담겨있었다.

나는 떨리는 목소리로 말했다.

"아름다운 불새네요."

"수탉이야. 수탉은 회개하라는 부르짖음을 상징해. 베드로가 그리스도를 부정했지만 결국 구원받은 성경 속 이야기 알지?"

손목시계를 내려다본 파니 올가는 오후 미사를 준비할 시간인 걸 알고는 루슈니크를 접고 일어섰다.

"친척 어른에 대해 알아보고 있는 거면 루스터 하우스에 가서 물어보지?"

나는 다리가 저려서 편하게 일어서질 못했다.

"지역 기록보관소 직원들 얘기로는 일반인은 범죄자 관련 정보를 볼 수 없다더라고요."

파니 올가는 내게 손을 내밀었다.

"그런가. 자수는 그저 한 땀 한 땀 수놓는 방법밖에 없거든. 처음엔 룬문자처럼 보이지만 점점 무늬를 갖춰가지."

내 손을 꼭 잡은 파니 올가는 위로 쭉 당겨 나를 일으켜 주었다.

06

파니 올가가 루슈니크에 비유해서 한 말
은 합리적으로 들렸지만, 니코딤에 관한 정보를 찾는 내 상황에 그
대로 대입했다간 문제가 생길 수 있었다. 할머니를 이해하는 문제에
도 적용할 수 없었다. 작은 오해가 쌓이고 쌓여 할머니와 나 사이에
는 팽팽한 긴장이 흘렀다. 할머니는 내가 딸기밭의 잡초를 너무 느
리게 뽑는다고 타박했는데 나는 그걸 나를 무시하는 말로 받아들였
다. 내가 집에서 저녁을 드실 거냐고 물으면, 할머니는 같이 시간을
안 보낸다고 비난하는 것으로 알아들었다. 할머니는 내 도움이 부족
하다고 느꼈고, 나는 할머니가 사샤 아주머니네서 너무 오래 있다가
오는 게 못마땅했다. 게다가 사샤 아주머니는 내가 할머니와 갈등을
빚고 있다는 소문을 동네방네 퍼뜨렸다. 동네 사람들이 나를 힐끔거
리면서, 내가 할머니랑 사이도 안 좋고 정원도 제대로 못 가꾸는 인
간이라 여기는 듯했다. 전쟁 때문에 뭐든 계획대로 실행하기가 쉽지
않았고 별것 아닌 다툼도 크게 받아들여졌다. 결국 그냥 각자 일에

몰두하는 게 최선이었다. 할머니는 과수원에 식물을 심고, 나는 파니 올가의 루슈니크 자료 정리를 돕는 것 말이다.

어느 날, 나는 파니 올가가 루슈니크를 비유로 들어 했던 말을 떠올리며 씁쓸하게 내뱉었다.

"조각들을 전부 모아 바느질하는 게 생각보다 훨씬 힘드네요. 한 땀 한 땀 뜨면 된다고 하셨는데 애쓸수록 더 흐트러지는 것 같아요."

파니 올가는 왕관처럼 땋아올린 머리를 매만졌다.

"너무 조바심치니까 그래. 할머니한테 시간을 좀 드려. 그동안 조부모님이 살았던 마을에 가서 정보를 얻는 게 어때? 동네 사람들이랑 얘기도 하고, 바람도 쐬고. 우크라이나에서 여행을 별로 안 해봤다며? 혹시 알아? 할머니가 같이 여행하고 싶어 하실지."

파니 올가의 말도 일리가 있었다. 며칠 후 나는 파니 올가와 마슈루카(미니버스)를 타고 근처에 있는 레셰티리우카 마을에 가보기로 했다. 파니 올가는 레셰티리우카 루슈니크 박물관에 가서 다양한 자수 패턴의 연대를 알아보고 싶어 했다. 나는 나만의 탐색에 나서면 될 것이다. 2차 세계대전이 발발하기 전 아샤 증조할머니는 클라라 체트킨(1857~1933년. 독일의 마르크스주의 여성해방운동가이자 혁명가─옮긴이) 카펫공장에 딸린 학교에서 잠시 교사로 일했다. 그 마을에 가도 니코딤에 관한 정보는 얻을 수 없겠지만 증조할머니에 관해서는 좀 더 알아낼 수 있을 듯했다.

집으로 돌아와서 할머니에게 물었다.

"할머니, 파니 올가랑 레셰티리우카 마을에 갈 건데 같이 가실래요? 클라라 체트킨 공장이랑 아샤 할머니가 일했던 학교에도 가보려고요."

때마침 할머니는 텔레비전을 보면서 '어쩌면 저렇게 멍청할 수 있냐고' 삿대질을 하며 구시렁거리고 있었다. 할머니가 욕하는 대상이 러시아 정부인지 아니면 키이우 행정부인지 알 수 없었다. 할머니는 애국심이 강했지만 키이우 행정부를 무능하다며 질색했다. 할머니는 정치인들을 욕하던 눈빛 그대로 나를 보며 말했다.

"정원에 할 일이 산더미인데 레셰티리우카 마을에는 뭐 하러 가?"

나는 할머니 앞에서 체중을 이쪽 발에서 저쪽 발로 옮기며 초조하게 다음 말을 기다렸다.

"가고 싶으면 너나 가." 할머니는 텔레비전을 끄며 덧붙였다. "가서 독일 마르크스주의자가 우크라이나 카펫과 무슨 상관이 있냐고 물어봐라."

할머니는 루슈니크와 관련 마을들에 대한 내 관심을 괴상한 취향으로 취급해 버렸다.

초록빛 과수원과 검은 땅으로 이루어진 폴타바 시골마을 풍경이 눈앞에 두루마리처럼 펼쳐졌다. 차창 밖으로 이미지들이 스쳐 갔다. 건초 더미에 일본 인형처럼 가만히 앉아있는 흰 고양이 두 마리, 체크무늬 정장 재킷에 빨간 운동복 바지를 입은 허수아비, 부연 회색빛 아침 햇살 아래서 샛노란 오리 떼를 모는 파란 스카프의 여자.

나와 달리 파니 올가는 풍경을 바라보며 시간을 낭비하지 않았다. 마슈루카를 타고 함께 이동하는 사람들의 인생사를 듣고, 우리가 레셰티리우카 마을에서 하기로 한 자수 탐험 얘기를 들려주느라 바빴다. 여자들 몇몇이 자기네 할머니의 루슈니크 얘기를 꺼내면서 대화에 동참했다.

머리를 오렌지색으로 부분 염색하고 어금니에 금니를 씌운 중년 여자가 물었다. "요즘 누가 자수 놓을 시간이 돼요?"

그러자 옆에 앉은 젊은 여자가 말했다. "유럽 사람들은 문화유산을 보호하더라고요."

금니 여자가 "유럽 사람들은 부자라 여유 있으니까 그렇겠죠"라며 동조를 구하듯 버스 안을 둘러보자 여기저기서 맞장구치는 소리가 나왔다.

신상 아디다스 운동복을 입은 남자가 눈을 위로 굴리며 반박했다. "유럽 사람들은 돈도 있고 문화도 있는 데다 법규도 있어요. 그런데 이 나라는 돈을 내야 법이 제대로 적용이 된다 이겁니다. 우리 아들을 가르치는 여선생이 나더러 하는 말이, 다른 학부모들은 다 주는 뇌물을 안 주면 우리 애한테 낮은 점수를 주겠다고 합디다. 우리 아들이 공부를 열심히 하는데, 애가 점수를 제대로 받게 하려면 선생한테 돈을 찔러줘야 해요. 이놈의 나라가 바뀌기는 할까요?"

뇌물 문제는 일상에 만연해서 사람들은 곧 저마다 비통한 사연을 늘어놓았다.

파니 올가는 대화의 방향이 그런 쪽으로 바뀐 걸 유감스러워하며 말했다. "우리도 유럽에 속하는데, 유럽이 그걸 인정 안 하려 하죠."

금니 여자가 말을 받았다. "유럽이 우리와 우리 문제까지 필요로 하는 것처럼 말하네요."

아디다스 남자가 말했다. "서방 세계가 우릴 도와줄 겁니다. 포기하지 말아요."

그 말에 버스 전체에 웃음이 터졌다. 남자가 한 말이 일프와 페트로프(일리아 일프와 예브게니 페트로프)의 건달 소설《열두 개의 의자》에 나오는 유명한 대사였던 것이다. 유럽연합은 자기네 국경선에서 벌어지는 전쟁에 대해 '우려를 표명'하거나 '심각한 우려를 표명'하는 게 고작이라, 방금 남자가 던진 역설적인 농담이 뼈아프게 다가왔다. 한마디로 지금 상황이 절망적이라는 뜻이었다. 버스 안에 정적이 깔리면서 분위기가 울적하게 가라앉았다.

레셰티리우카에 도착해서 둘러보니 이 마을은 우크라이나의 다른 작은 마을들처럼 깔끔한 벽돌집들, 정면에 보기 흉하게 타일을 붙인 아파트 건물들, 소련 시절의 전쟁 기념비, 여기저기 널린 텃밭들로 이루어져 있었다. 오래된 예술적 유산의 흔적을 찾아보려 했지만 보이지 않았다. 파니 올가는 레셰티리우카의 자수 장인들이 자수, 직조, 카펫 제조, 목각, 그림 분야에서 많은 독창적인 기술을 고안해 냈다고 설명해 주었다. 전설에 따르면 16세기 유럽에서 이 마을 구두 수선공들은 독특한 붉은색 가죽을 만들어 낸 것으로 유명했다. 또한 레셰티리우카는 자수 기술 중 가장 복잡한 것으로 알려진 백사자수(흰색 천과 흰 실을 이용하는 자수의 총칭—옮긴이)를 발명했다.

마을 중심에 있는 빵집에 들어가 클라라 체트킨 공장으로 가는 길을 물었더니 빵집 여자가 웃음을 터뜨렸다.

"20년이나 늦게 왔네요. 체트킨 공장은 1990년대에 문 닫았어요."

독일 공산주의의 할머니 클라라 체트킨은 우크라이나에서 두 번 죽은 셈이었다.

빵집 여자가 말했다.

"모든 건 사라지게 마련이죠. 저도 예전에는 방직공으로 일했는데 지금은 페이스트리를 팔아요. 먹어봐요." 여자는 땅콩 반쪽이 박힌 바삭하고 둥그런 빵을 가리켰다. "갓 나온 빵이에요."

파니 올가는 체트킨 공장 폐쇄 소식이 우리 탐험에 부정적인 영향을 준다고 생각하지 않았기에, 빵집 여자에게 고맙다고 인사하고 땅콩 쿠키 한 통을 샀다. 달콤한 냄새로 가득한 빵집을 나선 파니 올가는 저 멀리 보이는 야트막한 건물들 쪽으로 나를 데려가며 말했다.

"사라진 모든 것은 흔적을 남겨."

알고 보니 그 건물들은 레셰티리우카 예술대학이었다. 파니 올가와 함께 먼지와 페인트 신나 냄새를 풍기는 어둑한 통로로 들어가자마자 나는 그곳이 소련 시대에 지어진 시설이란 걸 알아챘다. 건물 벽은 1980년경의 정부 기준에 따라 두 가지 색으로 칠해져 있었는데 아래쪽은 칙칙한 갈색, 위쪽은 탁한 흰색이었다. 벽의 회반죽에는 깊은 균열이 생겼고 곳곳에 흰곰팡이가 피었다. 어느 강의실을 들여다보니 여학생 다섯 명과 남학생 한 명이 자수 테두리를 앞에 두고 구부정하게 앉아 날듯이 빠른 손길로 작업하고 있었다. 리놀룸 바닥에는 실과 천 조각이 어지럽게 널려있었다. 여학생 하나가 창턱에 놓인 가느다란 자주달개비 화분에 물을 주고 있었는데, 구멍 뚫린 화분 아래로 물이 쏟아지는 걸 의식하지 못하는 듯했다.

"교수님들요? 교직원실에 계실 거예요."

그 여학생은 우리에게 잠깐 무심한 눈길을 던지며 말했다.

왔던 길을 되짚어 복도를 통과한 우리는 어둠 속에서 헤매다 교직원실로 찾아 들어갔다. 비좁은 공간의 절반이 천 샘플로 채워져 있었고, 나머지 절반의 공간에서 두 사람이 차를 마시고 있었다. 보조개가 있는 예쁘장한 얼굴에 진갈색 머리를 한 통통한 여자가 자수 교수인 나디아 바쿠렌코라고 자기소개를 했다. 손가락으로 담배를 비틀고 있는 울적한 인상의 남자는 그림 교수인 페트로였다. 둘다 우리에게 무슨 일로 교직원실에 왔느냐고 묻지 않았다. 나디아는 차를 같이 마시자고 권했다. 좁고 갑갑한 공간에 끼어 앉은 우리는 그들에게 땅콩 쿠키를 드시라고 권했다.

파니 올가가 지역 자수에 대해 알아보려고 폴타바에서 왔다고 설명하자, 페트로는 건성으로 고개를 끄덕였지만 나디아는 들뜬 표정을 지었다. 나디아가 루슈니크 박물관으로 안내해 주겠다고 해서 우리는 페트로 혼자 교직원실에서 사색과 담배를 즐기게 두고 나디아를 따라나섰다.

볼셰비키 혁명 지도자 레닌의 이름을 딴 레닌 거리를 걸어가면서 나는 레닌이 늘 우크라이나 사람들 곁에 있다는 생각이 들었다. 우크라이나에서는 동쪽 지역으로 갈수록 레닌 거리에서 살고, 레닌 대로에서 쇼핑하고, 레닌 고등학교에 다니고, 레닌 어쩌고 하는 공장에서 일할 가능성이 컸다. 1991년 이후 리비우와 키이우에서는 거리명이 상당수 바뀌었지만 폴타바와 그 주변 지역에는 여전히 공산당 과시적인 거리명이 남아있었다.

나디아가 말했다.

"지방 정부에 거리명을 변경해 달라고 몇 년째 청원하고 있어요. 그런데 적당한 때가 아니라면서 무작정 기다리라는 거예요. 적당한 때라는 건 대체 언제일까요? 왜 내가 망할 독재자의 이름이 붙은 거리를 걸어 다녀야 하죠?"

"대부분 그런 거에 관심 없어요. 적어도 지금까지는 그랬죠. 드디어 변화의 시간이 온 것 같네요. 거리명이 문제가 아니라 우리나라의 역사에 대한 인식이 없어지는 게 문제예요."

너도나도 새로운 거리명을 만드는 가운데 당국은 거리명을 옛 이름으로 되돌리는 대신 새로운 영웅 이름을 붙이기로 했다. 역설적이게도 다분히 소비에트적인 방식이었다.

나디아와 파니 올가는 눈빛을 주고받으며 웃음을 터뜨렸다. 그러다 나디아가 내게 말했다.

"당신은 우크라이나를 너무 오래 떠나있었어요. 소비에트적인 방식이 이 나라에서 완전히 사라졌을 줄 알았어요? 우리가 소비에트적이 아닌 방식으로 사는 방법을 배우려면 앞으로 한참 걸릴 거예요."

루슈니크 박물관은 비록 적은 예산이지만 애정으로 관리되는 곳이었다. 흰색과 레이스를 주제로 하는 루슈니크부터 빨간색과 파란색으로 화려하게 만든 장식용 루슈니크에 이르기까지 다양한 스타일의 루슈니크들이 전시돼 있었다. 나디아는 유리로 된 진열 상자들을 하나씩 열어서 보여주었고 나는 루슈니크의 풍성한 감촉과 색감에 감탄했다.

클라라 체트킨 공장의 사진들도 내 눈길을 사로잡았다. 흐릿한 적갈색 사진들 속에 아샤 증조할머니가 있는지 살펴봤는데, 할머니는 교사로 일할 당시 방직공들과 함께 사진을 찍지는 않은 듯했다. 화려한 자수가 놓인 원피스를 입은 한 무리의 여자들이 생명의 나무 디자인으로 루슈니크 작업을 하는 사진이 있었다. 우크라이나 가정집에는 성화를 놓아두는 붉은 모서리 공간이 있는데 이 사진에서는 레닌의 초상화가 그녀들이 일하는 모습을 감독하듯 바라보고 있었다. 여자들의 손 각도가 어색하고 지나치게 정성 들여 차려입은 옷차림이라 연출한 사진임을 알 수 있었다. 공산주의가 자수 분야에 진출했다는 걸 보여주는 홍보용 사진일 것이다. 그 사진 아래에는 고요하고 차분한 분위기의 얀 베르메르(1632~1675년. '푸앵틸레'라 부르는 점묘법을 사용해 사실적이고 자연스러운 빛의 효과를 표현한 네덜란드 화가―옮긴이) 느낌 사진이 걸려있었다. 열린 창문 앞에 서있는 여자의 사진이었다. 머릿수건 뒤로 여자의 검은 머리카락이 보였다. 여자는 세상에 오직 루슈니크만 존재하는 듯 단단히 집중한 모습으로 허리를 숙인 채 루슈니크 더미를 바라보고 있었다. 자수가 놓인 커튼 사이로 쏟아져 들어온 햇살이 리넨을 하얗게 물들이며 여자의 얼굴에서 윤곽을 드러냈다. 어쩌면 증조할머니의 사진일 수도 있지 않을까. 그 사진에 빠져들어 보고 있는데 파니 올가가 어깨를 두드리면서 자기와 나디아는 그만 나가보겠다고 말했다.

우리는 함께 대학으로 돌아갔다.

나디아가 말했다.

"지역마다 사람들의 개성이 다른 만큼 스타일도 다 달라요."

그러자 교직원실에 앉아있던 페트로가 한숨과 함께 담배를 말면서 끼어들었다.

"평평한 풍경 속에 사는 폴타바 사람들은 차분하고 평온합니다. 그들이 놓은 자수 색도 부드럽고 은은하고 색감이 절제돼 있죠. 서쪽 지역, 특히 카르파티아 산맥 사람들은 힘이 넘치고 흥분을 잘하는데, 그들이 놓은 자수는 대담하고 색이 밝아요. 평원에 사는 사람들과 산에 사는 사람들의 관점 차이겠죠. 주변에 보이는 걸 자수로 놓으니까요."

페트로는 산악 지역 출신이지만 지금은 폴타바 평원에서의 삶에 만족한다고 했다.

"결혼했거든요."

그는 간단하게 말했다. 그의 울적함의 원인이 산에서 살지 못해서인지 아니면 결혼을 해서인지는 알 수 없었다.

사람들이 주변 환경을 화폭에 옮기는 거라면 레셰티리우카 사람들은 꽃과 별, 눈송이로 가득한 세상에서 사는 게 분명했다. 벚꽃, 줄기가 뒤얽히고 포도가 주렁주렁 열린 포도 덩굴, 수레국화 문양이 들어간 이 지역 특유의 자수를 본 파니 올가는 경이로움에 말문이 막히는 듯했다. 나도 마찬가지였다. 나디아는 흰 리넨 셔츠를 펼쳐 보여주었다.

"얼마 전에 제가 완성한 비쉬반카예요."

비쉬반카는 우크라이나어로 '자수가 놓인 셔츠'를 뜻했다. 나디아가 만든 셔츠는 재단이 단순했다. 곧게 뻗은 헐렁한 몸통에 둥근 목깃, 7부 소매. 하지만 단순한 디자인 덕분에 셔츠를 장식한 자수가 더 눈에 띄었다. 주된 주제는 칼리나라고도 불리는 비브로눔인데,

이 식물의 흰 꽃은 젊은 날의 순수를, 빨간 베리 열매는 사랑의 열정을 상징했다. 나디아는 이 두 가지를 모두 자수로 표현했다. 베리가 주렁주렁 열린 풍성한 나뭇가지가 작은 꽃다발을 감싸는 식이었다. 주된 요소를 둘러싼 작은 별들은 디자인에 유쾌함을 더했다. 나디아는 실을 제거하고 나머지 천에 자수를 놓아 세공 장식 효과를 냈다고 설명했다. 그래서인지 그 자수 작품은 섬세한 레이스 느낌이 났다. 자수로 그런 느낌을 냈다는 게 믿기지 않을 정도였다. 이게 바로 그 유명한 레셰티리우카 스타일의 백사자수였다.

나디아는 백사자수가 단 하나의 실수도 용납하지 않는다고, 실한 땀만 잘못 놓아도 패턴 전체가 망가진다고 설명했다. 뒷면도 앞면과 똑같이 보여야 하니 마무리할 때 실에 매듭을 지을 수 없어서 작업이 더 복잡해질 수밖에 없었다. 디자인에 빛과 형태를 부여하기 위해 자수 장인은 마감과 각도가 다른 실을 사용해 각 바늘땀이 의도대로 빛을 받게 한다. 기술이 얼마나 높은 경지에 올라야 이토록 아름다운 작품을 만들 수 있는지 상상조차 할 수 없었다. 자수의 아름다움이 어찌나 대단한지, 처음 이 대학에 걸어 들어왔을 때 나를 울적하게 만들었던 초라한 주변 환경이 저만치 사라지는 기분이었다. 손에 든 나비의 날개처럼 가벼운 옷이 내 의식을 온통 사로잡았다.

나디아도, 페트로도 이 자수공장에 클라라 체트킨의 이름이 붙은 이유는 알지 못했지만, 공장이 폐쇄된 이유에 관해서는 여러 견해를 갖고 있었다. 이 공장은 레셰티리우카와 그 주변 지역 사람 수천 명을 직원으로 고용했고, 대학은 공장의 훈련 프로그램을 운영하면서 예술, 자수, 카펫 제작을 비롯한 기타 공예 기술 관련 학위를 수여했다. 그러다 소련이 붕괴하자 공장도 휘청거렸고 감독자들 사이에 권력 다툼이 일어나면서 완전히 무너져 파산하고 말았다. 그리고 이렇게 대학만 남아있는 것이었다.

"그들은 클라라 체트킨 공장을 박살 냈어요. 이제 대학도 무너지기 직전입니다. 이 대학이 정부 예산으로 운영되는 거 아세요?"

페트로는 이렇게 말하며 금 간 회반죽 벽과 벽에서 튀어나온 전선들을 가리켰다. 우크라이나의 다른 여러 기술 전문대학들과 마찬가지로 레셰티리우카 대학은 재정 부족과 인구 위기 속에서 살아남으려 안간힘을 쓰고 있었다. 무엇보다 대학 다닐 나이인 학생 수가 너무 적어 인원 할당량을 채울 수 없었고, 학생들 입장에서도 예술 쪽 직업을 갖는 것이 별로 매력적이지 않았다. 그나마 등록하는 학생들은 정부 운영 대학이라 등록금이 무료인 데다 지원금도 받을 수 있는 혜택을 누릴 뿐이라, 자수 장인이 되기 위한 통과의례인 세심한 작업까지 할 준비는 당연히 되어있지 않았다.

나디아가 말했다.

"레셰티리우카 백사자수를 유네스코(UNESCO. 국제연합 교육과학문화기구─옮긴이) 문화유산에 등재하는 게 제 꿈이었어요. 이 괴상한 전쟁이 계속되는 동안 당장 중요하게 처리해야 할 일들이 많지만, 꿈은 꿀 수 있는 거잖아요?"

우리는 폴타바로 돌아가는 버스를 놓쳐 지나가는 차를 얻어 타야 했다. 길가에 서서 점잖은 사람들처럼 보이려 애썼는데도 차들은 우리에게 진흙을 튀겨가며 쌩하니 지나가 버렸다. 큼직한 연못 근처, 페인트칠을 새로 한 지 얼마 안 된 민트-그린 색 성당이 저녁 기도를 알리는 종을 울렸다. 바람이 연못가에서 자라는 수양버들의 길고 유연한 가지들을 들어 올리고 있었다. 가지들이 우아한 아치 모양으로 연못에 그 끝을 담그자, 물에 비친 성당의 형상이 금색과 초록색 조각으로 흩어졌다. 비가 세차게 내리기 시작했다. 잿빛 안개 사이로 장갑차 일곱 대와 군인들을 실은 트럭 한 대가 동쪽을 향해 뻗은 도로로 달려가고 있었다. 내 우산을 함께 쓴 파니 올가와 나는 수송대를 바라보며 어깨를 움츠렸다. 수송대는 천천히 우리 앞을 지나갔다. 탁한 엔진음이 성당 종소리와 빗소리를 파묻어 버렸다. 군인들의 얼굴은 온통 잿빛이고 흙투성이였다. 군인들은 말없이 앉아 먼 곳을 바라보았다. 왜 그 순간 나는 백사자수를 떠올렸을까? 역사상 최악의 아수라장 속에서도 아름다움과 예술이 살아남을 수 있다는 증거를 찾고 있어서였을지도 모르겠다. 수송대가 천천히 끝없이 나아가는 동안 나는 그 생각을 구명용품처럼 꼭 붙들었다.

베레 마을로 돌아온 후에야 레셰티리우카 기록보관소에 관해, 우리 가족과 레셰티리우카 마을의 관계에 관해 물어보는 걸 깜박 잊었단 걸 깨달았다. 하지만 다음에 어떻게 할지 결정을 내리기도 전에 잠들어 버렸다. 그날 밤 나는 뒤얽힌 실과 백사자수 꿈을 꾸었다.

07
___

        우크라이나에 온 지 두 달이 훌쩍 지나,
봄은 여름이 되었다. 나는 장미 수확철에 맞춰 프랑스 남부 지역에
잠시 갔다가 할머니와 드미트로에게 줄 프로방스(프랑스 동남부 지역
─옮긴이) 기념품을 챙겨 베레 마을로 돌아왔다. 오래전 아샤 증조할
머니가 심은 장미의 달콤한 향기가 프로방스 여행의 추억을 떠올리
게 했다. 울타리를 따라 뻗어나간 장미 덩굴은 작고 향긋한 꽃들을
피워냈고, 증조할머니는 이 장미들을 따다가 증류해 장미향 화장수
를 만들곤 했다. 이리저리 뒤섞인 기억들이 무어라 형언할 수 없는
울적하면서도 그리운 감정을 자아냈다. 베레 마을에서 지내면서 생
각해 보니, 우크라이나 밖에서의 내 삶은 자료 조사와 화랑 방문, 친
구들과의 소풍의 연속이었는데 이제는 아득히 먼 나라 얘기 같고 현
실 같지 않았다. 브뤼셀과 남편이 그리웠지만 아직은 베레 마을을
떠날 수 없었다.
  낮이 점차 길어지면서 태양은 마지막 남은 벚꽃을 하얗게 태워

분홍색 꽃잎을 끝내 회색 먼지로 만들었다. 몇 주 전까지만 해도 할머니에게 얘기를 듣거나, 지역 기록보관소에 두어 번 들러 자료를 찾아보면 니코딤에 대해 별 어려움 없이 알아낼 수 있을 거라 생각했는데, 지금 생각해 보면 정말 화가 치밀 정도로 내가 세상 물정을 너무 몰랐다. 조사에 너무 진전이 없다 보니 니코딤이 내가 상상으로 만들어 낸 인물이 아닌지 확인하기 위해 세르히 증조할아버지의 일기장을 한 번씩 펼쳐봐야 했다. 나는 증조할아버지가 큰형 니코딤의 이름을 종이에 꾹꾹 눌러쓴 자리에 손가락을 대고 문질러 보았다.

어느 날 아침, 창고에서 샤워하고 나오는데 저쪽 구석에 있는 특이한 모양의 스티로폼 조각이 시야에 들어왔다. 이 집에는 욕실이 따로 없어서 할머니는 집 옆의 큰 창고에 욕조와 변기를 들여놓고 썼다. 우리는 농장 물품과 병조림용 병, 녹이 잔뜩 슨 낫 사이에서 샤워하는 것에 익숙해진 터였다. 내 눈길을 사로잡은 물건은 다른 잡동사니들보다 생김새가 특이했다. 흥미를 느낀 나는 옆으로 빙 돌아가서 확인했다. 그것은 블라디미르 일리치 레닌의 초상화였다. 1917년 혁명의 지도자 레닌의 옆얼굴. 공산주의자의 밝은 미래를 향해 뻗어나간 그의 염소수염이 우리 창고의 욕조를 향해있었다. 귀 아래쪽은 없고 머리만 있는 그림이었는데 내 키만 했다. 나는 한 손으로 목욕가운을 들고, 다른 손으로 그 그림을 받쳐들었다. 생각해 보니 두 달 동안 이 레닌 초상화가 목욕하는 내 모습을 훔쳐본 것이었다.

'레닌은 언제나 당신 곁에'라는 소비에트 노래는 거짓이 아니었다. 우리 집만 해도 레닌은 어디에나 있었다. 다른 창고에 갔다가, 커다란 붉은 별을 배경으로 천사처럼 귀여운 어린 소년의 모습으로 웃고 있는 소비에트 연방 건축가 레닌의 포스터를 찾아냈다. 예전에 닭장으로 쓰던 곳의 방수포 아래서는 좀 더 나이 들고 강인하며 대머리 주변에 후광을 두른 레닌 초상화 두 점을 발굴했다. 2014년 여름, 우크라이나 전역에서 레닌의 조각상이 파괴되고 있었고 정부 당국은 반공법 제정을 한창 논의 중이었다. 그런데 이 집에는 레닌 박물관을 차려도 될 정도로 많은 레닌 관련 물건들이 보관되어 있었다. 어렸을 때 세르히 증조할아버지의 책상 위에 레닌 초상화들이 놓여있는 걸 봤는데, 놀랍게도 집에 아직도 그 초상화들이 남아 있었다.

"아버지 물건 맞아." 내가 발견한 것들을 보여드리자 할머니가 말했다. 할머니는 아침 신문을 읽으며 한숨을 푹 쉬었다. 신문 표제들이 하나같이 끔찍했다. "아버지는 소비에트 연방이 무너진 후에도 그 물건들을 안 내다버리셨어. 아버지가 돌아가신 후에야 그 물건들을 집 밖으로 치울 수 있었어."

"창고에는 왜 보관해 놓으셨어요?"

"내다버릴 이유라도 있니?"

할머니는 내게 신문을 건네면서, 레닌 조각상을 또 철거하기로 했다는 기사를 손으로 가리켰다.

"로마 시대에는 황제의 조각상을 재활용해서 썼는데, 이런 건 고대인들한테 배우면 어디가 덧난다니? 레닌 얼굴에서 염소수염을 밀고, 주먹코 좀 손 보고, 넥타이를 없애면 바로 타라스 셰우첸코의 얼굴이야."

굴라그(소련의 정치범 강제노동 수용소—옮긴이)를 만든 레닌을 우크라이나의 민족시인 타라스 셰우첸코로 둔갑시키는 짓을 했다간 증조할아버지를 비롯해 많은 이들의 원성을 살 것이다. 내가 그 말을 하자 할머니는 웃음을 터뜨렸다.

"네 증조할아버지가 원칙을 철통처럼 지키는 분이기는 했지."

나도 같은 생각이었다. 세르히 증조할아버지는 볼셰비키 혁명을 지지하고, 2차 세계대전에 참전하고, 교육을 전공하는 등 삶 자체가 올곧은 분이었다. 늘 미간에 잡혀있던 주름, 두 뺨에 까칠하게 돋아난 강철빛 수염 때문에 엄격한 인상을 주었지만 갈기처럼 흐트러진 백발 덕분에 부드러움이 더해졌다. 우리는 고귀한 붉은 군대 훈장을 부착한 정장 차림의 용감한 증조할아버지가 자랑스러웠다. 증조할아버지가 뿌듯하게 늘어놓는 영웅담에 간간이 짜증을 내는 유일한 사람은 아샤 증조할머니뿐이었다. 증조할아버지가 전쟁 얘기를 꺼낼라치면 증조할머니는 눈을 위로 굴리면서 투덜거렸다.

"또 그 얘기요? 하고 또 하고 아주 끝이 없네."

아침에 아샤 증조할머니가 시장에 가고 나면 세르히 증조할아버지와 나는 집에서 아침을 차려 먹었다. 증조할아버지는 입안이 델 정도로 뜨거운 차에 큼직한 레몬 한 조각을 곁들여 마신 다음 아침을 만들었다. 미슐랭 별점을 받은 레스토랑의 요리사처럼 화려한 동작을 곁들여 가며 살로(우크라이나에서 인기 많은, 소금에 절인 돼지 지방 요리—옮긴이)부터 잘랐다. 프라이팬의 반들거리는 검은 표면에 물 한 방울을 떨어뜨려 치이익 소리가 나면 상아 도미노 조각 같은 살로를 투하했고 지글지글 끓는 황금빛 기름이 만들어지면 토마토, 양파, 달걀을 넣으셨다. 내가 톡 쏘는 냄새를 풍기는 따뜻한 닭장으로 들어가 꼬꼬댁거리는 닭들을 둥지에서 훠이훠이 쫓아내며 가져온 달걀이었다. 증조할아버지는 묵직한 의족으로 나무바닥을 타가닥 타가닥 밟으며 주방 안에서 천천히 움직였다. 우리는 촉촉한 갈색 빵을 말랑한 달걀노른자에 찍어가며 프라이팬째로 아침을 먹었다.

식당 벽에는 가족사진과 레닌 초상화 사이에 오래된 지도의 복사본이 걸려있었다. 강과 국경선을 나타내는 두껍고 구불구불한 선들이 가득하고, 숲과 산은 닭살 같은 모양으로 표시된 지도였다. 증조할아버지는 새벽에 일어나 정원에 나가서 잡초를 뽑았는데, 나와 함께 아침을 먹을 때쯤에는 한결 여유로워지셔서 대화를 나눌 분위기가 되었다. 증조할아버지는 고리에 걸린 지도를 가져와 식탁 위에 펼쳐놓았다.

"이건 우크라이나 최초의 지도란다." 증조할아버지는 연필을 집어 들고 폴타바를 가리키면서, 보르스클라강을 나타내는 진한 선을 연필로 따라 훑어내렸다. "베레 마을은 바로 여기야."

증조할아버지는 이 땅이 폴란드-리투아니아 연방의 일부였던 17세기에 우크라이나에 온 보플란이라는 남자가 이 지도를 만들었다고 설명해 주었다. 나는 그 이야기에 매료되어 더 자세히 들려달라고 말했다. 보플란은 당시 폴란드 왕 밑에서 일했지만, 우크라이나 코사크인들을 좋아했고 그들이 지닌 용기를 높이 평가했다.

"보플란은 책에 이렇게 썼어. '코사크인들은 자유를 대단히 귀하게 여겨서 자유 없는 삶은 원치 않는다. 자유를 지나치게 억제당하는 것 같으면 반발해 반란을 일으키는 것도 그래서다.' 코사크인들은 이렇게 말하면서 전장에 나갔어. 'Abo slavu zdobudem, abo doma ne budem(영광을 찾지 못하면 집에 돌아가지 않겠다).'"

"할아버지는 어떠셨어요? 독일 놈들이랑 싸우실 때 그렇게 말씀하셨어요?"

"코사크인의 사전에 패배는 없어."

보플란이라는 이름은 내 귀에 꼭 보흐단처럼 들렸다. 당시 내가 아는 보흐단은 이웃에 사는 어떤 아저씨였다. 그래서 내 상상 속에서 지도 제작자 보플란은 시간 날 때 지도를 그리는 선원 셔츠 차림의 사람 좋은 술꾼의 모습이었다. 실제로 베레 마을의 보흐단은 부인의 엄격한 통제 때문에 괴로워했고, 부부싸움을 할 때마다 마누라가 자기를 노예 취급한다며 고래고래 소리쳤다.

나중에야 나는 보플란이 폴란드 왕국 군대에 소속되어 활동한 프랑스 출신 군사 공학자 기욤 르바서 드 보플란임을 알게 됐다. 1630년에 동쪽으로 이동한 보플란은 동쪽 국경지역을 새로운 기회의 땅이라 여긴 모험가 집단에 합류했다. 건축가 겸 지도 제작자였던 보플란은 지도를 만들고 요새를 건설했으며 1651년에 프랑스로 돌아가서는 《우크라이나 설명서(Description d'Ukraine)》라는 책을 출판했다. 이 책은 베스트셀러가 되어 300년이 지난 지금도 출간되고 있다. 마을과 국경선, 풍경을 믿기 어려울 정도로 상세히 표시한 우크라이나 지도도 유명했다. 세르히 증조할아버지가 이 옛 지도를 보관하고 있는 것은 그리 특이한 일도 아니었다. 우크라이나 곳곳의 여러 마을 회관에는 보플란 지도가 자랑스럽게 걸려있고 지도에 표시된 자기네 마을에 핀을 꽂아서 위치를 알렸다. '봐라, 우리 마을은 그때도 있었고 지금도 있다'라는 뜻일 것이다. 우크라이나 독립 후, 보플란의 이름은 공산주의 영웅을 대신해 거리 표지판과 기념 명판에 등장했다. 지역 역사학자들의 평가에 따르면, 우크라이나에서 보플란의 손길이 닿지 않은 마을은 없었다.

어렸을 때 나는 보플란에 관해서는 잘 몰랐지만 코사크인들에 관해서는 어느 정도 알고 있었다. 학교에서 우리는 니콜라이 고골의 장편 소설 《타라스 불바》에 나오는 구절들을 암기해야 했다. 폴란드 귀족들에게 맞서 싸운 자포로지아 시치의 코사크인들에 관한 소설이었다. 통 넓은 바지와 자수 셔츠를 입은 코사크인의 이미지는 고골의 소설과 교과서뿐 아니라 공식 포스터에도 등장했다. 리본으로 장식된 화환을 머리에 쓰고 체크무늬 치마를 입은 아가씨 옆에 코사크인이 서있는 포스터도 본 적 있었다. 발렌티나 할머니가 젊었을 때 찍은 여러 장의 사진에서 본 적 있는 복장이었다. 포스터 속 우크라이나 커플 옆에는 러시아인이 서있었다. 러시아인은 언제나 중앙에 자리했고 다른 사람들보다 머리 하나만큼 키가 컸다. 그리고 그들 양옆에는 소비에트 공화국들을 대표하는 열세 커플이 서있었다.

세르히 증조할아버지가 들려준 용맹한 코사크인들 이야기는 내가 학교에서 배운 내용과 일치했다. 원래 코사크인들은 13세기 농노 신분과 종교 박해를 피해 도망친 낙오자와 모험가 들이었다. 오합지졸이나 다름없던 그들은 드니프로강의 여울 뒤쪽에 삶의 터전을 잡았다. 땅을 경작하고 국경 마을을 약탈하면서 생계를 이어가다가 보플란이 우크라이나에 들어올 무렵 잘 조직화된 군사 집단으로 성장해 이스탄불까지 습격해 들어갔다. 그들은 선출 지도자인 헤트만을 믿고 따랐다. 헤트만인 보흐단 흐멜니츠키가 이끄는 코사크인들은 폴란드-리투아니아 연방 군대를 쳐부수는 과정에서 무고한 이들을 다수 학살했다. 유대인들의 기록에 코사크의 반란이 암흑의 시기로 기록된 것도 그래서였다. 우리가 학교에서 배우는 내용에서 이 부분은 빠져있었다. 우크라이나 역사에서 중요한 해인 1648년에 코사크인들은 폴란드-리투아니아 연방에서 벗어나 폴타바를 중심으로 국가를 수립했다.

하지만 이런 움직임은 곧 끝나고 말았다. 우방을 찾던 코사크 수장국은 동쪽에 이웃한 모스크바 공국과 동맹을 맺고 1654년에 악명 높은 페레야슬라프 조약에 서명했다. 코사크는 협력을 기대했으나 모스크바의 차르는 새로운 식민지를 확보했다고 여겼고, 코사크의 불타오르는 야망을 달래주면서 코사크를 이용해 변경 지역의 질서를 유지하려 했다. 그리고 그 목적을 달성한 후에는 우크라이나를 식민지로 삼았다.

코사크의 초기 정치 체제는 그렇게 용두사미로 끝나버렸다. 코사크인들은 완벽한 영웅과는 거리가 멀었지만 낭만적인 이미지가 있었다. 소비에트 시절에는 인민 투쟁의 선봉으로 찬양받거나 우크라이나의 '부르주아 민족주의'의 상징으로 비난받거나 둘 중 하나였다. 세르히 증조할아버지는 전자의 관점을 끝까지 고수했는데 일기장에 '폴타바주의 고향 마을 마이아치카는 코사크 정착지다. 그

러니 우리는 볼셰비키 혁명을 지지해야 한다'라고 쓰신 것도 우연
이 아니었다. 마이아치카는 증조할아버지가 어린 시절을 보낸 마을
인데, 어렸을 때 나는 그 마을을 보플란의 지도에 그려진 다른 마을
들처럼 불가사의한 곳으로 상상했다. 실제로는 베레 마을에서 차를
타고 조금만 가면 나오는 마을이었다.

"할머니, 저 마이아치카 마을에 다녀오려고요."

그날 늦게 나는 할머니에게 말을 꺼냈다. 세르히 증조할아버지의
레닌 초상화들과 함께 있던, 낡을 대로 낡은 보플란 지도도 한 장
찾아놓았다.

"마이아치카? 거긴 뭐 하러?"

할머니는 내가 내민 먼지투성이 지도를 옆으로 밀쳐냈다.

"세르히 증조할아버지가 어렸을 때 살았던 곳이 궁금해서요. 생
전에 마이아치카에 있는 코사크 유산 얘기를 자주 하셨고, 보플란
지도 얘기도 하셨고 해서……."

할머니는 내 말을 가로막으며 소리쳤다.

"감자 심어야지!"

우리는 감자를 이미 심어놓았다. 하지만 할머니는 그걸로는 충분
치 않을까 봐, 아니면 우리가 제대로 된 품종을 심은 게 아닐까 봐
걱정했다. 나는 감자 심는 걸 처음 해봤는데 너무 힘들어서 당분간
은 그 일을 또 하고 싶지 않았다. 할머니가 과수원 일을 핑계 삼아
내 요청을 줄곧 무시하는 것도 속을 답답하게 만들고 있었다.

"알았어요. 같이 가고 싶은 마음이 없으신 걸로 알게요. 저 혼자
서라도 갈 거예요."

"감자 심어야 한다니까."

이번에는 내가 할머니의 말을 막았다.

"갔다 와서 도와드릴게요. 끽해야 한나절이면 갔다 와요."

나는 잠시 후 슬쩍 물어보았다.

"마이아치카에 아는 사람 없으세요?"

할머니는 여러 가지 식물의 재배 일정이 쭉 적힌 수첩을 팔락팔락 넘겼다.

"이미 결심이 선 모양이구나." 할머니는 수첩을 탁 덮으며 덧붙였다. "마이아치카에 아는 사람 없다. 거긴 잘 가지도 않았어."

식탁 앞에 앉아 있던 할머니는 벌떡 일어나더니 흰 뿌리가 나기 시작한 씨감자를 확인하러 복도로 나갔다.

내가 마이아치카 마을에 잠시 다녀오는 걸 두고 할머니가 왜 저렇게 못마땅해하는지 이해가 되지 않았다. 차라리 일정을 좀 미룰까도 싶었다. 그런데 저녁식사 내내 할머니는 뚱한 얼굴로 말이 없었고 내가 뭘 물어도 퉁명스럽게 받아쳤다. 결국 화가 치민 나는 할머니가 싫어하든 말든 내 뜻대로 하기로 마음먹었다.

다음 날, 마이아치카 마을로 가는 길을 아이폰으로 알아본 뒤 폴타바에서 출발하는 버스를 탔다. 보플란의 지도를 부적 삼아 가방에 잘 넣어두긴 했는데, 세르히 증조할아버지의 도움이 없으니 지도를 읽을 수도 없었다. 지도의 방향이 희한해서 우크라이나를 쭉 늘였다가 뒤집어 놓은 것처럼 보였다. 길가에 마이아치카 마을 표지판이 보이자 좌석에서 일어나 버스 기사에게 세워달라고 요청했다. 내가 내리자 기사는 "마을은 저 앞입니다"라고 알려주더니 액셀을 꽉 밟아 먼지구름을 피워 올리며 버스를 몰고 떠났다.

주변에 보이는 거라곤 회색 리본 같은 도로와 밀밭뿐이었다. 마을의 붉은 타일 지붕들이 언뜻 보인 것도 같았지만, 한낮의 태양이 무자비할 정도로 쨍쨍해서 눈이 아팠다. 아무리 눈에 힘을 줘도 끝없는 밭과 무한한 하늘 말고는 보이는 게 없었다. 눈 위쪽을 손으로 가리며 큰길을 약간 벗어나 걸어갔다. 얼마 후 줄지어 선 묘비들을 가로질렀다. 조금 더 걸어가면서 보니 그곳은 자작나무 숲을 끼고 있는 오래된 묘지였다. 가느다란 은색 나무줄기가 새하얀 햇빛 속에 투명하게 보였다. 자작나무 잎사귀가 바람에 파르르 떨었다. 날씨가 더운데도 섬뜩해진 나는 다시 큰길 쪽으로 돌아갔다.

길가에 서서 생각해 보니, 우크라이나에서는 묘지가 보이면 근처에 마을이 있다는 뜻이었다. 나는 다시 방향을 돌려 묘지 안쪽으로 걸어 들어갔다. 늙은 자작나무의 오싹한 휘파람 소리를 신경 쓰지 않으려 애쓰면서 높은 풀숲을 가르며 나아갔다. 덕분에 옷에 꽃가루가 진하게 묻고 말았다. 오래된 무덤은 기울어진 십자가로 장식된 반면, 비교적 최근 무덤에는 고인의 사진이 박힌 돌 명패가 세워져 있었다. 흰 머릿수건을 쓴 어느 여성 가장의 무덤 앞을 지나가면서 보니, 그 무덤의 화강암 묘비는 좀 더 작은 남편의 묘비를 굽어보듯 서있었다. 땋은 머리를 리본으로 장식하고 수줍은 미소를 짓고 있는 소녀의 무덤 앞에서, 나 때문에 휴식을 방해받은 듯 숲 뱀 한 마리가 덤불 속으로 스르르 기어갔다. 묘비들, 햇빛에 탈색된 플라스틱 조화들 사이에서 내가 마주친 유일한 생물이었다.

그리고 세르히 증조할아버지를 마주했다. 화강암 묘비에 박힌 흑백 도자기 사진 속에서 증조할아버지를 쏙 빼닮은 고인이 나를 조용히 바라보고 있었다. 뚫어져라 쳐다보는 움푹 들어간 눈, 미간의 주름, 넓은 이마, 갈기 같은 흰 머리.

"이반 파블로비치 베레즈코."

묘비에 적힌 이름을 읽어보았다. 이반은 세르히 증조할아버지의 형으로, 여러 번의 전쟁에서 살아남았고 마이아치카에서 남은 생을 살았던 분이었다. 이름 아래 적힌 생몰년을 보니, 1898년에 태어나 1984년에 돌아가셨고 86세까지 살았다. 나는 그동안 수집한 베레즈코 가문 관련 정보에 이반의 생몰년을 추가했다.

무덤을 돌아다니며 세르히 증조할아버지의 부모님이나 다른 형제자매의 무덤이 있는지 찾아봤는데 베레즈코라는 성이 적힌 무덤은 이반의 무덤이 유일했다. 등을 타고 땀방울이 흘러내렸다. 발밑에서 파삭파삭하게 밟히는 풀에서 건조한 장뇌 냄새가 올라왔다. 안 그래도 뜨끈한 공기가 더 뜨겁게 느껴졌다. 두 시간을 돌아다녔지만 별다른 성과가 없어서 나는 그만 포기하고 마을 가장자리에 있는 집들 쪽으로 발걸음을 옮겼다.

삼각형 머릿수건을 쓴 할머니들이 뽕나무 아래 긴 의자에 앉아있었다. 등에 배낭을 메고 땀범벅이 된 관광객을 보자 신기했는지 할머니들이 일제히 나를 쳐다보았다. 우크라이나 마을에서 관광객은 좀처럼 보기 힘든 존재이긴 했다. 내가 먼저 말을 걸기도 전에 할머니들은 어디로 가느냐고 한목소리로 물었다. 이 질문에 대답하려면 시간이 꽤 걸릴 것 같아 나는 배낭을 땅바닥에 내려놓고 그분들 옆으로 가 앉았다.

나는 내 외증조할아버지가 마이아치카 마을에서 태어났고, 이번에 그분의 고향 마을을 처음 방문한 거라고 설명했다. 할머니들은 내 얘기에 흥미를 보이면서 검은 앞치마 주머니에서 다들 휴대폰을 꺼냈다. 마을에 한바탕 전화를 돌린 할머니들은 내게 베레즈코 가족과 친구였던 콘스탄틴 텔리아트니크라는 사람을 찾아가 보라고 말했다. 그중 한 할머니가 설명했다.

"이 길을 쭉 따라 가면 진청색 집이 보일 거야. 그 집에 들어가서 토냐가 보내서 왔다고 해."

우크라이나에서 사는 게 좋은 이유가, 나라가 아무리 전쟁으로 아수라장이 됐어도 이렇게 기꺼이 나서서 도와주려는 분들이 있어서였다. 이렇게 인간적인 분들이 있으니 우리 모두 잘될 거라는 확신이 섰다.

할머니들이 가르쳐 준 집으로 찾아가 사정을 설명했다. 30대로 보이는 여자는 별로 놀라지도 않은 얼굴로 말했다.

"할아버지가 요즘 깜빡깜빡하세요."

그러고는 나를 콘스탄틴 텔리아트니크의 방으로 안내해 주었다. 대머리 노인이 이불을 덮고 비스듬히 앉아있었다. 튼실한 두 팔에는 문신이 가득했는데, 누비이불 가장자리에 손가락을 대고 마치 무언가를 찾고 있는 듯이 움찔거리고 있었다. 방 안에서는 오랜 병환의 냄새가 났다.

손녀가 콘스탄틴에게 허리를 굽히며 목청 높여 말했다.

"이분이 베레즈코 가족에 관해 물어볼 게 있대요."

콘스탄틴은 눈물이 질척하게 맺힌 눈으로 나를 쳐다보았다. 나는 마이아치카 마을에 사는 베레즈코 가족이 있는지 물어보았다.

"마이아치카는 정말 아름다운 마을이야." 그는 방 한쪽 구석의 한 지점으로 시선을 돌렸다. "오릴강, 숲, 낚시. 당연히 베레즈코 집안 형제들을 기억하지. 이반과 세르히 말이지? 둘 다 나보다 나이가 많았어."

나는 숨을 죽이고 다음 말을 기다렸지만, 콘스탄틴은 눈빛이 흐려지더니 목소리가 잦아들었다.

"세르히 형과 낚시하러 갔던 기억이 나. 어쩌면 이반 형일지도 몰라." 그는 눈앞의 벽을 올려다보았다. 벽에 걸린 두 개의 사진에 그의 시선이 머물렀다. 한 장은 건강하고 활기찼던 젊은 시절의 콘스탄틴 사진이고, 다른 한 장은 자수 셔츠와 재킷을 입은 여자의 사진이었다.

그의 손녀가 말해주었다.

"할아버지랑 돌아가신 할머니 사진이에요. 할머니가 얼마 전에 돌아가셨는데 그 후 할아버지 건강이 많이 안 좋아지셨어요."

기침을 시작한 콘스탄틴은 격하게 몸을 떨었다. 나는 방해해서 죄송하다고 사과하며 그 집을 나왔다.

지도에서 마이아치카 마을의 지형은 마치 사방으로 발을 뻗은 문어처럼 특이했다. 18세기에 국경지역 초소 역할을 하도록 만들어진 이 마을에는 제국의 국경을 지키는 코사크인들이 살았다. 증조할아버지는 가족과 함께 살았던 하얀 칠이 된 큰 집을 회상하곤 했다.

마이아치카 마을 측면에 있던 그 집은, 코사크 관련 연대 기록에서 언급된 오릴강에서 제일 가까이 있는 집이었다. 오릴강은 주변 지역을 괴상할 정도로 비옥하게 만들어 주는 원천이었다. 세르히 증조할아버지가 태어난 20세기 초에 마이아치카는 상당히 풍족한 마을이었다. 하지만 볼셰비키 혁명 이후 혼란의 도가니에 빠졌고, 결국 아무런 보호도 받지 못하는 국경지역 마을이 되고 말았다. 1917년부터 1921년까지 일어난 내전은 보통 '러시아 내전'으로 불리는데, 전투 대부분이 소비에트 연방에 속하는 걸 원치 않았던 우크라이나 영토에서 치러졌다. 볼셰비키들이 폴타바를 점령했던 1918년 겨울, 증조할아버지는 열세 살이었다. 이듬해 봄, 증조할아버지가 열네 살이 됐을 때 붉은 군대가 퇴각하고 독일의 지원을 받은 우크라이나 군이 이 땅을 수복했다. 증조할아버지는 열일곱 살에 고아가 됐고 가장이 됐다. 부모님은 당시 유행한 장티푸스로 세상을 떠났고 형들은 증조할아버지에게 땅과 누이들을 맡기고 게릴라 집단에 합류해 집을 떠났다. 나는 체리 과수원들에 둘러싸인 단층집들 앞을 지나가면서, 세르히 증조할아버지의 가족은 이 중 어떤 집에 살았을까, 증조할아버지는 전쟁 때 어떻게 살아남았을까를 생각했다. 증조할아버지가 우리에 대해 지나치게 걱정한다 싶으면 우린 증조할아버지의 숨 막히는 보살핌을 거부하고, 쓸데없이 너무 과장해서 생각하시는 거라고 타박했다. 그럴 때면 증조할아버지는 슬픔과 비난이 섞인 어두운 눈빛으로, 너희는 "세상이 얼마나 끔찍해질 수 있는지"를 모르고 살아도 되니 운이 좋다고 투덜거렸다.

나는 지나가는 사람이 보일 때마다 불러 세워 베레즈코 가족에 대해 아는지 물었다. 대답을 듣고 있자니 사라져 가는 이야기의 흔적을 쫓는 기분이었다.

"할머니라면 아셨을 텐데, 지난주에 돌아가셨어요." "올카가 기억력이 떨어지기 전이었으면 마이아치카 마을에 관한 이야기를 많이 들려주셨을 텐데." 사람들은 한숨을 쉬며 "노인네들이 아직 살아있었을 때 왔어야지. 좀 더 빨리 오지 그랬어요"라고 말했다. 어떤 여자는 어깨를 으쓱하며 "난 할머니, 할아버지한테 옛날 일에 관해 물어볼 생각도 못 했네요. 그런 거 물어본다고 내 인생이 달라졌을 것 같지도 않지만요"라고 말했다. 기억은 약했고 기록되지 않은 이야기들은 물 위에 퍼져나가는 잔물결처럼 사라졌다.

여기서 다시 레닌을 마주쳤는데, 별로 놀랍지도 않았다. 세르히 증조할아버지의 마을 중앙 광장에 레닌 동상이 있는 게 어울리기도 했다. 금속 느낌의 노란색으로 칠해진 그 동상은 환한 햇빛 아래 반짝거리며 커다란 벽돌 건물을 바라보고 있었다. 레닌 동상의 시선을 따라가자 마을의회 사무실이 보였다.

그때까지 조사 작업에 관한 얘기를 하도 많이 했더니, 서류꽂이가 잔뜩 놓인 책상 뒤에 앉은 여자에게 내 사정을 설명하는데 말이 막힘없이 술술 나왔다. 나는 친척을 찾고 있는데, 기록보관소에서 어떤 정보라도 찾아주면 고맙겠다고 말했다. 마을의회 의장 타이샤는 건장한 체격의 60대 여성으로, 무뚝뚝한 태도와 매니큐어를 곱게 칠한 손이 돋보였다. 내 얘기에 귀를 기울이던 타이샤는 미간을 좁히며 고개를 끄덕였다. 그리고 회전식 다이얼 전화기의 수화기를 집어 들더니 어딘가로 전화해 집단농장 기록을 사무실로 가져오라고 목청 높여 말했다.

"그래, 우리한테 있는 집단농장 관련 기록을 전부 가져와."

수화기 너머 여자는 당황했는지 목소리가 확 높아졌고 말투에 짜증이 묻어났다.

"다 가져와."

타이샤는 한 번 더 말하고 수화기를 내려놓았다. 잠시 후 젊은 여자가 서류철을 한가득 들고 나타났다. 여자는 사람을 위축되게 만드는 눈빛으로 나를 쓱 쳐다보았다. 타이샤는 여자에게 나가서 문 닫으라고 손짓했다.

"이반 베레즈코의 며느리는 내가 알아요. 지금도 마이아치카에 살고 있으니 가족에 관한 얘기를 들려줄 수도 있을 거예요."

타이샤는 이렇게 말하며 나를 힐끗 쳐다보았다. 나는 의자 끝에 초조하게 걸터앉아 바로 앞 탁자를 손으로 잡았다.

타이샤가 설명을 이어갔다.

"하지만 제대로 조사할 거면 집단농장 기록을 살펴보는 게 맞겠죠. 가장과 가족 구성원의 이름, 생년월일, 직업, 교육 수준이 적혀 있고 마을을 떠난 경우엔 새로운 주소지가 기재되기도 하니까요. 물론 강요하는 건 아닙니다."

"살펴보고 싶어요."

나는 초조한 속을 달래려 숨을 깊이 들이마셨다. 이곳에 보관된 자료를 샅샅이 들여다볼 수만 있다면 한쪽에 신문 더미가 쌓여있고 창턱에는 축 처진 제라늄이 있는 이 사무실에 밤새 있어도 좋을 것이다.

타이샤가 안경을 썼다.

"도와줄게요. 이 서류 더미는 내가 볼 테니까 그건 당신이 봐요."

두 시간 넘게 들여다본 끝에 세르히의 형제인 페디르, 네스티르, 이반의 이름이 적힌 문서를 발견했다. 집단농장 기록에 따르면 페디르는 2차 세계대전에서 살아남지 못했고 그의 아내와 아이들도 마찬가지였다. 네스티르와 이반은 옆집에 나란히 살았는데, 네스티르의 자식들은 마이아치카 마을을 떠났고 이반의 가족들은 남았다. 이반의 가족은 마이아치카 마을 변두리에서 밀, 호밀, 보리를 재배한 것으로 나와있었다. 수확량까지 정확히 기록돼 있었다. 그 땅은 오릴강이 마을을 감싸며 굽이쳐 흐르는 곳에서 멀지 않았다. 세르히 증조할아버지가 어렸을 때 살았던 집에 관해 들려준 적 있는데 그 얘기와도 일치했다.

타이샤가 말했다.

"관련이 있을지 모르겠지만 페클라 베레즈코라는 사람에 관한 기록이 있네요."

나는 타이샤의 어깨 너머로, 분홍색 매니큐어 칠이 된 그녀의 손톱이 가리키는 곳을 바라보았다.

"페클라 자카로브나 베레즈코. 베라 니코디모브나 베레즈코. 니콜라이 니코디모비치 베레즈코. 페클라 베레즈코 옆에 메모가 있네요. '남편 1900년 출생 니코딤 베레즈코.'"

심장이 쾅쾅 뛰는 소리가 귓속에서 울려 퍼졌다.

"니코딤."

내가 나지막하게 내뱉자 타이샤가 의아한 눈으로 나를 힐끗 쳐다보았다.

집단농장 기록에 따르면 페클라는 1938년도에 아들과 딸만 데리

고 마이아치카 마을에 왔다. 기록에 세 식구라고 적혀있으니 니코
딤은 그 전에 사라진 것이다. 페클라는 작은 땅을 경작하며 살았고
주부로 등록돼 있었다. 2차 세계대전 기간에 페클라와 아들 니콜라
이는 줄곧 마이아치카 마을에서 살았고, 딸 베라는 오스트아르바이
터(동부 노동자. 나치 독일 행정부가 소련, 백러시아, 우크라이나 지역에
서 강제 차출하거나 지원받아 독일로 데려온 슬라브인 노동자—옮긴이)로
독일에 갔다가 실종 처리됐다. 1945년 이후 페클라와 니콜라이가
어떻게 살고 있는지에 대한 기록은 없었지만, 이 마이아치카 마을
에 와서 기대한 것보다 많은 정보를 얻었다.

타이샤는 이반 베레즈코의 며느리인 류바 포르피리브나의 주소
를 종이에 적어주었다. 그리고 주 광장까지 바래다주면서 마을 뒤
쪽의 큰길을 가리켰다.

"이 길을 따라 쭉 가세요."

나는 타이샤에게 금색 레닌 동상이 그 자리에 계속 있을 것인지
물었다.

"당연히 그 자리에 있어야죠."

타이샤는 어디 받아치고 싶으면 해보라는 듯 방어적인 눈빛으로
나를 쳐다보았다. 나는 그러고 싶지 않아서 친절하게 시간 내주셔
서 감사하다고 말하려는데 타이샤는 자기는 그냥 할 일을 했을 뿐
이라며 말을 끊었다. 나는 배낭을 고쳐 메고 타이샤가 알려준 길을
따라 걷기 시작했다. 어느 정도 가다가 마이아치카 마을 쪽을 돌아
보니, 마을의회 의장 타이샤는 반짝이는 레닌 동상 아래 서서 내게
손을 흔들고 있었다. 나도 마주 손을 흔들었다.

집단농장 숙소 건물과 레닌 동상이 있는 마이아치카 마을을 뒤로 하고 세르히 증조할아버지와 아샤 증조할머니가 어린 시절을 보낸 또 다른 세상으로 들어갔다. 살구 과수원과 예스러운 우물이 마을 여기저기에 보이고, 길을 따라 푸른 밀밭이 펼쳐져 있었다. 얼마 안 가서 흰색 칠이 된 작은 집이 보였다. 타샤는 '비딱하게 굽은 사과나무, 짚으로 지붕을 얹은 닭장이 있는 집'을 찾으라고 했다. 나는 그 집으로 다가가 문을 두드렸는데 안에서 대답이 없었다. 사과나무 아래 긴 의자에 앉아 지친 다리를 쭉 뻗고 있다가 깜박 잠이 들었다.

누가 내 어깨를 잡아 흔든 바람에 화들짝 놀라 눈을 뜨고 보니 둥그런 얼굴에 푸른 눈, 성긴 백발의 자그마한 할머니였다. 덩달아 놀라 입을 벌린 할머니의 입안에 금니 하나가 보였다. 우린 멍하니 서로를 바라보았다.

"왜 우리 집 사과나무 밑에서 자고 있어요?"

할머니가 물었다.

내가 친척이라고 말하자 할머니는 당황한 표정이었다. 나는 우리가 어떻게 친척 관계가 되는지 설명했다. 할머니는 고개를 절레절레 흔들었다.

"우린 피가 섞인 친척은 아니에요. 난 이반의 의붓아들 아르카디 사엔코와 결혼했거든요."

할머니의 목소리에서 안도감이 묻어났다.

할머니는 자기 이름이 류바 포르피리브나라고 말하고는, 친척이든 아니든 들어와서 차를 마시자고 했다. 할머니의 집은 우크라이나의 전통적인 오두막으로 크고 널찍한 편이었다. 집 안에는 화목 난로가 설치돼 있고, 집을 떠받치는 커다란 천장보인 스볼록이 있었다. 아샤 증조할머니에게 들은 얘기로, 옛날 사람들은 스볼록을 숭배해서 스볼록 위의 특별한 자리에 영혼들을 위한 향과 소소한 공물을 놓아두었다고 했다. 베레 마을에 있는 우리 집은 소박한 벽돌집이어서, 나는 이 집에 있는 신성한 천장보에 매료됐다. 류바 포르피리브나의 집 안에는 스볼록에 건조화와 말린 장미 다발이 묶여 있었다. 집 안 벽에는 다채로운 색깔의 벽 카펫 그리고 백조들이 가득한 연못이 수놓인 커다란 천이 걸려있었다. 침대에는 레이스 커버를 씌운 베개들이 잔뜩 놓였고 침대 위쪽 벽에는 적갈색 사진들이 몇 점 걸려있었다.

"이쪽은 세상을 떠난 남편 아르카디예요."

류바는 군복을 입은 진지한 표정의 청년 사진을 가리켰다.

"시어머니가 나를 내켜 하지 않았어요."

류바는 가족 앨범을 꺼내 결혼식 사진들을 보여주었다. 흰 블라우스에 검은 치마를 입고 구두 위로 접어 내린 양말을 신은 금발 여자가 약혼자의 손을 꼭 잡고 수줍은 표정으로 카메라를 응시하고 있었다. 아르카디의 얼굴에 묻은 흰 곰팡이 얼룩 때문에 표정을 읽기 힘들었는데 여자 쪽으로 보호하듯 몸을 기울이고 있는 모습이 눈에 띄었다. 류바가 그 사진을 손으로 문질렀지만 흰곰팡이 얼룩은 지워지지 않았다.

"시어머니는 아들이 도시 여자와 결혼하길 바라셨어요. 난 마이아치카 마을 근처의 집단농장에서 우유 짜는 일을 했고요. 아르카디가 시어머니한테 '제가 뭐라고 이러세요? 가족들처럼 저도 농부일 뿐이잖아요'라고 말했다더라고요. 그렇게 우린 결혼을 했죠. 난 소젖을 짰고 아르카디는 우유 트럭을 운전했어요. 이반 베레즈코 씨는 우리 시아버지신데, 나한테 참 잘해주셔서 그냥 아버지라고 불렀어요. 시아버지의 첫 번째 부인은 전쟁 통에 돌아가셨고 시아버지는 몇 년 후에 아르카디의 어머니와 재혼하셨어요."

류바는 시어머니 사진을 보여주었다. 뾰족코, 침울하게 오므린 입술을 가진 바짝 마른 여자였다.

"시아버지는 시어머니한테 계속 이런 말씀을 하셨어요. '애들은 우리가 가진 전부야. 애들이 사랑을 붙잡고 살게 해줘.' 그런데 시아버지도 문제가 하나 있었어요."

이 말을 하면서 류바는 손으로 목을 톡톡 쳤는데, 이반의 문제가 바로 보드카였음을 나타내는 우크라이나인 특유의 손짓이었다.

"술을 안 마시고는 못 배기셨어요. 일요 시장이 근처에 열릴 때마다 거기 가서 친구들을 만나셨죠. 그리고 술에 취해 절뚝대고 비틀거리며 느지막이 집으로 돌아오셨어요. 원래 한쪽 다리가 다른 쪽 다리보다 짧은 데다 술에 취하니 제대로 걷질 못하셨죠. '노인네 노래하는 소리가 들리네'라고 아르카디는 말했어요. 그 말을 하고는 새아버지가 길가 배수로에 빠지기 전에 데려오려고 집을 나서곤 했어요."

나는 세르히 증조할아버지가 술에 거의 입을 대지 않았던 것을 떠올렸다.

류바는 벽에 걸린 아르카디의 사진을 바라보며 말했다.

"나쁜 시절도 있었고, 좋은 시절도 있었어요."

해가 뉘엿뉘엿 넘어가면서 집 앞 밀밭이 불타는 듯한 오렌지색으로 물들었다. 저녁 바람에 잎사귀 바스락거리는 소리가 다급한 속삭임처럼 들려왔다.

"시간이 늦었는데 어디로 갈 생각이에요?"

류바가 물었다. 폴타바로 돌아가야 한다는 생각을 그때까지 안 하고 있다가, 막상 그 생각을 하고 보니 늦은 시간이라 어디서 버스를 타야 할지 막막했다. 배낭을 집어 들고 서둘러 작별 인사를 하려는데 류바가 나를 붙잡았다.

"기다려 봐요. 날이 어두워지는데 시골길 돌아다닐 생각 말아요. 혹시 당신한테 무슨 일이라도 생기면 난 나를 용서 못 해." 류바는 타일을 붙여 장식한 난로 근처에 있는 좁은 침대를 가리켰다. "저기라도 괜찮으면 자고 가요."

나는 류바의 제안을 받아들였다. 할머니에게 전화를 걸어 이 마을에서 자고 가겠다고 말했다.

"알았다. 좀 더 빨리 전화했어야지. 걱정했잖니."

나는 전화를 끊고 미안한 마음에 류바를 도와 저녁식사를 차렸다. 감자를 깎은 뒤 지하실로 내려가 절인 토마토가 담긴 병을 찾아왔다. 류바는 오래된 주석 냄비에 감자를 넣고 끓였고 호밀빵과 소금에 절인 돼지고기를 잘랐다. 우리는 포도 정자 아래 놓인 작은 식탁 앞에 앉아, 냄비에 담긴 감자를 포크로 꺼낸 뒤 돼지고기 기름에 대고 으깼다. 종일 묘지를 돌아다니고 낯선 사람들에게 말을 걸고 기록을 들여다봤더니 몹시 허기가 졌다. 류바는 어머니처럼 걱정스러운 표정으로 나를 간간이 쳐다보며 물었다.

"마이아치카 마을까지 어떻게 오게 됐어요?"

나는 세르히와 이반의 형 니코딤에 관해 알아보고 있다고 말했다. 류바는 잠시 침묵하다가 천천히 음식을 씹으며 말했다.

"그 사람 때문에 온 집안이 위험에 처했더랬어요."

등줄기를 타고 소름이 쫙 끼쳤다. 나는 포크를 든 손을 떨며 물었다.

"그분이 뭘 했는데요?"

"체포됐어요. 정치적인 죄를 저질러서요."

"무슨 죄요?"

나는 목청을 높이지 않으려 애썼지만 어쩔 수 없이 소리가 커졌다. 류바는 난감한 눈으로 나를 바라보았다.

"오래전 일이에요. 기억도 가물가물하고. 시아버지는 그 사람 때문에 가족 모두 끝장날 거라고 했어요. 이유는 몰라요. 난 내 인생도 잘 기억이 안 나는 사람이라."

자리에서 일어선 류바는 차를 가지러 집 안으로 들어갔다. 나는 더 이상 한 입도 먹지 못하고 가만히 앉아있었다.

잠시 후 같이 설거지를 하면서 류바는 나지막하게 무어라 중얼거리다가 드디어 말했다.

"그들이 와서 그 사람을 잡아갔어요."

"그들이 누구인데요?"

"그들이요."

류바는 두 손에 얼굴을 묻고 울음을 터뜨렸다.

소리 없이 우는 그녀의 몸이 격렬하게 떨렸다. 열린 입에서 애써 억누른 흐느낌이 간간이 흘러나왔다. 나는 놀라기도 했고, 이 외로운 여자에게 고통스러운 기억을 떠올리게 만든 것 같아 미안하기도 했다. 류바를 끌어안자 실내복을 입은 앙상한 그녀의 몸에서 뼈가 도드라지게 느껴졌다. 나는 류바의 눈물을 닦아주었다. 우리는 어쩌다 잠시 서로의 삶을 스치고 지나가는 인연일 뿐이지만, 그 순간만큼은 그녀의 슬픔이 곧 내 슬픔이었다. 문득 아샤 증조할머니가 즐겨 하던 말이 떠올랐다. "슬퍼해 봤자 아무 소용없어." 그래도 가끔은 울어줘야 하지 않을까. 나는 류바의 울음이 잦아들 때까지 그녀를 꼭 안아주었다.

우리는 문에 빗장을 지르고 불을 껐다. 잠든 류바는 나지막하게 중얼거리며 한숨도 쉬었다. 나는 침대에 누워 천장을 올려다보았다. 난로 타일에 은색 달빛이 비치고 있었다. 어떤 타일에는 양치기 여자 그림이 있고, 어떤 타일에는 우아한 꼬리를 가진 수탉 그림이 있었다. 나는 난로 뒤쪽에서 들려오는 귀뚜라미 소리, 정원에서 흘러드는 부엉이 소리에 귀를 기울였다. 누굴 잡아갔다는 걸까? 니코딤? 아르카디? 아니면 다른 사람? 그러다 나도 잠이 들었다.

다음 날 동이 틀 무렵 눈을 떴다. 짓이긴 풀, 신선한 크림, 소똥 냄새를 머금은 시원한 공기가 작은 창문을 통해 방 안으로 흘러들었다. 류바의 침대는 이미 정리되어 있었고, 식탁에는 우유병과 달걀 바구니가 놓여있었다. 이 집 주인 류바는 밖에 나가 닭들에게 모이를 주고 있었다. 활기찬 암탉들에게 곡물을 한 줌씩 뿌려주었다. 수탉이 발톱으로 땅을 긁으며 미심쩍다는 듯 빨간 한쪽 눈으로 나를 노려보았다.

"어젯밤에 시아버지가 했던 얘기를 전하면서, 그 *사람* 때문에 가족 모두 끝장날 거란 말을 했다고 했잖아요. 내가 실수했어요. 시아버지는 니코딤 씨 얘기를 한 게 아니었어요. 동생인 세르히 씨 얘기였어요."

깜짝 놀란 나는 멍하니 그녀를 쳐다보았다. 진지하고 책임감 있던 세르히 증조할아버지가 가족 모두를 위험하게 만들 수 있는 일을 계획했다고? 하지만 류바는 곧 노래를 흥얼거리며 마당을 쓸기 시작했다. 더 자세한 얘기는 모르거나 아니면 말하고 싶지 않은 모양이었다.

버스를 타고 베레 마을로 돌아가면서, 퍼즐 일부를 풀 때마다 더 큰 수수께끼가 나타난다는 생각이 들었다. 차창 너머 밀밭과 보리밭이 펼쳐진 시골마을의 풍경이 꼭 초록색 천과 노란색 천으로 만든 패치워크(여러 색상, 무늬, 소재, 크기, 모양의 작은 천 조각이나 큰 천 조각들을 서로 이어 붙여 하나의 천으로 만드는 수예—옮긴이) 같았다. 벚나무 숲에 둘러싸인 농가들이 간간이 그 흐름을 깼다. 흰색 도료를 칠한 저 작은 집들에 누가 사는지, 과수원은 누가 돌보는지 궁금해졌다.

우리 집 대문이 활짝 열려있었다. 베레 마을에서 대문이 열려있으면 그 집에 문제가 생겼다는 뜻이었다. 나는 마당에 배낭을 벗어두고 집 안으로 달려 들어갔다. 식탁 앞에서 사샤 아주머니가 발렌티나 할머니의 손을 잡고 혈압을 재고 있었다. 내가 집 안으로 들어가자 두 분이 나를 돌아보았다.

사샤 아주머니는 혈압계를 쓱 쳐다보며 말했다.

"할머니 몸도 안 좋으신데 어떻게 혼자 둘 수가 있니!"

그러자 할머니가 기운 빠진 목소리로 나섰다.

"사샤, 이제 괜찮아. 무리를 좀 해서 그래. 자네까지 왜 날 노쇠한 늙은이 취급해?"

나는 재킷의 단추를 풀면서 가쁜 숨을 내쉬었다.

"무슨 일이에요?"

"150에 90!"

사샤 아주머니는 축구 경기 점수를 발표하듯 할머니의 혈압을 외쳤다.

"할머니 혈압약 어디 있어요?" 나는 의자에 재킷을 걸어놓고 찬장 아래 있는 약상자를 뒤졌다. "지금은 좀 어떠세요?"

"괜찮으니까 수선 그만 떨어. 드미트로를 불렀다. 지금 오고 있을 거야."

그러자 사샤 아주머니가 나를 나무랐다.

"할머니가 감자 심기 같은 고된 일을 하게 두지 말았어야지!"

"감자를 왜 심으셨어요? 같이하겠다고 제가 약속했잖아요. 하루도 못 기다리세요?"

"못 기다려. 벌써 6월이잖니."

사샤 아주머니는 고개를 끄덕거리며 할머니 말에 맞장구를 쳤다. "도시에서는 연중 아무 때나 감자를 살 수 있지만, 농사짓는 사람은 때에 맞춰 심어야 해."

"설명 감사해요. 몰랐네요."

나는 이렇게 말했지만, 곧 사샤 아주머니의 수동 공격적인 말투를 받아치지 못하고 고분고분하게 대답한 자신에게 화가 치밀었다. 사샤 아주머니는 한숨을 쉬더니 혈압측정띠를 접어 상자에 넣었다.

"필요한 거 있으면 언제든 전화하세요. 뭐든 해드릴 테니까."

사샤 아주머니의 말에 할머니는 아주머니의 손을 쓰다듬으며 고마워했다.

아주머니가 돌아간 후 할머니가 나를 나무랐다.

"사샤에게 왜 그렇게 무례하니? 내가 전화하자마자 와준 사람인데."

나는 할머니의 혈압약을 찾아내 물 한 컵과 함께 건넸다. 그리고 할머니가 천천히 약을 삼키는 모습을 바라보았다.

"사샤 아주머니가 저한테 말도 안 되는 소릴 하는데도 할머니는 저를 위해 변명도 안 해주셨잖아요."

분노와 죄책감과 걱정이 내 속에서 마구 뒤엉켰다.

할머니는 조용히 물을 마시고는 물컵을 두 손에 쥐고 이리저리 돌렸다. 그러다 마침내 입을 열었다.

"망할 놈의 마이아치카에는 왜 갔니?"

나는 식탁 앞에 앉았다.

"세르히 증조할아버지가 어렸을 때 살았던 곳을 가보고 싶어서요."

"거기 가서 뭘 봤는데? 뭘 찾아내긴 했어?"

"증조할아버지의 형 이반 할아버지 무덤이요. 먼 친척을 만나서 그분 집에서 자고 왔어요. 어젯밤에 말씀드렸잖아요."

"그 여자는 우리 친척이 아니야."

"혈연관계가 있는 친척은 아니지만, 저한테 친절하게 대해줬어요."

잠시 정적이 흘렀다.

"니코딤 할아버지에 관한 정보를 알아내긴 했어요."

"니코딤이라니?"

"세르히 증조할아버지의 큰형이요. 실종됐다는 분. 전에 제가 그분에 관해 물어본 거 기억하세요?"

"아, 또 그 얘기구나."

할머니는 물컵을 내려놓고 약상자를 집어 들었다. 상자 뚜껑을 탁 소리 나게 닫더니 입도 꽉 다물었다.

"니코딤 할아버지한테 무슨 일이 있었는지 알아보고 싶었어요. 그분의 실종이 비극적인 일이긴 하잖아요."

내 입에서 더듬더듬 말이 나왔다.

"가족들은 어떻고? 그 일의 결과를 떠안고 살아야 했던 사람들은 어떤데? 그건 비극적이지 않니?"

할머니는 돌처럼 굳은 얼굴로 나를 쏘아보았다.

"물론 비극적인 일이죠……."

말끝이 우물우물 흐려지고 말았다.

"더는 듣기 싫다…… 과거를 들쑤시는 짓 그만해."

나는 의자에서 일어나 할머니에게 다가갔다.

"과거를 아는 건 중요한 일이에요."

발밑의 땅이 푹 꺼지고 흔들리는 기분이었다.

"이 할미를 가르치겠다는 거냐?" 할머니의 뺨이 씰룩거리더니 얼굴이 벌겋게 달아올랐다. "요즘 넌 집에 통 있질 않았어. 이 마을 저 마을 돌아다니거나 다 썩어가는 천 쪼가리 사진이나 찍고 다녔지."

석회 용액 때문에 입은 손가락의 화상 부위가 따끔거렸다. 나는 말없이 그 자리에 굳은 채로 서있었다. 흰 칠을 한 과수원이나 깔끔하게 정돈된 딸기 화단을 가리키며 내가 작업한 일이잖냐고 반박할 수도 없었다. 변명도, 사과도 할 수 없었다. 그저 물가로 떠밀려 올라온 물고기처럼 입만 뻐끔거렸다.

"너야 그리고 브뤼셀로 돌아가도 예전처럼 살 수 있겠지." 할머니는 울음을 참으며 말을 이었다. "수십 년 전에 사라져서 이제 우리랑은 아무 상관도 없는 그 니코딤이란 사람을 더 신경 쓰면서……."

할머니는 말을 하다 말고 서랍을 열더니 일하는 척 바쁘게 손을 놀렸다.

난 목이 메어 목소리가 제대로 나오지 않았다.

"알았어요. 아무것도 안 하면 되잖아요."

돌아선 나는 아샤 증조할머니의 외투를 외투걸이에서 벗겨 어깨에 걸치고 문을 밀어 열었다. 날이 따뜻한데 몸이 격렬하게 떨렸다. 마당을 가로질러 성큼성큼 걸어간 나는 대문을 열어젖히고 과수원으로 달려들어 갔다. 검은딸기나무들 사이로 가장 깊숙하고 외진 곳, 어렸을 때 내가 '비밀'을 묻어둔 곳으로 향했다. 어린 시절 내 비밀은 꽃과 알록달록한 사탕 포장지를 채워 넣은 작은 천 꾸러미였다. 나무줄기 안쪽의 빈 곳이 '비밀'을 숨기기에는 더 좋았다. 나는 벚나무에 기대어 서서 울퉁불퉁한 나무줄기를 손가락으로 문질렀다. 빈 곳을 찾아낸 후, 주머니에서 수첩을 꺼내 니코딤에 관해 적어둔 페이지를 쭉 찢어서 손수건으로 감쌌다. 그걸 나무줄기 안쪽의 빈 곳에 깊숙이 쑤셔 넣고 나무줄기에 얼굴을 기댔다. 여길 떠나야겠다, 내일 떠나자, 라고 생각했다. 내가 한 일이 전부 잘못이었다. 다리가 젤리라도 된 것처럼 힘이 빠져서 벚나무 아래에 주저앉아 멍하니 앞을 바라보았다.

그대로 두 시간쯤 지났을까, 이틀이 지났을까. 한참 넋을 놓고 있었는데 어쩌면 잠이 들었을 수도 있었다. 너무 오래 앉아있었더니 몸이 웅크린 자세로 굳어졌다. 무언가 발을 간지럽히는 느낌이 들어서 보니 페리윙클 덩굴손이었다. 구겨진 종잇장 같은 몸을 펴고 일어나 주변을 둘러보았다. 과수원 전체에 페리윙클이 카펫처럼 깔려있었다. 여름이라 파란 꽃은 오래전에 지고 초록색 잎사귀만 남았다. 어느 날 아샤 증조할머니는 내 작은 손에 자잘한 검은 씨앗들을 쥐여주며 말했다. "씨를 사방에 뿌려놓으렴." 씨앗들은 부드럽고 촉촉한 흙 속으로 사라져 다시 보게 될 것 같지 않았다. 하지만 증조할머니는 말했다. "내년에 다시 오면 꽃을 볼 수 있을 게다. 뭐든 시간이 필요한 법이지."

과수원에 와있으니 베레 마을 다른 어떤 곳에서보다 아샤 증조할머니가 더 잘 느껴졌다. 나는 증조할머니가 이 주변에서 글라디올러스를 자르거나 새로운 포도 접목 방법을 실험하는 모습을 상상해보았다. 내 잠을 깨운 페리윙클의 줄기가 벚나무 줄기를 감싸며 자라고 있었다. 페리윙클의 길쭉한 잎사귀는 반들반들 윤이 나고 거친 나무껍질을 배경으로 선명한 색감을 뽐냈다. 사라진 모든 것은 흔적을 남겼고 모든 것은 시간을 필요로 했다.

페리윙클을 쓰다듬으며 아직은 여길 떠날 수 없다는 걸 깨달았다. 이대로 베레 마을을 떠난다면 아마 다시는 돌아올 수 없을 것이다. 나는 아직 그럴 준비가 돼있지 않았다.

손에 묻은 풀잎과 흙을 털어냈다. 할머니에게 더 이상 화가 나지 않았다. 무작정 남의 인생에 걸어들어 가놓고 거기 나를 위한 자리가 있으리라 생각하면 안 되는 거겠지. 우린 둘 다 자신의 결핍을 다른 존재들로 채워왔다. 나라는 존재는 할머니에게 내 부재를 떠올리게 했다. 조만간 나는 떠날 사람이고 할머니는 내가 1년 후에 돌아올지 10년 후에 돌아올지 알 수 없을 테니까. 나는 내가 옳은 일을 한다고 생각했지만 알고 보니 잘못된 길로 가고 있었다. 아샤 증조할머니의 외투를 당겨 여미고 집 쪽으로 발길을 돌렸다.

"어디 갔었니? 전화했는데 안 받더라. 네 휴대폰으로 전화했는데 네가 집에 휴대폰을 두고 나갔어."

할머니는 한 손에 휴대폰을, 다른 손에 주소록 수첩을 들고 문지방에 서있었다. 할머니는 노키아 폰에 전화번호를 저장하는 방법을 모르셨다. 햇볕에 진하게 그을린 할머니의 얼굴이 창백해져 있었다.

"차랑 라즈베리잼 줄까?"

나는 사모바르 버너에 주전자를 올리고 찻잔을 꺼내려 찬장으로 손을 뻗었다.

"어머니가 쓰던 사모바르 주전자를 씻어서 차 끓일 때 쓰면 좋겠더라고." 할머니는 눈으로 내 움직임을 쫓으며 말을 이었다. "사모바르가 아니면 차 맛이 제대로 안 나잖니?"

할머니의 눈이 불그레하게 젖어있었다.

나는 고개를 끄덕이면서 눈물이 나려는 걸 참느라 코를 훌쩍였다. 할머니가 다가와 나를 꽉 끌어안았다.

"미안하다. 과거는 과거에 묻어두자. 네가 이대로 안 떠나면 좋겠어. 떠날 생각은 하지도 말아."

흐느낌에 말이 묻혀버려서, 나는 고개만 끄덕였다.

· 3부 ·

수실

나는 파니 올가가 혼자 알아서 자수 목록을 완성할 수 있도록 카메라를 빌려주었다. 그리고 할머니와 함께 과수원에서 가지치기를 하고 토마토를 심었다. 우리는 둘 다 수년 만에 처음으로 전통 요리를 만들었다. 함께 튀르키예 드라마도 봤다. 토마토를 심을 때 사샤 아주머니가 자기네 집 정원에서 일하는 모습이 보이긴 했는데 우리 집에 오지는 않았다.

남은 여름 동안 어머니가 오셔서 우리와 함께 지냈다. 할머니와 나는 여름 주방을 침실로 만들었고 이부자리를 다림질하고 메뉴를 고민했다. 베레 마을에서 보냈던 여름에 대한 추억이 있어서 우린 둘 다 들떴고, 어머니가 오기 전까지 기대에 찬 마음으로 즐겁게 하루하루를 보냈다.

어머니가 오자 집 안 분위기가 바뀌었다. 아침마다 서둘러 밖에 나가 과수원을 돌보는 대신, 몇 시간에 걸쳐 느긋하게 아침을 먹었다.

"베레에서 과수원 관리가 중요하다는 건 저도 알지만, 며칠 동안은 혼자 알아서 잘 자랄 거예요."

어머니의 설득에 할머니는 결국 수긍했다. 나도 처음부터 할머니에게 강하게 나갔어야 했나 싶었지만, 이제는 매일 반복되는 과수원 관리를 즐기고 있었다. 만만찮은 할머니를 그분만의 언어로 이해하는 계기가 되기도 했다.

나는 열일곱 살에 대학을 가게 되면서 어머니와 따로 살았지만 여전히 어머니와 친구처럼 속을 털어놓고 지냈다. 니코딤에 대한 정보를 찾기가 너무 힘들다거나 베레 마을에서 지내면서 답답하단 얘기를 했더니 어머니는 인내심을 가지라고 조언했다.

"서두르지 마. 지금 당장은 힘들게 느껴질 수 있어. 그럴 땐 그냥 현재에 충실하면 돼."

나는 고무장화를 끌고 다니며 진짜배기 미국 사람 같지 않은 모습으로 마을에 충격을 줬는데 어머니는 달랐다. 어머니의 짐 가방에는 리넨 소재의 여름용 원피스, 끈 달린 샌들, 옷에 어울리는 벨트와 맵시 있는 청바지들로 가득했다. 아침마다 어머니는 즐거워하는 할머니 앞에서 패션쇼를 벌였다. 그리고 분홍색 키튼 힐(굽이 3~5센티미터 정도로 낮고 가늘며 휘어진 여성용 구두—옮긴이)을 신고 진흙투성이 큰길을 깡충깡충 가로질러서 폴타바의 친구들을 만나러 다녔다.

"이 집 따님은 꼭 이탈리아 영화배우 같더라고요."

안토니나 할머니가 우리 할머니에게 말했다. 베레 마을에서 나이가 제일 많은 축에 속하는 안토니나 할머니는 1968년도에 폴타바 근방에서 '해바라기'라는 영화를 통해 이탈리아 영화배우 소피아 로

렌을 보았다. 안토니나 할머니에게는 그게 유명인에 대한 첫 기억이었다. 어머니는 칭찬을 감사히 받아들이면서 발렌티나의 화려하고 멋진 딸이라는 역할을 기쁘게 수행했다. 다만 어머니의 날씬한 몸매는 베레 마을의 노인들에게 살짝 실망을 안겼는데, 그들에게는 "살쪘다"는 말이 칭찬이기 때문이었다. 그래서 그분들은 진지하게 걱정하며 "딸내미가 폐결핵에 걸린 거 아니죠?"라고 묻기도 했다.

할머니는 화를 낸 것에 대해 내게 사과했다. 우리는 니코딤에 관한 얘기는 다시 입에 올리지 않았다. 나는 니코딤 관련 조사를 아예 포기할 마음은 없었지만 약속했으니 할머니의 뜻을 거스를 수 없었다. 어머니도 할머니가 그렇게 싫어하는데 내가 그 조사를 계속하는 태도를 좋게 보지 않았다. 그래서 우리는 니코딤이라는 남자를 수수께끼로 남겨두기로 했다.

어머니가 한자리에 있지 않아도 할머니와 대화가 늘었다. 할머니는 내가 예상 못 한 방식으로 마음을 열었고, 나는 너무 기뻐서 할머니가 니코딤에 관해서는 잊으라고 단호하게 말린 이유를 굳이 파고들지 않았다. 과거에 대한 할머니의 이야기가 무척 재미있어서, 어떤 날에는 저녁식사를 마치고 차를 마시며 자정 너머까지 이야기를 나누기도 했다.

어느 날 저녁, 내가 물었다.

"할머니, 아샤 증조할머니랑 세르히 증조할아버지는 어떻게 만났어요?"

어머니는 이미 잠들었고 나는 할머니와 함께 식당에 앉아있었다. 마시던 차는 이미 식어서 갈색의 얇은 막이 덮였다.

"1933년이었어. 네 증조할머니는 당시 말라 네흐보로샤 마을에서 초등학교 교사로 근무했지. 폴타바주에 있는 마을인데, 고향인 미하일리우카보다 별로 크지도 않았어."

"증조할머니가 작은 마을에서 아이들을 가르치길 원하셨어요?"

"선택의 여지가 있었겠니? 자리를 배정받으면 가야 하는데. 이 얘긴 해야겠다. 네 증조할머니는 폴타바주의 폴타바시에 애인이 있어서 말라 네흐보로샤 쪽으로는 안 가고 싶어 했어. 그러다 기근이 시작된 거야……."

할머니는 잔에 남은 차를 빙글빙글 돌렸다.

1930년대는 대공황으로 인해 세계 여러 지역이 굶주렸던 시기였다. 소비에트 연방은 국제 무역을 거의 하지 않았기 때문에 대공황의 여파에서 어느 정도 벗어나 있었다. 자본주의 세계가 흔들리자 소비에트 연방은 타락한 자본주의 시스템이 죽게 생겼다며 고소해했고, 소비에트 언론들은 '썩어가는 서방 세계'에서 이민자들을 받아줘야 한다며 요란을 떨었다. 아샤는 정치엔 별로 관심 없었고 그저 뉴스로 세상 돌아가는 얘기나 듣는 정도였다. 그래서 아샤도 스탈린이 국가를 현명하게 이끄는 아버지이며, 스탈린이 선언한 새로운 공업화 경제 정책이 공익을 위한 것이라 믿었다. 스탈린의 계획이 시골에 사는 부모님 같은 사람들에게까지 영향을 줄지는 몰랐다. 스탈린은 공산주의의 빛나는 미래를 위해 어떤 희생을 치르더라도 농장 집단화를 이룩해야 한다고 주장했다. 그러면서 "한 명의 죽음은 비극이나 백만의 죽음은 통계다"라는 말까지 남겼다.

초기에 볼셰비키들은 선거운동을 하면서 토지 재분배의 유익함을 강조했다. 농부들은 그 의도를 의심했지만 볼셰비키들의 약속은 효과를 나타냈다. 그런데 1929년에 본격적으로 진행된 농장 집단화가 토지 재분배 개혁을 뒤집어엎었다. 집단농장 전통이 있는 러시아에서도 고통스러운 과정이었는데, 나라의 역사가 땅을 차지하기 위한 투쟁의 연속인 우크라이나에서 농장 집단화는 참혹한 비극 그 자체였다. 우크라이나 사람들에게 땅을 잃는다는 건 죽는 것과 다름없었다. 그렇다고 농부들이 어떤 저항을 할 수 있었을까? 농작물을 불태우는 것? 가축을 도살하는 것? 여러 마을이 저항했고 농장 집단화 감독을 위해 배치된 군대에 맞서 싸우기도 했지만, 개별적인 투쟁으로는 정부의 지원과 소비에트 군대 및 민병대를 등에 업은 정책 진행을 막을 수 없었다.

얼마 안 있어 아샤 증조할머니의 마을에서도 집단농장이 꾸려졌다. 증조할머니의 부모님은 작은 채소밭과 소 한 마리를 보유하고 있었다. 증조할머니의 어머니 파샤 고조할머니는 땅을 넘기는 서류에 서명하길 끝까지 거부했지만, 나머지 가족들은 당국의 압박을 견디지 못하고 타협하고 말았다. 증조할머니의 아버지 올렉시 고조할아버지는 집단농장에서 일했고 고조할머니는 끝까지 지켜낸 가문의 땅을 경작했다.

증조할머니의 가족은 그나마 운이 좋았다. 정책에 저항한 30만 명의 농부들과 달리 처형당하지도, 시베리아와 중앙아시아에 새로 만들어진 유배지로 추방되지도 않았다. 그 시절에 관한 자료를 읽다 보면 어떻게 아는 사람에게 그런 폭력을 자행할 수 있는지 쉽게 이해가 되지 않았다. 당시 연방 경찰과 연방 검찰, 마을 반장은 같은 마을 사람들을 체포하고 유배지로 추방하는 일을 도맡아 했다. 우크라이나에서 벌어진 대기근이 섬뜩한 현실로 다가오는 이유, 수십 년이 지난 지금도 참혹한 비극으로 남아 있는 이유는 이웃과 친구, 친척 들의 손에 개인의 생사가 결정되었기 때문이다. 서로의 자식들에게 세례를 주었던 사람들, 함께 땅을 경작하고 서로를 위해 축배를 들었던 사람들이 서로를 죽게 했다. 마을 반장들이 동정심을 보일 때도 있었다. 마을 공동체가 힘을 모아 함께 강하게 저항하기도 했다. 그저 우연히, 주사위 던지기처럼 운명이 결정될 때도 있었다. 파샤 고조할머니는 기르던 소를 계속 보유할 수 있었을 뿐 아니라 집 안에 두었던 화려한 성화 장식도 빼앗기지 않았는데 가족의 땅이 가파른 언덕에 있어서 트랙터로 경작하기가 불가능했기 때문이었다. 때로는 이렇듯 지리적 위치가 운명을 결정지었다.

할머니가 말했다.

"어머니(아샤)가 말라 네흐보로샤 마을에 도착해서 교사 일을 시작한 게 1931년이었어. 그해는 농사가 흉년이었지. 사람들은 어쩔 수 없이 집단농장에서 일했는데 죽어라 해봤자 보상도 거의 없으니 누가 열심히 했겠어. 그해에는 여름이 별로 덥질 않고 습도도 높았어. 하지만 어머니는 농사보다 새로 하게 된 일이 더 걱정이었어. '원칙을 중시하는 볼셰비키'로 소문난 교장과의 만남을 앞두고 초조해했어."

"세르히 증조할아버지군요!"

할머니는 고개를 끄덕였다.

"어머니는 막상 교장을 만나고 살짝 실망했다고 나한테 말씀하셨어. 가죽 재킷을 입은 거친 남자일 줄 알았는데 학생 같았다는 거야. 부드러운 달걀형 얼굴에 뺨도 매끈한 남자가 인사를 건네면서 얼굴까지 붉히더래. 처음 만난 날 교장이 자수가 놓인 셔츠를 입고 있어서 어머니는 그를 '비쉬반카를 입은 볼셰비키'라고 불렀어. 물론 본인 앞에서 그렇게 부른 적은 없었지만."

그동안 마을 상황은 한층 더 나빠졌다. 흉년인데도 소련은 원래 일정대로 곡물을 징발해 갔다. 말라 네흐보로샤 마을에서는 제일 가난한 집 젊은이들로 징발대를 구성했는데 그들이 바로 마을의 콤소몰(1918년에 조직된 소련의 청년 정치조직—옮긴이) 청년 지도자들이었다. 그 청년들의 모친들이 함께할 때도 있었다. 징발대는 마을 사람들에게 '깡패'라 불렸는데, 남의 집 대문을 열어젖히고 들어가 마당과 집을 수색하는 걸로도 모자라 진흙 바닥을 파헤치거나 짚으로 이은 지붕을 걷어내 버리기도 했다. 아샤 증조할머니는 교사라서 징발을 면제받았는데도 증조할머니의 집에 들이닥친 징발대는 그녀의 비단 스카프와 핸드백을 가져갔다.

증조할머니는 무장 보초들이 지키던 들판의 감시탑을 눈여겨보았다. 당시 식량을 무단으로 가져가는 행위는 절도로 간주돼 즉결 처분을 받았다. 마을 사람들은 집단농장에서 농작물을 가져가는 자는 어린아이라도 총살하거나 투옥하라고 규정한 밀 절도 금지법이라는 게 있다더라고 수군거렸다. 증조할머니는 처음에 믿지 않았지만 어느 날 징발대가 마을 사람들을 죄다 모아 놓고서 오리샤를 잔인하게 두들겨 패는 모습을 보게 됐다. 증조할머니의 이웃에 살던 오리샤는 수확이 끝난 후 바닥에 떨어진 낟알을 집어 간 죄로 그렇게 맞은 거였다. 징발대는 오리샤를 어딘가로 끌고 갔고 그 후 오리샤를 다시 본 사람은 없었다.

학년이 시작되자 굶주림의 증거가 여실히 드러났다. 굶어 죽는 사람의 끝은 참혹하기 이를 데 없었다. 너무나 느릿하고 잔인한 죽음이었다. 아무리 생을 포기하고 싶어도 정신과 신진대사의 방어 기제가 작용하기 때문에 수개월까지는 아니더라도 수 주일은 고문에 가까운 고통을 받다가 죽게 마련이었다. 마을에서는 매일 장례식이 치러졌다. 그러다 무덤 파는 사람들마저 굶어 죽자 장례식도 치를 수 없게 됐다. 증조할머니는 영양실조로 배가 부푼 채 길가에 널브러져 죽은 시체들을 보지 않으려고 매일 학교에서 집으로 달음박질쳤다.

할머니가 말했다.

"아버지(세르히)는 어머니가 굶지 않게 해줬어. 배급받은 식량 여분을 어머니 가방에 넣어줬지. 그러던 어느 날 아버지는 어머니한테 빵 한 덩어리를 내밀면서 청혼했고 어머니는 받아들였어."

"폴타바시에 있었다는 증조할머니 애인은요?"

"별 얘기 없었던 거로 알아."

증조할머니는 작은 마을에서 기근을 겪었다. 소비에트 연방에 소속된 우크라이나 전역에서 대규모 기아 사태가 벌어지고 있는 것까지는 몰랐다. 소비에트 러시아와 카자흐스탄에서도 수백만 명이 사망했는데, 17세기 여행자들에게 아르카디아로 알려진 우크라이나의 흑토 지대가 스탈린의 정책으로 가장 큰 타격을 받았다. 우크라이나 땅에 사는 열 명 중 여덟 명이 홀로도모르의 희생자가 됐다. 열 살 미만의 어린이 100만 명이 굶어 죽었고, 기근으로 인한 사망자는 300만 명이 넘었다. 나의 증조할머니 아샤는 살아남았고, 1934년 가을에 발렌티나 할머니가 태어났다.

"그래서 그날 할머니는 감자를 심어야 하는데 제가 마이아치카에 간다고 하니 화를 내셨군요."

내 말에 할머니는 고개를 끄덕였다.

"기근을 견디고 살아남은 사람은 아사의 두려움에서 평생 못 벗어나. 터무니없게 들리겠지만 어쩔 수가 없어."

"브뤼셀에서 저는 늘 10킬로그램짜리 쌀 한 자루를 집에 쟁여두고 살아요. 경험해 본 적도 없으면서 굶주릴까 봐 겁내는 사람처럼요."

내 집 식료품 저장실을 처음 본 남편의 표정이 아직도 기억났다. 그때 그가 "당신 생존주의자였어?"라고 물었는데, 내가 소련에서 어린 시절을 보냈다는 걸 어떻게 설명해야 할지 난감했다.

"밀가루 10킬로그램이랑 설탕 여러 봉지도 쌓아두고 살고요."

내 말에 할머니는 고개를 젖히고 웃었다.

나도 웃으며 물었다.

"제가 식량을 저장하고 사는 게 왜 웃기세요?"

"눈물 나게 슬픈 일이긴 하네." 할머니는 눈가를 닦으며 덧붙였다. "그래도 웃어야지 어쩌겠냐."

다음 날, 아침을 먹으면서 할머니는 미하일리우카에 가보고 싶다고 말해 우리를 깜짝 놀라게 했다.

"어머니가 어렸을 때 살았던 곳을 보고 싶어."

할머니는 이렇게 말하며 나를 똑바로 쳐다보았다. 나는 의자에서 벌떡 일어나 할머니를 껴안았다. 이 여행은 내가 꿈꾸던 일 중 하나 였지만 할머니가 과수원을 두고 떠나고 싶어 하지 않으니 불가능하 겠다고 생각하던 참이었다.

"너무 좋아할 거 없다. 가기 전에 날 도와서 토마토를 심어야 해."

출발하기로 한 날, 우리는 짧은 여행을 위해 먹을 것을 얼마나 챙 겨 가야 할지를 놓고 열띤 토론을 벌인 끝에 택시에 올라탔다. 어머 니와 나는 뒷좌석에, 길잡이인 할머니는 조수석에 앉았다. 택시 기 사 야로슬라브 씨는 홀쭉한 체구의 30대 후반 남자였다. 햇볕에 그 을린 그의 피부는 황색을 띤 갈색이었고 턱에는 하루 동안 수염이 까칠하게 자라 올라와 있었다. 심문에는 도가 튼 할머니는 택시가 베레 마을 주변을 벗어나기도 전에 택시 기사의 인생사를 대략 파 악해 냈다. 그는 두 번 이혼했고 두 번째 결혼에서 딸을 하나 얻었 으며, 택시 운전을 안 할 때는 굴착 장치 관련 장비를 운반하는 일 을 한다고 했다.

"폴타바에는 천연가스랑 석유가 풍부하게 매장돼 있는데 우린 어 째서 연금의 두 배나 되는 돈을 가스 요금으로 내야 하는 거죠? 어 떻게 생각해요, 야릭?"

할머니는 야로슬라브의 애칭인 야릭으로 그를 부르며 물었다. 택 시 기사보다 나이가 훨씬 많으시니 어지간한 격식 따위는 건너뛰어 도 되기는 했다.

"시스템이 서민들한테 이익을 줄 리가 없죠. 저야 장비를 운반하 는 사람이지, 경제 전문가가 아니니 잘은 모르지만요."

길은 폴타바시 변두리의 작은 마을들 사이로 뻗어나갔다. 택시는 소나무 숲 가장자리의 초원을 빙 돌고 우크라이나 중앙 평원을 가로질러 달려갔다. 할머니는 가스 요금 얘기는 곧 잊고 차창 밖 풍경을 내다보면서 본인이 아는 곳들을 얘기했다. 그동안 정원 일에 매달리느라 잠깐씩 폴타바 시장에 다녀올 때 빼고는 베레 마을을 떠난 적이 없으셨는데, 익숙한 도로와 집 들을 손으로 가리키며 활기가 차오르는 모습이었다.

미하일리우카는 베레 마을과 비슷했다. 그리스 양식을 흉내 낸 문화의 집, 학교, 식료품점, 레닌의 이름을 따서 붙인 주요 도로, 레닌 동상이 있던 자리에 덩그러니 놓인 빈 받침대. 마을 한가운데에 자리한 건물들은 밝은 색 페인트로 칠해졌고 덩굴장미로 장식되어 있었다. 할머니가 '우리 집'이었다고 한 집은 이미 수년 전에 다른 사람에게 팔려 수리까지 된 상태였는데 할머니는 모퉁이를 돌아가자마자 그 집을 바로 알아보았다.

"지금 그 집에 사는 사람들이 우리를 반갑게 맞아줄까요?"

어머니가 택시에서 내리는 할머니에게 물었다.

할머니는 자신 있게 고개를 끄덕였다.

"그럴 거다. 그 사람들은 우리가 옛날에 살았던 집에 살고 있으니까." 특별한 날 입는 말끔한 베이지색 정장을 입은 할머니는 정장의 주름을 매만지며 덧붙였다. "그 정도면 친척이나 다름없어."

할머니는 그 집 대문을 밀어 열었고 어머니와 나는 뒤따라갔다.

묵직한 철판 지붕을 씌운 단층집이었다. 부속 건물 하나는 백색 도료를 칠한 흙으로 지었고, 비교적 최근에 지은 것으로 보이는 또 다른 부속 건물은 벽돌로 지은 것이었다. 넓은 마당에는 잡동사니가 잔뜩 쌓였고, 옷에 흙먼지가 잔뜩 묻은 한 노인이 통나무를 쪼개고 있었다. 노인은 우리를 보더니 도끼를 내려놓고 이마를 손으로 쓱 문질렀다. 우리가 조상 대대로 살았던 집을 보러 왔다고 말하자 노인은 집을 향해 소리쳤다.

"블라드, 리자. 손님 왔다. 우리 아들이랑 며느리가 여기 삽니다."

노인은 우리더러 집 안으로 들어가 보라고 손짓했다.

연청색 눈에 갈기처럼 흐트러진 갈색 머리를 한 키 큰 청년 블라드는 찢어진 점퍼에 너저분한 청바지 차림이었다.

"제가 지금 굴뚝을 수리하는 중이라서요."

블라드는 수줍게 말하고는 그을음이 잔뜩 묻은 손 대신 팔꿈치를 내밀어 악수했다. 집에서 시큼한 우유와 축축한 옷, 젖은 흙냄새가 강하게 풍겼다. 어머니는 잠시 실례하겠다며 집 밖으로 나갔고, 할머니와 나는 집 안을 둘러보았다.

"여기가 우리가 잠을 잤던 곳이야." 할머니는 현관문 옆의 작은 방을 가리켰다. "그리고 여기에는 원래 내 외할머니(파샤)가 성화를 놓아두던 붉은 모서리가 있었어." 할머니는 화목 난로 위쪽을 손으로 가리켰다. "파샤 할머니는 전쟁터에 나간 막내아들 바실이 안전하게 돌아오게 해달라고 기도하셨지."

블라드의 아내 리자가 물었다.

"그래서 잘 돌아오셨어요?"

어린아이 둘이 제 엄마의 치맛자락을 붙잡고 늘어지자 리자는 아이들에게 쉬잇 하며 조용히 하라고 타일렀다.

"잘 돌아왔어요."

이 집 붉은 모서리는 비어있었다. 대신 냉장고에 붙어있는 포스트잇이 눈에 띄었다. 포스트잇에는 '빚 청산, 지붕 수리, 평화를 위해 기도할 것'이라고 적혀있었다.

우리는 집 밖으로 나갔다. 집 안에서 강한 냄새를 맡고 있다가 밖으로 나오니 신선한 산들바람이 불어와 잠시 머리가 어찔했다. 할머니는 입술을 떨며 말했다.

"아버지가 군대에 들어갔다고 말씀하시던 게 어제 일처럼 생생하구나. 아버지는 우리가 미하일리우카에 있는 게 더 안전하다고 판단해서 우릴 여기로 데려오셨어. 다른 군인들과 함께 대형 트럭에 올라타는 아버지를 보면서 우린 계속 손을 흔들었지. 길에 피어오르던 먼지가 가라앉을 때까지. 그러다 난 무슨 생각이었는지 모르겠는데 아버지를 부르며 울면서 길을 따라 뛰어갔어. 그때가 1941년 가을이어서 잎사귀들이 다양한 붉은 빛으로 물들고 있었어."

나는 할머니의 손을 잡았다. 할머니는 나를 바라보며 말을 이었다.

"아버지는 굳이 군대에 가지 않아도 됐거든. 징집 면제라. 그런데도 독일이 쳐들어오기 한참 전에 입대하신 거야. 아버지가 처음이자 마지막으로 어머니 뜻을 거스른 게 바로 그때였을 거야."

할머니는 증조할머니(아샤)가 전쟁을 두려워했다고 하셨다. 1939년에 히틀러와 스탈린이 친구가 되어 동유럽을 자기네 영향권하에 두는 조약에 서명하면서 일시적으로 분위기가 좋아지긴 했지만 이미 수년째 암울한 기운이 감돌고 있었다. 세르히 증조할아버지는 소련 외무장관 뱌체슬라프 몰로토프와 독일 외무장관 요하임 폰 리벤트로프의 이름을 딴 몰로토프-리벤트로프 조약을 놓고 정부를 비판했다. 이 합의 덕분에 히틀러가 더 광범위한 공격을 준비할 시간을 벌었다고 여긴 것이다. "나치는 우리와 친구가 될 수 없어"라고 증조할아버지는 말하곤 했다. 증조할머니는 증조할아버지에게 제발 그런 말 좀 하지 말라고 했는데, 당시 소련 정부는 나치를 친구라고 여겼으니 거기서 더 대화를 이어가서는 안 되는 일이었다.

1941년이 되자 소비에트가 처한 상황은 완전히 달라졌는데, 세르히 증조할아버지에게는 독소전쟁 시작부터 붉은 군대의 힘이 약해진 게 더 충격으로 다가왔다. 우크라이나의 도시들이 히틀러의 군대에 넘어간 걸 알게 된 증조할아버지는 절망감에 악을 썼다. 6월 30일에 리비우시, 7월 15일에 베르디치우시, 7월 18일에 빌라체르크바시, 7월 30일에 키로보흐라드시가 히틀러의 손아귀에 들어갔다. 그리고 9월 19일에 독일군은 키이우를 점령했다. 붉은 군대는 9월 26일 키이우 전투에서 독일에 항복했는데, 그날은 발렌티나 할머니의 일곱 번째 생일 바로 전날이었다. 공식 뉴스는 "막대한 피해를 입은 적군의 사기가 저하됐습니다"라며 상황을 낙관적으로 평가했지만 증조할아버지는 며칠 후면 독일 군대가 폴타바시로 진격할 것이란 걸 알고 있었다. 증조할아버지는 적군의 점령이 무엇을 의미하는지 잘 알았다. 증조할아버지와 증조할머니는 전쟁이 시작되기 수년 전부터 베레 마을 학교에서 학생들을 가르쳤다. 베레 마을은 폴타바시 가까이에 있으니 안전하지 않았다. 그래서 증조할아버지는 증조할머니가 반대했는데도 자식들을 미하일리우카 마을로 보낸 거였다.

레닌군사정치아카데미에 들어간 세르히 증조할아버지는 '시베리 아의 입구'로 알려진 첼랴빈스크시로 떠났다. 그리고 1년 후 보로네 시 전선에 투입됐다. 증조할아버지와 증조할머니는 여행을 함께한 게 몇 번 안 되지만 돈강 유역의 예쁜 마을 보로네시에 같이 간 적 이 있었다. 그래서 아샤 증조할머니는 보로네시라는 이름을 들으면 '뒤늦은 신혼여행'을 떠올렸다. 하지만 1942년에 보로네시는 폐허 가 되고 말았다. 독일인들이 보로네시를 점령한 후 스탈린그라드를 공격하기 위한 곳으로 사용했기 때문이었다. 증조할아버지는 작은 키 때문에 탱크 사단에 배정됐다. 장모는 그의 키를 가지고 놀리곤 했지만, 유명한 T-34 소비에트 탱크는 내부가 무척 좁아서 키가 작 은 군인을 선호했다.

파샤 고조할머니의 집으로 간 아샤 증조할머니는 어떻게 해야 할 지 알 수 없었다. 독일이 언제까지 그곳을 점령하고 있을지, 남편을 다시 만날 수 있을지도 확실하지 않은 상황이었다. 이웃들 중에는 독일이 붉은 군대를 쉽게 박살 낼 정도로 강력한 힘을 지녔으니 우 리도 새로운 환경에 적응해 독일에 협력하는 게 낫다고 주장하는 이 들이 있었다. 증조할머니는 그런 적응이라면 하고 싶지 않았다. 그 랬다간 남편이 절대 용서하지 않을 테니까. 지배 세력이 소비에트에 서 독일로 바뀌었지만 부모와 어린 두 자식의 생계를 책임진 아샤 증조할머니는 미하일리우카에서 계속 교사 생활을 이어갔다. 세르 히 증조할아버지가 늘 말하던 '위대한 개념'을 책임지고 지켜내기 위 해서가 아니라, 그저 가족을 보호하기 위해서였다. 당시 살아남으려 안간힘 쓰던 나날을 떠올리며 증조할머니는 이렇게 말했다. "인간의 마음은 참 묘해. 고통에 익숙해져도 희망을 버리지 않거든."

발렌티나 할머니가 말했다.

"그 시절을 살아낸 또 다른 영웅은 파샤 할머니였어. 독일군이 몰수해 간 소들을 할머니가 몰래 풀어줬단 얘기 내가 했었지?" 할머니는 마당 저쪽의 다 쓰러져 가는 오두막을 가리키며 덧붙였다. "독일 점령군이 우리 집 여름 주방을 식당으로 썼는데, 그때도 파샤 할머니는 독일군 바로 코 밑에서 하던 일을 계속하셨어. 그러다 결국 들통이 났지. 독일 군인은 파샤 할머니의 머리를 라이플 소총 개머리판으로 모질게 치고는 죽게 내버려 두고 갔어. 그런데 안 죽은 거지! 다음 날 할머니는 일어났고 소들도 풀려났어. 다행히 독일군은 우리를 다 쏴 죽이진 않았어."

할머니와 나는 잡동사니 더미에 발이 걸려 넘어지지 않도록 조심하면서 좁은 마당을 돌아다녔다.

"어머니는 아침이면 일하러 나가셨고 난 어린 남동생 유라를 돌봤어. 유라는 그때 귀엽고 통통한 아기였는데 긴 치마를 입고 오리 새끼처럼 뒤뚱뒤뚱 내 뒤를 쫓아다녔어. 옆집에는 파블로 티히나 씨의 형제인 예브겐 티히나 씨가 살았는데, 예브겐 씨가 유라한테 기도하는 방법을 가르쳐 주셨어. 덕분에 유라는 탁자로 올라가 어린애치고는 너무 심하게 낮은 목소리로 '하느님 저희에게 자비를 베푸소서'라며 기도를 암송했지."

파블로 티히나는 우크라이나의 유명한 소비에트 시인이었다. 나는 학창 시절 그의 수많은 공산주의 찬양 시를 외워야 했던 탓에 그의 이름을 듣고 움찔했다. 할머니는 내가 얼굴을 찌푸리는 모습을 보고 말했다.

"파블로 티히나는 스탈린을 찬양했지만 그 시인의 형제 예브겐은 내 동생에게 기도하는 방법을 가르쳐 줬어. 난 이상한 것일수록 기억이 잘 나더라."

그 집과 그 집에 딸린 작은 과수원은 가파른 언덕에 자리하고 있었다. 그 언덕은 귀룽나무와 향나무 관목이 빽빽이 우거진 저지대로 이어졌다.

"네 외고조 올렉시 할아버지가 묻힌 곳이 저기야."

할머니는 내게 기대어 서서 언덕 아래를 내려다보았다.

"가슴 아픈 이야기네요."

우리 산책에 동행한 리자가 이렇게 말하고는 막내딸을 안아 올려 꼭 끌어안았다.

그러자 할머니가 말했다.

"인생은 어떻게 흘러갈지 예측 불가능해요."

"맞아요. 예측 불가능하고 괴상하죠. 작년에 누가 저더러 폴타바 시골에서 살게 될 거라고 했으면 그 말을 안 믿었을 거예요. 저희는 크름 반도 출신이에요. 바닷가에 집이 한 채 있어서 여름이면 관광객들한테 방을 빌려줬어요. 러시아가 크름 반도를 점령한 후 블라드는 거기서 애들이랑 사는 게 안전하지 않다고 생각했고, 결국 우리는 여기로 와서 아버님이랑 함께 살게 됐죠. 미하일리우카는 저희에게 안식처가 되어줬지만 저는 바다가 그립네요. 여기서는 밀실 공포증에 걸릴 것 같아요."

리자는 목이 메는지 웅크리고 앉아 정원 길에서 잡초를 뽑는 척

했다.

발렌티나는 친절하게 대해줘서 고맙다고 블라드와 리자에게 인사하고 혹시 정착에 도움이 필요할 일이 있으면 전화하라며 전화번호도 남겼다. 우리는 그렇게 미하일리우카를 떠났다.

"참 멋진 마을이에요."

나는 우리를 집어삼킬 듯한 울적한 기분을 떨쳐내려 애썼다. 나팔꽃과 머루 덩굴로 뒤덮인 깔끔한 집들이 예스럽고 고즈넉했다.

야로슬라브는 고개를 절레절레 흔들면서 운전대에서 한 손을 떼서 열린 차창 너머를 가리켰다.

"여기서 좀 더 걸어가면 버려진 집들이 잔뜩 나와요. 정부는 이 땅에서 천연가스를 뽑아내려고 드릴질을 하면서 이 지역 마을들에 에너지 공급을 끊어버렸어요. 역설적이지 않아요?"

나는 역설적이라기보다는 비극적이라고 생각했지만 굳이 반박하지 않았다. 어머니는 새로 취임한 페트로 포로셴코 대통령(2014년 6월부터 2019년 5월까지 우크라이나 대통령 역임—옮긴이)이 이 나라의 시스템을 고쳐주길 바란다고 했지만 야로슬라브와 할머니는 기대하지 않는다고 했다. 야로슬라브가 말했다.

"정치인들은 다 똑같아요. 유럽 정치인들은 그나마 좀 낫지만 여기는 죄다 거짓말쟁이들이죠. 권력을 쥐는 순간부터 거짓말이 입에 붙는 건지. 권력은……."

"권력은 인간을 타락시키니까."

할머니가 그의 말을 채워주었다.

할머니는 도로 표지를 읽으면서 현재를 잊는 듯했다.

"라키우카. 그래, 라키우카 마을 기억나. 내 친구가 저 개울 근처에서 살았는데. 우린 집에서 만든 덫으로 가재를 잡곤 했어. 지르코우카 마을도 기억난다."

"그때 할머니는 일곱 살이었는데 어떻게 그렇게 많이 기억할 수가 있어요?"

내가 물었다. 생각해 보면 나도 그 나이 때 일을 꽤 많이 또렷하게 기억하고 있기는 했다. 죄다 아샤 외증조할머니와 베레 마을 아니면 다리야 친할머니와 흐리비우카 마을에 관한 기억이었다. 흐리비우카 마을에는 다리야 할머니와 블라디미르 큰아버지의 별장이 있었다.

"기억이라는 게 그래. 아까도 말했지만 난 이상한 것일수록 기억을 잘하거든."

우리는 슈말류키우카 마을이라고 적힌 표지판 앞을 지나갔다.

"플라톤 벨림이라는 친척 아저씨가 저쪽에서 사셨어. 전쟁이 끝나갈 때쯤 우린 그분 가족과 함께 살았어."

할머니는 이렇게 말하며 나무가 우거진 숲을 가리켰다. 가까이 다가갈수록 숲은 점점 더 커졌다.

"저쪽은 어머니가 전쟁 중에 아이들을 가르쳤던 곳이야. 오래된 저택 안에 학교가 있었는데, 풍요의 뿔을 손에 든 천사들 모습을 치장 벽토 부조로 장식한 방들도 있었어. 전쟁이 끝나갈 때쯤 폭격당했지. 내 기억이 맞다면 그 저택은 바로 저기 있었어. 지금은 라일락꽃들이 피어있는 저기."

문득 파니 올가가 즐겨 쓰는 말이 떠올랐다. '사라진 모든 것은 흔적을 남긴다.' 우크라이나에는 그런 곳들이 있었다. 과거의 물질적 유산이 여러 번 파괴되고 역사도 새로 쓰인 곳. 할머니는 기억을 더 듬어 라일락 덤불, 햇볕에 색 바랜 벽돌 더미, 움푹 팬 땅 같은 곳을 바라보며 과거의 의미 있는 장소들을 떠올렸다. 할머니의 얘기에 귀를 기울이는 동안 나는 파니 올가가 했던 말의 의미를 비로소 이 해할 수 있었다. 소비에트식 역사 개념은 뭐든 새로 만들어 버리고 권력의 힘으로 굴복시키는 것이지만 할머니와 파니 올가 그리고 내 가 우크라이나에서 만난 사람들에게 역사는 유동적이었다. 전혀 예 상치 못한 순간에도 과거는 자수 문양이라든지 오래된 나무들을 통 해 옛 시절의 유산을 드러낼 준비가 되어있었다. 원하는 것을 찾으 려면 과거를 들여다볼 줄 알아야 한다. 나는 서서히 눈이 뜨이고 있 었다. 이 땅에서 이방인처럼 느껴질 때도 있었지만 땅은 나를 꾸준 히 끌어당겼다. 가족사를 알고 우크라이나를 새로운 눈으로 보게 된 것이 너무 좋았다.

"슈말류키우카 마을에 들러도 돼요?"

내 말에 할머니는 야로슬라브에게 마을 진출로로 들어가라고 말 했다.

슈말류키우카는 꽤 큰 마을이었다. 할머니는 플라톤이 콜호즈(집 단농장)에서 멀지 않은 곳에 살았던 것으로 기억했다. 그런데 지금 은 콜호즈가 보이지 않았다. 우리는 마을을 몇 바퀴 돌다가 널찍한 해바라기 밭이 채소밭으로 이어지는 자리에서 멈췄다.

"여기가 집단농장이에요?"

할머니는 망치와 낫 문양이 박힌 빨간 야구모자를 쓴 남자에게 소리쳐 물었다. 남자는 길가에서 우유와 달걀을 팔고 있었다. 남자는 잘 안 들리는지 택시로 다가와 할머니 쪽으로 허리를 굽혔다. 남자의 털북숭이 팔에 단검을 감싼 큼직한 가슴의 인어 문신이 있었다.

남자는 썩어가는 치아를 드러내며 눈을 찌푸렸다.

"잘나가는 우리 콜호즈에 오신 걸 환영합니다."

남자는 이렇게 말하며 저 멀리 서있는 건물들을 가리켰다. 그리고 해바라기 밭을 향해 엄지를 쭉 뻗으며 덧붙였다.

"여기는 올리가르히(신흥 재벌) 소유 밭이고요."

소련의 붕괴 후 노동자들이 집단농장을 분배받았지만 각자 받은 땅이 너무 작아 수익을 내기 어려웠다. 토지 매매가 금지되어 있으니 중규모 농업을 진행하는 것도 불가능했다. 그 틈을 비집고 들어온 대형 농업회사가 돈과 정치력을 이용해 이 땅에서 나는 수익을 착취했다. 소비에트 시대의 관료주의, 러시아로 대표되는 비잔틴 문화의 통치, 끈질긴 뇌물 요구가 어우러진 통제 시스템은 더 악랄하게 약탈을 자행하고 있었다.

"자본주의의 꽃이죠."

남자는 해바라기 밭을 향해 침을 퉤 뱉고는 느릿느릿 걸어 가판대로 돌아갔다.

"저 남자는 노상강도야." 남자 귀에 들리지 않을 정도로 거리가 멀어지자 할머니가 말했다. 감옥에서 했을 법한 문신, 도발적인 공산당 모자를 쓴 것만 봐도 할머니 말이 맞는 것 같아 나는 고개를 끄덕였다. "우유 가격을 얼마로 적어놨는지 봤니?"

야로슬라브는 마을을 한 바퀴 더 돌고 나서 채소밭에서 일하는 커플 근처에 택시를 세웠다. 여자는 미심쩍어하는 눈으로 우리를 쳐다봤다. 사각팬티만 입고 신문지로 만든 모자를 쓴 남자는 이참에 쉬어야겠다는 표정으로 담배에 불을 붙이며 택시로 다가왔다.

"플라톤 벨림 씨네 집이요? 이 부근에서 플라톤이란 이름은 못 들어봤는데. 잠깐만요! 페트리브나한테 물어볼게요."

그는 머리가 희끗희끗한 여자에게 이쪽으로 와달라며 손을 흔들었다. 빨간 원피스를 입은 페트리브나는 염소 한 마리를 초원으로 끌고 나오는 참이었다. 페트리브나는 말 안 듣는 염소를 밧줄로 잡아끌고 이쪽으로 왔다.

"플라톤 벨림 씨네 집이라고요? 벨림이란 성을 가진 사람은 많은데 플라톤이란 이름을 가진 사람은 없어요. 전쟁 중에 여기 살았다고 했죠? 그럼 마리아 아주머니한테 가서 여쭤봐요. 아흔 살이신데 옛날 일을 아직도 또렷하게 기억하세요." 페트리브나는 염소가 뿔로 택시를 들이받지 못하게 염소를 한 번 걷어찼다. "말치크(꼬마야), 진정해. 이 고집불통아." 페트리브나는 염소를 '꼬마'라 불렀다.

할머니와 나는 마리아 아주머니의 집이라는 자그마한 파란 집 근처까지 가서 택시에서 내렸다. 닫힌 대문 근처에 키 큰 접시꽃들이 하늘거렸다.

"저기 있네."

페트리브나는 거리를 달려오는 어린아이에게 손짓했다. 아이가 우리 쪽으로 다가오자 나는 그게 아이가 아니라 세월에 쪼그라져 아이처럼 보이는 할머니란 걸 알았다. 그 할머니는 초록색 머릿수건을 머리에 두르고 턱 밑에 단단히 매듭지어 묶었다. 앙상한 몸에는 넉넉한 검은 원피스를 입고 하얀 앞치마를 둘렀다. 염소치기 페트리브나는 놀란 우리 표정을 보고 웃으며 말했다.

"우리도 이분 나이에 이렇게 뛸 수 있으면 얼마나 좋을까요."

마리아 아주머니라 불린 할머니는 아기처럼 치아 없는 미소를 지었다. 물기를 머금은 초록색 눈동자에 맑은 정신을 가진 분인 듯했다.

"아, 플라톤 아저씨, 물론 기억하지. 어떻게 잊겠어? 그분은 여기서 멀지 않은 곳에 있는 커다란 흰색 집에서 아내 갈리아, 누이 오다르카와 함께 살았어. 천애고아였던 나를 그분들이 거둬주셨지. 나를 돌봐주고 한가족처럼 대해주셨어."

마리아 아주머니는 빠르게 말을 내뱉으며 내 손을 꼭 잡았다. 작은 손에 굳은살이 박여있었다.

마리아 아주머니는 내게서 할머니에게로 시선을 돌렸다.

"플라톤 씨 친척이라고요?"

마리아 아주머니의 물음에 할머니는 플라톤 씨가 친척 아저씨이며, 우리는 오랜만에 고향 마을을 찾은 거라고 설명했다.

"그분은 오래전에 세상을 떠나셨어요. 부디 영원한 안식을 취하시길. 이 길을 쭉 따라서 해바라기 밭을 지나 오른쪽으로 꺾으면 왼쪽에서 세 번째가 그분이 살던 집이에요. 그 집 가족의 성도 벨림이죠." 마리아 아주머니는 내 손을 잡고 온화한 미소를 지으며 우리를 택시로 데려다주었다. 그리고 내게 말했다. "기억하는 게 참 중요해. 내 나이가 되면 인생에 남는 건 추억뿐이라는 걸 알게 되거든. 난 아직 추억을 생생하게 떠올릴 수 있으니 참 감사한 일이지."

마리아 아주머니는 내게 작별 키스를 해주었고, 떠나는 우리를 길가에 조용히 서서 바라보았다.

택시로 돌아온 나는 남자들이 전쟁터에 끌려 나간 동안 여자들이 기억을 보존해 온 마을들에 대해 생각해 보았다. 세르히 증조할아 버지에게는 많은 이야기를 듣지 못했지만 아샤 증조할머니는 내가 아는 대부분의 이야기를 해주었다. 발렌티나 할머니는 우리 가족의 역사를 들여다볼 수 있는 열쇠를 갖고 있었다. 우크라이나 사람들은 우크라이나 여자들이 회복력이 좋고 강인하다고 칭찬하는데, 요즘 나는 우크라이나 여자들이 우크라이나의 이야기를 보존하는 중요한 역할을 해왔다는 생각이 든다.

플라톤 벨림 씨가 살던 집에 도착했을 때 어머니는 택시에 그냥 있겠다고 했다. 애초에 어머니는 이 여행에 별로 열정이 없기도 했고 장시간 차를 탔더니 피곤하다고 했다. 전쟁 얘기를 더 듣고 싶어 하지도 않았다.

"천천히 일 보고 와. 난 차에서 쉬고 있을게."

할머니와 나는 그 집으로 다가가 초인종을 눌렀다. 키 크고 통통한 여자가 마구간에서 나와 대문을 열어주었다. 여자는 잠시 기다리라고 하더니 소젖을 마저 짰다. 여자는 진청색 운동복에 반짝이가 붙은 파란 반다나를 머리에 둘렀고 파란색 계통의 앞치마를 착용했다.

"저는 라이사예요." 여자는 양동이로 떨어지는 소젖 소리 너머로 소리쳤다. "코랴, 어디 있어요? 손님맞이 좀 해요."

코랴라 불린 남자가 하품과 함께 눈을 비비며 집 안에서 나왔다.

"무슨 일인데?"

투덜거리던 남자는 우리를 보고 환한 미소를 지으며 포도 퍼걸러(정원에 덩굴 식물이 타고 올라가도록 만들어 놓은 아치형 구조물—옮긴이) 아래로 와 앉으라고 손짓했다. 남자는 자기 이름이 코랴 벨림이라고 했다. 벨림은 아샤 증조할머니의 결혼하기 전 성이었다. 코랴는 키가 작고 체격이 다부졌다. 검은 망사 티셔츠 안쪽으로 근육질 몸과 문신이 보였다.

"네 엄마가 차에 있기로 한 게 다행이구나. 이런 친척이 있는 걸 알면 충격받을 거다."

할머니가 나한테 소곤거리며 웃었다. 할머니는 문신을 범죄자로 산 과거가 있다는 표시로 여겼다.

코랴는 서글서글하고 무척 너그러운 사람이었다.

"아가씨들, 우리의 만남을 축하하는 의미로 술 한 잔씩들 하시죠." 그는 호박색 액체가 담긴 병을 들어 올렸다. "우리가 기른 사과로 만든 100프로 유기농입니다."

라이사가 거품이 둥둥 뜬 소젖을 가득 담은 양동이를 들고 집 안으로 들어가며 소리쳤다.

"당신이 만든 로켓 연료를 그분들한테 들이밀지 말아요!"

잠시 후 라이사는 케이크와 크리스털 병, 앙증맞은 잔들이 담긴 쟁반을 들고 나와 탁자 위에 내려놓으며 말했다.

"내가 만든 체리주를 드셔보세요."

코랴는 사과주가 담긴 병을 아내의 코앞에 대고 흔들었다.

"로켓 연료라니! 고혈압부터 흔한 감기까지 다 치료하는 묘약이라니까."

"흔치 않은 두통까지 유발하니 문제죠. 당신은 이미 그 만병통치
약을 마신 얼굴이네요."

코랴의 불그레한 얼굴이 더욱 붉어졌다.

"술 조금 마시는 건 아무 해도 없어."

그는 이렇게 말하며 우리에게 체리주를 따라 주고 자기 잔에는
사과주를 가득 따랐다.

다 같이 건배한 후 코랴가 말했다.

"플라톤 벨림 씨는 참 좋은 분이었어요. 부자든 가난한 사람이든
가리지 않고 모두에게 문을 열어주셨죠. 그분이 세상을 떠난 후 제
가 이 집을 샀습니다. 전체적으로 수리했는데 그분이 가꾼 과수원
과 창고는 그대로 뒀어요."

할머니는 벨림이라는 성을 가진 걸 보니 친척이지 않겠냐고 물었
다. 그러자 라이사가 말했다.

"이 동네엔 벨림이란 성을 가진 사람이 엄청 많아요. 저희는 그냥
성이 같은 거예요."

할머니가 물었다.

"지하실이 어디예요? 어렸을 때 독일군이 퇴각하는 동안 남동생
이랑 지하실에 숨어있었어요."

코랴는 마구간 옆 창고 문을 열어 지하실로 내려가는 계단을 보
여주었다. 나는 발이 미끄러지지 않도록 축축한 벽을 손으로 더듬
으며 천천히 계단을 내려갔다. 내려갈수록 공기가 차가워지고 퀴
퀴한 냄새도 진해졌다. 마침내 지하실 바닥에 발이 닿았을 때는 얇

은 여름용 원피스 속으로 한기가 스며들어 몸이 떨렸다. 코랴의 손
전등으로 비춰보니 직사각형의 공간 가장자리에 선반들이 쭉 세워
져 있고 토마토와 오이가 담긴 유리병들이 놓여있었다. 밖에서 나
는 소리가 조그맣게 들려서 꼭 물 밑에 잠겨있는 느낌이었다. 추위
에 몸이 굳고 진한 흰곰팡이 냄새에 숨이 막혔다. 할머니는 남동생
과 이 지하실에서 수 주일을 살았다고 했다.

나는 지하실을 나와 햇볕 아래 서서 팔다리에 남은 한기를 털어
내며 할머니에게 물었다.

"지하실에서 살 때 안 추웠어요?"

"기억이 잘 안 나네. 무섭지만 바깥이 궁금하긴 했어. 가끔 계단
을 올라가 뚜껑 문을 살짝 열고 내다봤지. 라이플 소총을 든 남자들
이 달려가는 게 보이더라고. 그들이 신은 묵직한 군화가 내 눈앞에
서 휙휙 지나갔어."

"처음 만난 자리에서 슬픈 얘기를 해서 미안하네요."

할머니의 말에 코랴가 고개를 저었다.

"사과하실 필요 없어요. 우리가 그렇게 지독한 고생을 한 게 누구
탓이겠습니까? 이 땅의 고난이 언젠가 끝나기는 할까요?"

우리가 그만 폴타바로 돌아가려 하자 라이사는 차를 마시고 가라
며 붙잡았다. 할머니는 퍼걸러로 돌아가며 말했다.

"어째서인지 그 시절 플라톤 아저씨에 대한 기억이 별로 없어요."

코랴는 할머니를 쳐다보더니 콧수염 끝을 잘근잘근 씹으며 물었
다.

"전쟁 중에 독일 놈들이 그분을 포로로 잡아간 거 모르셨어요?

그분은 독일에 살면서 가족도 만들었는데 1950년대에 여기로 돌아와 이 집에서 쭉 사셨어요. 내무인민위원회랑 무슨 문제도 있으셨죠. 그 무렵에 그놈들은 자기네를 국가보안위원회라고 불렀어요. 포로를 반역자와 동급으로 취급했죠. 놈들은 그분을 두어 번 폴타바로 소환했는데 결국은 풀어줬어요."

탁자를 둘러싸고 어색한 침묵이 감돌았다. 할머니는 고개를 숙인 채 조용히 말했다.

"우린 그쪽 가족하고 연락 안 하고 지낸 지 꽤 됐어요."

"가족마다 사정이 있게 마련이죠." 코랴는 할머니의 작은 술잔에 체리주를 채워 주며 말했다. "플라톤 벨림 씨를 추억하며 건배하죠." 그러고는 단숨에 술잔을 비웠다.

그러자 할머니가 말했다.

"전쟁터에서 돌아오지 못한 사람들을 추억하며 건배."

세르히 증조할아버지는 전쟁터에서 돌아왔다. 보로네시 전선의 대학살과 시체 안치소라 불린 프로호로브카 전투에서도 살아남았다. 프로호로브카 전투는 대규모 전차전으로 독일과 소련 양측 모두에게 큰 피해를 입었다. 결국 이 전투가 2차 세계대전의 승패를 갈랐다. 증조할아버지는 전쟁의 방향을 바꾸고 무수한 사상자를 낸 쿠르스크 전투에서도 살아남았는데, 전투가 끝나갈 때쯤 증조할아버지가 탄 탱크 근처에서 폭탄이 터졌다. 증조할아버지는 눈앞이 캄캄해지면서 의식을 잃었고 눈을 떠보니 펜자 마을의 어느 병원이었다. 정부는 증조할아버지의 용맹한 행위를 기려 훈장 두 개를 수여했지만 그는 왼쪽 다리를 잃고 말았다.

증조할아버지는 군대에 말뚝을 박을 수도 있었다. 군사 재판소의 관료 자리를 제안받았는데, 전장에서 도망치다 불구가 됐거나 탈영하다 붙잡힌 젊은이들의 사형 선고서에 서명하는 일을 도저히 할 수가 없었다. 군대 생활은 그만하면 충분히 했고 이제 가족과 함께하고 싶었다. 진정한 소명인 교사 일도 다시 하고 싶었다. 전쟁을 겪은 그는 평화주의자가 됐다. 그는 그런 결정을 하게 된 경위에 대해 길게 말한 적이 없었다. 나는 더 자세히 설명해 달라고 못 한 게 지금도 후회된다.

차를 다 마신 할머니가 이제 가야겠다고 하자 라이사가 말했다.

"다음에 오시면 좀 더 있다 가세요. 그땐 같이 식사도 하시고요. 낚시나 수영을 좋아하시면 코랴가 일급지로 안내해 드릴 거예요."

우리는 자리에서 일어나 전화번호를 교환했다.

라이사는 케이크를 포장해 할머니의 손에 들려주었다.

"혈연이든 아니든 이제 여러분은 저희한테 남이 아니에요."

관습대로 할머니는 세 번 사양하고 나서 케이크를 받았다.

잠시 후 야로슬라브가 액셀을 밟아 택시를 출발시켰다. 우리는 지붕을 얹은 우물, 흰 칠을 한 작은 집들, 감자밭, 노란 카펫 같은 해바라기 밭을 차례로 지나갔다.

할머니는 차창을 내리고 포플러 솜털을 한 줌 손에 쥐었다.

"봐라, 눈이다. 6월의 눈이야……."

집으로 돌아가는 내내 우리는 각자 생각에 잠겼다. 나는 차창에 이마를 대고 바깥을 내다보았다. 포플러 솜털로 온통 부옇게 흐려져서 초록빛 과수원과 누런 들판이 구분되지 않았다. 지하실에 숨어있는 두 아이, 구불구불한 시골길을 걸어 학교로 가는 아샤 증조할머니, 탱크에 올라타는 세르히 증조할아버지의 모습이 눈앞에 보이는 듯했다. 세르히 증조할아버지는 이런 말을 자주 했다. "난 지옥이 무섭지 않아. 지옥보다 끔찍한 걸 봤거든." 거의 1세기를 살았던 증조할아버지가 침대에 누워 죽어가면서 마지막으로 한 말은 "대대, 돌격하라!"였다.

자두색 구름 덩어리가 빠르게 위협적으로 뭉쳐 우리 앞으로 달려나갔다. 지평선이 어두워지고 돌풍에 휩쓸린 포플러 솜털이 공기 중에 마구 휘날렸다.

"폭풍이 오나 보네요."

야로슬라브의 말에 할머니가 대꾸했다.

"곧 지나갈 거예요."

굵은 빗방울이 앞 유리에 후두둑 떨어졌다. 공기 중에서 과열된 다리미 냄새가 나는가 싶더니 폭풍우가 시작될 때처럼 급작스럽게 끝났다.

"거봐요. 지나간다니까."

할머니는 흡족한 투로 말했다. 할머니는 은빛 포플러나무들과 6월의 눈에 관한 옛 노래를 부르기 시작했다. 흥얼거림은 집으로 돌아가는 내내 이어졌다.

그 후 수 주일은 내 기억에 빛나는 추억으로 남았다. 겉보기에 우리 일상은 크게 달라지지 않았다. 우리는 과수원을 돌보고 같이 식사하고 폴타바로 여행을 다녔다. 그렇게 할머니와 어머니, 나 우리 셋은 나른한 여름날의 리듬에 빠져들었다. 우크라이나 군대가 마침

내 승전보를 올리며, 독립을 선언했던 동부 지역 마을들을 탈환하기 시작하자 이 전쟁이 곧 끝나겠구나 싶었다. 우리는 너무 행복해서 6월의 눈이 녹고 있는 것도 알아채지 못했다.

'우크라이나에 끔찍한 일이 일어났어.'

어머니에게 문자를 받고 놀란 나는 충격으로 굳어버린 손가락으로 간신히 구글에 '우크라이나'를 입력하고 뉴스 탭을 클릭했다. 처음엔 상황 파악이 되지 않았다. 비행기. 연기. 충돌 사고. 해바라기 밭에 널브러진 시커멓게 탄 시체들을 찍은 아마추어 영상들. 나는 불과 몇 주일 전에 할머니에게 작별 인사를 하고 우크라이나를 떠났다. 우크라이나 비자 문제를 해결하자마자 9월에 다시 돌아오겠다고 약속했다. 베레 마을의 우리 집 과수원 나무들은 주렁주렁 열린 열매의 무게로 가지가 묵직하게 휘었고 녹은 꿀 냄새를 머금은 풍성한 장미 향기가 공기를 가득 채웠다. 내가 떠나온 우크라이나를 뉴스에 나온 처참한 광경과 도저히 연결해서 생각할 수가 없었다.

'2014년 7월 17일 네덜란드 암스테르담에서 말레이시아 쿠알라룸푸르로 가던 말레이시아 항공 17편이 분쟁 중인 우크라이나 상공을 비행하다가 레이더에서 사라졌다. 어린이 80명을 포함한 승객 283명과 승무원 15명이 탑승 중이었다.'

할머니에게 전화를 걸었다. 할머니도 뉴스를 보고 있었다. 얘기를 나누기 시작하고 얼마 안 됐을 때 할머니의 목소리가 희미하게 멀어졌다. 꼭 할머니가 다른 행성에 있는 것처럼, 비행기들이 하늘에서 추락하고 사람들이 해바라기 밭에서 죽어가는 행성에 있는 것처럼 느껴졌다. 나는 다시 전화를 걸었지만 연결되지 않았다. 브뤼셀의 아파트에 혼자 있는데, 부드럽게 윙윙대는 에어컨 소리 말고는 사방에 무거운 정적이 깔렸다. 나는 침실 한가운데 주저앉았다. 그러다 벽난로 선반 위에 올려둔 아샤 증조할머니의 흑백사진을 바라보았다. 어린 딸 발렌티나를 품에 안은 사진이었다. 둘 다 멋진 모자를 썼고 표정은 한껏 진지했다. 2차 세계대전이 시작되기 직전에 찍은 사진이었다. 브뤼셀의 우리 집 침실 창문 밖으로 보이는 송신탑이 빨간색과 파란색으로 빛났다. 평소와 다를 바 없었는데 오늘따라 그 빛이 불길하고 암울하게 느껴졌다. 같은 도로를 끼고 있는 유럽연합 사무실에서는 이 비극적인 사건에 대해 또 "우리는 우려하고 불안해하고 있다"는 성명을 발표할 뿐이었다.

전화벨이 울리자 퍼뜩 정신이 들었다. 어머니였다. 어머니의 말이 너무 빨라서 잘 알아들을 수가 없었다.

"텔레비전에서 러시아 의회 위원회 대표가 뭐라고 했는지 아니? 미국인들이 꾸민 짓이라는구나!"

"엄마, 러시아 뉴스 그만 보세요."

나는 마구 쏟아지는 엄마의 말 속으로 간신히 파고들어 한마디 했다.

"푸틴이 무슨 생각인지는 알아야 하잖니."

엄마는 정치 전략가처럼 말했다. 러시아의 푸틴이 무슨 생각을 하는지 아는 사람은 아무도 없을 것이다. 러시아 뉴스를 보면서 푸틴의 속내를 알아내려 애쓰는 엄마를 생각하니 웃음이 나왔다.

"웃으니 좀 낫구나. 전화를 받았을 때 놀라서 멍한 목소리더니. 우린 용감하게 살아야 해."

7월이 8월로 넘어가면서 우크라이나 안에서 점점 더 격한 전투가 벌어졌다. 나는 더 이상 용감하게 버틸 수가 없었다. 우크라이나는 마을들을 수복했다가 다시 잃었고 무고한 수백 명이 목숨을 잃었으며 수천 명이 삶의 터전을 잃었다. 우리 가족이 아는 이름들이 사망자와 실종자 명단에 오르기 시작했다. 일부는 집중 공격에 당한 시민이고 일부는 군인이었다. 할머니는 "영웅은 죽지 않는다지만 당연히 죽지 왜 안 죽겠어! 죽음을 두려워하지 않으니까 영웅이 된 거지"라고 말했다.

9월에 우크라이나로 돌아가려던 계획은 실행에 옮길 수 없게 됐다. 나는 미국 비자가 있어 한 번 우크라이나에 들어가면 3개월을 머물 수 있었고, 우크라이나에서 나왔다가 다시 들어가려면 6개월을 기다려야 했다. 비자를 받기가 예상보다 훨씬 까다로워져서 기다리는 수밖에 별다른 도리가 없었다. 비록 멀리 있었지만 나는 어느 때보다도 우크라이나를 가깝게 느꼈다. 전쟁이 시작됐을 때도 감정이 마구 요동쳤는데 이제는 온통 우울할 뿐이었다. 내가 할 수 있는 일이 없었다. 할머니 곁에 있을 수도 없었다. 속에서 점점 커진 공허감이 블랙홀처럼 모든 기쁨과 즐거움을 집어삼켰다. 나는 멍하니 넋을 놓고 있거나 씁쓸한 분노에 사로잡혔다. 러시아 정부가 이 전쟁을 일으킨 것, 미국이 일부 러시아 사업가들을 제재하는 것 말고는 아무 조치도 취하지 않는 것, 유럽연합이 무기력하고 무책임하게 구는 것, 우크라이나 엘리트들이 나라 걱정보다 자기네

주머니 채울 궁리나 하는 것, 사람들이 무의미하고 끔찍한 전쟁 속에서 죽어가고 있는 것, 이 전쟁이 도무지 끝날 기미가 안 보이는 것까지 전부 화가 났다. 시리아와 가자, 미얀마 관련 뉴스에도 전쟁과 죽음뿐이었다. 숨이 턱턱 막히게 더운 8월이었다. 세상이 온통 불에 활활 타는 듯했다.

나의 우크라이나, 이제 내가 알기 시작하고 사랑하게 된 우크라이나를 잃을까 봐 두려웠다. 베레 마을의 추억은 떠올릴 때마다 한층 더 따뜻하고 밝게 다가왔다. 할머니와 얘기를 나누면서 우크라이나의 활기찬 봄에 관한 추억을 되새김질했다. 꽃이 활짝 핀 우리 체리 과수원, 시골 지역에 누비이불처럼 펼쳐진 밀밭, 멋진 곡선을 그리는 보르스클라강. 나는 점점 더 암담해지는 현실에서 도피하려 몽상에 빠져들었다.

8월의 마지막 주, 나는 브뤼셀의 플라네즈(flâneuse. '산책하는 여자'라는 뜻의 프랑스어—옮긴이)가 되어 박물관에라도 온 것처럼 주변의 삶을 찬찬히 둘러보았다. 이 도시에 처음 와서 몇 달간 살았을 때가 떠올랐다. 브뤼셀에 대한 첫인상이 그 후 내가 이 도시를 경험하며 얻은 느낌의 색을 결정지었다. 남편과 함께 중앙역 근처의 인파로 북적이는 거리로 들어서자 곡선이 많은 19세기 저택들, 브루탈리즘 양식(거대한 콘크리트나 철제 블록 등을 사용하기 때문에 칙칙하게 여겨지기도 한 1950~60년대의 건축 양식—옮긴이)의 네모난 시멘트 건물들이 온통 회색으로 눈앞에 펼쳐졌다. 우리는 바로크 시대 건물들과 중세 건물들이 점점이 서있는 산책로 브히크가로 향했다.

우리가 코코아를 마시는 동안 빗물이 샛트 카트린 성당의 정면을 시커멓게 적시며 광장의 풍경을 인상주의 그림처럼 바꾸어 놓았다. 그때 나는 남편에게 "여기서 살 수 있을 것 같아"라고 말했다.

여러 색깔의 동네들로 이루어진 모자이크 같은 도시 브뤼셀은 다양한 보물을 숨기고 있어서, 관심 있게 들여다보는 사람에게 보상을 해주었다. 나는 아르 누보 건축 양식을 감상하면서 브뤼셀 부근의 스카르베크시를 몇 시간씩 돌아다녔다. 갤러리 생튀베르 아케이드 쇼핑몰의 이탈리아식 회랑을 천천히 지나, 마통게 지역의 콩고 시장도 구경했다. 생 조스 텡 누드 지역에서는 3층짜리 바로크풍 성당이 내려다보이는 모로코 카페에 들어가 오랫동안 시간을 보내기도 했다. 채소 상인들은 가지와 토마토를 판매대에 복잡하게 쌓아두었다. 가족들은 팔짱을 끼고 느긋하게 걸어 다니며 튀르키예어로 인사를 나눴다. 검은 정장을 입은 남자들은 서양배 모양 찻잔에 담긴 차를 마시고 주사위 놀이를 하면서, 축구경기에 빠진 소년들에게 귓등에도 안 들을 조언을 했다. 나는 브뤼셀이 다층적이고 예측이 안 되며 때로는 짜증 나게 하는 도시라 좋았다. 새로운 도시를 경험하며 느낀 첫 흥분이 사라진 후에도 브뤼셀은 여전히 매력적이었다.

하지만 2014년 8월에 나는 브뤼셀에 분노했다. 잘 차려입고 파크 로열 공원에서 푸들을 산책시키는 숙녀들의 우아하고 나태한 생활을 시기했다. 점심시간에 길거리에 나와 있는 검은 정장 차림의 유럽연합 공무원들을 침울한 눈으로 바라보기도 했다. 마치 그들이 우크라이나에 비극을 가져오기라도 한 것처럼. 분노와 어두운 생각에 휩싸인 내 눈에는 모든 게 거슬렸다.

브뤼셀의 나른한 여름이 끝나고 우울한 가을이 왔다. 어느 날 길을 걸어가다 억수 같은 비를 만난 바람에 비를 피해 왕립미술관에 들어갔다. 홀리 골라이틀리(1958년 출간된 소설 《티파니에서 아침을》의 주인공. 이 소설은 1961년 동명 영화로도 제작됐음—옮긴이)가 티파니 매장에서 나쁜 일이 일어나지 않을 것 같다는 느낌을 받은 것처럼, 할머니는 박물관에서 비슷한 느낌을 받았고 내게도 그 느낌을 물려주었다. 나는 전시홀의 오래된 나무, 부드러운 빛과 고요한 분위기를 사랑했다. 피터르 브뤼헐의 〈추락하는 이카루스가 있는 풍경〉 그림 앞에서 걸음을 멈췄다. 네덜란드 플랑드르의 화가 피터르는 태양에 너무 가깝게 날아오른 바람에 밀랍 날개가 녹아버린 이카루스가 바다에 추락한 순간을 포착해 이 그림을 그렸다. 하지만 이카루스의 비극은 이 그림에서 작은 부분에 불과했다. 바다의 수면 위로 약간 올라와 있는 허연 다리가 바로 이카루스였다. 그림 중앙에는 쟁기질로 만든 고랑에 시선을 붙박고 밭일을 하는 농부가 그려져 있었다. 해변에는 양치기가 하늘을 올려다보고 있는데, 양치기는 바다에 빠져 죽어가는 이카루스의 고통 따위는 알지 못했다. 바다에서 배들은 강한 순풍을 받으며 나아갔다. 아마 다음 순간 이카루스는 불투명한 초록 파도 아래로 사라질 테고 세상은 아무 일 없는 듯 그 전처럼 흘러갈 것이다.

나는 이 그림을 주제로 영국 시인 W. H. 오든이 쓴 시가 어렴풋이 기억나 집에서 찾아보았다.

고통에 관하여 그들은 틀린 적이 없다. 늙은 거장들……

며칠 동안 그 시가 줄곧 머릿속을 맴돌아 잠들기 전 속으로 암송하곤 했다. W. H. 오든이 그 시를 1938년에 썼다는 사실이 내게는 가슴 아프게 다가왔다. 영국의 네빌 체임벌린 총리가 독일의 체코슬로바키카 병합에 대해 '우리가 알지 못하는 먼 나라의 주민들 사이에서 벌어진 분쟁'일 뿐이라고 말하고 몇 개월 뒤에 오든이 이 시를 쓴 것이다. 그리고 1년도 채 안 되어 독일과 소련은 몰로토프-리벤트로프 조약을 맺어 유럽 이웃들의 영토를 나눠 가졌다. 2차 세계대전은 그렇게 시작됐다.

이 시는 내가 아무리 고통에 몸부림쳐도 세상은 진로를 바꾸지도 않고 머뭇거림도 없이 내 곁을 지나간다는 사실을 다시금 깨닫게 해주었다. 묘하게도 이 사실이 내게 위로가 됐다. 덕분에 외부의 도움을 기대하거나 동정을 구하기보다 내면을 들여다보며 정신적 회복에 집중할 수 있었다. 운명이 일반적으로 할당하는 것보다 더 많은 비극을 견디며 살아낸 내 조상들의 낡은 사진들을 훑어보았다. 실제로 만나본 적 없는 파샤 고조할머니의 스냅 사진 중 내가 좋아하는 사진이 있는데 베레 마을의 집 마당에 서있는 모습을 담은 사진이었다. 사진 속에서 파샤 고조할머니는 땅에 두 발을 굳건히 딛고 서서 도전적인 눈빛으로 카메라를 응시했다. 고통에 굴복하지 않는 사람의 눈빛이었다.

발렌티나 할머니는 그 뿌리에서 나온 자손임을 보여주었다. 할머니는 다른 사람들과 마찬가지로 미래를 걱정하면서도 정원 돌보는 일을 계속하고 이웃들을 만나고 정성 들여 음식을 했다. 상황이 더 나빠질 수 있으니 여권을 신청해 놓으라고 내가 간청했지만 할머니는 절대 집을 떠나지 않겠다고 했다. 할머니와 나는 떨어져 지내는 몇 달 동안 이런저런 계획을 함께 세우며 버텨냈다. 나는 과수원에 석회 용액을 다시 하얗게 칠하겠다고 말했다. 할머니는 함께 여행을 더 다니자고 했다. 나는 딸기 화단의 잡초를 세심하게 제거하겠다고 맹세했다. 할머니는 창고에 쌓아둔 오래된 잡동사니들을 정리하고 레닌 초상화들도 처분하겠다고 말했다. 봄이 오면, 그때까지 몸이 멀쩡하면 다 할 수 있을 거라고 우리는 말했다.

큰아버지와 풀지 못한 갈등이 계속 마음에 걸려서 나는 큰아버지에게 짧은 이메일을 써 보냈다. 하지만 내 이메일은 전해지지 못하고 되돌아왔다. 큰아버지의 스카이프 계정이 여전히 비활성 상태였다. 큰아버지는 딸과 함께 살고 있고 돌봐주는 사회복지사가 있으니 만약 큰아버지에게 무슨 일이 생기면 다른 가족을 통해서라도 나에게 연락이 올 것이다. 어쩌면 큰아버지는 나와 다시는 말을 섞고 싶지 않을 수도 있었다. 여전히 화가 나있을 수도 있을 것이다. 나는 큰아버지가 다시 나타나길 기다리는 수밖에 없었다.

그 몇 달 동안 나는 아샤 증조할머니의 말씀이 옳았음을 깨달았다. 인간의 마음은 특이한 장치였다. 나는 고통을 받아들이되 결코 희망을 잃지 않았다.

09

2015년 4월, 폴타바의 기차역에서 내리자마자 강렬한 신록과 불에 탄 고무, 양귀비씨 롤빵의 익숙한 향기에 살짝 어지러웠다. 고향에 돌아온 사람들이 고향 땅에 엎드려 입을 맞추는 환희에 찬 감정이 이해됐다. 우크라이나에 처음 돌아왔을 때는 무어라 형언할 수 없는 이방인이 된 기분을 느꼈는데 이번에는 달랐다. 내 땅에 돌아왔다는 느낌이 들면서 복잡한 감정이 휘몰아쳤다. 나만의 귀향 의식도 치렀다. 베레 마을로 돌아가 발렌티나 할머니를 포옹하자마자 정원으로 나가 벚나무의 거친 나무껍질에 손을 얹은 것이다.

"나도 베레 마을에 돌아올 때마다 지금 너처럼 그랬어." 할머니가 정원 대문에 기대어 서서 나를 바라보며 말했다. "그렇게 해야 진짜 돌아온 기분이 났거든."

할머니와 함께 심은 벚나무 묘목이 겨울을 이겨내고 고동색 줄무늬 꽃봉오리에서 꽃을 피워내고 있었다.

할머니는 또다시 정원과 관련된 야심 찬 계획을 세웠다. 다만 이번에는 토랴 삼촌에게 중요한 일 대부분을 맡겼다. 토랴 삼촌은 키가 작고 주름 자글자글한 80대 후반 노인이었다. 나와 친척 관계도 아니었다. 우크라이나에서는 혈연이든 아니든 본인보다 나이가 많은 사람을 이모나 삼촌이라고 불렀다. 토랴 삼촌은 얼굴이 까무잡잡했고 머리카락에는 포마드를 잔뜩 발라 삐죽삐죽하게 손질했다. 숱 많은 눈썹이 반짝이는 눈을 내리덮고 있어서 꼭 고슴도치 같은 인상을 풍겼다. 전에 베레 마을에 왔을 때 본 적이 있었는데 이번 봄부터 그는 우리 삶에 아주 붙박이가 되었다.

토랴 삼촌은 늘 두 줄 단추식 재킷에 복숭아색 셔츠, 회색 정장을 입고 다녔다. 그 정장도 토랴 삼촌처럼 이전 시대의 물건이었다. 올이 다 드러날 정도로 낡았지만 옷 주인이 수수께끼 같은 분위기를 풍기는 데 일조했다. 토랴 삼촌은 마치 마법사처럼 안쪽 주머니에서 드라이버와 구운 해바라기 씨앗 한 봉지, 자수가 놓인 손수건, 얼룩덜룩한 사과를 줄줄이 꺼내곤 했다.

"어렸을 때 학교에서는 코끼리 네 마리가 지구를 떠받치고 있다면서 우리한테 그림까지 보여줬어요. 나중에는 지구가 태양 주위를 돈다고 했죠. 지금은 지구의 자전축이 기울어졌다네. 종말이 다가온단 얘기죠." 토랴 삼촌은 인사 대신, 끊겼던 대화를 이어가듯 말했다. "오늘 우린 벚나무를 심으면 되겠네요."

토랴 삼촌이 주로 하는 일은 묘지에서 무덤 파는 일이었다. 죽음 가까이에서 하는 일이다 보니 삶에 대해 철학적인 자세를 갖고 있었다. 그는 병아리를 어떻게 부화시킬 것이냐, 어떤 식으로 청혼을 할 것이냐, 새로운 사업 계획을 어떻게 잡을 것이냐 같은 인생과 사랑 문제에 관해서도 조언해 주는 등 마을 예언자 역할도 겸하고 있었다. 베레 마을에서는 오이가 더 빨리 자라도록 오이에 주문을 거는 직업도 있으니 무덤 파는 사람이 점쟁이 노릇을 하는 것도 놀랄 일은 아니었다.

토랴 삼촌은 아무도 예상 못 하고 있을 때 갑자기 낡은 자전거를 타고 벨을 따르릉따르릉 울리며 달려와 우리 집 앞에서 멋지게 브레이크를 밟곤 했다. 어떤 날은 새벽부터 땅거미가 질 때까지 우리 집 정원에 있기도 했고, 어떤 날은 삼촌은 물론 자전거까지 코빼기도 안 보였다. 토랴 삼촌은 일을 돕고 나서 할머니에게 수고비를 받았는데, 일 때문이 아니더라도 사람이 고플 때면 우리 집을 찾아왔다. 무덤 파는 일이 그만큼 외로운 일이라서 그럴 것이다.

지난번에 왔을 때 토랴 삼촌은 곧장 본론부터 꺼냈다.

"내가 뭘 하면 되는지 얘기해요."

그는 작고 날씬한 체구에 어울리지 않는 우렁찬 목소리로 말했다. 그는 일을 시작하면 번개처럼 빠르게 해치웠다. 그가 일을 끝내고 나면 정원은 한층 더 깔끔해졌고 마당은 깨끗해졌으며 할머니는 행복해했다.

일을 마친 토랴 삼촌은 물 펌프에서 물을 퍼 올려 세수를 한 뒤 재킷을 훌훌 털었다. 그리고 즐거운 표정으로 할머니와 함께 요리를 했다. 관습에 따라 할머니는 차린 것도 없고 맛도 별로라 미안하다고 말했는데 실제로는 상다리가 부러지게 음식을 차렸고 맛도 훌륭했다. 토랴 삼촌도 관습에 따라 세 번 사양하고 나서 마지못한 척

'두 입' 맛을 보았다. 이어서 할머니는 일한 것에 대한 수고비를 내밀었고 토랴 삼촌은 거절하는 복잡한 의식을 치렀다. 마침내 토랴 삼촌은 할머니가 내민 돈을 받고 3인분에 달하는 음식을 실컷 먹은 뒤 그만 가보겠다고 인사했다. 그렇게 말로만 작별 인사를 하고 남은 오후 내내 집에 머물며 할머니와 담소를 나눴다. 두 사람에게는 그 시간이 하루 중 제일 재미있는 때였다.

"선장들은 전부 알코올 중독자예요."

토랴 삼촌은 이렇게 별안간 화두를 던지거나, 에펠 탑이 세계에서 제일 높은 건물이라고 단언하기도 했다. 토랴 삼촌은 바다에 나가본 적도 없었고, 파리의 지형지물에 관해 그가 아는 지식은 100년이나 묵은 정보였지만 그는 진지하게 주장했다. 반박은 통하지 않았다.

"세르게이브나!" 할머니가 말을 고쳐주려고 하자 그는 할머니를 성으로 부르며 대응했다. "저 마녀 상자가 하는 얘긴 듣지도 말아요." 그는 우리 집 거실 한쪽 구석에 있는 텔레비전을 가리키며 덧붙였다. "저건 헛소리만 잔뜩 한다니까. 내 말이 맞으니까 잘 들어요. 처음에는 알코올 중독자가 아닌 선장도 나중에는 죄다 알코올 중독자가 되어버린다고요."

할머니는 웃음이 나오려는 걸 감추며 토랴 삼촌에게 커피를 마시겠냐고 물었다. 그는 커피가 보드카보다 더 지독하다며 거절했다. 커피를 보드카에 비교한 것은 토랴 삼촌에게 의미가 있었는데 젊은 시절 그는 알코올 중독자였다. 젊은 시절이라고는 하지만 60대 시절을 말하는 거였다. 어쨌든 그런 이유로 토랴 삼촌은 차보다 더 강한 음료는 마시지 않았다.

나는 할머니와 토랴 삼촌이 얘기를 나누게 두고 아샤와 세르히 증조부모님이 전에 쓰던 침실로 들어가 책을 펼치고 앉았다. 문밖에서 토랴 삼촌이 자주 거론하는 이론을 자세히 설명하는 소리가 들려왔다.

"그게 아주 확실하다니까요. 지구의 자전축 기울기가 달라졌어요."

현재가 엉망이 됐다는 토랴 삼촌의 이론이 어쩌면 맞을 수도 있다는 생각이 들었다. 맑고 투명한 아름다움을 뽐내는 봄인데도 우리 모두 그렇게 느꼈다. 동쪽 지역에서 전쟁은 계속되고 있었고, 극심한 공포는 어느새 물가 상승과 경제 붕괴에 대한 걱정으로 바뀌었다. 할머니는 튀르키예 드라마 시청을 그만두었고 가스 보조금 관련 토론이 나오는 프로그램만 찾아서 몇 시간씩 시청했다. 작년부터 할머니의 연금 가치는 4분의 3이 날아갔다. 남은 연금으로는 연료비를 감당하기에도 벅찼다. 내가 내드리겠다고 했지만 할머니는 거절했다. 자존심이 상하는 눈치였다. 할머니는 내 어머니와 이모에게 도움을 받았지만 손주들에게는 한사코 돈을 받지 않으려 했다. 나는 얼어붙게 추운 욕실에서 샤워를 후다닥 하는 방법을 익혔고, 일주일에 두 번 폴타바 시장에 가서 식료품을 사 왔다. 할머니의 마음의 평화를 위해 나는 쇼핑해 온 물건 가격을 낮춰서 말씀드렸는데, 이런 하얀 거짓말도 할머니를 안심시켜주지는 못했다. 내가 우유, 달걀, 고기 가격을 말씀드리면 할머니는 괴로워하며 두 손을 꽉 모아 쥐었다.

"그런 걱정을 왜 해요? 오늘은 살아있지만 내일은 저기 가있을지도 모르는데."

토랴 삼촌은 이렇게 말하며 흙 묻은 엄지로 묘지 쪽을 가리키곤 했다. 토랴 삼촌은 텔레비전을 보지 않았다. 그래서인지 세상만사에 대한 토랴 삼촌의 태도를 보면 주세페 토마시 디 람페두사(1896~1957년. 이탈리아의 작가이자 마지막 람페두사 공작—옮긴이)의 소설 《표범》에 나오는 왕자의 말이 생각났다. '이것이 전부인가. 언제까지나 이럴 수는 없다. 그렇지만 영원히 계속될 것이다. 물론 인간의 척도에서 영원이다. 100년 그리고 200년…… 그리고 그 뒤에는 바뀔지도 모르지. 그러나 나쁜 쪽으로 바뀔 것이 분명하다.' 연금이 매일 녹아 없어지는 걸 보고 있는 할머니에게 토랴 삼촌의 말은 별로 위안이 되지 못했다. 나는 슬라브식 운명론을 떠올렸다.

삶에 대해 철학적인 자세를 취하는 또 다른 사람은 바로 파니 올가였다. 그녀는 성경 구절을 인용했다. "공중의 새들을 보아라. 그것들은 씨를 뿌리거나 거두거나 곳간에 모아들이지 않아도 하늘에 계신 너희의 아버지께서 먹여주신다. 너희는 새보다 훨씬 귀하지 않느냐? (마태복음 6장 26절—옮긴이)" 겨울을 나는 동안 파니 올가는 임대 아파트를 잃고 성당의 다락방으로 거처를 옮겨야 했다. 그녀를 다시 만나고 나는 깜짝 놀랐다. 풍성하게 땋았던 머리는 어딜 가고 단발로 짧게 자른 모습이었다.

"머리 문제에서 나보다 운이 나쁜 사람은 가발을 쓰겠지. 짧은 머리라 더 젊어 보이잖아."

파니 올가는 정규직 교사였는데 사전 통고도 없이 일자리를 잃었

다. 그 후로 간간이 들어오는 작문 과제 수입만으로 가정을 꾸려나
가면서 딸의 등록금까지 대고 있었다.

"겨울에 머리에 들일 돈이 없었어."

파니 올가는 솔직하게 털어놓았지만 내 도움은 한사코 거절했다.
내가 한 사람 더 같이 살 여력은 있으니 베레 마을에서 같이 살자고
제안하자 그녀는 웃으며 말했다.

"고맙지만 난 천국에 제일 가까운 곳에서 살래."

파니 올가는 나를 데리고 성당 다락방으로 올라갔다. 다락방에
는 책과 초 무더기, 세례반(세례에 쓰이는 성수를 넣는 용기—옮긴이)
이 들어차 있었다. 파니 올가는 주전자로 물을 끓이면서 짝이 맞지
않는 찻잔들을 꺼내 왔다. 우리는 커피색으로 끓인 차를 마시며, 내
가 없는 동안 파니 올가가 발굴해 낸 자수들, 그녀의 목록에 추가한
새로운 루슈니크들에 대한 얘기를 나눴다. 책상 램프의 푸르스름한
빛이 성화에 기묘한 빛을 드리우고 향과 말린 장미의 향기가 그림
자 진 방의 구석 자리에 유령처럼 맴돌았다. 십자가상과 향로에 둘
러싸인 우리는 바깥에 다른 세상이 있다는 것도 잊을 만큼 이야기
에 몰입했다. 마침내 성당의 종이 울리고 다락방의 벽이 우르르 울
렸다. 할머니에게 드리려고 시장에서 산 냉동 고기가 내 가방 안에
서 녹고 있다는 게 퍼뜩 생각났다. 그만 집으로 가야 했다.

할머니는 내가 폴타바에 일을 보러 갈 때마다 파니 올가를 자주
찾는 걸 알고 있었고, 파니 올가의 최근 자료 사진을 보여달라고 할
때도 있었다.

어느 날 할머니는 노트북으로 이미지를 처리하고 있는 나를 바라

보며 말했다.

"이 자수는 익숙해 보이는구나."

할머니는 이리저리 감긴 장미와 공작 문양으로 장식된 빨간색과 검은색 루슈니크 사진을 가리켰다.

"파니 올가는 이 장미가 20세기 초에 폴타바 인근에 공장을 연 프랑스 세면도구 제조업체 브로카르의 이름을 따서 '브로카르 장미'라고 불린다고 했어요. 그 업체가 생산하는 비누에는 자유로운 자수 패턴이 들어갔고요."

"파샤 할머니는 프랑스 비누를 어디에서 얻었을까?"

할머니가 중얼거렸다.

"파샤 할머니요?"

나는 식탁에 노트북을 놓고 앉아있었고 할머니는 내 뒤에 서서 노트북 화면을 들여다보고 있었다. 나는 무의식적으로 시선을 들어 벽에 걸린 아샤 증조할머니의 모친, 즉 파샤 고조할머니의 사진을 힐끗 올려다보았다. 눈동자가 아주 연한 푸른색이라 흑백사진에서 거의 흰색처럼 보였고 표정은 엄격하게 굳어있었다.

할머니는 노트북 화면의 사진을 손으로 가리켰다.

"파샤 할머니도 이런 장미와 새 문양으로 루슈니크에 자수를 놓으셨어."

나는 고조할머니의 사진을 바라보며 물었다.

"고조할머니는 어떤 분이셨어요?"

"강한 분이었지." 할머니는 쓰고 있던 돋보기를 머리 위에 걸치고 미간을 찌푸렸다. "너무 강하셨어."

파샤 고조할머니는 스탈린이 초래한 무시무시한 대기근에서 살아남았을 뿐 아니라, 소와 가족의 땅까지 지켜냈다. 그리고 히틀러와 전쟁을 치르는 동안 가족도 보호했으니 확실히 강한 분이었을 것이다.

"하지만 바실 외삼촌이 돌아가신 후 할머니는 정신이 무너지셔서 우리 삶을 지옥으로 만드셨어. 우릴 고문하다시피 했지. 정말 못되고 부당하게 구셨어. 날 때리기도 하셨어."

할머니의 목소리가 건조하게 갈라졌다. 나는 고조할머니의 사진을 차마 더 올려다볼 수가 없어 시선을 내렸다. 고조할머니의 연한 눈동자는 여전히 나를 내려다보고 있는 듯했다.

아샤 증조할머니의 남동생 바실 어른은 내가 태어나기도 전에 세상을 떠났다. 나는 증조할머니의 방에 걸린 사진을 보고 그분을 상상할 뿐이었다. 사진 속에서 그는 우아한 검은 정장을 입은 젊은 남자였다. 금발이 넓은 이마를 낭만적으로 내리덮었다. 바실은 폴타바 교향악단에서 플루트와 색소폰을 연주했고, 아코디언 연주곡을 작곡했으며, 아내 라라와 함께 소련 곳곳을 다니며 로맨스 곡과 발라드 곡을 연주했다. 음악가로서 지원금도 꽤 괜찮게 받았다. 바실의 아내 라라는 흑갈색 머리인 것만 다르고 베로니카 레이크(1919~1973년. 미국 영화배우—옮긴이)와 비슷한 이미지였고 영화에 작은 배역으로 출연한 적도 있었다. 어느 날 리허설이 끝나고 오토바이를 타고 집으로 돌아가던 바실은 비에 젖은 도로에서 미끄러져 뇌출혈로 사망했다.

"처음에 파샤 할머니는 라라 숙모와 함께 살면서 아이들 돌보는 일을 도왔어. 그러다 숙모가 재혼해서 새 남편과 함께 헝가리로 떠난 거야. 할머니는 며느리 라라가 죽은 것이나 다름없게 돼서 딸이랑 살려고 돌아왔다고 하셨어."

식탁에 팔꿈치를 대고 앉은 할머니는 얼굴을 두 손으로 받치며 말을 이었다.

"할머니는 우리 어머니(아샤)가 자기를 돌봐주는 걸 고맙게 여기지도 않으셨어. 종일 루슈니크에 수를 놓아 바실 삼촌의 사진이 담긴 액자에 걸어놓는 걸로 시간을 보내셨지. 그러면서 사랑하는 내 자식을 왜 데려가셨냐고 하느님에게 따지며 우셨어. 옷감을 짜서 수를 놓고, 매일 그렇게 사신 거야. 그러고 있지 않으면 기도하시고. 난 할머니가 가엾단 생각이 들지 않았어."

할머니는 파샤 고조할머니의 사진을 잠시 올려다봤다가 시선을 돌리며 중얼거렸다.

"죽은 사람 욕을 하면 안 된다는데."

나는 망설이다 물었다.

"그럼 고조할머니의 사진을 왜 이 집에 계속 걸어놓으세요?"

"죄책감이 드니까. 먼저 떠난 사람에 대해 우린 늘 죄책감을 느끼잖아. 그 사람이 죽어서 후련한 기분이 들수록 더 그렇지."

가슴속을 찌르는 묵직한 아픔에 나는 잠시 숨이 쉬어지지 않았다. 그 아픔은 이내 가셨지만 나는 말없이 창밖만 내다보았다. 얼마 후 나는 입을 열었다.

"파니 올가는 루슈니크를 만드는 이유가 축제 때 쓰기 위해서이기도 하지만 개인의 슬픔을 쏟아내기 위해서라고도 했어요."

"머리를 식히는 용도면 되는 거지."

할머니가 회의적으로 나왔지만 나는 알아채지 못한 척 물었다.

"집에 고조할머니의 루슈니크 있어요?"

할머니는 창고 쪽을 가리켰다.

"내가 아무것도 안 버리니 저기 있을 거다. 그런데 정리가 통 안 되어서 악마도 창고 들어갔다간 다리가 부러질 수 있어." 할머니도 우리 집 창고가 완전히 엉망진창이란 걸 인정하는 모양이었다. "할머니(파샤)의 루슈니크도 아마 저기 있을 거야. 어쩌면 바스러져 버렸을 수도 있어."

할머니가 창고에서 오래전 기억을 불러일으키는 물건을 찾아봐 줄 것 같지 않아서 나는 나만의 기준에 따라 다양하게 조사해 보기로 했다. 우크라이나를 떠나있는 동안 나는 내가 태어난 곳에 관해 충분히 탐색해 보지 못했다는 생각을 자주 했다. 니코딤은 수수께끼의 영역에 남겨두더라도, 폴타바 인근에서 최대한 정보를 캐내보자는 마음이었다. 버스에 올라타 무릎에 지도 한 장을 올려놓고 알 길 없는 운명을 향해 달려가고 있자니 흥분을 가라앉힐 수가 없었다.

할머니는 내가 불안정한 시기에 여기저기 쏘다닌다며 토랴 삼촌한테 불만을 토로했다.

"하고 싶은 대로 하게 둬요. 우린 늙었고 집에만 있는 게 편하지만 쟤는 아직 다리에 힘이 넘치니 여기저기 다녀보고 싶겠죠. 내 말 명심해요. 손녀를 집에 잡아두려고 할수록 더 나가고 싶어 할 겁니다. 나도 우리 개한테 같은 실수를 했어요."

덕분에 자유로워진 나는 하디아치, 페트리키우카, 드니프로 같은 곳으로 가는 마슈루카를 타기 위해 버스 정류장으로 갔다. 가본 적은 없지만 이름을 들어본 적은 있는 도시들이었다.

때로는 장엄한 성당들, 그림처럼 아름다운 연못 근처에 서있는 오래된 궁전들이 있는 작은 마을들을 찾아가기도 했다. 우크라이나 민속화의 발생지인 페트리키우카는 상당히 마음에 드는 도시였다. 로완 베리, 달리아, 포도잎 다발 문양이 소용돌이치듯 벽과 울타리를 뒤덮었다. 화가의 이젤에서 도망쳐 나온 그림들이 마을 곳곳에 멋대로 퍼져나간 듯했다.

마슈루카를 타고 가다가 소련 어디에서나 볼 법한 도시에 내리기도 했다. 역사 도시로 유명한 하디아치에도 가봤는데 조립식 아파트 건물들과 콘크리트 막사들이 칙칙하게 뒤섞여 있는 곳에 불과했다. 도시 공원 한가운데에 서있는 콧수염 남자의 흉상은 명판이 없어서 누구인지 알 수 없었다. 개들을 데리고 그 옆을 지나가던 30대 남자가 사진을 찍고 있는 나를 보더니 미하일로 드라호마노프의 흉상이라고 말했다. 그리고 "하디아치에서 태어나신 분이죠"라고 자랑스럽게 덧붙였다.

드라호마노프는 19세기 우크라이나의 유력한 정치사상가인데, 이 기념 흉상은 아무리 봐도 소비에트 시대 사람 같았다. 소비에트 시대에 드라호마노프는 '부르주아 민족주의자'로 규탄받았다.

지나가다 우리 대화를 들은 나이 지긋한 거리 청소부가 끼어들었다.

"요즘 젊은 사람들이 이렇게 무식하다니까. 저건 칼 마르크스의 흉상이에요. 원한다면 드라호마노프의 흉상으로 생각하든가요. 시 당국자들이 2년 전에 흉상의 명패를 없애면서 의도한 게 바로 그런 걸 테니까. 드라호마노프의 집을 재건하는 것보다 그게 더 쉬웠겠죠."

청소부는 거리 저쪽에 있는 한 건물을 빗자루로 가리켰다. 한때 드라호마노프가 살았던 집이라는데 허물어지기 직전이라 판자로 여기저기 땜질해 놓은 게 보였다.

하디아치시에 실망한 나는 버스를 타고 레셰티리우카로 향했다. 레셰티리우카는 현대적이면서도 전통과 예술적 유산을 지켜내고 있는 마을이었다. 할머니가 파샤 고조할머니의 루슈니크 얘기를 해서, 나는 파니 올가와 함께 레셰티리우카를 방문했을 때 만난 자수사들이 생각났다. 그들을 다시 만나보고 싶어졌다.

레셰티리우카는 2차 세계대전 승리를 축하하는 5월 9일 승리의 날 행사를 앞두고 축제 분위기에 휩싸여 있었다. 나는 여자들이 청소 중인 2차 세계대전 기념비 앞에 서서 레셰티리우카의 전쟁 영웅들의 이름을 읽어 내려갔다. 큼직한 명판의 위에서부터 아래까지 이름들이 빼곡하게 새겨져 있었다. 작은 마을인데 전쟁 영웅의 수가 엄청 많았다.

레셰티리우카 예술대학의 학생들은 학기말 시험을 준비하고 있었다. 여학생들은 바느질로 박아놓은 것처럼 한자리에 가만히 앉아 손가락만 움직이고 있었다. 강의실로 들어가 보니, 나디아 바쿠렌코가 책상에 종이 더미를 쌓아놓고 바쁘게 일하는 중이었다. 고개를 들어 나를 본 나디아는 눈이 확 커지더니 벌떡 일어섰다.

"어머, 기억나요. 작년에 다른 숙녀분이랑 우리 루슈니크 박물관을 보러 오셨잖아요. 다시 오길 바라고 있었어요. 원수 같은 관료주의 때문에 이렇답니다." 나디아는 책상에 잔뜩 쌓인 서류들을 가리켰다. "소련은 오래전에 죽었는데 우리 법에는 여전히 소련의 잔재가 남아있어요. 차 마실래요?"

나디아는 서류들을 책상 서랍 안에 집어넣고 쾅 소리 나게 닫았다. 어떤 여학생이 다가와 작업에 관해 묻자 나디아가 대답했다.

"졸업에 맞춰 늦지 않게 끝내려면 추가로 작업을 해야 될 거야."

여학생은 반쯤 완성된 셔츠를 힐끗 바라보며 삐져나온 실을 당겼다.

"제 잘못은 아니고요. 엄마가 아프셔서 제가 소를 풀밭으로 데리고 나가야 하거든요."

여학생의 말에 나디아는 한숨을 쉬면서 소매 하나를 자기 핸드백에 넣었다.

"알았어. 오늘 할 수 있는 만큼 하고 나머지는 다음에 또 하자."

나와 함께 강의실을 나서며 나디아가 설명했다.

"저 학생 어머니의 문제는 바로 보드카예요. 이번 시험에 통과를 못 하면 저 학생은 지원금을 못 받아요. 그러니 자수 작품을 완성할 수 있게 내가 도와줘야지 어쩌겠어요."

처음 나디아를 만났을 때 평범한 교수인 줄 알았다. 그런데 몇 달 후 우크라이나 대통령을 위해 수를 놓은 특별한 루슈니크에 관한 기사에서 나디아의 이름을 봤다. 알고 보니 나디아는 존경받는 자수 장인이고, 그녀의 작품은 세계 여러 미술관과 축제에서 전시되고 있었다.

함께 교직원실로 걸어가며 나디아가 말했다.

"전에도 말했던 것 같은데 우리가 계획한 게 있어요. 레세티리우카의 자수사들이 우리 백사자수를 유네스코 무형 문화재로 등재하기로 결정했어요. 백사자수는 독특하고 복잡한 예술이라 그만한 자격이 있으니까요. 물론 그러려면 우크라이나와 유네스코 관료들을 상대해야 하지만 잘만 되면 우린 지금보다 한층 더 높은 수준으로 인정받을 수 있을 거예요. 나도 드디어 내 이름을 건 학교를 열 수 있을 테고요."

나디아는 앞으로의 계획을 설명하면서 무형 문화재 등재 신청을 위해 모아둔 서류 더미를 보여주었다.

"오늘 당신이 내 강의실로 들어오는 걸 보면서 믿기지가 않았어요." 나디아는 전기 주전자의 스위치를 켰다. "마침 서류 일부를 영어로 번역해 줄 사람이 필요했거든요. 두 페이지 정도예요."

나디아는 내게 도와달라는 눈빛을 보냈다.

"당연히 해드려야죠."

어떤 전통이 문화적 가치가 있다는 점을 유네스코 측에 납득시키려면 어떻게 해야 하는지 전혀 감이 잡히지 않았지만 무척 흥미로운 일 같았다.

전기 주전자가 치이익 쉭쉭 소리를 내며 김을 뿜어냈다. 다른 교수들이 들어오면서 비좁은 교직원실이 곧 시끌벅적해졌다. 지난번에 만났던 화가 페트로는 여전히 체념과 우울감이 깃든 표정이었다. 자수 교수이며 날씬한 금발 여성인 알라는 그날 처음 봤는데 활기차고 긍정적인 데다 가만히 앉아있지 못하는 성격이었다. 드로잉 강사인 비타는 인스턴트커피 병과 쿠키 봉지를 가져와 다른 사람들이 가져온 음식 옆에 놓고 같이 나눠 먹었다. 나디아는 나를 "유럽에서 온 손님"이라고 소개했다. 이렇게 소개되는 자리에서는 으레 대답하기 곤란한 질문이 나오게 마련이었다. 외국에서 살다 온 사람에게 우크라이나인들이 주로 하는 질문이었다. "그곳 생활은 어때요?"

그동안 쭉 해왔던 대답을 해도 됐지만 이 사람들이 열정적으로 물으니 나도 좋은 점과 나쁜 점을 들어가며 솔직하게 대답하고 싶어졌다. 그런데 내가 적절한 대답을 고민하는 동안 나디아가 어깨를 으쓱하며 나섰다.

"그곳 생활이 어떠냐고요? 무슨 질문이 그래요? 어디든 이런저런 문제가 있게 마련이죠. 유럽 거리라고 금으로 포장된 것도 아니고요."

그러고는 잔에 차를 따랐다.

알라가 디저트 접시를 살피다 사과를 집어 올리며 말했다.

"우리 나디아 교수님은 진짜 레셰티리우카의 애국자시라니까요. 키이우에 더 좋은 자리를 제안받고도 거절하셨어요. 수도에서 살 수 있는 기회인데! 키이우에는 흐레샤티크 거리도 있고 박물관들도 있잖아요. 키이우의 온갖 시설을 다 가보실 수 있을 텐데요."

알라는 사과를 아삭아삭 씹으면서 키이우의 아름다운 곳들을 꿈꾸듯 나열했다.

"사람들로 붐비는 지하철을 몇 시간씩 타면서 출퇴근하고 급료는

집 임대료로 다 나가겠죠." 나디아는 이렇게 말하고는 커튼을 열어
젖히고 길 건너 아파트 건물을 가리켰다. 나디아가 성인 자녀 둘과
거주하는 아파트였다. "물론 알라 말도 맞아요. 레셰티리우카는 내
마음을 사로잡았어요. 직조를 배우러 학생으로 여기 처음 왔을 때
학교 측에서는 카펫 제작과에 빈자리가 없다면서 나를 자수과로 보
냈어요. 처음엔 실망했죠. 난 이미 자수 전문가라고 자부했으니까.
그런데 레셰티리우카에서 쓰는 색다른 기법들과 이 지역 장인들의
섬세한 바느질을 보고 내가 얼마나 무지했는지 깨달았어요. 그걸
다 배우고 싶더라고요. 레셰티리우카의 공기 그 자체에서도 영감을
얻었어요."

"제 생각이 짧았어요." 알라는 나디아의 팔을 쓰다듬으며 말했다.
"교수님은 애국자일 뿐 아니라 낭만적이기도 한 분이세요."

그 말에 나디아는 물론 모두가 웃었다.

"여기 이분도 예술과 낭만을 아는 분이에요." 나디아는 내 어깨에
손을 얹으며 말을 이었다. "레셰티리우카 자수에 관해 알아보려고
왔다가 우리 번역 일을 도와주시기로 했어요."

교수들은 돌아가며 내게 감사를 표했다. 이 프로젝트가 지역 장
인들에게 얼마나 중요한지 느낄 수 있었다.

대화가 잠시 끊겼을 때 나는 내 외증조할머니가 2차 세계대전 이
전에 잠깐 레셰티리우카에 살았는데, 이 마을 기록보관소에 우리
가족에 관한 정보가 있을지 궁금하다고 말을 꺼냈다.

알라는 오른쪽에 자리한 드로잉 강사를 돌아보며 말했다.

"비타, 기록보관소에서 근무하는 여자랑 아는 사이 아니에요? 이

분을 거기로 데려가서 시스템으로 자료 좀 찾아달라고 해봐요."

비타는 그렇게 하겠다고 했고 우리는 차를 다 마시자마자 길 건너 기록보관 센터로 향했다.

기록보관 센터는 시청 1층 구석에 자리한 작은 방이었다. 점심시간이라 비타의 친구 로자는 책상 앞에 앉아 샌드위치를 먹으며 탐정소설을 읽고 있었다. 비타는 우크라이나의 친척들에 대해 알아보고 있는 외국인이라고 나를 소개해 로자의 호기심을 자극했다. 로자는 읽고 있던 책을 덮고 컴퓨터를 켰다.

로자는 온라인 데이터베이스에는 모든 폴타바 주민들의 출생, 결혼, 사망 기록이 들어있으며, 등록증과 주거 허가증 같은 추가 정보 외에도 다른 관련 정보가 포함되어 있기도 하다고 설명해 주었다. 나는 아샤 증조할머니의 성과 이름을 댔고 로자는 검색창에 이름을 입력 후 버튼을 눌렀다. '기록을 찾을 수 없습니다'라고 적힌 빨간 네모가 화면에 떴다. 심장이 내려앉는 듯했다. 나는 세르히 증조할아버지의 이름도 댔는데 컴퓨터는 삐 소리를 내면서 마찬가지로 '기록을 찾을 수 없습니다'라는 메시지를 화면에 띄웠다. 우리는 철자를 이리저리 바꿔가며 시도했지만 우리 가족에 관한 정보는 전혀 없는 듯했다. 생사에 관한 기록조차 없었다.

문득 예전에 찾은 아샤 증조할머니의 옛날 편지가 생각났다. 그 편지에 증조할머니는 '바실리나'라고 서명했다.

"다른 이름으로 찾아봐 주실 수 있을까요?" 나는 로자가 성과도 없는 검색에 점심시간을 허비하는 게 지겨워졌을까 봐 걱정하며 요청했다. "증조할머니가 바실리나라는 이름으로 세례를 받으셨거든요. 혹시 옛날 기록이 그 이름으로 되어있지 않을까 해서요."

"1930년대 젊은 여자들은 짧고 현대적인 느낌이 나는 이름을 쓰고 싶어 했어요. 우리 외증조할머니도 원래 이름이 아그리피나인데 '이나'라는 이름을 쓰셨죠."

아샤 증조할머니가 왜 이름을 바꿨는지 오랫동안 궁금했는데, 그런 단순한 이유일 줄은 생각 못 했다. 증조할머니는 살던 마을을 떠나 교사로서 새로운 인생을 시작하려 한 젊은 여성이었다. 그러니 어울리는 새로운 이름을 쓰고 싶었을 테고 바실리나가 아닌 아샤로 살기로 했을 것이다.

컴퓨터에서 위잉 소리가 나더니 화면이 회색으로 변하고 작은 모래시계 모양 아이콘이 빙글빙글 돌았다.

"나왔네요."

로자가 말했다. 아샤/바실리나의 기록이 화면에 떴다. 출생일과 이런저런 숫자들, 다른 가족 구성원들 정보도 보였다. 나는 로자가 불러주는 대로 최대한 빨리 정보를 받아 적었다. 아샤 증조할머니의 모친의 기록상 이름이 파샤가 아니라 프라스코비야이며, 아샤와 세르히 증조부모가 혼인 신고를 한 날짜가 1933년 3월 8일인 것도 알게 됐다. 3월 8일은 '세계 여성의 날'이고, 1933년 3월 8일은 대기근 중 최악의 시기였다.

오늘은 어쩐지 운이 따르는 것 같아서 나는 로자에게 니코딤 베레즈코 관련 기록도 찾아봐 달라고 부탁했다. 들뜬 내 기분에 전염됐는지, 점심시간이 이미 끝났고 다른 방문객들이 통로에서 기다리고 있는데도 로자는 기꺼이 내 부탁을 들어주었다.

1930년대에 니코딤에게 무슨 일이 일어났는지 설명하자 로자가 말했다.

"우크라이나 보안 기관에 확인해 보는 게 어때요? 소련 붕괴 후에 거기서 국가보안위원회(KGB) 기록을 넘겨받았거든요." 로자의 컴퓨터는 기록을 찾는 중이었다. "하긴 무시무시한 루스터 하우스 앞을 지나갈 때면 나도 늘 소름이 끼치긴 해요."

컴퓨터는 이번에도 '기록을 찾을 수 없습니다'라는 빨간색 메시지를 화면에 띄웠다. 로자는 아샤의 예전 이름으로 된 페이지로 돌아가 기록을 좀 더 파보았다.

나는 로자의 화면을 같이 들여다보며 말했다.

"증조할머니가 루스터 하우스를 몹시 두려워하셔서 우린 그 앞으로 안 다니고 늘 다른 길로 돌아서 다녔어요. 증조할머니는 루스터 하우스를 '루스터 올가미'라고 부르셨고요."

"이나 증조할머니의 친구분이 체포당했다가 이틀 후에 풀려난 적이 있어요. 밤사이에 머리카락이 잿빛이 됐다고 하더라고요. 거기서 뭘 봤는지 몰라도 사람이 완전히 달라진 거예요. 그 후 그분은 루스터 하우스 근처에도 안 갔어요. 바실리나도 체포당한 적이 있으셨나요?"

로자는 계속 재잘거렸는데 내 귀에는 그 순간 아무 소리도 들어오지 않았다. 충격으로 말문도 막혔다. 아샤 증조할머니가 체포당했을 리가 없을 텐데, 로자는 아무 근거 없이 그냥 추측만으로 그런 말을 한 것이었다. 국가보안위원회에 체포됐다가 집으로 돌아온 사람은 거의 없었다. 하지만 그 생각이 내 머릿속에 콱 박혀버렸다.

루스터 하우스에 들어가 봤던 게 아니라면 증조할머니가 루스터 하우스를 거의 병적으로 두려워했던 이유를, 누가 거길 언급만 해도 공포에 질렸던 이유를 어떻게 설명할 수 있을까?

나는 기록보관 센터를 나왔다. 자수 대학에 들러 나디아에게 작별 인사를 해야 했다는 생각이 들기는 했지만 이미 머릿속이 너무 복잡했다. 아샤 증조할머니가 체포당했었다고? 준법정신 투철하고 꽃을 사랑하며 전쟁 영웅의 아내이자 강직한 공산주의자였던 증조할머니가 어떻게 체포당했을 수가 있지? 하지만 그게 아주 불가능한 일인가? 증조할머니와 비슷한 다른 수천 명도 체포당했었는데. 그런데도 나는 받아들일 수 없었다. 나는 수년 동안 정치학을 공부했지만 책에서 배운 내용과 우리 가족의 개인적인 경험을 연결 짓기는 쉽지 않았다. 역사적 사실을 배경으로 가족의 행동을 하나하나 되짚는 것은 예상보다 훨씬 어렵고 고통스러웠다. 내 증조부모님이 수수께끼 같은 말을 했던 것도, 많은 이들에게 소련의 유산이 정신적으로 큰 충격을 줄 수 있는 주제라는 것도 놀라운 일은 아니었다. 소련의 유산을 칭찬하거나 비난하는 사람들만이 자기네 의견을 거리낌 없이 말할 수 있었다.

눈앞이 잘 보이지 않고 사방이 흐릿했다. 폴타바의 버스 정류장에 도착한 나는 손을 흔들어 택시를 불러 세웠다.

"루스터 하우스로 가주세요."

·4부·

루스터
하우스

10

루스터 하우스 양옆에 자리한 음침한 사
이렌들은 당장이라도 날아오를 것 같았다. 나는 건물로 다가가 그
앞에 섰다. 우크라이나 국가보안국(SBU) 폴타바시 본부의 문은 너무
육중해 보여 어지간한 힘으로는 꿈쩍도 안 할 것 같았다. 그런데 살
짝 밀었을 뿐인데도 쉽게 열려서 나는 균형을 잃고 문 안쪽으로 넘
어질 뻔했다. 공포의 집으로 상상했던 곳인데 막상 들어와 보니 세
기말적 우아함이 느껴졌다. 윤기 나는 대리석으로 만들어진 화려한
계단이 오후의 햇살을 받아 반짝거렸고 계단에 깔린 암적색 카펫에
는 먼지 한 톨 묻어있지 않았다. 현관 로비는 시원했고 비싼 오드콜
로뉴 향이 풍겼다. 군복을 입은 키 큰 경비병이 검문소에서 신분증
을 살펴보고 있었다. 내가 들어간 순간, 현관 로비에 서있던 회색 정
장 차림의 남자 두 명과 군인 몇 명이 일제히 고개를 돌려 나를 쳐다
보았다.

나는 설명할 말을 미리 준비해 두지 않았다. 루스터 하우스에 들

어오게 될 줄은 마지막 순간까지도 상상 못 했다. 그런데 이렇게 들어왔으니 얼른 생각을 정리하고 말을 해야 했다.

"기록보관소에 갔는데 뭔가 좀 이상하더라고요. 어쩌면 그분이 체포됐을 수도 있어서요."

내 갈라진 목소리가 높은 천장까지 울렸다. 경비병은 당황한 표정이었다.

"그러니까 그게, 제 외증조할아버지 얘기인데요. 정확히는 그분의 형 얘기예요."

경비병은 입꼬리를 살짝 올려 희미한 미소를 지으며 귀를 기울였다. 나를 미친 여자라고 생각하는 걸까.

"그분의 이름은 니코딤이고 실종되셨어요."

내가 불쑥 이 말을 내뱉자 정장 차림의 남자들이 국가보안위원회 학교에서 배운 것 같은 눈빛으로 나를 빤히 쳐다보았다. 상대의 보호막을 벗겨내고 가장 내밀한 생각까지 읽어내려는 눈빛이었다. 어쩌면 내가 너무 흥분해서 멋대로 상상한 것일 수도 있었다.

나는 다시 정리해서 말했다.

"1930년대에 실종된 사람에 대해 알아보려면 어떻게 해야 해요? 아무래도 그분은 체포됐던 것 같거든요. 여러 기록보관소에 전화도 해보고 여기저기 알아봤는데 계속 벽에 부딪히네요. 달리 어디 가서 알아봐야 할까요?"

부자연스러울 정도로 높고 긴장한 내 목소리가 복도에 울려 퍼졌다. 이마에 맺힌 땀이 뺨을 타고 흘러내렸다.

경비병은 메모장을 꺼내 주소를 적었다.

"기록관리과라고 있는데, 거기 가서 물어보세요." 그는 주소를 적은 종이를 내밀었다. "여기서 도보로 5분 거리입니다. 정확한 명칭은 우크라이나 국가보안국 문서보관소예요. 일반인을 상대하는 데스크가 있으니까 거기서 도와줄 겁니다."

그는 손목시계를 들여다보더니 문서보관소가 아직 문을 닫지 않았을 거라고 했다. 나는 주소를 받아들고 고맙다고 인사한 후 서둘러 그곳을 나섰다.

그런데 그가 준 주소는 실제로 존재하지 않는 듯했다. 그 부근을 두 시간 동안 이리저리 돌아다녔는데 또다시 어느 벽 앞에 서고 말았다. 문자 그대로 벽이었다. 거리 전체가 건설 현장인 데다 문서보관소가 있어야 할 자리에는 강철 울타리뿐이었다. 길을 물어보면 사람들은 죄다 어리둥절해했다.

화단에 물을 주던 여자가 말했다.

"국가보안국 문서보관소요? 일반인을 상대한다고요? 루스터 하우스에나 가봐요. KGB 놈들이 댁을 도와줄 리 없잖아요."

보안 기관이 몇 번이나 명칭을 바꿨는데도 사람들은 여전히 그곳을 KGB라 불렀다.

해바라기 씨앗을 먹으며 손자들을 지켜보던 세 할머니가 한목소리로 말했다.

"우리가 여기 산 지 50년이 넘었는데 문서보관소라는 데는 처음 들어보네."

스리피스 정장을 입고 모자를 쓴 노신사가 "아가씨, 악마는 왜 찾아요?"라고 묻더니 내가 대답을 하기도 전에 가버렸다.

나는 좁은 골목과 공사 표지판, 버려진 집 들이 미로처럼 복잡하게 자리한 곳에서 길을 잘못 들어 길을 잃고 말았다. 소비에트 시대에 지어진 건축물답게 안마당이 여러 개였고, 문자와 숫자를 결합해 번호를 붙여놓기는 했지만 논리적인 체계 따위는 없었다. 아샤 증조할머니가 루스터 하우스를 괜히 '올가미'라고 불렀던 게 아니었다. 영화 '라비린스(1986년에 제작된 영국, 미국 판타지 영화—옮긴이)'의 소련 붕괴 후 버전에 갇힌 기분이었다. 이대로라면 목적지를 찾기는커녕 여길 빠져나갈 수도 없을 듯했다. 그래도 운을 시험해 보기 위해 이 건물에서 저 건물로, 이 집에서 저 집으로 이동을 거듭했다. 문서보관소는 좀처럼 눈에 띄지 않는데, 옛 KGB 사무실들은 마치 전체주의 국가의 촉수처럼 어디에나 있었다. 어떤 사무실은 눈에 잘 띄지 않는 회색 슬레이트 건물 안에 있었고 입구에 금속 탐지기가 있었다. 내가 문을 밀어 열면 무장 군인이 곧장 소리쳤다. "여긴 어떻게 들어왔습니까?" 그럼 나는 얼른 물러났는데 순간적으로 아드레날린이 솟구쳐서 현기증이 났다. 어떤 사무실은 주거용 타워 안에 아주 얌전히 들어앉아 있었고 그 주변 거리는 이름조차 없었다.

줄곧 헤매던 나는 드디어 문서보관소를 찾아냈다. 그곳은 돌로 된 아치 형태의 어두운 통로 아래 숨겨져 있었다. 안내판에는 문을 닫았다고 적혀있었다. 신경이 곤두선 데다 장시간 길을 헤맸더니 진이 빠져서 실망할 기운도 없었다. 건물을 찾긴 했으니 다른 날에 다시 오면 될 것이다. 문득 어쩌면 눈에 보이는 것과 달리 내가 기묘한 중간 지대에 와있을지도 모른다는 생각이 들었다.

버스 정류장 쪽으로 돌아가려고 루스터 하우스 앞을 지나 걸어가는데 조금 전 나더러 기록관리과로 가라고 알려준 경비병이 보였다. 그 경비병은 문 앞에서 담배를 피우며 오후의 햇볕과 여자들의 감탄 어린 시선을 받고 있었다. 나를 본 그는 손을 흔들며 기록관리과를 찾았냐고 물었다. 나는 사무실이 이미 닫혀있더라고, 나중에 다시 와야겠다고 말했다.

"기록관리 담당 장교인 엘레나 이바노브나에게 내부 전화로 연락해 봐드리죠."

그는 이렇게 말하며 담배꽁초를 입구 옆 항아리에 던져 넣고 나를 위해 정중히 문을 잡아 주었다. 나는 망설이다가 현관 안쪽으로 발을 들여놓았다. 고마움보다는 당혹감이 앞섰다. 어쩌면 이게 모종의 공격이자 나를 붙잡아놓으려는 술책일지도 몰랐다. 경비병은 전화기 다이얼을 돌리더니 내게 수화기를 건넸다. 수화기 너머로 여자의 목소리가 들렸는데, 한가롭게 잡담을 나눌 인내심은 없는 듯한 분위기였다. 나는 가족 중에 실종된 사람을 찾느라 그동안 여기저기 다 찾아가 봤다고 설명하고 니코딤의 이름을 댔다.

"이름만으로 정보를 찾는 건 어려워요." 여자가 말했다. 나는 바로 앞의 하얀 대리석 벽을 바라보며 수화기를 더욱 꼭 잡았다. "무엇을 왜 찾고 있는지 알아야 해요. 예전 KGB 기록 대부분이 아직 기밀로 분류되고 있어서 내가 당신을 만나 면담부터 해야 합니다. 수요일 오전 9시에 우리 사무실에서 뵐까요?"

나는 그러겠다고 대답했다가 할머니에게 했던 약속이 기억나 할머니에게 먼저 물어봐야겠다고 고쳐 말했다.

"그럼 결정하고 나서 전화하세요."

엘레나 이바노브나는 이렇게 말하며 전화를 끊었다.

루스터 하우스에서 나가자마자 휴대폰이 울렸다. 이웃에 사는 사샤 아주머니인 걸 전화를 받고서야 알았다. 아주머니가 소리쳤다.

"당장 집으로 와!"

내가 루스터 하우스에 간 걸 할머니가 알고 화가 나신 걸까? 말도 안 되는 생각이었다.

"네 할머니가 넘어져서 허리가 부러졌어." 주변의 모든 것이 멈춰 버린 기분이었다. "드미트로한테 전화하려고 했는데, 걔가 지금 키이우에 있어."

나는 버스 정류장을 향해 달려갔다. 정류장에 아무도 없는 걸 보니 버스가 조금 전에 떠난 모양이었다. 손을 흔들어 택시를 불렀지만 택시는 내 옆을 쌩하니 지나쳐 갔다. 콜택시에 전화했는데 짜증나는 모차르트 음악만 계속 나오고 대기해야 해서 결국 끊어버렸다. 다른 택시 회사를 찾아보려고 휴대폰 주소록을 뒤지다가 야로슬라브 씨의 번호를 봤다. 나는 그에게 전화를 걸었다.

"야로슬라브 씨, 기억 못 하실 수도 있는데 작년에 저랑 저희 할머니를 태우고 여러 마을을 다니신 적 있거든요……."

"비카. 기억나요. 가족의 뿌리를 찾고 있다고 했죠? 할머니는 잘 지내요?"

"할머니한테 안 좋은 일이 생겨서 베레 마을로 가야 하는데 택시를 잡을 수가 없어서요. 여기는 폴타바 한가운데예요."

"내가 그쪽으로 갈게요. 위치가 어딥니까?"

나는 루스터 하우스의 관능적인 붉은 사이렌들을 바라보며 대답했다.

"루스터 하우스 앞이요."

"루스터 하우스에는 뭐 하러 갔어요? 됐고. 그곳에 관한 질문은 안 할랍니다. 그리로 갈게요."

10분 뒤 야로슬라브의 택시가 도착했고 나는 얼른 올라탔다.

"눈 감았다 뜨면 도착해 있을 거예요."

그는 이렇게 말하며 액셀을 밟았다. 부아앙 소리를 내며 택시가 달려 나갔다.

도착해 보니 집 대문이 활짝 열려있었고 마당에는 사샤가 도움을 청하려고 부른 이웃들이 바글바글했다. 나는 가쁜 숨을 몰아쉬며 그들 사이를 비집고 들어갔다. 할머니가 옆구리를 손으로 문지르며 마당의 긴 의자에 앉아있었다. 당황한 할머니의 볼이 붉게 물들어 있었다.

"풀밭에서 미끄러져서 뒤로 나자빠졌어. 등으로 넘어졌는데 큰일은 아니야. 멍이 좀 들었어."

할머니는 팔에 난 푸르스름한 멍을 우리에게 보여주었다. 휴대폰이 울리자 할머니는 바로 받았다.

"드미트로, 난 괜찮다. 아무 일 없어. 사샤가 별것도 아닌 일로 난리를 친 거야."

"가볍게 넘어졌어도 위험할 수 있어요." 나를 따라 마당으로 들어온 야로슬라브가 말했다. "검사라도 받아보게 병원에 모셔다드릴게요. 다 괜찮은지 확인만 해보자구요."

할머니는 얼굴이 벌게지더니 입매에 힘이 들어갔다.

"괜찮다니까요. 내 몸은 내가 잘 아니 의사 얘기 들을 필요 없어요."

할머니는 일어나서 절뚝거리며 집 안으로 들어갔다. 사샤와 이웃 사람들은 고개를 절레절레 흔들면서 마당에서 줄지어 나갔다.

나는 할머니의 무례한 대답에 대해 야로슬라브에게 사과했다.

"할머니가 의사를 무서워하세요."

"우리 어머니도 그랬어요." 야로슬라브는 택시에 올라탔다. "할머님 생각이 바뀌시면 나한테 전화해요."

다음 날 눈을 뜬 할머니는 일어나 걷지도 못했다. 오랜 세월 무거운 물동이를 들어 올리고, 잡초를 뽑느라 장시간 허리를 굽히며 쌓이고 쌓인 통증이 어제 넘어진 사고로 인해 확 심해진 탓이었다. 아픈데도 무시하고 참으면서 꾸역꾸역 일하다 보니 젊은 사람도 숨을 헐떡일 만큼 통증이 심해지고 말았다. 그 몸으로 찜통더위에 열사병을 견디며 채소밭을 가꿔온 분이었다. 몬티 파이튼 영화(1975년 작 《몬티 파이튼의 성배》를 의미—옮긴이)에 나오는 흑기사처럼 본인 몸 아픈 곳을 무신경하게 대했다. 정원을 돌보는 것보다 본인 몸을 돌보는 게 훨씬 중요하다고 가족들이 아무리 말해도 듣지 않았다.

등 아래쪽에서 생겨난 통증으로 인해 할머니는 꼼짝도 할 수 없었다. 결국 온습포를 붙이고 침대에 몸져누웠다. 내가 병원에 가자고 하자 할머니는 역정을 내며 의사 따위가 뭘 아느냐고 소리쳤다. 할머니는 안 그래도 평소에 병원을 무서워했는데, 이웃들한테서 다 쓰러져 가는 정부 진료소와 그 진료소의 열악한 서비스에 관해 들은 얘기가 있어 더더욱 질색했다. 드미트로와 나는 할머니를 회유도 하고 위협도 해보았다. 폴타바시에서 제일 좋은 사립 병원으로 모셔가겠다고 설득했지만 통하지 않았다. 결국 우리가 할 수 있는 일은 할머니가 회복할 때까지 집안일을 대신하는 것뿐이었다.

할머니를 문병하러 온 토랴 삼촌이 말했다.

"우리 어머니가 늘 하시던 말씀이 있는데, 이런 통증을 낫게 하려면 벼락 맞은 소나무에 등을 문지르라고 하셨어요. 하지만 다 헛소립니다. 모든 통증을 없애는 유일한 방법은 바로 관 뚜껑을 덮는 거죠."

죽은 사람을 위해 무덤 파는 일을 업으로 하다 보니 토랴 삼촌은 살아있는 사람을 위로하는 일에는 젬병이었다.

시간이 흘러 통증은 가라앉았는데 할머니는 기운이 확 꺾인 모습이었다. 몸의 힘이 쭉쭉 빠져나가는 것 같다고, 앞으로 해야 할 일에 관한 얘기가 나올 때마다 살아서 그 일이 일어나는 걸 볼 수 없을 것 같다고 했다. 넘어진 후로 너무 많이 달라져서 예전의 활기 넘치던 할머니가 침울한 노인이 되어버린 게 믿기지 않을 정도였다. 할머니는 이런 말을 부쩍 자주 했다. "기대할 게 하나도 없어." "이제부터는 쭉 내리막이지. 늙으니 외롭고 암울하구나."

나는 미약하게 반박했다.

"저희가 곁에 있잖아요. 할머니가 세운 계획은 어쩌실 건데요? 과수원을 다시 디자인하고 싶다면서요……."

할머니는 손사래를 쳤다.

"그게 다 무슨 소용 있다고. 이 땅에 내 좋은 시절을 다 바치고 이제 늙어 고물이 됐어."

할머니를 만나러 온 이웃들에게 그런 말은 새삼스럽지도 않은 모양이었다. 다들 할머니의 한탄을 그리스 정교회 성가대처럼 받아서 거기에 자기네 애환을 보태 떠들었다. 넋두리의 주제는 전쟁과 기후 변화 같은 세계적인 문제까지 아울렀다. 사샤 아주머니네 사과나무에 핀 노란 곰팡이라든지 토랴 삼촌의 눈에 띈 새로운 종류의 감자 병충해 같은 지역적인 고민도 있었다. 그렇게 떠들고 나서는 "좋은 시절은 다 갔어"라고 탄식하며 각자의 채소밭을 돌보러 갔다. 그들에게 감자 심기 일정은 신성불가침이라 세상이 무너져도 반드시 지켜야 하는 것이었다.

하지만 할머니는 정원 가꾸는 일에도 흥미를 잃었다. 씨앗 꾸러미와 심기 기록표에 먼지가 쌓여가는데, 할머니는 식당에 몇 시간씩 앉아서 바닥만 내려다보며 한숨지었다. 할머니가 그렇게 세상사에 무관심해지는 걸 보고 있기가 고통스러웠다. 내가 당근 씨앗을 직접 심겠다고 제안하자 할머니는 인상을 썼다.

"뭐 하러?"

나는 식탁에 엎어져 울고 싶었다. 평소라면 "당근 씨앗이 저 혼자 여물어 당근이 될 리 없지"라고 말할 분인데 지금은 심드렁하게 "네가 당근 심기에 대해 뭘 안다고"라고 했다. 틀린 말은 아니었다.

어느 날 오후, 나는 차를 마신 후 식탁 앞에 앉아 미하일리우카에 갔을 때 찍은 사진을 편집하고 있었다. 할머니는 등에 온습포를 붙이는 중이었다.

나는 할머니가 어렸을 때 살았던 집 앞에서 우리 둘이 찍은 사진을 할머니에게 보여주었다.

"사진 잘 나왔죠?"

할머니는 미소 지었다.

"이 재킷은 하르키우에서 산 거야." 할머니는 사진 속에서 입고 있는 베이지색 서지 재킷을 가리켰다. "6년인가 7년 전에 샀어. 네 엄마가 옛날에 살았던 데 가보고 싶대서 같이 하르키우에 가서 재미난 시간을 보냈어. 그게 나를 위해 멋진 물건을 산 마지막이었지."

할머니는 운동복에 잡힌 주름을 펴다가 눈을 찡그리며 주름을 내려다보았다.

"할머니, 그럼 저랑 같이 하르키우에 가요. 전에 공부하셨던 곳, 할아버지랑 데이트하셨던 곳, 엄마가 태어난 곳도 보여주세요. 할머니가 즐겨 찾았던 카페에도 가고, 박물관도 가요. 새 옷도 좀 사고요."

머리가 팍팍 돌아가면서, 할머니가 대답하기도 전에 내 손가락은 '폴타바에서 하르키우로 가는 기차표'를 검색하고 있었다. 할머니가 과수원 얘기를 꺼내거나 건강 문제를 구실로 내 계획을 뭉개버릴 줄 알았는데 뜻밖에도 미소 지으며 말했다.

"하르키우는 내가 진심으로 사랑한 곳이야."

할머니는 들고 있던 온습포가 미끄러져 바닥에 떨어진 것도 모르고 말을 이었다.

"난 거기서 나만의 인생을 살았어. 베레 마을을 비롯해 다른 곳들은 부모님과 남편이 나를 위해 골라준 곳이지만, 하르키우는 내가 선택한 곳이었어."

할머니에게 하르키우는 최고로 행복했던 젊은 시절, 즐거웠던 대학 시절을 의미하는 곳이었다. 할머니는 소비에트 연방에서 제일 오래되고 명망 높은 학교 중 하나인 하르키우 국립대학교에 들어가기 위해 열심히 공부했다. 하지만 좋은 점수를 받았는데도 합격이 아니라 대기자 명단에 들어가자 아샤 증조할머니는 분노했다. 증조할머니는 증조할아버지에게 당장 대학 행정처에 항의하라고 했다. 증조할아버지는 그런 건 위신 떨어지는 짓이라며 거부했지만 증조할머니의 고집은 꺾을 수 없었다. 증조할아버지와 달리 증조할머니는 소비에트 시스템에 냉소적이었고 공정할 것이라고 믿지도 않았다.

"당 기관원들은 참전도 안 했는데 그 자식들한테 우선권이 부여됐어요. 당신은 참전했잖아요. 이 나라를 위해 누가 진짜 희생했는지를 그들에게 일깨우는 게 왜 부끄러운 일이죠?"

아샤 증조할머니의 말에 세르히 증조할아버지는 결국 훈장을 옷에 달고 목발을 짚고 나섰고, 그 모습에 압박감을 느낀 대학 행정처는 결국 지리학과에 학생을 한 명 더 받을 수밖에 없었다.

할머니가 대학 공부를 시작했을 무렵 이 나라는 2차 세계대전의 상흔에서 회복하는 중이었다. 낙천적인 분위기가 팽배했던 1950년대 초이기도 했고 스탈린 사후 흐루쇼프의 해빙기에 해당하는 시기이기도 했다. 할머니는 그야말로 낙관주의 속에서 살았다. 스탈린을 맹렬히 비난하는 흐루쇼프의 연설을 들었고, 과거에 저질러진 끔찍한 짓은 오직 사악한 스탈린 탓이라고 믿었다. 이 나라의 미래는 밝을 것이라 믿고 싶었다. 이 도시에 대해 알고 새로운 사람들을 만나면서 인생을 즐기고 싶었다. 여전히 상처로 남아 있는 전쟁의 암흑기는 그만 잊고 싶었다.

하르키우에서 할머니는 다른 두 학생과 함께 작은 방 하나를 나눠 썼다. 도서관에서 공부하지 않을 때는 아파트 바로 옆의 미술관

주변을 돌아다녔다. 할머니가 그곳이 미술관인 걸 처음 알았을 때, 그 건물에서는 회반죽과 페인트 냄새가 풍기고 전시관은 반쯤 비어 있었다. 전시 중 약탈을 당했기 때문이었다. 그래도 남아있는 몇 안 되는 작품들은 할머니에게 강렬한 인상을 남겼다. 볼로디미르 보로 비코프스키, 드미트로 레비츠키, 이반 아이바좁스키, 일리야 레핀, 타라스 셰우첸코 같은 거장급 화가의 작품들이었다. 타라스 셰우첸 코는 우크라이나의 유명 시인이자 뛰어난 화가였다. 할머니는 책에 서 이름만 봤던 화가들의 그림 앞에 서자 그 아름다움과 힘에 압도 됐다. 예술가가 색을 입히기 위해 붓을 어떤 식으로 사용했는지도 볼 수 있었다. 뻣뻣한 붓이 남긴 홈도 보였다. 물감을 정확하게 덧 칠해 머리카락이나 옷감의 질감을 만드는 식이었다. 흰 점 몇 개가 레이스의 반짝임이나 진주의 광택, 수면에 닿는 햇살의 희미한 빛 을 창조해 냈다. 이미지들이 모여 사랑과 아름다움, 배신이나 죽음 에 관한 이야기를 자아냈다. 굳이 언어가 필요 없었다. 그림을 바라 보면서 그 의미를 이해하면 되었다. 마치 베일을 걷어 올리고 그 너 머 또 다른 세상을 엿보는 기분이었다.

달콤하고도 씁쓸한 자각이었다. 미술관을 방문하며 기쁨을 느낄 수록 본인이 선택한 전공 공부는 지루하게 느껴졌다. 아버지가 훈 장까지 달고 나서서 지리학과에 들어가게 해줬는데 그것부터가 실 수였다. 전공을 바꾸는 건 불가능했다. 지리학과 학생 세미나에 참 석하는 건 즐거웠지만 학교를 졸업하면 끝없이 5개년 계획을 설명 하고, 집단농장 운영에 필요한 트랙터의 수를 몇 시간씩 계산하는 일을 하게 될 것이다. 할머니는 여유 시간이 날 때마다 최대한 예술

관련 활동을 했다. 잡지를 구독하고, 고고학 탐험대에 합류하고, 식사 수당을 절약해 연극과 영화 심사에 참여하고, 한 번씩 기분이 나면 아마추어 민속 무용단에서 춤을 추었다.

춤은 수줍음 많은 젊은 여성이 자아를 제일 잘 표출할 수 있는 매개체였다. 할머니는 음악의 영향을 받으면서 리듬을 따라가고 몸 안으로 멜로디가 흐르도록 두었다. 왈츠처럼 부드럽게, 혹은 폴카처럼 활기차게 출 수도 있어 좋았다. 훌륭한 댄서라는 소문이 대학 내에 자자해져서 졸업무도회 때 헝가리 차르다시를 공연하기로 했다. 할머니는 몸에 착 붙는 검은 재킷에 넉넉한 빨간 치마로 이루어진 멋진 의상도 준비했다. 공연을 성공적으로 마치고 앙코르 춤도 추었다. 무대 뒤에서 할머니를 지켜본 친구 리나가 음흉한 미소를 지으며 말했다.

"네 춤을 보고 반한 남자가 널 소개시켜 달래. 그 남자 이름은 보리스야."

며칠 후 할머니는 리사의 고집에 못 이겨 학생 모임에 가게 됐다. 그곳에 도착하자마자 두 젊은 남자가 눈에 들어왔다. 그들은 선명한 초록색 셔츠를 입고 방 한가운데서 대중가요를 공연하고 있었다. 둘 다 진한 곱슬머리를 뒤로 빗어 넘겨 넓은 이마를 드러냈고 피부색도 황갈색이며 웃음기 어린 푸른 눈을 갖고 있어서 마치 거울처럼 닮은 모습이었다. 한 명은 아코디언을 연주했고 한 명은 노래를 불렀다. 리나는 노래 부르는 남자를 가리키며 소곤거렸다.

"저 사람이 보리스야."

보리스와 그의 형제 예브겐은 하르키우 항공대학교에서 공학을 공부하는 학생들이었다. 무슨 우연인지 두 형제도 폴타바 지역 출신이었다. 너무 닮아 얼핏 봐서는 구별이 잘 안 됐고 옷도 비슷하게 입어서 잘생긴 남자가 겹치기로 둘씩 보이는 대단한 효과를 냈는데 성격은 정반대였다. 보리스가 학구적이고 책임감이 강하며 수업 활동과 공동체 프로젝트에 전념하는 반면에 예브겐은 아코디언을 켜고 가요를 부르며 모임의 흥을 돋울 기회가 있으면 절대 그냥 지나치지 않았다. 시시덕거리는 걸 좋아하고 재미있으며 지나칠 정도로 너그러운 편이기도 했다. 발렌티나가 사랑하게 된 사람은 신중한 보리스였다. 하르키우의 5월은 그야말로 분위기가 낭만적이었다. 보리스와 발렌티나는 곧 결혼하게 됐다. 1년 후 내 어머니가 태어나면서 하르키우는 우리 가족사에서 새로운 페이지를 기록하게 됐다.

나는 할머니에게 하르키우에서 살던 시절에 관한 새로운 이야기를 해달라고 졸랐다. 할머니가 열정적으로 옛 추억에 젖어들곤 해서, 오후부터 차를 마시며 시작한 이야기가 저녁식사 시간까지 이어지기 일쑤였다. 저녁부터 이야기를 시작하면 보통 자정을 넘어갔다. 느릿한 벽시계가 마지못해 자정을 알리는 종을 울리며 우리에게 그만 쉬라고 알렸다. 할머니는 내게 해주고픈 이야기가 한참 남았는지 그대로 멈추고 싶어 하지 않았다. 잠자리에 들 때마다 나는 할머니에게 허리가 다 나으면 하르키우에 같이 가자고 말했고 할머니는 그러자고 했다. 우리가 집을 비운 동안 집과 정원 관리는 어떻게 할 거냐고 물으신 걸 보면 할머니가 내 기분을 맞춰주려고 빈말을 한 게 아니란 걸 알 수 있었다.

"드미트로랑 얘기했는데 드미트로가 여기 와서 지내겠다고 약속했어요. 토랴 삼촌이 정원 관리를 해주기로 했고요. 안 그래도 토랴 삼촌이 할머니한테 일거리 더 없냐고 물었잖아요?"

"모든 걸 팽개치고 나돌아 다녀도 될지 모르겠구나."

"휴식도 중요해요."

"아니, 이만하면 충분히 쉬었어. 이제 일 해야지."

"하르키우에 다녀오고 나서요."

나는 단호하게 못을 박았다.

"그래, 갔다 오자. 약속했으니 가야지."

베레 마을 사람들은 괴상하고 부도덕한 행동을 하는 이웃은 이해해도 정원을 방치하는 이웃은 절대 수용하지 못하는 사람들이었다. 다음 날 집으로 찾아온 토랴 삼촌은 우리가 원하든 안 원하든 우리집 채소밭의 잡초를 뽑겠다고 선언했다.

"둘이 어떻게 할지 결정을 내릴 때쯤에는 채소밭이 밀림으로 변하겠어." 토랴 삼촌은 물뿌리개와 괭이를 집어 들더니 나더러 할머니가 앉을 접이식 의자를 가져오라고 시켰다. "일은 내가 할 테니까 명령만 내리시라고 해."

할머니가 말려도 토랴 삼촌은 고집을 꺾지 않았고 결국 할머니는 토랴 삼촌을 따라 정원으로 나갔다. 마당에 빨래를 널면서 보니, 토랴 삼촌은 배나무 그늘 아래 할머니가 앉을 의자를 놓아두고는 마늘밭에서 잡초를 뽑기 시작했다.

"오늘 날씨도 따뜻하고 햇볕도 좋네요." 토랴 삼촌의 목소리가 과수원에 울려퍼졌다. "하느님이 다 계획을 세워두고 있다는 뜻일 겁니다."

처음에 할머니는 숄의 장식 술을 손으로 배배 꼬면서 조용히 앉아있었다. 그러다 토랴 삼촌이 잡초를 베어내기 시작하자 할머니는 의자에서 일어나 채소밭의 무언가를 손으로 가리켰다.

"저 뒤에 자잘한 민들레 싹이 전부 그대로 있잖아요. 비라도 한 번 내리면 저것들이 커져서 내 마늘을 다 잡아 먹어요."

다급하게 목청 높여 명령하는 걸 보니 내가 아는 할머니로 돌아온 것 같았다.

그날 이후 토랴 삼촌은 할머니 일을 도우러 정기적으로 우리 집에 들렀다. 토랴 삼촌이 수선화나 귀룽나무 꽃을 다발로 가져온 날 아침이면 구운 아몬드 비슷한 진한 향기가 우리 집을 가득 채웠다.

"저 투박한 사람이 이렇게 낭만적인 구석이 있을 줄 누가 알았을까?"

할머니는 이렇게 말하며 거품처럼 몽글몽글한 하얀 꽃잎에 얼굴을 묻었다. 그리고 화장대 앞으로 가서 평소 좋아하는 붓꽃 향수를 유리 마개로 찍어 몸에 몇 방울 떨어뜨렸다. 할머니와 토랴 삼촌 사이에 따뜻한 우정 이상의 감정이 있지 않을까 싶었지만 굳이 파고들지 않기로 했다. 두 분은 여러모로 상반되는 면이 많지만 함께하는 시간을 즐기고 있었다. 식당의 찻쟁반에 놓인, 색 바랜 수탉 그림이 그려진 커다란 컵도 늘 토랴 삼촌이 찾아오길 기다렸다.

벚꽃이 질 무렵 할머니는 여행해도 될 만큼 회복됐다. 나는 여행을 기정사실로 박아두려고 하르키우행 기차표를 사서 할머니에게 보여주었다. 우리는 다시 여행을 떠나기로 했다.

거리 청소부들의 부산한 빗자루질 소리, 좁은 골목을 달려 내려
가는 트램의 날카로운 끼이익 소리, 눈부시게 환한 아침 햇살에 하
르키우가 서서히 깨어났다. 기차역에서 내린 할머니와 나는 버스
를 타고 탁한 강물 위를 가로지르는 다리를 건너갔다. 이윽고 우리
가 탄 버스는 매니큐어, 생맥주, 법적 도움에 관한 광고판으로 뒤덮
인 오래된 건물들 앞을 지나갔다. 소비에트 노보스트로이키가 인상
적이었다. 러시아어로 '새 건물'을 뜻하지만 더 이상 새 건물이 아닌
노보스트로이키는 낡아 보이려 애쓰는 신축 성당 옆에 나란히 자리
하고 있었다.

이 도시는 할머니가 학생이었던 시절 이후 변화를 겪었을 것이
다. 그래도 이 도시에 처음 온 할머니가 어떤 감정을 느꼈을지 쉽게
상상할 수 있었다. 하르키우는 키이우의 화려함이나 폴타바의 전원
적인 매력은 없어도 장엄함은 있었다. 건물들이 하나같이 큼직했고
도로는 널찍했으며 기념물도 특대 사이즈였다.

곳곳에 기념 명판이 붙어있는 도시이기도 했다. 모퉁이만 돌아가
도 어떤 영웅이 돌아가신 곳이거나 시인이 시 구절을 쓴 곳이었다.
명판을 떼어내 휑하게 빈 곳들도 눈에 띄었는데, 그 자리의 주인이
더는 영웅이 아니게 되어서일 것이다.

"아침 먹을까요?"

도심에 도착하자마자 할머니에게 물었다. 하르키우행 기차 시간
이 너무 이른 아침이라 아침을 먹고 올 여유가 없었다. 게다가 할머
니는 어제 여행 준비에 정신이 쏠려 음식도 조금밖에 안 먹었다.

우리는 하르키우 도심의 숨스카 거리에 있는 어느 카페로 들어가

널찍한 대로가 내다보이는 창가 자리에 앉았다. 할머니는 주변을 둘러보더니 새 건물들이 서있는 곳을 가리키며 옛 건물들의 상태를 안타까워했다.

"그래도 내가 젊었을 때보다 음식 맛은 훨씬 좋아졌어." 할머니는 우리가 아침 식사로 주문한 사과 팬케이크를 맛보았다. 구름 같은 사워크림을 얹고 가루 설탕을 뿌린 팬케이크였다. "내가 학생이었을 때 여기는 작은 식당이었거든. 싼값에 슈가 번이랑 케피어(우유를 발효시킨 음료—옮긴이)를 먹을 수 있었지."

기차를 타고 왔더니 배가 몹시 고팠다. 우리는 계피와 바닐라 향이 풍기는 팬케이크를 게걸스레 먹어 치웠다. 그러다 할머니가 말했다.

"여기서 니코딤 큰아버지의 아들 니콜라이를 만났어. 큰아버지에 대해서도 알게 됐고."

내가 놓친 스푼이 바닥에 떨어지면서 사워크림이 식탁보에 튀었다.

"고등학생 때 친구 아뉴타를 만나러 모스크바에 갔다가 거기서 아뉴타의 오빠 바냐를 만났어. 그가 내 첫사랑이야."

할머니는 동요하는 내 표정을 못 봤거나 못 본 척하는 듯했다. 1년 전 할머니와 격한 대화를 주고받은 후 나는 할머니 앞에서 니코딤의 '니' 자도 꺼내지 않았는데 할머니가 먼저 그 얘기를 하니 기습당한 기분이었다. 할머니의 첫사랑이 니코딤과 무슨 관계가 있는지도 알 수 없었다. 할머니와 할아버지가 서로를 열렬히 사랑했다는 얘기를 듣고 자란 터라 할머니가 할아버지가 아닌 다른 남자와 사랑하는 사이였다는 사실이 충격으로 다가왔다. 덕분에 앞서 나온 대화 주제를 잊어버리고 말았다.

"첫사랑이 있으셨어요? 할아버지는 어쩌고요?"

할머니는 소리 내어 웃더니 여종업원에게 손짓해 내게 포크를 새로 가져다 달라고 했다.

"그거야 다른 얘기지. 바냐와는 편지를 주고받았어. 그러다 내가 대학생이 됐을 때 바냐가 하르키우로 날 만나러 왔어. 그는 호텔에 묵을 형편이 아니었고 나는 그를 내 방으로 초대할 수가 없어서 그는 동물원 벤치에서 잠을 잤지. 그 후에 내가 레닌그라드로 바냐를 만나러 갔어. 당시 그는 나히모프 해군학교에 다니고 있었어. 나는 어머니(아샤)가 준 비단 몇 조각을 팔아서 기차표를 샀어." 할머니는 웃으며 기분 좋게 옛일을 추억했다. "어머니는 그 일을 전혀 모르셨어!"

그러다 바냐의 편지가 끊겼다. 할머니는 그가 장거리 연애에 지쳐서 다른 사람을 만났을 수도 있다고 생각했지만, 자존심 때문에 그에게 편지로 설명을 요구하지 않았다.

"그분한테 무슨 일이 생겼거나 편지가 배달 중에 분실됐을 수도 있잖아요."

"숙녀는 남자를 쫓아다니지 않아." 할머니는 가슴을 펴며 이렇게 말하고 웃었다. "그때 난 젊었고 자존심이 너무 셌어. 그렇게 수년이 흐르고 결혼을 했지. 네 엄마를 임신한 상태로 대학에서 논문을 썼어. 그러던 어느 날 어머니(아샤)한테 편지가 왔는데, 어머니의 시댁 쪽 조카인 니콜라이 베레즈코가 날 만나러 온다고 했다는 거야.

그는 아버지(세르히)의 큰형 니코딤의 아들이었어. 그때까지 나는 니코딤 큰아버지나 니콜라이 사촌에 대해 들어본 적이 없었어. 어머니는 벨고로드시에 사는 니콜라이가 나랑 급하게 상의할 일이 있다면서 베레 마을의 집으로 전보를 보냈다고 했어. 그리고 니콜라이가 하르키우로 나를 만나러 갈 거라고 했어. 2주일 후 그가 나한테 온 편지가 있다면서 내 앞에 나타난 거야. 그런데 수중에 그 편지는 없다고 했어."

"이상하네요."

할머니는 고개를 끄덕였다.

"정신이 좀 이상한 사람인가 했어. 단둘이 만나기가 겁나서 카페에서 만나자고 했지."

한참 어색한 침묵이 흐른 뒤 니콜라이는 아내 발렌티나 베레즈코가 바냐라는 남자한테서 편지를 받았다고 설명했다. 바냐는 여전히 발렌티나를 생각하고 있으며 그녀에게 소식을 듣고 싶다고 편지에 썼다. 니콜라이는 아내의 전 연인이 보낸 편지라고 확신했고 부부는 거의 이혼까지 갈 정도로 다퉜다. 니콜라이는 설명을 요구하는 편지를 바냐에게 보냈는데 알고 보니 바냐는 엉뚱한 발렌티나에게 편지를 쓴 거였다. 바냐는 발렌티나 베레즈코가 공장 수준을 드높인 공로로 상을 받았다는 신문기사를 보고, 연락이 끊겼던 발렌티나를 드디어 찾았다고 생각했다. 그래서 급히 편지를 써서 신문기사에 언급된 공장으로 편지를 부쳤다. 그러다 니콜라이의 분노에 찬 편지를 받고 자기가 실수를 저질렀다는 걸 알게 된 것이다. 바냐는 부부에게 괜한 걱정을 끼쳐 죄송하다는 답장을 보냈다.

"그 무렵 나는 바냐 생각은 안 하고 살았어. 내 남편 보리스를 사랑하게 됐고 함께 해나갈 새로운 모험을 기대하고 있었거든. 그래도 전에 나한테 열정적인 연애편지를 썼던 젊은 남자한테 소식이 오니까 즐거웠던 추억이 많이 생각나더라."

할머니는 창밖을 내다보다가 무언가를 보며 미소 지었다. 그러다 고개를 절레절레 흔들며 나를 돌아보았다.

"니콜라이는 나한테 바냐의 편지를 전해주지는 않았어. 내 남편이 그걸 읽으면 화를 낼까봐 없앴다고 하더라고."

나는 문득 우울해졌다. 이 모든 이야기는 그저 괴상한 우연의 연속일 뿐 결국 상실로 귀결되었다.

어두워진 내 표정을 본 할머니는 팔을 뻗어 내 손을 토닥였다.

"미래의 함장이랑 함께했으면 난 어떤 인생을 살았을까? 토랴 삼촌이 늘 하는 말 있잖아. '선장들은 전부 알코올 중독자다.'"

우리는 웃기 시작했다. 눈물이 뺨을 타고 흐를 정도로 웃고 또 웃자 카페의 다른 손님들이 의아한 눈으로 우리를 쳐다보았다.

"그 후 니콜라이는 가끔 베레 마을을 찾아왔어. 자기가 일하는 화학공장에서 생산된 물품을 우리 어머니 쓰라고 가져오기도 했어. 자기 가족 얘기는 안 하더라고. 워낙 과묵하고 진지한 남자라서 우리를, 특히 어머니를 불편하게 만들었어. 처음엔 나도 이유를 몰랐는데……."

니코딤과의 연결점을 얼른 알아내고 싶어 애가 탄 나는 할머니의 말을 끊고 물었다.

"니콜라이 씨가 자기 아버지한테 무슨 일이 있었는지 말했어요?"

"그 얘기는 한 번도 안 했어. 오히려 어머니가 아주버니인 니코딤 씨 얘길 꺼냈지. 아버지가 루스터 하우스에 가서 니코딤 형에 대해 알아봐야겠다고 해서 부부 싸움이 났거든. 어머니는 '옛날 일을 들쑤신다'면서 니콜라이를 비난했어. 아버지는 과거를 건드리는 게 위험한 건 다 옛날 일이라고, 이제는 진실을 알아야겠다고 어머니를 설득하려 했어. 어머니는 그냥 과거에 묻어두면 아주버니도 평안히 쉴 수 있을 거라고 했지."

할머니는 주머니에서 자수 놓인 손수건을 꺼내 입술을 닦았다. 지금 보니 할머니는 이번 여행을 나서면서 입술에 분홍색 립스틱을 살짝 바른 모양이었다. 마음이 아팠다. 할머니의 찬란했던 추억이 깃든 도시까지 왔는데 우린 니코딤 씨 얘기나 하고 있으니. 아버지를 떠나보낸 게 문득 생각나 나 역시 상실감으로 가슴이 아렸다.

"아버지는 결국 아무것도 안 하겠다고 약속하셨어. 그날 늦게 아버지가 과수원에 계신 걸 봤어. 벚나무 가지치기를 미친 듯이 하시더라고, 손까지 떨면서. 위로해 드리려고 다가갔는데 아버지가 말씀하셨어. 니코딤은 아버지가 제일 존경했던 형이라고, 그런 형이 체포되자 아버지는 몹시 괴로웠다고 하시더라. 아버지는 공산주의와 소비에트 연방이라는 개념의 가치를 믿는 분이었어. 큰형도 믿으셨지. 그러니 끔찍한 실수가 아니라면 니코딤은 정말로 중범죄를 저지른 죄인이었던 거야. 아버지가 형에 대해 알아보려 하자 어머니가 반대하고 나섰어. 루스터 하우스에서 사라진 사람에 대해 정식으로 자료 요청을 하려고 하니, 그 생각만으로도 어머니는 겁에 질린 거야. 아버지한테 절대 하지 말라고 하셨어. 아버지의 또 다른 형 이반도 루스터 하우스에 가서 그런 걸 물었다가는 온 가족이 위험해질 수 있다면서 걱정했지. 결국 어머니와 이반 큰아버지 그리고 루스터 하우스에 대한 친지들의 두려움 때문에 아버지는 침묵해야 했어. 그 후 우린 니코딤 큰아버지에 대한 얘긴 꺼내지 않았어. 차라리 잊기로 한 거야."

하지만 내가 일기장에서 본 대로라면 증조할아버지는 잊지 않았다.

"네가 니코딤 큰아버지에 대해 알아보지 못하게 막은 건 내 잘못이야." 할머니는 내 손을 부여잡았다. "이기적인 짓이었어. 미안하구나. 나도 모르게 루스터 하우스를 두려워하면서 살았나 봐. 네가 조사를 계속하고 싶다면 이 할미가 도와주겠다고 약속하마."

할머니가 손을 뻗어 내 뺨을 어루만졌다.

"아버지라면 네가 조사를 계속하길 바라셨을 거야."

나는 할머니의 손을 잡아 내 얼굴에 대고 꼭 눌렀다. 거칠지만 따뜻한 손이었다.

하르키우에서 돌아온 다음 날, 나는 벚나무 과수원으로 달려가 줄기 안쪽이 비어있는 오래된 나무로 향했다. 그 빈 곳에 손을 넣어 손수건 꾸러미를 꺼냈다. 1년 전 할머니와 다투고 나서 니코딤에 관한 메모를 그 손수건에 싸서 여기 넣어 두었다. 종이가 눅눅해져 글씨를 알아볼 수 없었지만 상관없었다. 이제 어떤 실을 따라갈지 알았으니까.

11

등 뒤에서 대문이 쾅 소리를 내며 닫혔
다. 이른 아침부터 출근하러 나온 사람들, 향기로운 꽃잎을 흩날리
는 키 큰 보리수나무들, 잊힌 공산주의 영웅들의 이름을 딴 버스정
류장들, 펩시 광고 아래 색 바랜 우아함을 감춘 오래된 대저택들을
지닌 도시의 소음이 가려졌다. 나는 제복을 입고 우크라이나 국기
색인 노란색과 파란색 배지를 찬 경비병에게 내 서류를 제출했다.
그는 내 미국 여권을 힐끗 바라보더니, 영사관 직원이 비자 페이지
를 추가하려고 여권에 붙여놓은 테이프를 당겼다.

"기다리세요."

경비병은 입구 오른쪽의 동굴 같은 곳으로 내 서류를 가지고 들
어갔다. 문득 아샤 증조할머니가 자주 인용했던 속담이 떠올랐다.
'앞날에 관해 함부로 장담하지 마라.' 인생은 예측할 수 없으니 앞으
로 어떤 운명이 펼쳐질지 아무도 모른다는 경고였다. 지금 나는 폴
타바시 교도소에 와있었다. 회색 콘크리트 건물과 철조망, 창문의

쇠창살을 바라보았다.

잠시 후 돌아온 경비병은 대문 근처의 작은 건물로 나를 데리고 갔다. 그러더니 묵직한 금속 문을 열어주면서 나더러 들어가라는 손짓을 했다.

"이 길로 쭉 가면 됩니다."

그는 여전히 대놓고 미심쩍어 하는 눈빛이었다. 나는 길고 어둑한 통로로 들어가 머뭇거리며 몇 걸음을 뗐다. 바닥에 빛이 드리워진 곳에 문이 약간 열려있었다. 나는 노크를 한 다음 대답을 기다리지 않고 바로 안으로 들어갔다.

음침한 주변 환경과는 달리, 시 교도소 안의 기록관리과는 분위기가 전형적인 행정실이었다. 평범하고 따분했다. 방 안에는 책상들이 여러 줄로 놓여있었다. 누렇게 색 바랜 포마이카 소재의 책상 상판마다 거미줄처럼 미세한 줄무늬가 보였다. 책상마다 신전처럼 쌓인 서류철과 종이 들에 시선을 빼앗긴 나는 방 안에 다른 사람들이 있는 사실을 바로 알아채지 못했다. 회색 바지 정장을 입고 키가 큰 검은 머리 여자가 나와 악수한 다음 의자를 권했다.

"통화했었죠. 저는 엘레나 이바노브나예요. 이쪽은 기록관리과에서 함께 근무하는 동료고요."

엘레나는 마른 체격에 평범한 옷을 입고 책상 앞에 앉아 있는 대머리 남자를 가리켰다. 엘레나는 그 남자를 나에게 소개해 주지는 않았다. 남자는 무관심한 시선으로 나를 훑더니 보고 있던 메모로 눈길을 돌렸다.

할머니와 하르키우로 여행을 하고 돌아온 후 나는 루스터 하우스의 엘레나 이바노브나에게 전화를 걸어 방문 약속을 잡고 싶다고 말했다. 엘레나는 폴타바시 교도소의 기록보관실로 나를 초대했고 지금 나를 빤히 쳐다보고 있었다. 엘레나가 물었다.

"찾고 싶은 게 뭐죠?"

아샤 증조할머니에게 바보 이반이 나오는 동화를 들은 적 있었다. 이반은 늘 '어디인지도 모르는 곳'으로 '무엇인지도 모르는 무언가를 찾아' 불가능한 임무를 떠나는 인물이었다. 1930년대에 실종된 남자를 찾고 있는데, 그 남자에 관해 아는 정보가 거의 없어서 가족도 내가 이런 조사를 하는 걸 이해 못 한다고 엘레나에게 설명하자니 내가 꼭 바보가 된 기분이었다. 내가 아는 거라곤 그의 이름이 니코딤이며, 그가 실종됐다는 것뿐이었다.

"실종된 게 언제죠?"

엘레나는 컴퓨터를 켜며 물었다.

"그게……."

나는 질문을 제대로 듣지 못했다. 갑자기 날카로운 소음이 열린 창문을 통해 이 방으로 들어와 우리 귀를 먹먹하게 했다. 물론 이런 종류의 소리로 인해 더 이상 겁을 먹지는 않았다.

엘레나는 움찔하며 동료에게 물었다.

"맙소사, 저 사람들 뭐 하는 거죠? 꼭 이 시간에 여기서 훈련을 해야겠대요?"

엘레나의 남자 동료는 어깨를 으쓱하며 손가락으로 천장을 가리켰다. 저 위에 있는 누군가가 시 교도소 옆 축구 경기장에서 육군 신병들이 훈련하도록 결정한 모양이었다. 그게 이 사람들의 상급자인지 아니면 다른 전능하신 분을 의미하는 것인지는 알 수 없었다. 남직원이 창문을 닫자 소음이 확연히 줄고 멀게 느껴졌다.

엘레나는 밖에서 들려온 소음보다 나와 내 바보 같은 요구에 더 짜증이 난다는 표정으로 다시 물었다.

"그러니까 이 사람이 언제······."

"니코딤 베레즈코 씨요."

"그래요. 이 니코딤이라는 분이 언제 실종됐죠?"

1930년대라는 것 외에 정확한 연도는 나도 알지 못했다.

"태어난 해는요?"

나는 의자에 앉은 채 발을 뒤로 끌다가 모른다고 대답했다.

"커피 찌꺼기 점을 치는 게 낫겠네요."

엘레나는 이렇게 내뱉고는 모니터 아래 버튼을 눌렀다. 컴퓨터는 더 이상 위잉 소리를 내지 않았다.

"이렇게 빈약한 정보만으로는 조사를 할 수가 없어요."

바깥에서 들리는 소리가 꼭 불꽃놀이 소음처럼 들려서, 형형색색의 불꽃을 곧 보게 될 것만 같았다. 하지만 창문의 창살 너머로 보이는 하늘은 푸르고 고요했다. 방 안에서 우리 셋은 말이 없었다. 나는 무슨 말을 해야 할지 모르겠어서 헛기침을 했다. 더는 못 참겠는지 엘레나가 물었다.

"니코딤 씨를 왜 찾으려고 하세요?"

엘레나는 팔짱을 끼며 나를 바라보았다. 러시아-우크라이나 전쟁이 한창인 이 여름에 내가 현재를 이해하고 내 뿌리를 알고 싶어서 100년쯤 전에 실종된 친척 어른을 찾고 있다는 것을 예전 KGB

기록보관 담당자였던 이 여자에게 어떻게 설명해야 할까?

"가족 중에 체포됐던 다른 분이 있어요?"

엘레나의 물음에 나는 얼어붙었다. 아샤 증조할머니가 루스터 하우스에 잡혀 온 적 있을지 모른다고, 그래서 루스터 하우스를 무서워하는 것 같다고 의심했던 적이 있었다.

"바실리나 올렉시브나 베레즈코요." 나는 이름을 대고 얼른 덧붙였다. "확실한 건 아니고 추측일 뿐이에요."

엘레나는 고개를 끄덕였다.

"기록을 확인해 보죠. 니코딤 씨의 경우 생년월일과 체포일이라도 알아야 조사해 볼 수 있어요. 베레즈코가 워낙 흔한 성이라서요."

나는 가족에게 물어보겠다고 약속하고 그곳을 떠났다. 수수께끼를 풀었구나 싶으면 이내 손에서 빠져나가 버리니 점점 더 간절해졌다.

"아샤 증조할머니 말이에요. 체포됐던 적 있어요?"

나는 너무 뜬금없이 말을 꺼낸 것 같아 후회됐다. 발렌티나 할머니의 얼굴이 확 달아오르더니 찻잔을 쥔 손의 관절이 하얗게 질렸다. 할머니가 마음의 준비를 할 수 있게 하고 나서 예전 KGB 기록보관소를 방문해 알아낸 정보를 찬찬히 설명했어야 했는데, 내 입에서 말이 튀어나와 버렸다.

할머니는 찻잔을 조심스럽게 받침 접시에 내려놓았다.

"너도 알겠지만 내 어머니(아샤)는 나치 점령기 때 지르코우카에서 교사로 일하셨어. 그래서 내무인민위원회에 심문받으러 불려간

적이 있으셔. 어머니와 할머니(파샤)는 어머니 짐 가방을 꾸리느라, 또 어머니가 못 돌아올 수도 있으니 우리 자식들을 위한 계획을 세우느라 밤을 새우셨어."

의자에서 일어난 할머니는 신문지에 싼 오래된 자기들, 누렇게 변한 리넨 더미를 보관해둔 장식장 앞으로 갔다. 그리고 서랍 아래쪽에서 수건으로 느슨하게 감싼 베이지색 서류철을 꺼냈다.

"어머니는 고발당한 적은 없으셔. 다만 그때부터 무척 조심하셨어. KGB가 어머니에 관한 서류를 면밀하게 들여다보고 있다는 것, 언제든 경고 없이 체포당할 수 있다는 것을 알게 되셨으니까."

할머니는 내게 그 서류철을 건넸다. 커버에 두꺼운 세리프체로 큼직하게 '리치니 딜로'라고 적혀있었다.

리치니 딜로는 러시아어로 '개인적인 일'이라는 뜻이었다. 하지만 서류철에 담긴 자료는 전혀 개인적이지 않았다. 정식 이름이 '바실리나 올렉시브나 베레즈코/ 결혼 전 성은 벨림'인 내 증조할머니 아샤에 관한 사사롭지 않은 내용이 담겨있었다.

서류철에는 아샤 증조할머니 본인이 직접 기재한 자료와 증조할머니에 관해 누군가 적은 내용들, 병가나 전직 신청을 위한 요청서도 포함돼 있었다. 한 사람의 상세한 전기나 다름없었다. 아샤 증조할머니의 생년월일과 출생 장소, 아샤 본인과 부모의 사회 계급, 형제자매와 남편에 관한 정보와 어떤 일을 하는지에 관한 내용도 담겼다. 외국어를 하는지(해당 사항 없음), 어떤 박사 학위 논문을 지지했는지(해당 사항 없음), 해외여행을 한 적 있는지(해당 사항 없음)를 물은 질문지도 있었다.

다른 칸을 보니 직장 동료들이 증조할머니에 관해 평가한 내용이 있었다. '유용한 동료다', '훌륭한 교육자다', '정직한 시민이다' 같은 무난한 내용이었다. 증조할머니 같은 자리에 있는 사람에게 그런 평가는 최고의 추천장이었을 것이다. 양파 껍질처럼 반투명한 종이에는 누군가 증조할머니에 관해 '여가 시간에 소비에트 연방 인물들의 역사를 공부'하는 '정치적으로나 도덕적으로 믿을 만한 사람'이라고 적어놓았다.

여름날 저녁의 액자 속 풍경 같은 이미지가 머릿속에 떠올랐다. 저무는 태양 빛에 붉게 물든 키 큰 라일락 덤불의 윗부분, 멀리서 지나가는 기차의 덜커덕거리는 소리, 개구리와 나이팅게일과 마을의 개들이 만들어 내는 무조 교향곡. 마당에 놓인 야트막한 나무통에 가득 담긴 튤립 구근들. 우리는 튤립 구근의 껍질을 벗기고 구근을 크기별로 분류해야 한다. 나는 겨우 열 살이지만 이 일을 하는 방법을 이미 배웠다. 장미순 솎아내는 방법과 달리아의 덩이뿌리를 심는 방법도 배워 알고 있다. 아샤 증조할머니의 빠른 손놀림 덕분에 흙덩이는 구슬처럼 반들반들한 튤립 구근이 되고, 녹슨 것 같은 색깔의 껍질 더미가 점점 쌓여간다. 낮은 의자에 앉은 아샤 증조할머니는 푸르스름한 정맥으로 뒤덮인 다리를 쭉 뻗는다. 증조할머니가 입은 라벤더색 실내복에 빨간 꽃 모양 단추가 달려있다. 증조할머니가 다음 튤립 구근을 집느라 허리를 굽힌 순간, 천장에 매달아 놓은 램프의 노란 불빛에 증조할머니의 머리에 꽂힌 얼룩무늬 빗이 반짝인다. 집에서 발렌티나 할머니가 증조할머니를 부른다. "어머니, 튤립 손질은 그만하시고 와서 식사하세요." 증조할머니가 고개를 짓는다. 수평선의 귀룽나무 뒤로 해가 빠르게 저물고 있다. 증조할머니와 나는 땅거미가 져 더 이상 구근이 안 보일 때까지 구근 손질을 계속한다. 발렌티나 할머니는 답답해하며 손을 내리더니 나더러 와서 씻고 저녁을 먹으라고 말한다. 그리고 증조할머니를 쳐다보며 말한다. "깨어있는 시간에는 정원 일만 하시네. 저러다 임종 때도 정원 걱정을 하시겠어."

내가 아는 아샤 증조할머니라면 남는 시간에 소비에트 연방 사람들의 역사에 관한 책 따위는 읽지 않을 것이다. 그러니 내 앞에 놓인 이 서류들은 나의 아샤 증조할머니에 관한 것이라 할 수 없었다. 어떤 위반 행위나 악행에 관한 언급도 없으니 범죄자 파일도 아니었다. 다만 직업 정보나 개인적인 세부 내용은 언제든 죄목을 만드는 일에 악용할 수 있었을 것이다. 별다른 내용이 없는 것처럼 보여도, 증조할머니의 사회 계급과 교육적 성취에 관해 철저히 질문하고 정보를 모아 만든 자료이니 무관해 보이는 세부 사항을 트집 잡아 범죄자로 만들 수도 있다는 얘기였다. 연방 검찰이 세세한 내용을 들추고 왜곡하면 얼마든지 원하는 결과를 만들어 낼 수 있었다. 증조할머니는 그들의 뜻에 따라 무죄일 수도 유죄일 수도 있었고, 본인이 할 수 있는 일은 아무것도 없었다. 그러니 증조할머니가 루스터 올가미에 걸려들까 봐 두려움 속에 살았던 것도 당연했다.

아샤 증조할머니를 '정치적으로나 도덕적으로 믿을 만한 사람'이라고 평가한 사람은 증조할머니를 도와준 걸까? 당국은 초등학교 교사를 굳이 체포해서 유죄 판결을 내릴 가치가 없다고 판단했을까? 증조할머니는 루스터 하우스에 다시 불려가지 않았다. 하지만 증조할머니에 관한 개인적인 파일은 그곳에 남아 있었다. 공란으로 남아있는 마지막 몇 페이지를 들춰보고 서류철을 닫으려는데 길쭉한 종이쪽지가 보였다. 진한 보라색 잉크를 사용해 손으로 쓴 글씨였다. 성냥갑만 한 크기의 그 종이는 서류철 표지 안쪽에 붙어있었다. 나는 서류철 가장자리를 들추고 그 내용을 읽어 보았다. '가족 중에 체포된 자가 있음: 니코딤 파블로비치 베레즈코, 시숙, 체포 연도: 1937년.'

할머니가 방으로 돌아왔다. 나는 읽고 있던 그 종이를 내밀었다.

"네가 니코딤 큰아버지를 찾아냈구나."

다시 한번 교도소 대문이 내 등 뒤에서 묵직하게 닫혔다. 비밀경찰 관련 문서 기록을 관리하는 엘레나 이바노브나와 두 번째 만남이었다. 나는 할머니의 축복을 받고 그곳으로 향했다.

엘레나는 무엇을 찾고 싶으냐고 다시 물었다. 그리고 서류함 쪽으로 돌아서더니 그 안에 차곡차곡 담긴 문서들을 살펴보았다.

나는 어떻게 대답해야 할지 판단이 서지 않았다. 엘레나는 어떤 서류를 찾는지, 어떤 정보를 원하는지를 물어본 것일 수도 있겠지만, 내게는 실존주의적 영역에 속하는 질문처럼 들렸다. 미로처럼 복잡한 가족들의 이야기를 통해 드러난 장소들로 찾아갔던 일을 떠올렸다. 나는 누굴 고발하려는 것도, 면죄를 받으려는 것도 아니었다. 그저 진실을 찾고 싶었다. 하지만 어떤 종류의 진실인지는 알 수 없었다. 나는 니코딤이라는 친척 어른에 관한 정보를 찾는다고, 그동안 찾아낸 정보가 얼마 없어서 조사에 진전이 없었다고 전에

했던 말을 되풀이했다. 세르히 증조할아버지의 일기장에 니코딤 베레즈코라는 이름이 언급됐고, 아샤 증조할머니의 서류에 니코딤이 1937년도에 체포됐다고 적혀있었다. 그리고 마이아치카 마을에서 본 집단농장 기록에는 니코딤의 출생 연도가 1900년이라고 되어 있었다.

엘레나는 서류함을 닫고 나를 돌아보았다. 그녀의 손에 서류철이 들려있었다. 녹색 표지에는 너저분하게 번진 잉크 도장이 찍혀있었고 '기밀 해제'라고 갈겨 쓴 글씨가 적혀있었다. 두툼한 판지 표지 사이에 담긴 종이들은 가장자리가 바스러질 정도로 낡았고 누르스름한 먼지가 포마이카 책상 표면에 묻어났다.

"예상보다 쉽게 찾았어요. 니코딤 씨의 이름만 제대로 알면 찾을 수 있는 거였네요. 이걸 읽기 전에 미리 말씀드릴게요." 엘레나는 서류철을 손에 꼭 쥔 채 말했다. "1937년도라서 기록이 안 된 부분들이 있어요." 그러고는 자신의 책상에 놓인 서류들, 천장 높이의 책장에 빽빽하게 꽂힌 비슷비슷한 서류철들을 가리켰다. 서류철마다 한 사람의 인생이 담겨있을 것이다. 이 작은 사무실에만 서류철이 몇백 개는 되었다. "행간의 의미를 읽도록 하세요."

엘레나는 내 앞에 서류철을 내려놓고 사무실을 나가 등 뒤로 문을 닫았다.

서류철 표지에 '니코딤 파블로비치 베레즈코'라고 적혀 있었다. 나는 얼룩진 표지에 손을 얹으며 망설였다. 지금까지 찾고 싶어 했던 서류인데 선뜻 열 수가 없었다.

모처럼 정원 일에서 손 놓고 쉬는 날에 아샤 증조할머니는 나를 강으로 데려갔다. 증조할머니는 강가에 앉아있었고 나는 물가를 향해 까치발로 내려갔다. 강가 한쪽에는 바스락거리는 갈대들이 무성하게 우거졌고, 물이 모래와 만나는 지점에는 질척한 토사가 있었다. 검은빛을 띤 잔잔한 수면에 하늘 그리고 맞은편 강가의 은빛 포플러나무들이 비쳤다. 깊이를 알 수 없는 강물이 무서웠다. 나는 망설이고 떨며 서있다가 발가락으로 물을 살짝 건드려 보았다. 증조할머니가 외쳤다. "눈을 감고 뛰어들어 봐. 하나, 둘, 셋…… 들어가!" 나는 강물에 뛰어들어 깊은 곳을 찾아보았다. 눈은 계속 뜬 상태였다. 어느 순간 발이 바닥에 닿지 않더니 차가운 물살이 나를 아래로 끌어당겼다. 묵직한 물의 커튼 너머로 하늘이 탁한 초록색으로 바뀌자 심장을 불로 지지는 듯한 공포가 밀려왔다. 그때 어떤 힘이 나를 끌어올렸다. 시커먼 수면 위로 나를 잡아당겨 강가에 눕혀놓았다. 푸른 하늘과 태양, 증조할머니가 있는 곳이었다.

나는 셋까지 세고 니코딤 관련 서류철을 열었다.

첫 페이지에는 니코딤의 생애에 관한 대략적인 내용과 심문 기록이 담겨있었다. 같은 필체인 것으로 보아 경찰 담당자가 쓴 듯했다. 니코딤의 이름 머리글자로 서명도 되어있었다. 중간 계급의 농부 집안 출신이라고 적힌 부분에 밑줄이 그어져 있었다. 나머지 자료는 타자기로 타이핑 친 서류들, 사건에 연루된 다른 사람들이 작성한 진술서 사본들이었다. 페이지마다 도장이 찍혀있는 인증된 서류였다.

학교에서 자주 들었던 전형적인 표현과 익숙한 구절이 눈에 띄었다. '반혁명적 음모', '대중 선동가', '반소련적 가치관', '부르주아 민족주의', '파시스트 독일' 같은 표현을 보니 진실이 담긴 서술이라기보다 만들어 낸 억지소리란 걸 알 수 있었다. 그래도 니코딤에 관해 알아내고자 하는 나에게는 미로에서 겨우 찾아낸 한 가닥 실이었다. 세르히 증조할아버지의 일기장을 제외하고 유일한 실이기도 했다.

나는 행간의 의미를 살피며 읽기 시작했다.

12

1937년 8월 24일, 사복을 입은 세 남자가 로주바트카 마을의 어느 오두막 문을 두드렸다. 밀짚 지붕을 얹은 집이었다. 그들은 그 집 가장인 니코딤 베레즈코에게 폴타바 지역 경찰서로 같이 가달라고 요구했다. 뭔가 착오가 있는 듯했다. 니코딤은 법을 위반하는 사람이 아니었다. 그는 초등학교 교사였고 1917년 혁명 이전의 삶도 나무랄 데 없었다. 마이아치카 마을에 있는 가족 소유 농장에서 부모님을 도왔고 형제자매를 돌봤다. 어떤 이들은 그가 젊었을 때 성당에 불을 낸 적 있다고 말하기도 했지만, 어떤 이들은 볼셰비키로서 종교에 열린 마음을 가진 그가 그런 짓을 할 리 없다며 말도 안 되는 소리라고 일축했다. 독실한 신앙을 가진 부모가 정교회의 고전적인 이름으로 그에게 세례를 받게 했는데, 사실 니코딤은 종교를 혐오했고 그 점을 군이 숨기지는 않았다. 어쨌든 마이아치카 지방 법원은 방화 혐의에 대해 그에게 무죄를 선고한 바 있었다. 1917년 11월 7일에 볼셰비키들이 권력을 잡고 온 나라가 내전에 휘말렸을 때, 니코딤은 열일곱 번째 생일을 2주 앞두고 적위대에 입단했다. 그리고 1년 뒤 그가 자발적으로 가입한 게릴라 집단은 붉은 군대에 합류했고, 니코딤은 전쟁터에 나가 싸우다가 4년째 되던 1922년에 심각한 부상을 당했다. 그 후 마이아치카 마을에 정착해 살면서 결혼했고 수력 제분소에서 일자리도 얻었다. 하지만 오랜 부상으로 인해 나날이 생활이 비참해졌다. 결국 그는 무거운 밀가루 포대를 나르며 몸을 더 망가뜨리기보다는 학업을 계속하는 편이 낫겠다고 판단했다.

1923년 소비에트의 우크라이나화 정책이 시작되면서 관공서에서는 우크라이나어 사용이 의무화됐고, 농부들에게도 공부할 기회가 열렸다. 레닌의 비전 중 혁명을 다른 나라로 수출해야 한다는 내용이 있었고 공산주의 우크라이나를 본보기로 삼기로 한 것이다. 볼셰비키들은 우크라이나를 도시화하려면 시골 사람들이 도시로 와서 살기에 좋은 환경을 조성해야 한다고 봤고, 그러기 위해 도시에서 러시아어보다는 우크라이나어를 사용하도록 강제했다.

우크라이나어 교사의 수요가 별안간 높아졌다. 농부 계급이며 우크라이나어 사용자이고 적색 게릴라의 일원이었던 니코딤은 자격만 갖추면 교사로 일할 수 있었다. 그는 폴타바 사범대학교 부속 노동자대학에 들어가 우등으로 학업을 마쳤다. 졸업장을 받고 나서 성인 학생들을 가르치는 저녁 수업을 맡게 됐는데 그 수입이면 가족을 넉넉히 부양할 수 있었다. 마이아치카 마을에 남아 있던 아내 페클라도 폴타바로 넘어와 그와 함께 살게 됐고 1926년에 딸 베라가 태어났다.

하지만 1920년대 말 소련 공산당과 우크라이나의 밀월 관계는 끝나버렸다. 공산당은 '우크라이나 부르주아-민족주의'가 소련 통합을 위협하는 요소라고 선언했다. 우크라이나화 정책은 공격적 러시아화 정책으로 변경됐다. 수년간 성업했던 우크라이나어 인쇄소와 극장은 문을 닫았고 운영자들은 추방당했다. 니코딤은 몸을 다치지는 않았지만 우크라이나어 교사로는 더 이상 일할 수 없게 됐다. 유일한 수입원을 잃은 그는 마이아치카 마을로 돌아갈 수밖에 없었다. 생계가 막막한 상황이었다. 사정이 몹시 안 좋아져서 당원비도 더 이상 낼 수 없었고 그로 인해 당원 자격을 박탈당했다. 붉은 군대 동료 몇 명에게 편지를 보내 도움을 청했는데, 그의 편지에 답장한 이들 중 하나가 바로 야코프 바실렌코였다. 니코딤은 1917년에 바실렌코가 이끄는 게릴라 집단에 들어가면서 바실렌코를 처음 만났다. 그들은 5년 동안 함께 싸운 전우였다. 니코딤과 같은 해에 부상으로 퇴역한 바실렌코는 폴타바주와 드니프로페트로우스크주 사이에 있는 작은 마을 로주바트카로 거주지를 옮겼고, 그 마을에서 지방의회 의장으로 일하고 있었다. 바실렌코는 마을에 새로 문을 연 학교에 교장이 필요한데 맡아서 해보겠냐고 제안했다. 1934년, 우크라이나화 정책이 완전히 끝을 보자 니코딤은 새로운 일을 시작하기 위해 가족을 데리고 로주바트카 마을로 갔다.

같은 해에 페클라는 둘째인 니콜라이를 낳았다. 집안의 경제 사정이 나날이 안 좋아지면서 아이가 태어난 게 마냥 좋지만은 않은 상황이었다. 초등교사 월급은 너무 적었고 니코딤의 건강은 매년 나빠지고 있었다. 연금이나 보조금을 받으려고 했지만 예상보다 절차가 훨씬 까다로웠다. 공무원들은 그에게 적위대에서 활동한 증거를 가져오라고 했다. 니코딤이 서류와 증거를 잔뜩 모아서 제출하면 그들은 더 많은 서류와 증거를 요구했다. 니코딤은 젊은 소비에트 국가 건설에 일조한 충성스러운 지지자가 쥐꼬리만 한 연금이라도 달라고 애걸하게 만드는 현실에 분노했다.

로주바트카 마을 사람 대부분이 고생스럽게 살고 있었기 때문에 소비에트 정책에 대해서도 쓴소리가 나올 수밖에 없었다. 집단농장의 운영 상태도 엉망이었다. 지급된 농사 장비는 토양 상태에 맞지 않거나 제대로 관리되지 않았다. 집단농장이 트랙터를 사느니 우크라이나 시골에서 전통적으로 해오던 대로 황소를 사서 쓰는 게 낫겠다는 소리까지 나왔다. 지난 10년 동안의 급격한 변화로 인해 많은 사람이 괴로워하고 있었다. 특히 생활의 모든 면을 통제하는 강제 농장 집단화로 인한 괴로움이 컸다. 1932~33년의 끔찍한 대기근에서 살아남은 사람들은 삶의 방향을 잃고 혼란스러워했다. 농장 집단화의 결과는 많은 이들이 예측한 대로 처참했다. 니콜라이 부하린 같은 공산주의자도 〈프라우다〉에 실은 기사에서 스탈린식 처리 방법을 '무책임하다'라고 비판할 정도였다. 니코딤도 사정만 허락했으면 로주바트카 집단농장에 그의 가족을 등록하지 않았을 것이다.

연금을 받으려는 기대가 무너진 니코딤은 예전 그의 지휘관이었던 바실렌코와 어울리며 속을 달랬다. 바실렌코는 로주바트카 마을 이웃으로 살고 있었다. 전쟁을 경험한 둘은 한마을에 살면서 사이가 돈독해졌고 니코딤은 일을 마치면 친구가 된 바실렌코의 집에 들르곤 했다. 다른 이웃들도 바실렌코의 집에 모여들었는데, 니코 딤은 글을 모르는 이웃들을 위해 신문을 소리 내어 읽어 주었다.

로주바트카 마을에서 세상 돌아가는 소식을 알 수 있는 수단이 신문뿐이라 마을 남자들은 귀를 세우고 들었다. 1930년대에 공산 당 기관지 〈프라우다〉와 소련 정부 기관지 〈이즈베스티야〉는 소련 에서 발행되는 주요 신문이라, 독자들은 소련 전역에 걸쳐 밀과 솜, 강철 생산량이 어마어마하다는 기사에 들뜨곤 했다. 1937년 새로 운 전쟁이 발발할 기미가 보였다. 일본이 적극적인 팽창 정책을 펴 고 독일이 재무장하면서 소련 언론 매체는 완전무결한 국가 이미 지를 구축하는 데 열을 올렸다. '소비에트 땅의 붉은 군대는 강대하 다! 우리 군대는 위대한 국가의 국경선을 지키며 확고히 경계하고, 감히 소비에트 연방을 공격하려는 적을 반드시 무너뜨릴 것이다. 우리의 예리함과 경계심을 시험하려 한 자들은 모조리 호된 대가를 치렀다'라고 〈프라우다〉는 떠들었다.

그러나 승리주의는 편집증적으로 변질되었다. 〈프라우다〉는 소 비에트 연방의 기반을 약화하려 드는 악의적인 파괴자들을 경계하 라고 시민들에게 경고하면서, 트로츠키주의(스탈린의 일국—國 사회 주의 노선을 비판하면서 영구혁명론을 내건 트로츠키의 사상—옮긴이) 반 소련 국가 조직의 예를 들었다.

1930년대에 소비에트 연방 신문에서 '트로츠키주의자'는 악을 상 징했다. 걸출한 볼셰비키 혁명가 레온 트로츠키는 스탈린과 스탈린 의 정책을 맹렬하게 비난하다가 1929년 소련에서 추방당했다. 트 로츠키의 이름을 딴 트로츠키주의 반소련 조직은 스탈린 정권이 자행한 숙청의 핵심 대상이었다. 소련 내에서 행해진 첫 번째 숙청도 마지막 숙청도 아니었지만, 공산당 내에서 벌어진 초기 탄압에 비하면 1930년대의 숙청은 훨씬 잔혹했다. 내부의 적을 찾아내겠다면서 그물을 넓게 쳐서 그 안에 더욱 많은 이들이 걸려들었다.

언론은 유명 인사들을 차례로 인민의 적으로 규정하는 선정주의적 기사를 실었다. 붉은 군대의 개혁가 미하일 투하쳅스키 장군도 군사 음모를 꾸미고 간첩질을 한 죄로 고발당했다. 또 다른 유명 인사는 니콜라이 부하린이었다. 불과 몇 년 전까지만 해도 코민테른('공산주의 인터내셔널'의 약칭—옮긴이)의 서기장이었던 부하린은 농장 집단화 문제를 놓고 스탈린과 충돌 후 권력에서 밀려나 〈이즈베스티야〉의 편집자로 일하며 영향력을 유지하고 있었다. 그런데도 〈이즈베스티야〉가 부하린의 충성심에 의구심을 제기하는 기사를 내보내는 걸 막지 못했다. 공장 노동자들은 '내무인민위원회의 용맹한 근로자들과 그 지도자인 충성스러운 스탈린주의자 동지 예조프에게 따뜻한 경의를 보내는 편지'를 통해, 정부가 나서서 부하린과 그 지지자들의 범죄 활동을 조사해 위험 요소들을 '소련 땅에서 제거해 달라'고 요청했다.

니코딤은 이웃들에게 소리 내어 신문기사를 읽어주면서 자신의 견해를 피력하지 않았다. 다만 바실렌코와 둘이 있을 때는 좀 더 솔직해질 수 있었다. 전 지휘관인 바실렌코를 신뢰하고 그의 의견을 높이 샀기 때문이었다.

바실렌코가 붉은 군대 고위급 인사들이 체포되는 사건에 대해 아무 말도 하지 않았지만, 니코딤은 전직 적위대들이 소련 정부로부터 박해받고 있으며 권리를 무시당하고 있다고 느꼈다. 바실렌코도 월간 연금을 받으려다 좌절당하는 걸 보면서 니코딤은 새로 자리를 차지한 공산주의자들에게 짓밟히는 기분이었다. 그가 보기에 새로 치고 올라온 공산주의자들은 진정한 볼셰비키도 아니었다. 하지만 가진 것도 없고, 영향력도 없으니 이렇게 떠드는 것 말고는 할 수 있는 일이 없었다.

1937년 여름, 스탈린의 대숙청은 나날이 기세가 커졌다. 정부 최고위 계급에서 체제 파괴자가 발견됐으니 소련 사회 전반에 체제 파괴자가 숨어있으리라는 게 스탈린주의자 체제의 논리였다. 1937년 7월 소련 전 지역에서 '쿨락(부농) 출신자'와 기타 '반소련 분자들'에 대한 탄압이 시작됐다. 볼셰비키들은 부유한 농민들을 부를 소유한 자, 즉 쿨락으로 규정했다. 농장 집단화 과정에서 토지 소유를 포기하지 않으려 저항한 자들 또한 쿨락으로 분류됐다. 당시 세르히 증조할아버지의 가족은 6만 제곱미터의 땅을 소유하고 있었는데 증조할아버지의 형제들이 마이아치카 마을에 집단농장으로 쓰라고 땅을 내놓지 않았다면 그의 가족도 무사하지 못했을 것이다. 1930년대 초에 쿨락으로 분류된 자들 대부분은 처형당하거나 시베리아로 유배 갔다. 새로운 '쿨락 제거 운동'은 그 전과는 분위기가 전혀 달랐고 훨씬 예측 불가능한 양상을 띠었다. 추가로 제거 대상이 된 집단은 사제, 전 야당 의원, 군 장교, 소수 민족, 농업 및 공업 시설 파괴자들이었다.

1937년 7월에 스탈린은 고위급 숙청을 사회 전반에 걸친 마녀사냥으로 확대하는 명령서에 서명했다. 내무인민위원회를 중심으로 하는 특별 3인 위원회가 조직되어 사람들을 학살하거나 투옥했고 그렇게 걸려든 사람들에게 항소할 권리 따위는 없었다. 이때 인민 위원이었던 사람이 한 말이 있는데, 3인 위원회와 함께 일하는 것은 무척 단순했다고 한다. '사람들에게 신속하고 효율적으로 적을 파괴하도록' 가르치기만 하면 되었기 때문이었다. 체포 할당량을 정할 때도 마찬가지 효율성이 적용되었다. 원래 모스크바에서 폴타바주에 할당한 체포 인원은 5천500명이었다. 그런데 우크라이나 폴타바주 당국은 스탈린에게 할당량을 늘려달라고 요청하는 편지를 보냈다. 방적공장과 강철공장 노동자들처럼, 내무인민위원회 조직원들도 공식 목표치보다 높게 달성해서 이 일에 대한 열의를 보여주고 싶어 했다. 그들의 요구는 받아들여졌다.

1937년 8월 24일에 니코딤을 폴타바 지역 경찰서로 데려간 사복 차림의 남자들은 그를 체포한 거라고는 말하지 않았다. 그냥 폴타바 지역 경찰서로 같이 가자고 했을 뿐이었다. 니코딤은 아내와 자식들에게 작별 인사를 하고 집을 나섰다.

폴타바 교도소에서 내무인민위원회 지역 위원장 니콜라이 즈디호우스키는 니코딤에게 이런저런 질문을 했다. 니코딤이라는 인간의 배경, 1917년 혁명 이전의 행적에 초점을 맞춘 질문이었다. 니코딤은 그의 가족이 혁명 전에 몇만 제곱미터의 땅을 소유했었다는 사실도 숨기지 않았다. 즈디호우스키는 보고서에 '이 남자는 극빈자이며 오두막과 창고 외에는 가진 게 없다'라고 적었다. 니코딤은 형제자매에 관한 짧은 내용을 진술했고 즈디호우스키는 니코딤의 남동생 미키타가 예전 정부에서 일했다는 내용을 보고서에 적고 밑줄을 그어두었다.

그다음은 뜬금없는 질문이었다. 즈디호우스키는 니코딤 베레즈코가 우크라이나 독립을 목표로 활동하는 반혁명 조직의 일원임을 인정하느냐고 물었다. 전직 적위대 출신이며 그의 지휘관이었던 야코프 바실렌코가 만든 이 조직에 1936년도에 가입하지 않았느냐? 이 조직의 사령관인 바실렌코가 반소련적 대화를 나누기 위해 집에 사람들을 불러 모으지 않았느냐? 니코딤은 전부 아니라고 답했다. 소비에트 연방에 대해 부정적인 말을 한 적이 없지는 않지만 그저 재정적인 어려움과 마을의 식량 공급 문제 때문이었다고 답했다. 이 지역 공산주의 지도자들 중 일부가 예전에 나라를 위해 희생한 적위대를 존중하지 않는 것 같기는 했다고, 당국이 보조금 혜택도 주지 않고 변변한 일자리도 제공해 주지 않으니 그렇게 생각할 수밖에 없지 않느냐고 덧붙였다.

니코딤은 자신도 그렇고 바실렌코도 소련 정부에 저항하라고 사람들을 선동한 적 없다고 분명히 말했다. 정부 욕을 했어도 둘이 있는 자리에서만 했다고 했다. 바실렌코가 반소련 조직에 가담했는지는 모르는 사실이라고 못 박았다. 그리고 진술서에 서명했다.

조사가 계속되었다.

질문이 이어졌다.

탐색도 멈추지 않았다.

결국 니코딤은 무너지고 말았다.

어느 날 신문을 읽고 있는데 바실렌코가 끼어들더니, 1933년 대기근은 소련 정부가 사람들을 집단농장에 집어넣기 위해, 그리고 합류를 거부하는 자들의 저항을 짓밟기 위해 일부러 일으킨 일이라는 말을 했다고 니코딤은 진술했다. 자신은 바실렌코의 말에 동의하지 않았지만 바실렌코는 소련 정부가 우크라이나 사람들이 굶주리고 있는 상황에서 우크라이나에서 수확한 곡물을 가져가 해외에 팔아넘겼다는 주장을 펼쳤다고 말했다.

그러다 적위대 지휘관 출신 바실렌코가 만든 반혁명적 운동에 가담했다고 자백했다. 자신은 반소련 폭동 주동자 중 한 명이었던 게 맞지만, 이웃들을 끌어넣지는 않았다고 말했다.

그렇게 심문관 입맛에 맞게 거짓으로라도 진술하면 고문을 멈추고 쉽게 해줄 거라고 니코딤은 생각했을까? 고발당해 잡혀간 이들이 흔히 저지르는 실수였다. 애초에 당국이 소위 적의 가면을 벗기겠다는 이유로 할당량에 맞춰 그들을 잡아들여 죄목을 만들어 붙이고 있을 뿐임을 그들은 알지 못했다. 알았더라도 설마 그렇게까지 하겠냐 싶어 믿지 못했을 것이다. 니코딤이 실제 잘못을 저질렀는지는 아무 상관도 없었다. 그를 잡아온 자들의 목적은 오직 그의 자백을 받아내는 것 그리고 그의 입에서 다른 사람들의 이름이 나오게 만드는 것이었다.

심문이 계속되었고 니코딤은 드디어 이름을 대기 시작했다. 니코딤은 이웃에 사는 코브툰, 본다르, 부를라카를 반소련 조직에 조직원으로 가담시켰다고 진술했다. 심문관은 그들이 함께 '부르주아-민족주의자 노래'인 '우크라이나의 영광과 자유는 사라지지 않으리'를 불렀다고 적었다.

자백도 하고 이름도 댔는데 심문관은 니코딤을 더 밀어붙었다. 결국 니코딤의 조직이 드니프로페트로우스크 지역의 상급자들한테서 지령을 받았고, 그 지령을 전달한 것은 이웃에 사는 트로핌 체르보니의 형제였으며, 그자가 어망을 파는 척 니코딤에게 접근해 지령을 전달했다는 진술을 하기에 이르렀다. 그리고 심문관은 바실렌코의 진술서를 니코딤에게 들이밀었다. 그 진술서에는 어망에 관한 내용, 드니프로페트로우스크에서 온 비밀 메시지에 관한 내용이 담겨있었다.

니코딤은 바실렌코의 진술서를 읽어보았다. 그리고 소련 정부를 약화하고 우크라이나 독립 정부를 세우려는 트로츠키주의자들을 위해 조직원 모집책 역할을 했다고 인정하면서 자백서에 서명했다.

내무인민위원회의 기록에는 그 방에서 피고발인과 심문관이 주고받은 대화의 일부만 담겨있었다. 피고발인을 회유해 거짓 자백을 하게 만든 심리적 압박에 관한 내용은 빠져있었다. 고문에 관한 내용도 들어가 있지 않았다. 1930년대 폴타바 지역 내무인민위원회는 고급 심문 기술을 정교하게 사용한 것으로 명성을 떨쳤다.

방 안을 위잉 날아다니던 파리가 창문에 탁 부딪쳤다. 나는 그 소리에 움찔하며 고개를 들었다. 저 멀리 철조망으로 윗부분이 덮여 있는 잿빛 교도소 건물들이 보였다. 내 바로 앞에는 깔끔하고 둥글둥글한 글씨들이 가득하고 '니코딤 베레즈코'라는 서명이 들어간 누리끼리한 종이들이 놓여있었다.

내무인민위원회의 서류에는 거짓과 일부 진실이 뒤섞여 있었다. 나는 기록보관 담당자 엘레나의 조언대로 행간의 의미를 포착하려 애썼다. 이 서류에 담긴 내용 중 일부는 지어낸 게 아니었다. 문득 세르히 증조할아버지가 니코딤에 관해 자주 언급했던 순간들이 떠올랐다. 누군가 창문을 벌컥 열어 환한 빛을 들어오게 한 것처럼 대화의 단편들이 또렷하게 기억났다. 깜짝 놀란 나는 탁자 앞에서 일어나 방 안을 서성였다.

세르히 증조할아버지에게는 형이 다섯 명이었고 그중 페디르는 2차 세계대전에 참전했다가 전사했다. 증조할아버지는 과거를 회상하며 형제 얘기를 할 때 단순히 '우리 형'이라고 말했기 때문에 나는 당연히 전사한 영웅 페디르를 말하는 줄 알았다. 증조할아버지는 그 형이 열일곱 살 때 가족 최초로 적위대가 됐고, 열두 살 증조할아버지에게 누이들을 맡기고 집을 떠나지 말라고 만류하면서 넌 똑똑하니까 전쟁터에 나갈 게 아니라 교육자가 되어야 한다고 당부했다고 얘기했다.

수첩을 펼쳐 날짜와 사건을 다시 확인해 보았다. 내내 찜찜했는데 지금 생각해 보니 증조할아버지가 그 얘기를 하면서 말한 형은 니코딤인 게 분명했다. 증조할아버지는 내전에서 부상당하고 돌아온 형에 관한 얘기를 자랑스럽게 해준 적이 있었다. 그 형이 다시 공부에 매진해 졸업장을 받았으며 폴타바대학교의 노동자대학에서 학업을 마쳤다고 했다. 마이아치카 관련 기록을 보니 나머지 형제들은 마이아치카의 집단농장에서 계속 일한 것으로 나와있었다. 그들이 마을에 내놓았던 바로 그 땅이었다. 형제자매 중 폴타바로 가서 공부를 한 사람은 니코딤과 증조할아버지뿐이었다.

세르히 증조할아버지 집에서 어린 시절을 보낸 나는 증조할아버지에게 하도 자주 옛날 얘기를 듣다 보니 당연하게 받아들이거나 듣고도 무시해 버린 경우가 많았다. 커가면서 증조할아버지와 언쟁도 잦아졌다. 이 지독하게 잔인한 세상에서는 공산주의로 문제를 해결해야 한다는 교훈 섞인 이야기가 대부분이라 지겹기도 했다. 코사크의 명예라든지 용맹함에 관한 부분도 고리타분하고 작위적으로 들렸다. 어느 날 내가 물었다.

"그 혁명이란 걸 해서 뭘 성취했어요? 결국 끝없이 행진이나 하고 배급 줄이나 서게 만든 게 고작이잖아요?"

나는 줄서기도 싫었고 1917년 혁명을 기념해 반드시 해야 하는 행진도 질색이었다. 소비에트 시대의 마지막 몇 년 동안은 고질적인 물자 부족으로 인해 상점 매대에 휴지 같은 기본적인 생활 물품조차 없었다. 우리는 오래된 〈프라우다〉 신문을 잘라서 휴지 대용으로 써야 했다. 그 신문을 본래의 용도로 사용한 사람은 세르히 증조할아버지뿐이었다. 1989년, 나는 이 난파선 같은 나라를 위해 모든 걸 포기하고 살아야 한다는 게 이해되지 않았다. 나는 냉소적인 아샤 증조할머니와 결이 비슷했다. 우크라이나를 떠난 후 내 기억에서 증조할아버지의 이야기는 서서히 잊혀갔다.

베레 마을로 돌아와서는 아샤 증조할머니의 목소리가 어디서나 들리는 듯했다. 증조할머니를 생각할수록, 증조할머니가 심어 가꾼 정원의 길을 따라 걸을수록 우리가 밤마다 나눈 이야기들과 증조할머니의 삶에 관한 세세한 이야기들을 떠올렸다. 하지만 증조할아버지의 이야기는 떠올린 적이 별로 없었다.

탁자 앞에 앉아 다시 서류를 집어 들었다. 서류를 읽는 동안 예전 일이 조금씩 기억났다. 내무인민위원회의 서류 덕분에 증조할아버지의 목소리를 떠올리게 된 역설적인 상황이 씁쓸하긴 했다. 나는 홍수처럼 밀려온 기억의 조각들에 압도되어 자세히 들여다볼 수가 없었다. 기억의 조각들이 모여 패턴을 형성했다. 예전에 학교에서 내준 우크라이나어 숙제 때문에 투덜거린 적이 있었다. 나는 집에서 사용하지도 않는 언어를 배우느라 시간을 낭비하는 게 이해가 안 된다고 증조할아버지에게 말했다. 그날 증조할아버지는 마당 의자에 비스듬히 기대어 앉아있었다. 우리는 퇴역한 장갑차에서 뜯어낸 좌석을 마당에 두고 썼다. 증조할아버지는 고개를 절레절레 흔들더니, 언어는 한 인간을 형성할 뿐만 아니라 조상이 대대로 사용해 온 의사소통 수단이라고 말했다. 사람들은 우크라이나어를 사용할 권리를 지키기 위해 기꺼이 목숨도 내놓으려 한다고, 자유로운 우크라이나를 위해 싸우다 죽은 형도 그랬다고 했다. 그때 증조할아버지가 쓴 표현을 정확히 옮기자면 "빌나 우크라이나를 위해 싸우다 죽은"이었다. 증조할아버지는 단어 하나하나를 또렷하게 발음하면서 "빌나"를 강조했다. 증조할머니처럼 증조할아버지도 나한테 말할 때는 우크라이나어를 썼다. 우크라이나어로 '빌나'는 '자유로운, 해방된, 독립적이고 자율적인'이라는 뜻이었다. 우리가 이 대화를 하고 몇 년 후 우크라이나가 독립 국가가 되자 '빌나'라는 단어는 내게 또 다른 느낌으로 다가왔다. 하지만 그 당시 나는 소비에트 외에 민족 주체성에 관해서는 아는 바가 거의 없어서 빌나와 우크라이나를 연결 짓지 못했다. 그리고 증조할아버지가 말하는 형이 1943년 드니프로강의 댐 파괴 때 전사한 페디르라고 여겼다. 지금 생각하니 그 얘기를 들으며 이기적으로 투덜거렸던 내가 부끄럽다. 그날 증조할아버지는 형 얘기를 한 다음 입을 다물고 오랫동안 자리에 앉아 생각에 잠겼다.

증조할아버지는 파란색 공책에 이렇게 적어놓았다. '니코딤 형. 자유로운 우크라이나를 위해 싸우다가 1930년대에 실종.' 빌나 우크라이나를 위해서였다.

증조할아버지는 단어를 별 의미 없이 쓸 분이 아니었다. 그분이 그런 성격인 건 최근에야 알았다. 증조할아버지의 교육 지침서나 편지를 읽어 보니 명확하게 글을 쓰는 분이란 걸 알 수 있었다. 단어의 힘을 잘 알기 때문일 것이다. 전쟁 중에 증조할아버지는 잠포리트룩(부대의 사상 교육을 책임지는 정치 지도원)으로 일했다. 2차 세계대전 초기 몇 년 동안 붉은 군대가 연이어 패배하자 정치 지도원들은 부대 내에 영향력을 행사하기 시작했다. 정치 지도원은 사제 겸 선전원이었다. 정확한 단어를 사용해 군인들의 사기를 드높이는 것도 증조할아버지가 맡은 업무 중 하나였다.

증조할아버지가 2차 세계대전 중 죽은 형에 관해 얘기하려 했다면 '나치 점령군과 싸우다가 죽은' 같은 다소 틀에 박힌 문구를 사용했을 것이다. '자유로운 우크라이나를 위해 싸우다가 죽었다'는 건 완전히 느낌이 달랐다. 증조할아버지는 페디르가 아니라 니코딤 얘기를 했던 게 분명했다.

그래서 나는 이 서류철에 담긴 내용 전부가 거짓은 아니라고 생각했다. 또한 니코딤이 투옥 중에 사망했음을 알 수 있었다. 심문 보고서는 뒤로 갈수록 그나마 담았던 진실의 조각을 모조리 내다버리고 있었다.

서류의 앞부분을 읽을 때 나는 빠르게 내용을 확인하느라 선을 그어 지우고 다시 쓴 부분들이 있다는 걸 알아채지 못했다. 예를 들어, 원래는 니코딤이 가담했다고 하는 반혁명 조직이 공산당과 소비에트 정부를 무너뜨리려는 트로츠키주의자의 음모의 결정체라고 적혀있었다. 그런데 누군가 '트로츠키주의자의 음모' 부분을 줄로 긋고 다른 필체로 '우크라이나 독립 국가를 만들려는 부르주아-민족주의자 조직'이라고 적어놓았다. 다른 칸을 보니, 바실렌코가 트로츠키주의자 프로그램이 현 공산당 이데올로기보다 소비에트 농부들에게 더 잘 맞는다고 말한 것으로 기록돼 있었다. 이 구절도 누군가 줄로 쭉 긋고, 바실렌코가 트로츠키주의자 프로그램이 소련 정권보다 우크라이나 농부들에게 더 잘 맞는다고 말한 것으로 바꿔놓았다. 우크라이나 민족주의는 정체를 까발려 파괴해야 할 주된 악이었으니, 니코딤 사건은 그들이 원하는 새로운 이야기에 잘 맞아떨어졌을 것이다. 누군가 니코딤이 금지된 우크라이나 국가를 부르는 소리를 들었다고 했고, 니코딤은 부정하지 않았다.

심문이 계속되면서 니코딤 사건은 점점 규모가 커지고 내용도 황당해졌다. 니코딤의 조직은 단순한 반혁명 세력이 아니라 소비에트 국가 전체를 망치려는 세력이 됐다. 니코딤, 바실렌코, 트로핌, 코브툰, 본다르, 부를라카 외에 새로운 사람들이 범죄자 명단에 추가됐다. 당국에 고발당한 자와 운 나쁘게 가까운 사이였던 사람들, 즉 이웃 사람, 자식의 대부와 대모, 집단농장 동료들이었다. 바실렌코는 다 같이 노력하기만 하면 정부를 전복시키는 일은 쉽다고 말한 것으로 적혀있었다. 집단농장의 풀 베는 기계를 망가뜨린 트로핌의 삼촌은 로주바트카의 반혁명 조직의 일원이자 파괴 공작원으로 고발당했다. 트로핌의 또 다른 가족은 숲에 묘목을 일부러 잘못 심어 시들어 버리게 한 죄로 체포당했다. 그들은 니코딤의 역할을 조직원 모집책에서 선동가로 바꿨다. 니코딤은 교사로 일하면서 영향받기 쉬운 어린 학생들에게 반소련적 생각을 주입한 죄를 지은 자가 됐다.

얼마 후 스탈린이 소련 국경지역의 상황과 국제 정세를 우려하자, 내무인민위원회는 고발에 대한 근거를 변경했고 니코딤 사건도 다시 뜯어고쳤다. 서류에 니코딤과 바실렌코의 활동을 '독일과 폴란드 파시스트 세력'의 지원을 받아 부르주아 우크라이나 국가를 수립하려 한 반혁명적 음모라고 적어 넣었다. '소련과 자본주의 국가들 사이에 전쟁이 발발하는 때'에 맞춰 쿠데타를 일으킬 작정이었다는 것이다. 우크라이나 동부 지역은 물론 흑해 연안의 오데사까지 이 조직의 지도자들과 조직원들이 퍼져있다고 했다. 서류에 따르면 1931년부터 34년 사이에 로주바트카 점조직이 해외활동을 위한 자금을 모았고, 무기를 수입하려는 목적으로 드니프로페트로우스크주의 연락책을 통해 해외로 송금했다고 적혀있었다. 진술서에는 트로핌의 집에서 몰수한 망가진 소총에 관한 내용이 담겨있었다. 서류철에 담긴 또 다른 문서에는 니코딤의 감방 동료인 폴란드인을 심문한 내용이 들어있었다. 그 폴란드인은 감방에서 니코딤이 자기는 독일과 폴란드로부터 지원과 이념적 지침을 받으면서 쿠데타를 기획한 조직의 일원이었다며 큰소리쳤다고 진술했다.

그러나 니코딤 사건은 재판까지 가지 않았는데, 니코딤이 한 차례 심문을 마친 후 자살했기 때문이었다. 적어도 서류에는 그렇게 적혀있었다.

나는 교도소장의 진술서를 읽어보았다. 니코딤은 1937년 9월 11일 새벽 1시 30분에 감방으로 돌아왔다. 그리고 아침 6시 30분, 교도소장의 지시에 따라 다른 수감자들과 함께 잠에서 깼다. 아침 8시 30분, 아침식사로 빵을 받은 후 교도소장에게 성냥을 갖다달라고 부탁했다. 몇 분 후 차를 가져온 교도소장은 '감방 문의 창살'에 목을 매단 채 죽어있는 니코딤을 발견했다. 교도소장은 니코딤의 몸에서 생명 징후를 찾을 수 없었고, 니코딤이 재킷 안감을 찢어 만든 끈으로 스스로 목을 맸다고 결론 내렸다. 진술서 끝에는, 니코딤이 심문 중에 차분하게 행동했고 자살할 것 같은 모습은 보이지 않았다고 적혀있었다.

세세한 내용을 이것저것 적어놓았는데, 용의주도하게 열거한 내용들을 보니 진실이 아니라는 의심이 강하게 들었다. 자살하려 마음먹은 니코딤이 왜 성냥을 가져다 달라고 했을까? 아침식사로 빵을 받은 후 아침 차를 받기 전의 그 짧은 시간을 택해 목을 매달기로 결심한 이유는 뭐지? 수면 박탈이 흔한 고문 기법인 만큼 내무인민위원회의 심문은 대부분 늦은 밤에 이루어졌다. 그러니 니코딤은 낮에 아무 때나 자살할 수 있었다. 자살을 시도하다 발견될 가능성이 큰 아침 시간이 아니라. 게다가 감방 문의 창살은 눈높이 정도밖에 되지 않았다. 그런 창살에 목을 매어 죽는 건 너무 복잡한 일일 것이다. 행간의 의미를 읽어보니 가난한 농부들, 글도 모르는 돼

지치기들이 소비에트 정부를 전복하기 위해 독일로 송금했다는 것
도 그렇고 니코딤이 자살했다는 것도 순 거짓말이었다.

로주바트카 음모에 가담한 혐의로 여덟 명이 고발당했다. 주동자
로 몰린 바실렌코와 트로핌은 중노동형을 선고받았고, 그들이 조직
에 가입시킨 코브툰, 본다르, 부를라카는 1937년 11월 16일에 체
포되어 총살당했다. 소비에트의 형벌 제도에는 어떤 논리도 없었
다. 내무인민위원회는 그저 11월의 처형 할당량을 채워야 했을 뿐
인지도 모른다. 그때쯤 니코딤은 자살했는지 타살당했는지 모르지
만 이미 산 사람이 아니었는데, 세상 사람들에게는 실종된 것으로
알려졌다.

나는 서류철에 담긴 마지막 문서들을 보고 있었다. 아직 문서 몇
장이 남아있었다. 그중 하나는 무선 종이에 쓴 편지였다. '제 남편
니코딤 베레즈코는 1900년에 마이아치카 마을에서 태어났습니다.
내전 중에 적위대에 들어간 경력이 있고, 최근까지 드니프로페트로
우스크주의 로주바트카 초등학교 교장으로 일했습니다. 1937년 8
월 24일에 폴타바 지역 경찰들이 와서 이유도 말해주지 않고 그이
를 데려갔습니다. 저는 남편을 만나려고 폴타바에 갔는데 그쪽에서
는 남편을 키이우로 옮겼다고 합니다. 그 후로 남편 소식을 듣지 못
했습니다. 남편을 왜 데려갔는지, 남편에게 무슨 일이 생겼는지 제
발 알려주세요. 페클라 베레즈코 씀.'

1955년에 쓴 편지였다. 스탈린은 이미 죽었다. 1936년에 내무인
민위원회 위원장으로 임명되어 스탈린의 대숙청을 주도한 니콜라

이 예조프도 반소련 활동을 한 죄로 1940년에 처형당했다. 1938년에 예조프를 대신해 위원장이 된 라브렌티 베리야도 1953년에 전임자와 소름 끼치도록 비슷한 방식으로 죽음을 맞이했다.

서류철을 열고 처음으로 흐느껴 울고 싶어졌다. 서류 곳곳에 스며있는 파렴치하고 노골적인 거짓말이 내 몸에 거머리처럼 들러붙었다. 나는 한낱 구경꾼이 된 기분이었다. 아무 말도 할 수 없고 무력하게 지켜볼 뿐이었다. 할머니가 과거를 파헤치는 것을 두려워한 이유를 이제 알 것 같았다. 서류를 한 장 한 장 넘기면서, 빛을 향해 나오는 게 아니라 어둠 속으로 깊이 빨려 들어가는 기분이었다. 충격적이고 답도 없는 질문들로 가득한 어둠이었다.

소비에트 시스템의 가장 유해한 점은 위선이라고 늘 생각해 왔다. 다들 말과 생각이 따로 놀았다. 그런데 지금 보니 살아남고 싶으면 당연히 그렇게 해야 하는 것이었다. 위선은 어디에나 있었다. 구내식당 메뉴에 고기 수프라고 적혀있지만 그 수프에 고기는 없다는 사실을 다들 알고 있었다. 체르노빌 원자력 발전소에서 사고가 일어났을 때도 소비에트 신문들은 사고 따윈 일어난 적 없다고 단언했다. 슬로건과 게시물, 시위도 위선에 물들었다. 1980년대에 유행한 "우리는 일하는 척하고 그들은 우리에게 급료를 주는 척한다"는 농담처럼, 소련 체제에서는 누구나 뭐든 하는 척만 하고 살았다.

니코딤 관련 서류를 읽으면서 나는 거짓의 존재보다 진실의 부재가 더 위험할 수 있다는 걸 깨달았다. 거짓과 반쪽 진실이 뒤섞인 안개 속에서는 방향을 가늠하는 것도, 자신만의 도덕적 기준으로 상황을 분석하는 것도 어려웠다. 소비에트 선전 속 우주는 현실을 왜곡하는 뒤틀린 거울이었다. 진부한 구절과 슬로건으로 굳어진 단어들은 의미를 상실했다. 스탈린 헌법(1936년 12월 5일에 제정된 소련의 세 번째 개정헌법. 정식명칭은 소비에트 사회주의 공화국 연방헌법—옮긴이)이 '세상에서 가장 민주적인 헌법'이라는데, 여기서 사용된 '민주'라는 단어는 어떤 의미일까? 조지 오웰의 소설 《1984년》 분위기가 물씬 풍기는 '형제의 지원', '해방'이라는 단어도 원래와는 완전히 다른 의미가 됐다. '위험한 요소를 없앤다'는 증거도 재판도 없이 처형하겠다는 뜻이었다. '파괴 공작원', '파괴자', '뿌리 없는 세계주의자', '인민의 적'이라는 단어는 인간을 제거해야 할 재료로 만들어 버렸다. 들판에서 없애야 할 잡초처럼.

페클라의 가슴 아픈 편지를 읽으면서 니코딤에 관한 조사를 시작한 이유를 떠올렸다. 나는 기록 속에서 줄이 죽죽 그어지고 거짓으로 점철된 이름이 되어버린 친척을 추모하고 싶었다. 약하고 고통으로 가득했던 그의 인생을 기리고 싶었다. 그가 겪은 비극을 알리고 싶었다. 그가 실종됐을 때 그의 비극은 온 가족의 비극이 됐다.

1937년 실종된 니코딤의 남은 가족은 아내와 두 자녀였다. 소비에트 법에 따르면 고발당한 자의 가족은 연좌제에 따라 죄인 취급을 받았다. 1935년부터 고발당한 자의 가족인 12세 이상 아동은 성인과 마찬가지 형을 선고받았고 교정노동수용소 관리국에 강제 수용됐다. 페클라는 그런 처분을 받지는 않았지만 두려움과 의심이 팽배한 작은 마을에서 생계 수단도 없이 두 아이를 데리고 살아가는 건 악몽에 가까웠다. 니코딤이 실종되고 얼마 안 있어 결국 페클라도 로주바트카 마을을 떠나야 했다. 그녀는 남편의 형제들이 사는 마이아치카 마을로 건너갔다. 니코딤의 형제들은 페클라와 엮일까 봐 두려워했을까? 그들은 니코딤이 정말 어떤 잘못을 저질렀다고 믿었을까? 페클라는 마이아치카 마을의 가족들과 거리를 두고 살았다. 누가 더 지독한 벌을 받았을까? 1937년에 죽은 니코딤일까, 아니면 '고발당한 자'의 아내로서 살아가야 했던 페클라일까? 페클라와 그 자식들은 정부 기관의 문턱을 넘어갈 때마다 혹은 일자리를 구할 때마다 자기네 처지를 상기해야 했을 것이다. 무엇보다 가장 가학적인 고문은 사랑하는 사람에게 무슨 일이 왜 일어났는지 모른 채 살게 만드는 상황이었다.

페클라가 편지를 보낸 1955년도에 신문들은 스탈린의 사후에 있었던 대규모 사면에 관한 기사를 내보내기 시작했다. 그렇게 이야기는 또다시 잔인하게 왜곡됐고 페클라는 7년을 더 기다린 후에야 남편의 행방에 관해 알게 됐다. 1962년에 니코딤 사건이 '범죄 요소 부족'으로 결정 나면서 그의 서류철에는 표준 사면 증명서 그리고 니코딤의 자살과 관련해 간단한 애도의 말이 적힌 진술서가 포함됐다.

로주바트카 음모로 고발당한 사람들 모두 '범죄 요소 부족' 혹은 '유죄 증거 부족'으로 사면받았다. 한 명만 빼고 모두 죽어서 사면 증명서를 받은 것이다. 고초를 겪고도 살아남은 유일한 사람은 트로핌의 형제였다. 어망을 팔았다가 운 나쁘게 걸려든 그는 중노동형을 선고받고 10년 동안 노역했지만 결국 살아남았다.

니코딤의 서류철은 엘레나의 책상에 놓인 다른 서류철에 비해 얇은 편이었다. 하지만 그 내용은 비참하기 이를 데 없었다. 그 비참함에 과연 끝이 있을까 싶을 정도였다. 페클라의 편지 뒤에 서류가 몇 장 더 있었다.

　1993년, 니코딤의 아들 니콜라이 베레즈코는 새로이 독립한 우크라이나의 국가보안국(USBU)에 편지를 보내, 니코딤 베레즈코의 사면 증명서가 필요하다고 요청했다. 이때 니콜라이는 은퇴할 나이가 가까워지고 있는 59세 남성이었고 새로 독립한 러시아에서 살고 있었다. 그들 가족은 여태 그 증명서를 받지 못했지만, 니콜라이는 아버지가 무죄란 걸 알고 있었다. 니콜라이는 연금을 신청했다가, 아버지의 사면 증명서가 없으면 서류를 처리해 줄 수 없다는 답을 들었다. 소련이 무너진 후에도 자식들은 부모의 죄를 짊어지고 살아야 했다. 니콜라이는 아버지가 어떻게 죽었는지 시신은 어디에 묻혔는지 알고자 했다.

　얼마 후 답장이 왔다. 1962년에 이미 페클라 베레즈코에게 사면 증명서를 발행했다는 내용이었다. 국가보안국 측에서는 시신 매장 장소는 모른다고 했다. 그들은 내무인민위원회 감옥에서 사망한 시신들이 폴타바주 외곽의 모래 협곡에 버려졌다는 말은 굳이 하지 않았다. '안타깝지만, 스탈린 탄압의 희생자가 되신 부친의 비극적인 삶에 관해 저희가 아는 것은 여기까지입니다'라고 편지는 끝을 맺었다.

　1995년, 니콜라이는 연금을 받으려면 필요해서 그러니 사면 증명서를 보내달라는 편지를 당국에 보냈다. '사면 증명서가 없으면 아무것도 받을 수가 없습니다. 부디 저에게 보내주시길 부탁드립니다'라는 내용의 편지였다.

　그가 받은 답장에는 그의 가족이 이미 사면 증명서를 받았으니 그는 사면 증명서가 아니라 사면 증명서 사본을 요청해야 한다고 적혀있었다. '완전히 다른 서류이니, 폴타바 지역 검사 사무실에 문의하세요.' 그는 아버지의 사망 증명서를 받기 위해 아버지의 마지막 거주지의 등기소에 편지를 보내야 했다.

니콜라이는 부조리하기 짝이 없는 절차를 꾸역꾸역 따라가며 폴타바 지역 검사 사무실을 비롯해 여러 검찰청 사무실에 편지를 보냈다. 등기소에도 편지를 보냈고, USBU였다가 SBU로 명칭이 바뀐 국가보안국에도 다시 편지를 보냈다. 그동안 주고받은 편지 사본까지 전부 동봉했는데 관료주의의 늪으로 점점 더 깊게 빠져들 뿐이었다. 그는 마지막 편지에서 이렇게 썼다. '제발 부탁드립니다, 선생님들. 도와주세요. 이 서류가 없으면 저는 연금을 받을 수가 없습니다.' 니코딤이 사라진 지 50년이 넘었는데 그의 비극은 여전히 가족을 괴롭히고 있었다.

니콜라이가 도움을 청하며 보낸 편지가 서류철의 마지막 문서였다. 니콜라이가 아버지의 무죄를 증명하는 서류를 받았는지는 알 수 없었다. 다만 니콜라이의 고초는 50년 전 적위대 출신임을 증명해야 했던 부친이 겪은 고초와 기묘하게 닮아있었다.

종이로 된 표지 안쪽에 누군가 이 서류철에 담긴 문서의 수를 꼼꼼하게 세어 적어두었다. 총 91장. 니콜라이의 편지까지 포함하면 총 102장이었다. 엘레나 이바노브나는 내가 이 서류철을 열람했다는 사실을 알리는 서류를 작성해야 한다고 했다. 그 서류까지 포함하면 총 103장으로 늘어날 것이다. 처음에는 서류철 하나에 한 사람의 운명이 담겨있다고 생각했는데 아니었다. 이 사무실에 보관된 서류철마다 무수한 사람들의 운명이 들어있었고 나름의 비밀스러운 생명력을 유지하고 있었다.

내가 대테러 희생자들의 수만큼 이 이야기를 늘려 쓴다면 헤아릴 수도 없을 만큼 고통스럽고 무서운 이야기가 될 것이다. 1937년과 38년 사이에만 우크라이나에서 19만 명이 넘는 사람들이 체포당했다. 예조프는 내무인민위원회라는 비대한 조직에 지시를 내리면서 "숲을 베어내다 보면 나뭇조각이 튀게 마련이다"라고 말했다. 예조프도 1938년에 처형당했다는 사실은 내게 별로 위안이 되지 못했다.

서류철에 담긴 문서에 서명해 KGB 기록보관 담당자 엘레나에게 건네고 서둘러 교도소를 빠져나왔다. 폴타바의 화창한 여름 햇살 속으로 돌아왔다. 서류철에 담긴 글을 더 이상 한 줄도 읽을 수가 없었다. 내게 들러붙은 어둠을 떨쳐내려 깊이 숨을 들이마셨다.

할머니의 목소리가 듣고 싶어 가방에서 휴대폰을 꺼냈다.

"할머니, 저 집으로 갈게요."

수화기 너머로 나뭇잎 바스락거리는 소리가 들리는 걸 보니 과수원에 나가 있는 모양이었다. 어서 할머니 곁으로 가고 싶었다.

나는 엘레나의 허락을 받아 서류들을 사진으로 찍어두었다. 며칠 후 할머니와 함께 컴퓨터를 켜고 사진으로 찍은 서류들을 들여다보았다. 교도소에서 집으로 돌아오자마자 할머니와 니코딤 얘기를 했지만, 우리는 곧장 서류를 들여다볼 엄두가 나지 않았다. 며칠이 지나고 나서야 할머니는 내게 몇 가지 질문을 했고 나는 사진을 컴퓨터에 다운로드해서 할머니에게 보여주었다.

할머니는 내 설명을 들으면서 간간이 날짜나 이름을 다시 말해달라고 할 뿐, 그 외에는 별말이 없었다. 우리는 식탁 앞에 나란히 앉았다. 시간이 흐르고 땅거미가 지고 무거운 침묵이 우리를 에워쌌다. 창문의 두툼한 유리 너머로 보이는 세상은 안개 낀 듯 흐릿했다. 그림자가 짙어지면서 울타리에 핀 월계화는 진홍색으로 타올랐다. 할머니는 돋보기 다리를 만지작거리며 방 안쪽 구석 어딘가를 멍하니 바라보았다.

내가 컴퓨터를 끄려는데 할머니가 내 손을 막았다.

"불쌍한 니콜라이! 아버지의 사면 증명서를 달라고 요청하는 편지가 너무 가슴 아프구나. 그놈의 조직은 수만 번 이름만 바꿨지 여전히 잔인하고 비인간적이야. 소련 시대에도 그 모양이었는데 독립한 우크라이나에서도 똑같아. 네가 이 자료를 찾을 수 있게 도와준 사람이 있었다는 게 믿기지 않는구나. 나한테 뭐 숨기는 거 아니지? 그들에게 뇌물을 줬니?"

할머니는 내 눈을 똑바로 들여다보았다. 어렸을 때는 할머니의 눈빛에 무너져 비밀을 죄다 실토했었다. 지금은 숨길 게 없어서 떳떳하게 할머니를 마주 보았다.

"한 푼도 안 줬어요. 제가 만난 분들이 진심으로 기꺼이 도와주신 거예요."

"네 증조할아버지가 널 자랑스러워 할 거다. 니콜라이의 편지를 읽으면서 우리 아버지가 연금을 받으려고 애쓰셨던 게 생각나더라."

의병 제대한 참전 군인이었던 세르히 증조할아버지는 보조금까지 받을 자격이 있었지만 서류가 부족하다는 이유로 지급을 거절당했다. 증조할아버지는 공무원들에게 편지를 보냈지만, 그들은 부상과 참전에 관한 증거 서류를 추가로 요구하는 답장을 보내왔을 뿐이었다. 요청한 서류를 찾아서 보내면 또 다른 서류가 필요하다고 했다. 길고 복잡한 절차가 끝도 없이 이어졌다. 증조할아버지는 연금을 받는 데는 성공했지만 추가로 지급되는 보조금은 받지 못했다. 눈시울이 붉어진 할머니는 손등으로 뺨을 문지르며 창문 쪽으로 시선을 돌렸다.

"아버지는 그렇게 부당한 대우를 받으면서도 공산주의의 가치를 끝까지 믿으셨어. 어머니는 아버지의 그 고집스러운 충성심 때문에 가끔 화를 내셨지."

할머니의 목소리에 눈물이 섞여 있었다.

"이 조사가 고통스럽고 위험할 수도 있다고 하셨는데, 할머니 말이 맞았어요."

나는 할머니를 껴안았다. 자료를 더 많이 모을수록 사태를 명확하게 파악할 수 있을 줄 알았다. 그런데 삶의 추악한 현실까지 극명하게 드러났다. 내가 찾아낸 과거는 할머니에게 고통 그 자체였다. 조사를 진행하면서 괴롭고 비참한 경험을 할수록, 판도라의 상자를 열기를 주저했던 할머니의 심정이 이해됐다.

할머니는 정신을 차리려는 듯 얼굴을 손으로 문질렀다.

"네가 니코딤 큰아버지에 대한 조사를 하는 내내 난 네가 아무것도 못 찾고 포기하길 바랐어. 어떤 진실이든, 진실을 아는 게 얼마나 중요한지 내가 과소평가한 거야. 이걸 깨닫고 나서는 진실이 너에게 상처를 주지 않길 바랐어."

우리는 그림자가 마당을 채워가는 풍경을 창문 너머로 바라보았다. 전구가 깜박거리고 낡은 벽시계가 똑딱똑딱 초를 헤아렸다.

"어머니는 1930년대 대기근 시절을 못 잊으셨고 아버지는 큰아버지 일을 못 잊으셨어."

할머니는 혼잣말하듯 나지막하게 말했다.

고통스러운 이야기들은 드러내지 않으면 주변의 모든 것을 잡아먹는 블랙홀이 되고 만다. 정신적 충격은 눈에 보이지 않지만, 그 충격을 둘러싼 중력은 너무나 강해서 근처의 모든 것을 빨아들인다.

"증조할머니와 증조할아버지가 이야기를 깊게 묻으려 할수록 과거의 비밀은 그분들을 더욱 괴롭게 만들었을 거예요."

내 말에 할머니는 고개를 끄덕였다. 창문 너머로 가로등의 노란 불빛이 보였다. 할머니는 의자에서 일어나 뻣뻣하게 풀을 먹인 커튼을 당겨 닫았다. 집 안에 불을 켜놓으면 이웃들이 창문으로 훔쳐본다고 믿어서였다. 소비에트 시대의 유산인 이런 암울한 피해망상은 떨쳐 버리기가 쉽지 않았다.

"니코딤 큰아버지가 우리 아버지 이름은 한 번도 언급하지 않은 거 알았니?"

할머니는 다시 내 옆으로 와 앉으며 물었다. 나는 몰랐다고 대답했다. 증조할아버지가 말한 형이 니코딤이었다는 사실이 워낙 충격이라 나는 니코딤의 서류에 그런 빈틈이 있다는 걸 알아채지 못했다. 우리는 사진을 다시 쭉 살펴보면서 니코딤의 삶을 개략적으로 기록한 페이지를 확대해 들여다보았다.

"여기 봐봐. 니코딤 큰아버지는 심문을 받으면서 형제자매가 여섯 명이라고 말했어. 미키타, 페디르, 네스티르, 이반, 옥사나, 오다르카 이렇게 여섯 명. 막내 세르히는 언급하지 않았어."

할머니는 화면을 손으로 톡 쳤다. 그러고 보니 서류에 세르히 증조할아버지의 이름은 어디에도 없었다. 니코딤은 그 무렵 경력의 사다리를 꾸준히 올라가고 있던 막내에게 해가 갈까 봐 동생의 이름을 말하지 않았던 걸까? 내무인민위원회가 마음만 먹었으면 니코딤에게 세르히라는 동생이 있다는 사실을 알아냈을 것이다. 아샤 증조할머니에 관한 개인적인 파일을 보더라도 그들은 결국 니코딤과 세르히의 관계를 알아냈다. 하지만 니코딤 관련 서류에 세르히라는 이름이 없다는 건 중요한 의미가 있는 듯했다. 증조할아버지가 일기장에서 니코딤의 이름을 언급한 게 중요한 의미가 있듯이. 밝혀내려 애써도 어떤 수수께끼는 이렇게 끝내 비밀로 남았다.

13

할머니는 일찍 잠자리에 들었고 나는 니코딤 관련 서류와 함께 오도카니 남았다. 서류를 한 번 더 읽어보았다. 계속 들여다보면 더 많은 진실이 드러나지 않을까. 기록보관 담당자는 나더러 행간의 의미를 읽으라고, 빠진 부분과 일치하지 않는 부분을 잘 살펴보라고 했다. 나는 그런 부분을 포착해 냈다.

니코딤의 자살에 관한 교도소장의 상세 보고서에서 파란색 잉크로 쓴 '그는 유서를 남기지 않았다'라는 구절이 눈에 들어왔다. 내가 잘못 본 게 아닌 걸 확인하려고 흐릿한 사진을 확대해 그 문장을 다시 읽어보았다.

'그는 유서를 남기지 않았다.'

내 아버지도 유서를 남기지 않았다.

그 생각을 하자 뇌 안의 도화선에 불이 붙으면서 가슴속에서 폭발이 일어났다. 주변의 벽이 사라지고 천장이 무너졌다. 입에서 무슨 소리가 나올지 알 수 없었지만, 컴퓨터 화면에 시선을 붙박은 채

혹시 모를 비명이 새어 나오지 않도록 두 손으로 입을 막았다. 그동안 나는 기억을 억누르려 안간힘을 써왔다. 최대한 기억을 없애려고 했지만 지금 보니 내 안 깊숙한 곳에 고스란히 남아있었다.

어느 날 저녁 남편과 영화 〈표범〉을 보고 있는데 새어머니 카리나한테서 전화가 걸려 왔다. 새어머니와는 2주에 한 번씩, 그녀의 오후 휴식시간에 종종 전화 통화를 하고 있었다. 캘리포니아로 이사 간 새어머니와 아버지는 샌프란시스코 베이 에리어의 의약용품 공장에서 일자리를 구했고 집도 샀으며 키이우에서 키우던 개 두 마리도 샌프란시스코로 데려갔다.

"길들인 것에 대해서는 뭐든 책임을 져야 하는 거거든."

아버지는 이렇게 말했다. 하지만 소설 《어린 왕자》에 나온 '길들인 것에 대한 책임'이라는 말의 의미를 아버지가 진심으로 이해했을 것 같지는 않았다. 여러모로 아버지는 그런 철학에 따라 사는 사람이 아니었으니까.

부모님은 만난 지 한 달도 채 안 됐을 때 결혼했다. 어머니는 대학생이었고 아버지는 어머니의 절친 라나의 잘생긴 지인이었다. 뺨 주변에서 부드럽게 물결치는 검은 머리, 인도 영화배우처럼 커다란 갈색 눈을 가진 아버지는 어머니에게 꽃을 선물하며 구애했고, 열정적으로 들이대 어머니의 마음을 얻었다. 발렌티나 할머니는 두 사람의 결혼을 불안해했다. 안정된 직업도 없는 예비 사위가 가족을 어떻게 건사할 작정인지 알 수 없었다. 할머니가 반대했지만 어머니는 듣지 않았다. 아버지는 그루지야(조지아의 옛 이름-옮긴이)로 신혼여행을 가자고 제안했다. 그루지야로 신혼여행을 떠난 두 사람은 바닷가의 작은 집을 빌려 지내면서 흑해의 해넘이를 바라보며 그루지야산 레드 와인 킨즈마라울리를 마셨다. 어머니는 집으로 편지를 보내 남편이 튀르키예 커피를 잘 끓이고 기타도 칠 줄 안다며 자랑을 늘어놓았다.

하지만 그런 능력은 그들이 키이우로 돌아와 살면서 가정을 원활하게 유지하는 데는 도움이 되지 않았다. 어머니는 남편 말고도 시어머니 다리야, 아주버니 블라디미르, 발레리와 함께 방 두 개짜리 아파트에서 살아야 했다. 비좁은 곳에서 쪼들리는 삶을 살다 보니 일상이 편치 않았다. 무엇보다 아버지와 공통점이 전혀 없다는 게 어머니에겐 최악이었다. 아버지는 어머니가 바라는 바나 감정을 고려하려 하지 않았다.

"남자들은 다 이기적이야"라고 다리야 할머니는 말하곤 했다.

어머니는 처음부터 잘못된 결혼이었다는 걸 자존심 때문에 부모에게 곧장 말하지도 못하고 어떻게든 결혼을 유지해 보려고 애썼다. 하지만 10년 가까이 그렇게 살고 나서야 그만두는 게 맞다는 걸 알았다.

부모님은 내가 여덟 살 때 이혼했다. 1986년 4월 키이우 북부에서 체르노빌 사고가 터지자 어머니는 그 지역 학교에 다니던 나를 그나마 안전한 곳으로 여겨진 폴타바의 베레 마을로 데려갔다. 나는 가을까지 아샤 증조할머니, 세르히 증조할아버지와 베레 마을에서 살았고 그 후 어머니의 뜻에 따라 크름 반도의 기숙학교에 들어갔다. 그해 말에 키이우로 돌아와 보니 부모님은 키이우의 양쪽 끝에서 각각 다른 사람과 짝이 되어 살고 있었다. 가족 상황이 상당히 껄끄러워졌는데도 그들은 마치 별일 없었다는 듯 집으로 돌아온 나를 축하해 주었다.

당황스럽고 화도 났지만, 아제르바이잔 출신 새어머니 카리나는 마음에 들었다. 새어머니는 아버지와 여행을 갈 때마다 나를 같이 데려갔고 그들 집에 머물도록 초대하기도 했다. 그때 나는 이혼의 책임이 어머니와 키 큰 금발 수학자 알렉스에게 있다고 생각했다. 아버지는 내가 열네 살이 되면 아버지, 새어머니와 함께 살자고 약속했다. 열네 살이 되려면 6년이나 남았지만, 그동안은 주말마다 보면 된다고 했다. 나는 얼른 열네 살이 되고 싶었다.

크름 반도에서 돌아온 후 나는 어머니와 함께 알렉스 아저씨의 집에서 살고 있었다. 처음에 아버지는 주말마다 알렉스 아저씨의 집에 와서 나를 차에 태워 우리 가족이 예전에 살던 아파트로 데려갔다. 내가 새어머니와 영어 책을 읽거나 다리야 할머니와 그림을 그리거나 블라디미르 큰아버지와 요가 연습을 하는 동안 아버지는 낮잠을 자곤 했다.

세월이 흐를수록 아버지가 나를 찾아오는 횟수가 줄어들었다. 아버지는 데리러 오겠다고 약속해 놓고 오지 않았다. 처음에 나는 기다렸다. 그러다 아버지에게 차츰 기대를 안 하게 됐다. 내가 열네 살이 됐는데도 아버지는 아버지 집에서 새어머니와 함께 살자는 말을 하지 않았다. 그 무렵에는 나도 그러고 싶지 않았다. 내 학교 춤 공연을 지켜봐 주고, 내 수학 숙제를 도와주고, 방랑자 기질이 있는 데다 외국어 배우기를 좋아하는 나를 격려해 준 사람은 알렉스 아저씨였다.

내가 먼저 미국으로 건너갔고 2년 후에 아버지와 새어머니도 미국으로 이민을 왔다. 나는 대학에 다니면서 방학 중에 캘리포니아의 아버지 집을 방문했다. 새어머니와는 책과 영화 얘기를 몇 시간씩 나누기도 하고 샌프란시스코 여기저기를 돌아다니며 여러 날 여행을 하기도 했지만, 아버지와는 같이 뭘 한 적이 없었다. 가끔 보면 아버지는 나와 둘이 있는 걸 불편해하는 눈치였다. 일이 이렇게 되어버린 상황을 설명해 주길, 무슨 말이라도 해주길 기다렸는데 아버지는 끝내 말이 없었다. 아버지는 내 인생에서 의미 있는 행사에 참석하지도 않았다. 대학을 최우등으로 졸업하는 나를 축하해 주지도 않았고, 예일대에서 전액 장학금을 받았을 때도 응원의 말 한마디 없었다. 내 결혼식에도 오지 않았다. 내가 행사에 초대해도 대답조차 없을 때도 있었다. 나도 점점 아버지를 초대하지 않게 됐다. 어머니는 아버지에 대한 불만을 토로할 때가 드물게 있었는데 그럴 때면 아버지를 '무관심한 사람'이라고 했다. 얼핏 들으면 크게 비난하는 말 같지 않지만, 어머니에겐 비난의 의미였다. 시간이 흐르면서 나는 그 말의 의미를 이해하게 됐다. 무관심은 막돼먹은 배신보다 상대를 더 피폐하게 만들었다.

나는 차츰 아버지와 거리를 두었다. 아버지는 자기 관심사에 몰두하기 바빴고 새로운 미국 생활에 잘 적응하는 듯 보였다. 아버지에게 나는 필요 없었다.

프리랜서 기자로 일하기 시작한 첫해에 나는 무척 들떠있었다. 향기 산업에 관한 자료를 수집하고 조향사들을 인터뷰하고 외진 곳에 사는 농부들을 찾아가는 등 여기저기 취재를 다녔다. 새어머니와는 계속 연락하고 지냈지만, 캘리포니아에 마지막으로 다녀온 후로 아버지와는 거의 말을 섞지 않았다. 내가 다양한 곳을 돌아다닌다는 얘기를 새어머니에게 들었을 테니, 아버지는 마음만 먹으면 내 소재를 알 수 있었을 것이다. 어느 날 아버지에게 갑자기 이메일이 왔다. 집 몇 채를 찍은 사진을 보낼 테니 보고 의견을 달라는 내용이었다. 아버지는 똑같이 생긴 집들, 태양 전지판 스케치, 친환경 에너지 정보 등 3차원 청사진이 담긴 압축 파일을 내게 보냈다. 그리고 내게 전화를 걸어와, 캘리포니아의 부동산 시장에 관한 얘기를 늘어놓으면서 시스템을 작동하게 하는 방법을 알아냈다고 자랑스럽게 말했다. 이 사업으로 대박을 쳐서 캘리포니아에 나와 내 남편을 위한 집을 사주겠다고 큰소리쳤다. 예전처럼 같이 여행도 다니자고, 다 같이 우크라이나로 돌아가 흐리비우카의 별장도 수리하자고 말했다. 나는 듣는 둥 마는 둥 했다. 아버지가 갑자기 다른 사람처럼 구는 게 이해되지 않고 짜증만 났다. 그동안 수없이 공수표를 날린 분이라 아버지에 대한 믿음이 없었다. 기대치가 낮아야 상처도 덜 받으니까. 나는 그만 일하러 가야겠다고 말하며 통화를 마쳤다.

2주일 후 새어머니에게 전화가 걸려 왔다. 나는 남편에게 텔레비전 소리를 끄라고 손짓했다. 남편은 버트 랭카스터와 클라우디아 카르디날레가 왈츠를 추는 장면(영화 〈표범〉의 한 장면—옮긴이)에서 영화를 중단시켜 놓았다.

"안녕하세요, 새어머니. 지금 일하는 시간 아니에요?"

내가 물었다. 우리가 사는 곳과 세 시간 시차가 있으니 새어머니는 지금 사무실에서 일할 시간이었다.

"네 아버지가 총으로 자살했어."

나는 얼른 이해가 되지 않았다. 그 말을 하려는데 입술이 굳어버렸다. 차갑게 마비되는 느낌이 목과 가슴, 팔, 다리를 타고 퍼져나갔다. 나는 튀르키예산 둥근 탁자 앞에 주저앉았다. 글을 쓰거나 쿠타비를 만들 때 쓰는 탁자였다. 쿠타비는 허브로 속을 채운 아제르바이잔 파이로, 나는 새어머니에게 쿠타비 만드는 방법을 배웠다. 탁자의 나뭇결에 마른 밀가루 덩어리가 붙어있는 게 보여서 문득 탁자를 문질러 닦아야겠다고 생각했다.

새어머니는 비난하듯 날카롭게 다시 말했다.

"네 아버지가 총으로 자살했다고."

"네 아버지가 총으로 자기를 쐈어."

"유서도 안 남겼어."

새어머니는 울고 있었다. 멀리서 개들이 짖는 소리가 들렸다. 잠든 것도 아니고 깬 것도 아닌 모호하고 현실 같지 않은 순간이 있다. 그 순간이 끝나기는 할까. 끝난다면 대체 언제 끝날까? 나는 동화를 읽으며 자랐다. 악몽을 꾸더라도 얼마 후에는 몽롱한 채로 깨어난다는 믿음을 잃은 적이 없었다. 하지만 때때로 악몽은 끝이 없었다. 나는 흐느껴 울지 않았다. 내 앞의 탁자를 쏘아보다가 상처 입은 짐승처럼 울부짖었다. 악을 쓰고 싶었는데 내 입에서 터져나온 소리는 울부짖음이었다. 내가 기억하는 건 그게 전부다.

어떻게 캘리포니아로 날아가 장례식에 참석했는지 기억나지 않는다. 장례식 때 아버지에 관해 어떻게 추도사를 했는지도 모르겠다. 다들 충격을 받아 아무 말도 하지 못했다. 기억은 안 나지만 내 추도사가 감동적이었다는 얘기는 들었다. 묘지에 대해서도 아무 기억이 없다. 하관식도 기억나지 않는다. 아버지의 유산을 받지 않겠다는 말을 새어머니에게 어떤 식으로 했는지도 모르겠다. 아버지의 죽음을 받아들일 수 없었기에 관련된 기억도 거부해 버렸다. 아버지는 어떤 설명도 없이 떠나버렸다. 너무 큰 배신이라 아버지를 용서할 수 없었다. 고통이 너무 커서 아버지에 관한 추억도 떠올릴 수 없었다. 그래서 아버지를 잊기로 했다. 모든 걸 놓아두고 떠나기로 했다. 1년 후, 남편과 나는 새로운 나라에서 새로 시작하기 위해 미국을 떠나 벨기에로 거주지를 옮겼다.

아버지의 죽음처럼 니코딤의 죽음도 블랙홀을 남겼다.

나는 노트북을 가만히 바라보다가, 1년 전 같으면 두려워 못했을 일을 했다. 아버지의 이름을 받은 편지함 검색란에 입력하자 보관된 메일들이 주르륵 떴다. 나는 그 메일들을 읽으며 예전에 있었던 일에 대한 기억을 떠올렸다. 아버지의 이메일은 짧았고 몇 개 되지도 않았다. 블라디미르 큰아버지의 메일들도 같이 살펴보았다. 큰아버지의 메일은 좀 더 길었다. 큰아버지는 아버지가 왜 메일에 답장을 안 하냐고 물었다가, 아버지에게 일어난 비극적인 일을 전해 듣고는 나를 위로하기 시작했다. 처음에 큰아버지가 나와 통화를 하면서 마음을 굳게 먹으라고 했던 말이 기억났다. 큰아버지 덕분에 나는 끔찍했던 첫 몇 주를 견디고 회복할 수 있었다. 큰아버지는 아버지, 나와 가까운 사람이라 우리 부녀가 서로를 이해한 것보다 우리를 더 잘 이해했다.

그 무렵 큰아버지가 보내온 마지막 이메일 중 하나에 우리가 한 약속이 언급돼 있었다. 큰아버지는 아버지에게 일어난 일을 내가 받아들일 수 있을 만큼 강해지기 전까지 아버지 얘기를 내 앞에서 꺼내지 않기로 약속했다. 그 순간이 언제가 될지는 알 수 없었지만 나는 내면이 온통 얼어버릴 정도로 깊은 슬픔에 함몰돼 있었다.

밤이 슬그머니 물러나 내 뒤에 놓인, 정돈되지 않은 침대 근처의 어두운 그림자 속에 머물렀다. 덧문 사이의 틈새로 연보라색으로 반짝이는 일출의 빛이 보였다. 옆방에서 할머니가 뒤척이는 소리, 잠결에 내쉬는 한숨 소리가 들렸다. 내가 니코딤의 서류들을 읽으며 메모한 종이들이 탁자 위에 놓여있었다. 비뚤비뚤하고 확신 없는 글씨체였다. 루스터 하우스는 내 조부모님을 가두고 공포로 굴복시켰다. 과거에서 건져 올린 이메일을 앞에 두고 앉아있자니 나역시 갇혀 있었음을 깨달았다. 나는 두려움과 고통을 견딜 수 없어 묻어놓았다. 망각의 어둠 속에서 싹 튼 두려움과 고통은 내 숨통을 조르는 무언가로 자라났다. 다른 대륙, 다른 나라, 다른 도시로 옮겨가 살 수는 있지만, 내가 만든 내 안의 감방에서 탈출하는 게 가능할까? 버림받을까 봐 두려워서 나 자신은 물론 나의 기억까지 버렸다. 하지만 그렇게 묻어놓고만 있으면 빠져나갈 수 없다. 현실과 맞서는 걸 겁내면 자유로워질 수 없다.

누군가 세상을 떠나면 빈자리가 남는다. 우크라이나 사람들은 부활절 후 월요일에 묘지로 가서 사랑했던 고인들과 함께 음식을 먹는다. 묘지에 식탁을 차리고 1년에 딱 하루 고인을 추억하고, 용서

하고, 용서와 도움을 구하며 고인과 교감한다. 나는 아버지와 그런 식으로 식사를 함께할 생각을 못 해봤다. 그렇게 세상을 떠나버린 아버지를 용서하지 않았기에 마음껏 슬퍼하지도 못했다.

큰아버지와 얘기를 나눠야겠다는 생각이 들었다. 올가미에서 벗어나려면 우선 내가 두려워하는 것과 맞서야 한다. 그리고 용서를 구하고 화해해야 한다.

5부

동굴과
수수께끼

14

"갇혀있지만 붙잡혀 있지는 않아."

블라디미르 큰아버지가 본인 상태를 놓고 한 말이다. 히틀러가 소련을 상대로 선전포고 했을 때 블라디미르 큰아버지와 다리야 친할머니는 러시아의 고향 마을에서 여름휴가를 보내고 있었다. 독일군의 진군 속도가 너무 빨라서 할머니는 키이우로 돌아오지 못했다. 마을은 독일군에게 점령당했고 할머니와 큰아버지는 나머지 세상으로부터 단절됐다.

그러던 어느 날 소년 블라디미르는 몸에서 열이 펄펄 끓더니 다리부터 목까지 몸이 이상하게 뻣뻣해졌다. 이웃 사람이 다른 마을에 있는 독일인 의사가 환자들을 치료하고 있으니 블라디미르를 그리로 데려가 보라고 알려주었다. 큰 키에 알이 작고 동그란 안경을 쓴 의사는 허리를 굽히고 큰아버지의 체온을 쟀다. 큰아버지는 안경알에 비치는 자기 모습을 바라보았다. 의사는 '소아마비'라고 진단하고는 다음 환자에게 들어오라고 손짓하며 덧붙였다. "Er ist so gut wie tot." 그 아이는 죽은 것이나 다름없다는 뜻이었다.

하지만 큰아버지는 죽지 않았다. 몸에 불이 붙은 듯 열이 났지만 죽지는 않았다. 팔다리에 감각이 사라졌어도 목숨은 붙어있었다. 마을 사람들이 죽어버린 다리를 되살리려 뜨거운 물에 담갔는데도 소년은 버텨냈다. 조부모의 어두운 오두막에 있는 긴 의자에 누운 큰아버지는 흰개미들이 벽을 떠받치는 나무 기둥에 굴을 파는 모습을 바라보았다. 눈을 뜨지 않아도 구석에서 울어대는 귀뚜라미 소리에 아침인지 저녁인지 분간할 수 있었다. 빵 냄새만 맡아도 평소보다 밀가루에 톱밥이 더 섞였는지 알 수 있었다. 손가락을 움직일 수 있게 되자 늘 곁에 있는 흙벽의 감촉으로 날씨를 짐작할 수 있었다. 봄이 오자 다리야 할머니는 큰아버지를 숲으로 데려가 발밑에서 자라는 풀을 느끼게 해주었다. 큰아버지는 올가미 같은 병든 몸에서 벗어나려고 꿈속 세계에 빠져들었고 상상으로 빈 곳을 채웠다.

전쟁이 끝나자 다리야 할머니와 블라디미르 큰아버지는 키이우로 돌아왔다. 큰아버지는 치료를 받고 수술도 여러 번 받았다. 수술 결과에 대해 큰아버지 본인은 물론 소비에트 의학 시설도 대단히 성공적이라 여겼다. 큰아버지는 일어서서 걷는 방법을 익혔지만 굽은 척추를 완전히 펼 수도, 몸의 오른쪽을 사용할 수도 없었다. 상체가 앞과 왼쪽으로 기울면서 바짝 마른 몸이 비딱해져, 마치 권투 선수가 자세를 잡은 것 같은 모습을 하게 됐다. 걷기는 했지만 다리를 절뚝거렸다. 오른손을 써야 할 때는 왼손으로 오른손을 들어 올려줘야 했다. 그래도 손가락은 능숙하게 쓸 수 있어서 아무리 복잡한 기계라도 분해하고 조립할 수 있었다.

큰아버지는 이웃에 사는 장교의 영향으로 기계 장치에 매료됐다. 몸이 성치 않은 소년을 가엾게 여긴 장교는 접이식 플레이트 카메라인 포토코르-1 카메라를 블라디미르에게 주면서 기본적인 사진 술을 가르쳐 주었다. 포토코르는 러시아어로 사진 기자를 뜻하는 '포타 코레스폰덴트'를 줄여 만든 이름이었다. 큰아버지는 이 카메라로 주변의 모든 것을 기록했다. 아버지에게 필름과 녹음 관련 책을 구해달라고 부탁했고, 다양한 부품의 설계도를 공책에 베껴 그렸다. 공학을 공부해야겠다는 꿈을 갖게 된 그는 학교에서 물리학과 기술 도안에 관한 추가 수업도 받았다.

하지만 공학 교수들로 구성된 입학 위원회는 큰아버지를 보더니 입학을 거절했다. "펜이나 손에 쥘 수 있겠어?"라는 말로 조롱하기도 했다. "물리학과 쪽에 알아보든지." 큰아버지는 물리학과에서도 같은 굴욕을 당했다. 사람들은 중증 장애를 지닌 그에게는 친절한 척할 필요조차 없다고 생각하는 모양이었다. 큰아버지는 그들에게 화를 내지도, 실패를 받아들이지도 않았다. 농업대학교의 경제학 교수들에게 입학을 신청했고 드디어 합격했다. 발렌티나 할머니와 마찬가지로 블라디미르 큰아버지는 숫자를 다루는 일을 무해하다고 여겼다. 나중에 그는 기계공장의 상급 회계사로 일하게 됐다.

내가 어렸을 때 기억하기로, 큰아버지는 더 이상 일을 하지 않고 장애 연금으로 생활하고 있었다. '자본주의 선전' 죄로 감옥에도 갔다 왔는데 그 일을 굳이 숨기지 않았다. 어쩌면 큰아버지는 감옥살이 경험을 자기도 다른 사람들과 다를 바 없다는 것을 보여줄 수 있는 개인적인 성취로 여겼을지도 모른다. 큰아버지는 '정상적인 삶'

을 살 수 있었던 게 요가 덕분이라고 했다. 큰아버지의 방에는 그가 잠을 자고 요가 자세도 연습하는 넓은 침대가 있었다. 어렸을 때 나는 의학 관련 대형 그림, 내가 모르는 외국어로 된 책들, 발효 채소와 싹 난 씨앗이 담긴 유리병 같은 멋진 수집품이 갖춰진 큰아버지의 집을 무척 좋아했다. 큰아버지는 거품이 보글보글 나는 시큼한 음료를 불로장생약이라며 내게 주었고 요가도 가르쳐 주었다. 명상에 잠겨있지 않을 때는 라디오를 분해했다. 큰아버지의 집 책장에는 아유르베다(인도의 고대 의학·장수법—옮긴이)에 관한 지하 출판물(검열을 피해 불법적으로 지하 출판된 책—옮긴이)과 반도체 장치 설명서가 잔뜩 꽂혀있었다.

아버지도 기술에 관심이 많았다. 아버지가 트랜지스터라디오를 만드는 걸 봤던 기억도 난다. 하지만 아버지는 큰아버지 같은 끈기가 없어서, 이것저것 건드리기만 하고 끝을 맺은 적이 없었다. 우리 아파트에는 만들다가 만 물건들, 잡다한 전선 다발이 나날이 쌓였고 결국 어머니는 그걸 내다버리거나 큰아버지가 쓸 수 있도록 갖다주곤 했다.

우크라이나가 독립 국가가 된 후 큰아버지는 전 부인, 딸과 함께 이스라엘로 건너가 살았다. 이혼한 지 20년이 넘었는데도 큰아버지의 전 부인은 그에게 자기도 데리고 가라고 고집을 부렸다. 이스라엘 텔아비브에서 큰아버지는 전자 장치를 수리하고, 아유르베다 요리법을 실험하고, 히브리어를 공부하고, 요가를 연습하며 살았다.

아버지가 돌아가신 후 나는 큰아버지와 주고받은 이메일을 쭉 보다가 의견 충돌로 사이가 멀어진 2013년 겨울에 주고받았던 이메일을 꼼꼼하게 다시 살펴보았다.

2년 전에 큰아버지가 한 말보다 그 말에 내가 격하게 반응했던 게 더 눈에 들어왔다. 그 일이 있고 나서 나는 우크라이나에 돌아가 지내면서, 애국자로 자처하는 발렌티나 할머니도 소련 시절의 어떤 부분을 그리워한다는 걸 알게 됐다. 1989년 이후 삶의 안정성과 기반을 잃은 사람들을 만나면서 나는 자본주의가 그들에게 잔인한 익살극이었다는 걸 알았다. 큰아버지의 견해를 그런 맥락에 놓고 보면 전보다는 화가 덜 났다. 큰아버지가 1930년대의 비극적인 대기근을 부정한 게 여전히 마음에 걸리기는 했지만. 어쨌든 큰아버지는 가족이고 난 그가 그리웠다.

하지만 큰아버지와 다시 연락하는 것은 니코딤에 관한 진실을 찾는 일만큼이나 쉽지 않았다. 다리야 친할머니와 발레리 둘째 큰아버지는 오래전에 세상을 떠났다. 블라디미르 큰아버지의 딸, 즉 텔아비브에 사는 내 사촌은 나보다 나이가 훨씬 많아서 친하게 지내지 못했다. 큰아버지는 우리 아버지 쪽 가족 중 내가 유일하게 연락하고 지낸 사람인데, 연락 수단이 거의 전화나 이메일이다 보니, 이메일이 되돌아오거나 전달되지 못하는 취약점이 드러났다. 큰아버지의 휴대폰은 사용하지 않는 번호라고 나왔다. 이대로는 찾을 길이 없었다.

어머니는 아버지와 결혼하고 살 때 알고 지낸 사람들의 연락처를 추려서 키이우에 있는 내게 보내주었다. 나는 발렌티나 할머니에게 며칠 로라 이모의 아파트에 있다가 오겠다고 말하고 기차표를 예매했다. 할머니는 내가 큰아버지와 사이가 나빠진 걸 알고 있어서 신경 쓰는 눈치였다. 부모님이 결혼해서 블라디미르 큰아버지, 다리야 친할머니와 함께 사는 동안 발렌티나 외할머니는 그 집을 종종 찾아오셨고 큰아버지와도 알고 지내셨다. 지금은 내 아버지 쪽 가족과 연락을 안 하시지만 내가 큰아버지의 말을 좀 더 참지 않았던 것을 나무랐다. 내가 큰아버지와 싸운 얘기가 나올 때마다 발렌티나 할머니는 이렇게 말했다. "피는 물보다 진해. 둘이 서로를 아껴야지. 더 이상 존재하지도 않는 나라 때문에 다투다니! 그게 무슨 바보 같은 짓이냐."

큰아버지와 연락이 닿지 않는 상황을 가볍게 넘길 일은 아니었다. 내가 돌이킬 수 없는 실수를 저지른 건 아닌지, 너무 늦어버린 건 아닌지 걱정됐다. 기차를 타고 가면서 치솟는 두려움을 애써 가라앉혔다.

런던, 파리와 마찬가지로 키이우도 강으로 규정되는 도시다. 키이우는 드니프로강을 중심으로 양쪽으로 나뉜다. 강 왼쪽은 현대적인 아파트 건물들과 주거 단지가 있는 곳, 강 오른쪽은 5세기 말에 정착이 시작된 역사 깊은 곳이다. 나는 강 오른쪽의 그나마 현대적인 지역에서 자랐지만, 동굴의 수도원(키이우 페체르스크 라브라)의 금빛 돔형 지붕이 돋보이는 언덕을 보자마자 구(舊)도시에 왔다는 걸 실감했다. 어머니에게 받은 주소 중 하나가 동굴의 수도원 근처 마을이라 기차에서 내리자마자 그리로 향했다.

연락처에 적힌 거리와 골목, 번지로 찾아가 보니 우편함에 블라디미르 큰아버지의 친구 그리고리 골드베르그 씨의 이름이 박혀있어 반가웠다. 초인종을 눌렀는데 집 안에 적막이 감돌았다. 잠시 기다리다가 다시 초인종을 눌렀다. 외출하셨나. 어쩌면 이분도 이미 세상을 떠났을 수도 있었다.

확실한 건 아무것도 없었다. 큰길로 돌아와 동굴의 수도원으로 들어갔다. 좁고 어두운 입구를 지나 안마당으로 들어가자 도금한 돔형 지붕에서 비스듬히 반사되는 햇빛에 눈이 부셨다. 1051년 그리스도교 수도사들은 이 언덕의 동굴을 거처로 삼았다. 이 수도원의 창시자인 성 안토니우스는 지하 독방으로 들어갔고, 수도사들은 몇 년 후 그의 시신을 발견했는데 시신이 기적적으로 온전히 보존되어 있었다. 다른 수도사들도 드니프로강을 내려다보는 언덕의 미로 같은 동굴 속에 자신을 가뒀고, 곧 이 동굴은 공동묘지 겸 숭배의 장소가 됐다. 나는 독실한 가정에서 자라지도 않았고 다소 불안하기도 했지만, 수도원의 고색창연하고 수수께끼 같은 분위기에 매료됐다. 어렸을 때 아버지와 함께 이 수도원을 방문한 적이 있었다. 에메랄드색 벨벳 위에 놓인, 미라화된 11세기 손가락을 보고 두려움이 엄습했던 기억이 난다. 그때 나는 아버지의 손을 꼭 잡았다. 아버지의 손은 따뜻하고 부드러워 마음이 놓였다. 동굴 안의 유일한 빛은 밀랍 초의 불뿐이었다. 초를 손에 꼭 쥐고 있었는데 땀에 젖은 손바닥 안에서 초가 녹아내렸다. 놀라운 미스터리에는 두려움이라는 요소가 함께하기 마련이었다.

가파른 계단을 올라가 수도원 산책로에 섰다. 드니프로강 주변에 퍼져나간 도시가 내려다보였다. 30년 전까지만 해도 예스러운 마을들이 있던 자리를 도시가 집어삼켰다. 드니프로강 양옆에는 키이우의 신흥 재벌들이 세운 신규 저택과 아파트 단지가 여름의 신록을 뚫고 우뚝 서있었다.

난간에 기대어 강 쪽을 바라보았다. 드니프로강이 오른쪽 강변의 성당들과 브루탈리즘 양식 아파트 건물들을 지나, 무성한 밤나무 숲과 유리 및 크롬 소재의 저택 앞을 지나며 흐르고 있었다. 하얗게 빛나는 태양이 수면과 하늘에 맞닿은 지평선 지점까지 강물이 흐르다가 저 멀리 사라졌다. 아버지 생각이 났다.

슬픔과 후회만 느껴졌다.

우리 가족이 대화를 회피해 온 주제들이 있었다. 입에 올리지 않고 고통이 사라진 척한 것이다. 세르히 증조할아버지는 큰형 니코딤에 관해 말하지 않으려 했다. 아샤 증조할머니는 전쟁 얘기를 원치 않았다. 어머니는 이혼에 관해서는 입에 담지 않으려 했고, 나는 아버지의 자살에 관한 대화를 거부했다. 다들 두려움에 제대로 맞서지 못했다.

수도원 동굴 입구에서 머뭇거리고 있는데 입구에서 초를 파는 젊은 수도사가 물었다.

"안으로 들어가실 건가요?"

어렸을 때 여기 처음 와서 느낀 두려움이 떠올랐지만 고개를 끄덕였다. 수도사는 내게 초 한 자루를 건네주고 지하 공동묘지 쪽으로 길을 알려주었다. 나는 다른 순례자들을 따라 천천히 아래로 내려갔다.

햇빛이 환하게 비치는 곳에 있다가 어두컴컴한 지하로 내려오니 어디가 어디인지 분간이 되지 않았다. 들고 있던 초에서 뜨거운 촛

농 한 방울이 손으로 툭 떨어졌는데 고통스러운 것보다 겁부터 났다. 동굴의 습한 공기, 향과 밀랍과 땀 냄새에 머리가 어지러웠다. 그곳에 있지도 않은 아버지의 손을 찾으려 본능적으로 팔을 뻗었다. 사람들이 너무 많아서 옴짝달싹 못 하다가 그대로 함께 떠밀려 내려갔다.

아래로 내려갈수록 사람 수가 적어졌고 눈도 흐릿한 어둠에 적응했다. 주요 통로에서 뻗어나간 곳에 자리한 예배당으로 들어가자 촛불이 흔들리면서 그림자들이 비둘기 날개처럼 퍼덕였다. 유리로 된 관들이 놓인 어두움 벽감을 누런 불빛이 비췄다. 유리관 안에는 성인의 유물이 들어있었다. 또 다른 벽감에서는 수도사가 조용히 기도를 읊조리고 있었다. 바스락하고 바짝 마른 종이 페이지를 넘기는 소리가 들렸다. 공포가 가라앉으면서 두려움이 경이로움으로 바뀌었다. 유리관 앞으로 다가가 보니 그 안에는 11세기 키이우의 연대기 작가 성 네스토르의 유해가 들어있었다. 뒤에서 어떤 어머니가 아들에게 하는 말이 들렸다. "너를 위해 무언가를 해달라고 기도할 수도 있지만 다른 사람들을 위해 기도하는 게 더 좋은 거야."

나도 속삭이듯 기도했다. 정교회 양식에 맞는 올바른 기도 방법을 몰라서 막연히 블라디미르 큰아버지를 찾게 해달라고 부탁했다. 발렌티나 할머니의 정원에 꽃이 피게 해달라는 기도도 덧붙였다. 차가운 유리관의 유리에 내 입김이 하얗게 머물렀다가 서서히 사라졌다. 유리관으로 고개를 바짝 숙이고 있다 보니 입술이 거의 닿을 뻔했다. 성 네스토르의 미라화된 손 대신, 유리관 뚜껑에 비친 내 휘둥그렇게 뜬 두 눈만 보였다.

"나모레노에 미스토."

뒤에서 누군가 속삭였다. 나모레노에 미스토는 기도로 가득한 장소라는 뜻이고, 정교회 순례지를 가리키는 흔한 표현이었다. 예전 같으면 상투적인 표현이라고 생각했겠지만, 지금은 그 나지막한 기도가 이곳에 감동과 그윽한 멋을 더한다는 느낌이었다. 조용한 기도, 속삭이는 이야기 들이 보이지 않게 층층이 쌓여 누군가의 귀에 가닿고 있었다.

수도원을 나와서 그리고리 골드버그 씨 댁으로 돌아갔다. 고요한 가운데 초인종 소리가 울려퍼졌다. 대답이 없어서 이웃집들의 초인종도 눌러봤지만 다들 일하러 갔거나 여름휴가를 떠난 듯했다. 이상하게도 마당에 아이들은 물론 다른 생명의 흔적도 없었다. 어머니가 알려준 주소지를 한 번 더 확인해 보니 목록에 다섯 곳이 더 있어서 안심됐다. 초인종을 한 번 더 누르고 나서 그리고리 씨 앞으로 쪽지를 남겼다. 내가 누구인지를 알리고 그의 도움이 필요한 이유를 설명하는 내용을 담았다.

그 후 며칠 동안 어머니의 옛 주소책에 들어있던 단서들을 추적했다. 수도원에서 기도도 했지만 내 노력은 성과를 보지 못했다. 아무도 찾지 못했다. 내 부모님과 블라디미르 큰아버지를 아는 사람들은 이사 갔거나 이민을 떠났다. 상당수는 이 세상 사람이 아니었다. 큰아버지의 무응답이 돌이킬 수 없는 이별을 의미하는 것일까 봐 겁이 났다.

이모의 아파트로 돌아와 큰아버지가 찍어준 어린 시절 내 사진을 살펴보았다. 사이가 틀어지기 전 큰아버지는 내 어린 시절 사진과 영상 필름을 디지털화해 주었다. 내가 좋아하는 사진 중 하나는 다리야 할머니가 손으로 턱을 받치고 나를 바라보는 사진이었다. 사진 속에서 나는 두툼한 공책에 무언가를 쓰고 있었다. 우리는 거실의 우묵한 곳에 앉아있었는데, 커다란 옷장으로 공간을 분리해 나와 할머니가 작은 침실을 쓰고 나머지 가족은 거실을 함께 쓰는 구조였다. 다리야 할머니는 내가 기억하는 모습 그대로였다. 흰 셔츠 위에 검은색 나시 원피스를 입고 하얀 머릿수건을 두른 모습. 사진 속 너저분한 곱슬머리에 볼이 동그란 아이가 나라는 게 믿어지지 않았다. 그 아이가 쓰고 있는 공책은 곧바로 기억이 났다. 내 어린 시절 일기장이었다.

아마 일곱 살 때였을 것이다. 다리야 할머니는 학교를 마친 나를 직장 사무실로 데려가곤 하셨다. 할머니는 은퇴 후 남자 기숙학교에서 파트타임 상담사로 일하고 있었다. 학생들이 기숙사 방에 불을 지르지 않게 감독하는 게 할머니의 주 업무였다. 학교보다는 소년원에 더 가까운 건물이었고 축축한 분필, 퀴퀴한 땀, 염소 소독제 냄새가 풍겼다. 울적한 분위기가 물씬 풍기는 그 학교에는 내가 훔쳐 쓸 만한 색종이와 문구류가 꾸준히 공급되고 있었다. 어느 날, 8학년 남학생 로만 야첸코가 우크라이나 문학수업을 거부해 할머니의 사무실로 불려왔다. 로만은 책가방을 벽에 던지며 분통을 터뜨리다가 씩씩대며 나가버렸다. 나는 로만이 버리고 간 공책 하나를 집어 들고 할머니에게 내가 가져도 되냐고 물었다. 새 공책이었다. 로만이 어질러 놓은 사무실을 치우던 할머니는 눈을 들더니 고개를 끄덕였다. 분노 조절 문제가 있는 10대 아이들을 상담하는 건 기력이 부치는 일이었다. 나는 공책에 적힌 로만의 이름을 펜으로 쭉 긋고 내 이름을 적었다. '9월 1일. 글쓴이: 빅토리아.' 하얀 새 페이지를 들여다보며 작가로서 뭘 써야 할지 모르는 막막한 기분을 그날 처음 경험했다. 할머니에게 여기다 뭘 쓰면 될지 물었다. 1학년에 들어가기 전이라 나는 할머니에게 읽기와 쓰기, 필기체를 배우고 있었다.

"하루하루를 일기처럼 적어봐. 뭐든 적어놓으면 기억할 수 있게 되거든."

다리야 할머니는 시와 메모, 좋아하는 소설에서 베낀 문구를 적어놓은 검은 공책들을 여러 권 갖고 있었다. 할머니는 일을 마치고 집으로 돌아오면 나와 함께 쓰는 책상 앞에 앉아 공책을 펼치고 무언가를 적었다. 할머니가 자기만의 세상으로 빠져든 걸 알기에 나는 집중을 방해하지 않으려고 발끝으로 살금살금 그 옆으로 지나다녔다.

내 일과에는 일기장에 적을 만큼 특별한 일이 별로 없었다. 어머니, 발렌티나 할머니가 즐겨 읽던 회고록을 보면, 사람들은 보통 자기가 태어난 곳과 가족들에 관한 얘기로 회상을 시작했다. 대개 회고록 저자는 부자이고 중요한 사람들이었다. 이반 부닌의 《아르세니예프의 인생》에 나오는 퇴락한 귀족 가문도 나에게는 없는 매력이 있으니 책으로 나왔을 것이다. 무엇보다 작가라면 자기만의 철학적 견해가 있어야 하는데 내게는 그런 게 없었다. 나는 '철학'이라는 단어를 제대로 쓸 줄도 몰랐다. 다리야 할머니는 '글쓰기도 다른 예술과 마찬가지로 창의력을 발휘하는 활동'이라며 그림을 그리거나 콜라주를 만들어도 된다고 알려주었다. 할머니는 나를 어린애 취급하지 않았다.

다리야 할머니의 제안대로 나는 잡지에서 예쁜 꽃과 과일 사진들을 가위로 오렸다. 키이우에 정원은 없지만 정원 가꾸기에 관한 잡지를 정기 구독하던 블라디미르 큰아버지가 없어진 잡지를 찾으려고 우리가 있는 아파트 구석 자리로 다가왔다. 가위로 오린 사진을 일기장에 붙이는 나를 본 큰아버지가 소리쳤다.

"무슨 짓이야? 올해에 나온 제일 중요한 잡지인데. 감자 심기에 관한 내용이 실려있어. 나도 아직 못 읽었어!"

큰아버지는 내 손에서 남은 페이지들을 확 잡아당겼다. 나는 예술작품을 만들려고 잡지를 희생시켰을 뿐이라고 설명하려 했는데 큰아버지는 들을 생각도 하지 않고 우리 엄마에게 따지러 갔다.

예술을 추구하다가 난리가 날 수도 있음을 알게 된 나는 그날 이후 큰아버지의 잡지에 손대지 않았다. 대신 주변을 관찰해 글로 쓰기 시작했다. 운동장 근처에 서있는 만개한 밤나무, 방과 후에 다리야 할머니와 함께 찾아간 곳들, 키이우를 떠나 베레 마을의 아샤 증조할머니와 세르히 증조할아버지를 만나러 가고 싶은 마음, 혹은 베레 마을에 있는 동안에는 키이우로 돌아가 다리야 할머니와 산책하고 싶은 마음을 글로 적었다. 짧은 이야기를 적어 넣을 때도 있었다. 대부분은 소설이었다. 다리야 할머니의 심부름으로 눈 내린 숲 사이를 혼자 걸어가는 이야기도 있었다.

그 이야기에 담긴 현실 요소는 꽁꽁 언 나무껍질과 솔잎의 향기, 발밑에서 뽀드득뽀드득 밟히던 눈, 얼어붙은 물웅덩이의 얼음에 새겨진 섬세한 패턴뿐이었다. 겨울 동화 나라에서 나는 혼자였지만, 다리야 할머니한테서 물려받은 본능적인 길 찾기 능력이 있으니 두렵지 않았다. 다리야 할머니는 내 이야기의 주인공이고, 친구이자 공범자였다.

여덟 살 때까지 일기장에 계속 글을 썼다. 공책은 끝이 안 났는데 부모님의 결혼은 끝이 났다. 어머니는 나를 데리고 그 아파트를 떠났고 아버지는 도시의 다른 동네로 거처를 옮겼다. 나는 드니프로강을 사이에 두고 다리야 할머니와 떨어져 살아야 했다. 할머니의 집까지는 수많은 지하철역과 버스 정거장이 가로놓여 있었다. 일기장에 가끔 글을 쓰긴 했지만 내 뮤즈인 할머니가 없으니 글은 점점 줄어들었다. 부닌의 암울한 사랑 이야기를 읽어주던 할머니가 보고 싶었다. 시를 쓰거나 학생들의 숙제에 점수를 매기는 할머니 곁에 앉아있던 나날들이 그리웠다. 할머니와 함께하던 숲속 산책, 할머니가 화목 난로로 만들어 준 버터 바른 크레이프도 그리웠다. 주머니에 가득 담긴 밤과 솔방울 때문에 모양이 비딱해진 할머니의 녹색 외투, 할머니의 하얀 손수건에서 풍기던 파우더와 약 냄새가 그리웠다.

미국으로 떠나기 전 다리야 할머니를 마지막으로 봤을 때 나는 할머니에게 내 일기장을 맡기면서 돌아오겠다고 약속했다. 하지만 몇 달 후 할머니가 세상을 떠나면서 나는 약속을 지키지 못하게 되었다. 할머니의 죽음을 순순히 받아들일 수가 없었다. 그 후 수년 동안 나는 할머니를 과거의 존재가 아니라 현재 존재하는 사람인 것처럼 말했다. 할머니가 내 눈에 보이지 않는 상황이 됐지만 내가 충분히 노력을 기울이면 할머니를 다시 찾을 수 있을 거라고 믿었다.

문득 어렸을 때 살았던 아파트에 가보고 싶다는 생각이 들었다. 지금까지 해본 적 없는 생각이었다. 그 아파트가 괴로운 법정 싸움의 대상이 되면서 좋지 않은 기억이 덧칠되었기 때문일 것이다. 1990년대 초, 개인이 재산을 소유할 권리를 갖게 되면서 다리야 할머니와 블라디미르 큰아버지는 그전까지 국가 소유였던 아파트를 사유화하게 됐다. 둘이 살기엔 너무 커서 그 아파트를 팔고 좀 더 작은 집을 살 생각이었다. 큰아버지와 어렸을 때부터 친했던 절친이 필요한 서류를 모아주겠다고 자진해서 나섰다. 독립 후 얼마 안 된 시기라 쉽지 않은 일이었는데 그 친구는 그런 상황을 이용해 그 아파트를 자기 소유로 만들어 버렸다. 큰아버지에게 전해 들은 그 상황은 우크라이나가 물려받은 소련 시대 법전만큼이나 복잡했는데 결과적으로 큰아버지는 그 아파트를 친구에게 빼앗기고 말았다. 큰아버지는 자신이 소유자란 사실을 증명하기 위해 안간힘을 썼다. 그것은 친구에게 배신당한 후에도 인간에 대한 믿음을 잃지 않으려는 몸부림에 가까웠다.

아파트값의 절반에 해당하는 돈을 변호사 비용으로 들여가며 싸운 끝에 큰아버지는 그 아파트를 되찾았고, 이스라엘로 건너가 사는 동안 그 아파트를 팔았다. 그리고 돈 때문에 뒤통수를 친 절친에 대한 실망감을 이야기할 때가 아니면 굳이 그 아파트 얘기를 입에 올리지 않았다.

"그 아파트 때문에 너희 큰아버지가 마음고생이 심했잖니."

발렌티나 할머니가 말했다. 나는 키이우에 와 있는 동안 할머니와 매일 얘기를 나눴다. 할머니가 아이패드를 사용해 21세기적 통신으로 넘어오신 덕분에 우린 얼굴을 보면서 좀 더 친밀하게 대화를 나눌 수 있었다. 할머니가 카메라 각도를 똑바로 맞추질 못해서 우리가 얘기를 나눌 때마다 카메라는 벽을 비추거나 식당의 식탁 위에 걸린 파샤 고조할머니의 침울한 사진을 비추곤 했다. 하지만 할머니는 나를 똑바로 볼 수 있었다. 클릭 한 번으로 그렇게 할 수 있어서 할머니는 기뻐했다.

"네 방은 왜 그렇게 너저분하니?"

발렌티나 할머니는 바닥에 늘어놓은 옷이나 책상 위에 흩어져 있는 종이들을 보면서 잔소리했다. 뭐든 그냥 넘기는 법이 없으셨다.

나는 어렸을 때 살았던 아파트에 가볼 생각인데, 마음이 편치 않다고 할머니에게 털어놓았다.

"나도 오랜만에 미하일리우카 마을에 가게 됐을 때 마음이 썩 내키진 않았어. 그래도 요즘 잠이 잘 안 올 때면 우리 집과 사과 과수원, 언덕 아래로 흐르던 개울을 상상해. 그리고 내가 사랑하고 아끼는 사람들을 그 추억 속 풍경에 채워 넣지. 우리가 플라톤 벨림 씨의 집을 찾아다니다가 만났던 마리아 아주머니라는 멋진 분 기억나지? 그분은 하루가 끝나갈 무렵 우리 인생에 남는 건 추억뿐이라고 했어. 그분 말이 맞아. 기억하는 게 중요하다던 네 말도 맞고."

할머니는 아이패드를 만지작거렸다. 카메라가 빙글 돌고 화면에 할머니의 발그레한 얼굴이 비쳤다. 할머니는 나를 똑바로 바라보며 말했다.

"니코딤에 대해 알아보려고 루스터 하우스까지 갔으니, 어렸을 때 집 정도는 충분히 갈 수 있을 거야."

안마당을 몇 바퀴 돌다가 놀이터 근처의 긴 의자에 앉았다. 여자아이들 몇몇이 번갈아 가며 그네를 타고 있었다. 그네는 내가 그 아이들 나이였을 때 그랬던 것처럼 끼이익 끼이익 소리를 냈다. 조팝나무 덤불과 열십자로 가로지른 빨랫줄이 여기저기 자리한 넓은 안마당에 아이들의 웃음소리가 울려퍼졌다. 5층짜리 낮은 건물들이 안마당을 둘러싸듯 서있었고 집집마다 창턱에 화분과 새장을 놓아두었다. 할머니들은 저녁 먹으러 들어오라고 손자들을 불렀다. 여기로 돌아오기까지 20년도 넘게 걸렸다. 밤나무들은 키가 훌쩍 커졌고 잔디밭에 주차된 차들은 훨씬 새로운 모델들이 되었으며 도로에 움푹 팬 곳들은 더 많아졌지만 그 외에는 어린 시절 내가 알던 거리 그대로였다.

의자에서 일어나 한때 부모님, 블라디미르 큰아버지, 다리야 할머니와 함께 살았던 아파트 건물로 다가갔다. 우리 집 창문들은 이 안마당을 내다보는 구조였다. 침실 창문의 얇은 커튼 너머로 깜박이는 텔레비전 화면과 움직이는 그림자들이 들여다보였다. 그냥 걸어가서 초인종을 누르면 되는 것이다.

나는 그 자리에 얼어붙은 듯 서있었다. 세월을 겪으며 얼굴이 두꺼워졌지만 낯선 사람들이 사는 집을 무작정 방문하려니 쉽게 발이 떨어지지 않았다. 그 사람들에게 뭐라고 말해야 할까? 나 자신도 납득이 안 되는데, 그냥 그들이 사는 집을 둘러보고 싶어 왔다는 얘기를 어떻게 하지? 안마당 가장자리의 밤나무에 기대어 서서 생각에 잠겼다.

"누굴 염탐하는 거요?"

어깨 너머에서 들려온 쉰 목소리에 깜짝 놀랐다. 뒤를 돌아보니 짧은 반바지에 러닝셔츠를 입은 땅딸막한 남자가 보였다. 남자의 근육질 팔에 시퍼런 문신이 새겨져 있었다. 남자의 저먼 셰퍼드 개가 남자를 다른 방향으로 끌고 가려고 했지만 남자는 인상을 쓰며 내 앞을 가로막았다.

당황한 나는 얼굴이 달아올랐다.

"전에 여기 살았어요."

남자는 못 믿겠다는 얼굴이었다.

"난 당신 나이보다 훨씬 오래 여기 살았는데, 당신을 본 기억이 없어."

"아주 오래전이었어요. 블라디미르 체브레프 씨 아세요?"

남자는 환하게 미소 지으며 자기 허벅지를 탁 쳤다. 그 틈에 놓여난 개가 덤불 속으로 달려갔다.

"당연히 기억하지. 그 사람 딸내미냐?"

나는 조카라고 밝혔다.

"오래전에 이사 갔던 그 애구나. 난 3층 사는 미시카야." 미시카는 고개를 절레절레 흔들며 개를 찾으러 걸어갔다. "이놈이 침입자 냄새를 맡았나 보네. 고양이 말이야." 그는 내게 손을 흔들며 잘 가라고 인사했다. 나도 그에게 행운을 빌어주고는 안마당을 나서려고 아치문 쪽으로 향했다. 나야말로 침입자가 된 기분이었다.

"잠깐, 어딜 가?" 미시카가 뒤에서 날 불렀다. "올라가서 인사라도 하지 그래? 너희 집을 산 사람들, 좋은 사람들이야."

미시카는 공동 현관을 가리켰다.

"내가 문 열어주마. 이 빌어먹을 흐루쇼프카(1960년대 초부터 소련에서 지어지기 시작한 조립식 저층 아파트—옮긴이)는 인터콤이 작동을 안 해. 누구도 나서서 고칠 생각을 안 하거든."

그는 구시렁거리느라 내가 거리 한가운데에 가만히 서있는 걸 알아채지 못했다. 여기서 뭘 더 두려워할 필요가 있을까? 결심이 선 나는 공동 현관으로 다가갔다.

통로에서 예전처럼 불에 탄 비스킷과 흰곰팡이 냄새가 풍겼다. 전구도 여전히 고장 나있었다. 계단을 밟고 2층으로 올라가 본능적으로 오른쪽으로 방향을 꺾어 예전 우리 집 앞에 섰다. 미시카가 아래층에서 소리쳤다.

"그럼 일 잘 봐라. 행운을 빈다! 난 우리 개가 동네 고양이들을 다 물어 죽이기 전에 찾으러 가야겠다."

녹슨 초인종 소리가 몇 초간 울려퍼졌지만 문 안쪽은 고요했다. 그만 여길 떠나야 할지 아니면 좀 더 기다려야 할지 결정을 내리지 못하고 어둠 속에 서있었다.

기척도 없이 문이 열리는 바람에 나는 깜짝 놀라고 말았다. 파란 여름 원피스를 입은 젊은 여자가 문 안쪽에 서있었다. 여자는 어두운 통로에 서있는 방문객이 누구인지 확인하려는 듯 밀가루 묻은 두 손을 앞치마에 문지르며 몸을 앞으로 기울였다. 여자가 옆으로 약간 비켜서자 갓 구운 빵 냄새가 좁은 복도로 흘러나왔다.

보조개가 있는 분홍빛 얼굴에 눈꼬리가 살짝 치켜 올라간 회색 눈을 가진 여자였다. 눈가에 주름이 살짝 잡혀있었고, 금발 머리를 뒤로 모아 말아서 목 뒤에 고정해 놓았다. 다리야 할머니가 슈가 번 빵에 비교하곤 했던 건강하고 원숙한 아름다움을 풍기는 여자였다. 할머니는 키 크고 살집이 약간 있으며 금발인 여자들 옆을 지나갈 때면 "꼭 불로치카 빵처럼 예쁘구나"라고 감탄했다. 다리야 할머니 와 나는 머리카락이 검고 말랐으며 자그마한 체구였다. 지금 내 앞 에 서있는 여자의 팔뚝에 밀가루가 묻어있는 걸 보니 정말 페이스 트리의 한 종류인 불로치카 빵 같았다.

"저는 비카라고 합니다. 블라디미르 체브레프 씨의 조카고요. 예 전에 이 집에 살았어요."

"난 소냐고, 그쪽이랑 친척이에요."

여자는 내 손을 덥석 잡더니 내 얼굴을 자세히 볼 수 있도록 불빛 이 비치는 곳으로 당겼다. 우리는 서로를 바라보며 미소 지었다. 소 냐가 따뜻하게 맞아주자 어색했던 기분이 눈 녹듯 사라지긴 했지만 어안이 벙벙했다. 여기서 친척을 만나다니.

키 크고 짙은 색 머리카락을 가진 남자가 자기와 똑 닮은 어린 남 자아이를 품에 안고 복도로 나왔다.

"Khosh umadid, 어서 와요."

그는 페르시아어(이란의 공용어―옮긴이)로 말했다.

"우리 남편 키완인데 페르시아어로 말하는 걸 좋아해요. 우크라 이나에 자기 조국인 이란식 예의를 도입하려고 작정했다니까요." 소냐는 남편에게 다정한 미소를 지으며 덧붙였다. "우리 슬라브인 의 직설적인 방식이랑은 안 맞는 것 같지만요."

나는 우크라이나 문화가 페르시아의 전통적 예의 덕을 보겠다고
키완에게 말했다.

소냐는 남자아이를 가리키며 말했다.

"얘는 내 아들 로만이에요."

로만은 내가 조금 전 소냐를 봤을 때처럼 놀란 표정으로 나를 쳐
다보다가 제 아버지의 가슴에 얼굴을 숨겼다.

"들어와서 어떻게 된 건지 얘기 좀 해줘요."

소냐는 나를 거실로 이끌었다.

그러자 키완이 아내에게 말했다.

"어떻게 된 건지는 당신이 먼저 얘기해야 하는 거 아냐?"

키완은 이란 출신이란 사실을 감출 수 없는, 낮고 깊은 'ㅏ' 발음
만 빼면 러시아어가 유창한 편이었다.

소냐가 말했다.

"난 그쪽 사진 본 적 있어요. 다리야 작은할머니랑 많이 닮았네.
생긴 것만 봐도 나랑 친척인 걸 알겠어요."

키완이 내게 물었다.

"블라디미르 씨가 친척 조카한테 아파트를 팔았단 얘기 안 했어
요?"

그러자 소냐가 설명했다.

"정확히 말하면 조카의 딸이에요. 우리 소냐 할머니는 다리야 작
은할머니의 언니예요. 나는 할머니 이름을 물려받았고요. 그동안
다리야 작은할머니나 블라디미르 아저씨와 연락을 못 하고 지냈어
요. 그런데 블라디미르 아저씨가 이스라엘로 이민 가기로 했다면서

나한테 연락을 주신 거예요. 우리가 아파트를 찾고 있는 걸 안다고 하시더라고요. 그래서 우리가 여기 살게 된 거예요."

"큰아버지랑 연락이 끊겼어요. 달리 어디 가서 물어볼 데도 없어서 여기 온 거예요."

머리가 핑 도는 느낌이었다. 지난 2년 동안 친척을 찾으려고, 과거에 대한 단서를 찾으려고 그렇게 애썼는데 바로 여기 친척이 살고 있었다. 비록 먼 친척이지만 한때 내가 살았던 이 방에, 지금 내 앞에 친척이 앉아있었다. 이 상황을 현실로 받아들이려면 시간이 걸릴 듯했다. 나는 소냐에게 아파트를 둘러봐도 되느냐고 물었다.

구조는 똑같은데 분위기는 달라져 있었다. 더 신선하고 밝고 행복한 분위기였다. 창밖에서 울려대는 도시의 소음만이 예전과 다름없는 바로 그 아파트란 걸 일깨워 주었다. 나는 부모님이 썼던 침실에 들어가 바깥에서 들려오는 날카로운 트램 소리, 안마당에서 노는 아이들의 웃음소리, 밤나무 잎사귀가 부드럽게 스치는 소리에 귀를 기울였다.

소냐가 방으로 들어오며 말했다.

"키완이 블라디미르 아저씨의 전화번호를 찾아줄 거예요. 차 마시면서 그동안 어떻게 살았는지 얘기해 줘요."

소냐는 서양배 모양을 한 이란 찻잔과 자기 찻주전자를 식탁 위에 차려놓았다. 찻주전자에는 콧수염을 기른 카자르 샤(1831~1896년. 이란의 왕―옮긴이)의 모습이 그려져 있었다. 거실의 작은 보관장에는 성모 마리아의 모습이 그려진 정교회 성화, 코란, 하페즈(14세기 이란의 시인―옮긴이)의 시집 한 권이 놓여있었다.

메모장을 들고 돌아온 키완이 말했다.

"블라디미르 씨의 연락처 여기 있습니다. 지금 전화해 볼게요."

하지만 그가 가져온 번호는 내가 지난 몇 주일 동안 매일 전화해도 연결되지 않았던 바로 그 번호였다. 이번에도 역시 신호는 가는데 아무도 받지 않았다.

소냐는 내가 손도 대지 않은, 차갑게 식어버린 차를 새 차로 바꿔주며 말했다.

"그 집 가족이 이사를 갔어요. 블라디미르 아저씨가 다른 아파트로 옮기기로 했다는 얘길 했던 걸로 기억해요. 마지막으로 보내신 이메일을 확인해 볼게요."

소냐는 이메일 계정에 로그인해서 6개월 전에 마지막으로 받은 이메일을 찾아냈다. 그녀는 겸연쩍은 표정으로 말했다.

"좀 더 자주 연락하고 지낼 걸 그랬나 봐요."

"요즘 다들 그래." 키완은 손을 아래로 내리며 안타깝다는 듯 말했다. "현대 가족들의 모습이지."

우리는 차를 마시면서 로만 얘기, 로만이 페르시아어와 러시아어를 섞어 자기만의 언어를 만들고 있다는 얘기를 하면서 우울한 생각을 떨쳐내려 애썼다. 내 안에서는 괴로움이 점점 커졌다. 차갑게 덩어리진 무언의 괴로움이었다. 나는 따뜻하게 맞아줘서 고맙다고 부부에게 인사를 하고 예전 우리 집을 떠났다. 등 뒤로 문이 닫혔다. 잠시 노란 가로등 불빛을 받으며 문 앞에 서있던 나는 짙어지는 황혼 속으로 머뭇머뭇 발을 내디뎠다.

15
_____

베레 마을로 돌아가는 것 외에 다른 선
택지가 없었다. 기다리다 보면 어머니가 블라디미르 큰아버지와 연
락이 닿을 만한 분을 찾아주지 않을까. 아니면 소냐와 키완이 큰아
버지에게 편지를 써서 큰아버지더러 나에게 연락하라고 해주거나.
그것도 큰아버지가 나와 연락할 의향이 있어야 가능할 것이다. 나는
키이우에서 조금 더 머물기로 했다. 당장은 이 도시를 돌아다닐 기
운이 없어서 로라 이모의 아파트 발코니에서 노트북으로 글을 쓰는
척 앉아있었다. 시큼한 포플러나무 냄새, 저 아래 마당에서 노는 아
이들의 아득한 웃음소리, 벽돌 벽에서 뿜어나오는 건조한 열기에 어
린 시절의 추억이 떠올랐다. 이렇게 숨 막히게 더운 날이면 다리야
할머니, 블라디미르 큰아버지와 함께 흐리비우카 마을로 피서를 가
곤 했다.
　큰아버지는 키이우 근처 흐리비우카 마을의 작은 집 하나를 사서
전통적인 러시아 오두막으로 꾸몄다. 큰아버지의 조부모님이 살았

던 집을 떠올리게 하는 별장이었다. 거대한 석재 오븐과 긴 의자를 붙여놓은 벽이 있고 바닥은 흙바닥이었다. 흐리비우카는 베레 마을과 크기가 비슷했는데 전통적인 오븐, 우리 별장을 둘러싼 어두운 숲, 동네 사람들이 1980년대에도 여전히 사용하는 마차 덕분에 동화책 삽화 같은 느낌이 물씬 풍겼다. 할머니와 나는 마법 오븐으로 빵과 팬케이크를 만들었고 근처 숲에서 약초와 버섯을 찾아다녔다.

다리야 친할머니는 아샤 외증조할머니와 비슷한 연배였고 아샤 할머니처럼 교사였다. 하지만 두 분의 공통점은 그뿐이었다. 다리야 할머니는 목소리가 부드럽고 성격이 차분한데, 아샤 외증조할머니는 사교적이고 외향적인 편이었다. 그런데 다리야 할머니는 숲에 들어가면 완전히 다른 사람이 됐다. 각종 식물과 식물의 약효 성분, 어린 시절을 보낸 러시아의 거대한 숲에 관한 얘기를 들려주었다. 새로 변신하고 싶어 했던 연인 이야기에 관한 노래를 불러주고, 낭만적인 페르시아 시도 암송해 주었다.

내가 체르노빌의 재앙에 관해 처음 알게 된 건 흐리비우카 마을에서였다. 이 마을은 체르노빌 원자력 발전소에서 약 80킬로미터 떨어진 곳에 있었다. 1986년 4월 26일은 토요일이었고, 어머니와 나는 다리야 할머니, 큰아버지와 주말을 함께 보내기 위해 그 전날 밤에 흐리비우카에 도착했다. 할머니와 큰아버지는 미리 와서 감자를 심고 있었다. 다음 날 아침은 서늘하고 햇빛이 화창했다. 어머니와 나는 인공 저수지인 키이우 바다를 끼고 산책을 나섰다. 촉촉한 모래사장에는 반짝이는 홍합 껍데기가 여기저기 널렸고 소나무를 축소한 것 같은 모양의 수생 식물들이 잔뜩 있었다. 나는 막대기를 집어 들고 모래에 선을 그렸는데 내 발까지 파도가 밀려와 그림을 지워버렸다.

"저거 꼭 곰 같지 않니?"

어머니가 저 멀리서 천천히 움직이는 안개 덩어리를 가리키며 물었다. 나는 큼직한 유목 위로 올라가 수면과 하늘을 갈라놓는 빛의 선을 바라보았다. 곰 모양 구름에는 별로 관심이 가지 않았다. 키이우 바다를 만드느라 여러 마을이 수몰됐다는 얘길 다리야 할머니에게 들은 적 있었다. 언젠가는 수몰된 집이며 성당, 정원이 다시 모습을 드러내지 않을까 하는 상상을 했다.

"이상한 안개네."

어머니는 모래사장에 앉아 책을 펼치며 중얼거렸다. 어머니는 지루해하고 있었다. 원래 흐리비우카를 별로 안 좋아했는데 아버지가 고집을 부려서 온 것뿐이었다.

누가 우리 이름을 목청껏 부르는 소리가 들렸다. 뒤를 돌아보니 아버지가 손을 휘저으며 우리에게 달려오고 있었다.

"차에 타. 당장." 아버지는 어머니의 책을 집어 들고 내 쪽으로 달려왔다. "지나가던 차 운전자한테 들었는데 체르노빌에서 일이 터졌대."

평소 침착하고 조용하던 아버지가 동요하자 나는 다리가 떨리기 시작했다. 유목에서 뛰어내리다가 물 밑에서 올라온 날카로운 나뭇가지에 타이츠가 걸리고 말았다. 나는 수몰된 마을의 오래된 나무에 붙잡힌 채 순간적으로 허공에 뜬 상태가 됐다. 아버지가 와서 나를 안아 들고 차를 향해 뛰기 시작했다. 차 안에는 다리야 할머니와 큰아버지가 우리를 기다리고 있었다.

처음엔 남은 학기 동안 학교로 돌아가지 않아도 된다는 것 말고는 체르노빌 사고가 내게 별다른 의미로 와닿지는 않았다. 키이우로 돌아간 다음 날 아버지는 어머니와 나를 차에 태워 베레 마을로 데려갔다. 이모의 시어머니가 보건부에서 일하고 있었는데, 그분이 우리더러 당장 키이우를 떠나 방사능 구름의 반대 방향인 동쪽으로 가라고 일러주었다. 덕분에 우리는 체르노빌 재앙의 실체를 알게 됐다. 어머니는 친구들에게 전화를 걸어 당장 도시를 떠나라고 애원했지만 친구들은 듣지 않았다. 소비에트 정부가 체르노빌 관련 뉴스가 사실이 아니라고 한 탓에 다들 웃으면서 어머니에게 자본주의자들의 음모 이론은 그만 좀 믿으라고 했다. 어머니의 절친 라나는 농담하며 말했다. "자원봉사 간호사로 일하던 시절에 챙겨둔 방독면이 있어. 방사능 구름이 이쪽으로 와도 우린 방독면이 있으니까 괜찮아." 몇 년 후 라나는 유방암으로 세상을 떠났는데, 라나의 가족이 라나의 병원비로 전 재산을 다 써버려서 어머니가 장례식 비용을 대주었다.

다리야 할머니와 블라디미르 큰아버지는 체르노빌 원자력 발전소 폭발 사고 후에 흐리비우카 마을로 돌아갔다. 아끼는 별장을 버려둘 수 없어 위험한 줄 알면서도 간 것이다. 나는 더 이상 할머니, 큰아버지와 함께 다니지 않았다. 부모님이 이혼한 탓에 나는 주말에만 할머니, 큰아버지의 집을 방문했는데 어머니는 내가 흐리비우카 마을에 절대 못 가게 했다. 1986년 4월의 그날이 내가 흐리비우카 마을에서 보낸 마지막 날이었다. 흐리비우카는 말린 송진, 사향 맛이 나는 산딸기, 할머니의 노랫소리로 내 기억에 남았다. 그곳을 생각하면 내가 겪은 첫 번째 상실, 내 첫 열망의 시작이 떠올랐다.

브라우저 검색창에 흐리비우카를 입력했다. 첫 페이지에 뜬 것은 호텔 광고였다. '도시의 번잡함에 지쳐 키이우 근처에서 잊을 수 없는 휴가를 보내고 싶은 분, 흐리비우카 홀리데이 호텔을 찾아주세요.' 우리 별장 주소는 알 수 없었지만 스파 시설, 기업의 팀 활동 행사 지원, 수영장 다섯 개를 갖췄다는 이 호텔이 내가 아는 흐리비우카 마을의 어디쯤 있을지는 충분히 짐작할 수 있었다. 확인할 방법은 하나뿐이었다.

버스 정류장에서 보니 흐리비우카 마을 방향으로 가는 길가에 체르노빌 관광 코스 광고가 붙어있었다. 체르노빌 출입 금지 구역 관련 포스터에 적힌 '독특하고 신비로우며 특별한 곳'이라는 문구를 보니 무슨 사파리 여행 관광지 같았다. 흐리비우카 마을로 가는 버스에 올라탄 나는 블라디미르 큰아버지가 우리 별장을 찍은 사진들을 휴대폰으로 들여다보았다.

키이우 인근 시골 지역은 초원과 스텝 지대가 펼쳐진 폴타바와는 무척 달랐다. 차창 밖 풍경으로 자연히 눈길이 갔다. 소나무 숲이 휙휙 지나가고, 시뻘건 줄무늬가 새겨진 가느다란 나무들의 시커먼 우듬지가 보였다. 체르노빌 사고가 터지고 나서 정부는 군인들에게 체르노빌 원자력 발전소 부근의 숲을 완전히 파괴하라고 지시했다. 5월의 때아닌 더위 속에서 웃통을 벗고 나무를 자르던 군인들은 결국 방사선 병으로 쓰러지고 말았다.

다리야 할머니와 버스를 타고 흐리비우카 마을로 자주 여행을 다닌 덕에 버스가 모퉁이를 돌아가자마자 그곳이 어디쯤인지 알 수 있었다. 나는 손을 들어 버스 기사에게 세워달라고 했다. 예전과 같은 도로에 같은 바위, 같은 언덕이 저 앞에 보였다. 버스가 달려가면서 뒤에 남은 나는 흙먼지 구름에 휩싸여 순간적으로 여기가 내가 아는 곳이 맞는지 헷갈렸다. 무성하다 못해 시커멓게 그림자가 지고 이끼로 뒤덮여 있던 숲이었는데 지금은 나무가 너무 없어서 그 너머 도로까지 휑하니 보였다. 예전에 내가 야생 나무딸기를 따다가 곰을 놀라게 했던(다리야 할머니 얘기로는 주정뱅이였다는데, 시커먼 갈기를 흔들며 으르렁거리던 그것은 영락없는 곰의 형상이었다) 큰 길 근처에는 맥주캔이며 쓰레기가 널려있었다.

나는 움찔하며 쓰레기 더미에서 시선을 돌렸다. 어딜 봐도 흐리비우카 마을은 확연히 달라진 모습이었다. 도로도 새것처럼 보였고 집들도 마찬가지였다. 지붕에 위성 방송 수신 안테나가 달려있고 진입로에 수입차들이 서있는 멋진 별장들도 보였다. 버려진 채 썩어가는 집들도 있었는데 그중에 어린 시절 내 동화 속 오두막 별장이 있었다. 단단한 초록색 사과가 주렁주렁 달린 채 마구 자란 사과나무들이 둘러싸고 있어서 흰 칠을 한 그 집이 얼른 눈에 들어오진 않았다. 비딱한 대문을 열고 마당으로 들어갔다. 문이 벌컥 열리더니 고양이 한 마리가 튀어나와 나는 기겁을 했다. 수년째 사람이 살지 않은 듯했다. 지붕은 무너져 있었고, 큰방의 바닥에서 묘목들이 자라 올라왔다. 허연 회반죽을 문질러 보니 손가락에 부스러기가 묻어났다. 지붕은 당장이라도 무너질 듯했다.

다리야 할머니와 흐리비우카 마을에 왔을 때가 기억났다. 할머니는 아침 일찍 일어나 이웃집에 가서 아침으로 먹을 우유를 사 오곤 했다. 나는 강둑에서 자라는 갈대 소리, 장작 넣는 소리에 잠을 깼다. 몽롱하고 여기가 어디인지 알 수 없어 흰 유리가 끼워진 작은 창밖을 멍하니 내다본 기억이 난다. 할머니의 녹색 외투가 언뜻 보이자 마음이 확 놓여 온몸이 무중력 상태가 된 듯 가벼워졌다. 나는 할머니의 금잔화 오일과 약초 비누 향이 스며있는 모직 누비이불에 얼굴을 묻고 다시 잠이 들었다.

그 흰 유리 창문이 기적적으로 온전하게 남아있었다. 석재 오븐도 그대로였다. 어렸을 때 느꼈던 불가사의한 기운을 머금은 채 여전히 견고하고 위풍당당한 모습이었다.

다리야 친할머니와 아샤 외증조할머니는 같은 강에 두 번 발을 들여놓을 수 없으니, 후회를 떨쳐버리고 세월이 초래한 변화를 받아들이라는 말을 자주 했다. 나는 그 말을 따르지 않고 저항한 탓에 기억과 현실의 부조화로 인해 괴로워하곤 했다. 망가진 별장 한가운데에 서서 기억의 파편들을 주워 모으고 있자니 할머니들이 참으로 현명했다는 걸 깨달았다. 인생에서 제어할 수 있는 부분은 딱 그 정도였다. 나는 전쟁을 겪으며 살았고, 비극적인 일로 친구들과 사랑하는 사람들을 잃었다. 과거에 집착하다가 소금 기둥으로 변해버리는 건 어리석은 짓이라는 것도 잘 알았다.

별장을 나선 나는 뒤돌아보지 않고 서둘러 마당을 가로질러 대문을 나섰다. 도로를 가로질러 쓰레기 더미 옆을 지나 숲으로 걸어 들어갔다. 깊이 들어갈수록 나무들은 성기어지고 깔끔한 수풀이 우거졌다. 소나무 가지 사이로 흘러든 햇살이 숲 바닥에 금색 색종이 조각 같은 빛을 뿌렸다. 발아래에는 자잘한 보라색 꽃들이 무성히 자라고 있었다. 발에 밟힌 꽃들이 달콤한 기운을 머금은 장뇌 향기를 내뿜었다. 다리야 할머니가 약탕을 끓일 때 넣었던 야생 백리향이 보였다. 허리를 굽혀 잔가지 몇 개를 집어 들었다. 이제는 할머니도 곁에 없고, 어디로 가야 산딸기를 찾을 수 있는지, 깨끗한 물이 담긴 호수는 어디인지도 기억나지 않았다. 어쩌면 더 이상 존재하지 않을지도 몰랐다. 백리향을 주머니에 집어넣었다. 찌는 듯 더운 버스를 타고 키이우로 돌아가면서 백리향을 얼굴 가까이 대고 깊게 향을 들이마셨다. 차창 너머로 녹색이 보일 때마다 할머니의 외투가 떠올랐다.

집으로 돌아와서 보니 모르는 번호로 부재중 전화가 한 통 와있었다. 음성 메시지가 왔음을 알리는 알림음이 울렸다.

"이거 맞는 번호인가? 나 그리고리 골드버그인데. 블라디미르는 이사 가서 전화번호가 바뀌었어. 내가 최근까지 갖고 있던 번호는……."

소냐와 키완에게 받은 것과 다른 번호였다. 나는 그 번호를 받아 적고 전화를 걸었다. 신호음이 갔다. 또 이렇게 한 사람을 놓쳐버릴 수는 없었다. 신호음은 계속 가는데 아무도 받지 않았다.

16

나는 키이우에 계속 머물렀다. 하루하루 시간은 가는데 블라디미르 큰아버지는 내 전화에 회신하지 않았고, 전화를 걸어도 받지 않았다. 나는 하루에도 몇 번씩 그 번호로 전화했지만 계속 자동 응답 메시지로만 넘어갈 뿐이었다.

전화 생각을 하다가 문득 수년 동안 쓰지 않았지만 기억에 남아 있던 다른 번호로 전화를 걸었다. 역시 받지 않았다. 낙담해서 끊으려는데 딸깍 소리와 함께 익숙한 목소리가 들렸다.

나는 짤막하게 말했다.

"나, 비카야."

알료나는 꺄악 소리를 지르더니 예전처럼 높은 소리로 웃었다. 나도 들뜨고 흥분해서 같이 웃어버렸다. 알료나가 말했다.

"야 놀랐잖아! 기분이 너무 좋은데!"

나는 알료나가 숨을 가다듬기를 기다렸다가 지금 키이우에 와있다는 사실을 알리며 물었다.

"만나서 커피 마실래?"

"좋지! 마이단 광장에서 볼까? 오후 4시쯤 어때?"

"우리가 아는 그 분홍색 꽃이 핀 밤나무 근처에서 보자."

멍하기도 하고 초조하기도 한 기분으로 아파트 안을 서성이며 정신을 가다듬었다. 뭘 입고 가지? 선물을 가져가야 하나? 오랫동안 못 보다가 갑자기 연락하게 된 친구에게 무슨 선물을 해야 할까? 거울 속 내 모습을 들여다보았다. 20년 만에 보는 나를 알료나가 알아볼 수 있을까. 우리가 처음 만난 건 초등학교 3학년 때였다. 담임 선생님이 우리 둘을 같은 책상에 앉게 했고 그때부터 내가 미국으로 떠나기 전까지 우린 친구로 지냈다. 우리는 알료나가 시카고로 와서 영어 공부를 하는 계획도 같이 세웠지만, 유치한 상상은 결국 실현되지 못했다. 그 후 나는 발렌티나 할머니를 만나러 키이우로 돌아왔는데, 알료나가 여름이면 남자 친구네 가족이 있는 우크라이나 남부에 가있게 되어 얼굴도 보지 못했다. 나는 알료나가 나를 위해 내줄 시간이 없는 것으로 여겼다. 나도 어차피 키이우에 자주 오지 못했고 알료나에게도 짤막한 안부 편지만 보내고 있던 터라 감정이 상하지는 않았다. 그러다 결국 연락이 끊어지고 말았다.

가방을 집어 들고 집 밖으로 달려 나갔다. 약속 시간에 늦을까 봐 마음이 급했다.

가서 보니 내가 먼저 와있었다. 밤나무 아래 돌로 된 둑을 돌아보았다. 분홍색 꽃은 이미 져버렸지만 밤나무 가지가 광장에 드리운 부드러운 그림자는 여전히 좋았다. 야영지와 그곳에 쌓여있던 타이어들은 오래전에 치운 듯했다. 마이단 광장에서 죽은 사람들을 위한 추모 장소가 빨간 카네이션, 파란색과 노란색 리본으로 장식되어 있었다. 나는 그곳을 바라보느라 알료나가 다가온 줄도 몰랐다.

시선을 들어 친구를 본 순간, 오랜 세월이 흘렀는데도 크게 달라진 게 없어 놀라웠다. 다리야 친할머니와 발렌티나 외할머니가 했던 말과는 달리 시간을 거슬러 갈 수도 있겠다는 생각이 들 정도였다. 흰색 바지 정장을 입은 알료나는 내가 기억하는 것보다 키가 더 크고 날씬해 보였다. 짙은 색 머리카락은 허리 아래까지 부드럽게 흘러내렸다. 자기가 얼마나 아름다운지 모르는 표정이라 더 매력적으로 보였다. 알료나의 손에는 초콜릿 아이스크림과 커다란 보라색 달리아 꽃다발이 들려있었다. 알료나가 시간을 되돌린 덕분에 마이단 광장도 예전으로 돌아간 듯했다. 우리가 비밀을 나누고 대단한 모험 계획을 짜던 그 광장으로.

우리는 아이스크림을 먹으며 흐레샤티크 거리를 걸었다.

"시위 때 여기 있었어?"

어쩌면 내가 위험한 질문을 하는 것일 수도 있었다. 이런 질문을 정치적 입장을 알아보려는 의도로 여겨 방어적인 자세를 취하는 사람들도 있었다. 게다가 알료나와는 수년 동안 연락하지 않고 지내던 사이였다. 그동안 알료나의 속이 어떻게 바뀌었고 무슨 생각을 하게 됐는지 알 수 없었지만, 특별히 경계하는 눈치는 아니었다.

"11월에 아버지랑 같이 여기 왔었어. 그런데 시위가 격해지니까 아버지가 오지 말라고 하시더라고. 그게 옳은 결정이었는지는 지금도 모르겠어. 그 후 상황이 엄청 무시무시해졌잖아."

"혁명을 지지하기로 한 결정을 말하는 거야?"

"혁명을 시작하기로 한 결정이지. 우린 여전히 자기네를 제국으로 여기는 나라의 뒷마당에서 살고 있잖아. 러시아가 제국주의적 열망을 버리기 전까지 우리는 그쪽에서 흔드는 대로 흔들릴 수밖에 없어. 가끔은 너무 힘들어서 나도 이민을 가버릴까 하는 생각도 들어."

마이단 시위를 누군가 지휘했다거나 혁명을 피할 수 있었으리라는 생각은 안 해봤다. 사람들은 정부 부패와 기능 장애에 지쳐 우려를 표명하는 목소리를 낸 것이다. 마이단 광장에 다양한 사람들이 무수히 모여드는 이유는 새로운 시작을 약속하는 곳이기 때문이었다. 2014년 시위 때도 사람들은 그런 약속을 필요로 했다.

내 생각을 털어놓자 알료나가 말했다.

"이미 일어난 일은 돌이킬 수 없어. 이제 우린 미래에 어떤 일이 일어날지 지켜보면 돼. 우리한텐 회복력이 있으니까 상처는 회복할 수 있어. 시위 때 사람들이 자발적으로 기본적인 도움을 주고 음식도 제공해 줬던 거 알아? 그것만으로도 희망이 생겨."

알료나는 현재 싱글이며 우리가 다녔던 학교 근처의 바로 그 아파트에서 부모님과 함께 살고 있다고 말했다. 정유회사에서 기술 번역 일을 하고, 남는 시간에는 영어 개인 교습을 한다고 했다. 수년 동안 사귀었던 남자 친구 니키타와는 이제 친구로 지내고 있고, 니키타는 다른 여자와 결혼했다고 했다.

"내가 청혼을 받아주길 기다리다가 지친 거지. 니키타한테 미래에 부인이 될 여자를 소개한 사람이 바로 나인 거 알아?"

나는 이해가 안 되어 알료나를 멍하니 쳐다보다가 말했다.

"너랑 니키타가 서로 사랑하고 있다고 생각했어. 둘이 줄곧 붙어

다녔잖아. 내가 키이우에 왔을 때도 넌 사랑하는 니키타랑 같이 있느라 날 만나지도 않았어. 그랬으면서 니키타랑 다른 여자 사이에 사랑의 가교 역할을 했다고?"

알료나는 고개를 돌리고 한숨을 쉬었다. 몸이 아프면서 인생이 꼬였는데 니키타가 늘 옆을 지켜줬다고 했다. 니키타가 청혼을 했지만 알료나는 진심으로 사랑해서가 아니라 의무감 때문이란 걸 알았다. 그래서 그와 헤어지기로 한 거였다.

우리 쪽으로 걸어오는 사람들이 얼룩덜룩하고 흐릿하게 뒤섞인 풍경 속으로 섞여 들어갔다. 나는 알료나의 옆얼굴, 관자놀이에 조그맣게 맥박 치는 푸른 정맥을 바라보았다. 알료나는 마치 우리 둘 다 알지만 별로 신경 쓰지 않는 누군가의 일화를 들려주듯 차분하고 담담하게 가슴 아픈 그 일을 들려주었다.

"싱글로 살기로 한 내 결정이 후회되지는 않아. 난 자유로운 게 좋거든. 원하는 건 뭐든 할 수 있어. 보고 싶은 사람은 언제든 볼 수 있고. 사고 싶은 것도 뭐든 살 수 있어."

나는 알료나의 팔을 잡아 팔짱을 꼈다.

알료나가 말했다.

"요즘은 아이를 낳지 않은 것도 후회 안 해. 여기서 벌어지는 일들을 보면 너무 걱정스러워서."

"전쟁 때문에 그렇구나……."

"앞으로 닥칠지도 모를 전쟁 얘길 하는 거야. 지금은 충돌이 거의 가라앉았지만 언제까지나 이렇진 않을 거야. 이런 얘기는 그만하자. 네 얘기 좀 해봐. 가족들은 어떻게 지내?"

알료나가 두려움을 털어놓자 나도 내 이야기를 꺼낼 용기가 생겼다.

나는 알료나의 손을 놓으며 말했다.

"아버지가 돌아가셨어."

자동차 매연으로 오염된 공기 속에 내가 내뱉은 단어들이 떠다녔다. 숨을 쉬기가 더 힘들어졌다. 내 안에서만 맴돌던 말을 내 인생에서 오랫동안 함께하지 않았던 사람에게 하고 말았지만, 그 간극을 메울 필요는 없었다. 알료나는 나를 와락 끌어안았다. 그녀의 숱 많고 윤기 나는 머리카락이 커튼처럼 나를 감싸며 이 도시와 떠들썩한 소음을 막아주었다. 나는 참아왔던 눈물을 쏟아내고 말았다. 호기심 어린 시선으로 쳐다보는 사람들이 우리에게 거리를 두든 말든, 우리는 흐레샤티크 거리 한가운데에 그렇게 서있었다.

잠시 후 우리는 화려하게 장식된 안뜰로 들어가 긴 의자에 나란히 앉았다. 나는 알료나에게 받은 달리아의 밀랍처럼 서늘한 꽃잎을 손가락으로 만지작거렸다. 귀룽나무들이 짙은 그림자를 드리운 그 자리에는 큰길을 오가는 아득한 차량 소음과 비둘기 짖는 소리뿐이었다.

"새어머니가 전화해서 다짜고짜 소식을 전해줘서 알게 됐어. 새어머니와 나눈 대화가 머릿속에서 계속 재생되는데 도대체 이해가 안 되는 거야. 아버지는 늘 냉철한 분이었어. 우울한 면은 거의 없었거든. 아버지가 부동산 쪽 일을 시작했고 그 일로 무척 바쁘다는 건 알고 있었어. 아버지는 나랑 얘기를 별로 안 했는데 어쩌다 대화할 기회가 생기면 늘 그 일 얘기를 하셨어. 난 너무 지루했어. 아버지가 한다는 사업 이름이 뭐였는지 기억도 안 나."

알료나를 바라보는 내 눈에 다시 눈물이 차올랐다.

"그 일은 어떻게 됐어?"

"새어머니 얘기로 사업은 실패했고 아버지는 파산했대. 사채업자
가 아버지를 괴롭혔던 모양인데, 그 얘길 하기가 너무 고통스러울
것 같아서 난 그냥 피해버렸어."

장례식이 끝난 후 새어머니와 계속 연락을 주고받았다. 하지만
당시에는 새어머니와 얘기를 나누기가 힘들었다. 새어머니도 자기
나름의 죄책감 때문에 괴로웠을 테지만 새어머니와 얘기를 나누다
보면 내 몸에서 기운이 쭉 빠지는 것 같았다. 새어머니도 힘들었는
지 내게 더 이상 연락하지 않았다.

"무슨 일이 있었는지 알고 싶고, 큰아버지랑도 얘기를 나누고 싶
어. 그런데 크름 반도랑 우크라이나 정치 얘기를 하다가 다투고 나
서는 서로 말을 안 하고 지냈거든. 그러다 연락이 끊겨버렸어."

"그게 무슨! 네 큰아버지가 전화를 안 하는 다른 이유가 있지 않
겠어? 우크라이나 정치 얘기 때문에 그렇게 오래 삐져있는 사람이
어디 있니!"

알료나는 고개를 절레절레 흔들었다.

"그런 게 아니면 돌아가셔서 연락이 안 되는 걸 수도 있겠지." 나
는 마음 한구석에 있던 생각을 털어놓았다. "하지만 어머니 얘기로
는, 만약 그런 일이 있었으면 어머니 쪽으로라도 연락이 왔을 거래."

"곧 다시 연락이 오겠지. 그동안은 네 몸을 잘 챙기고 돌봐. 다른
건 신경 쓰지 말고."

나는 이모의 아파트로 돌아가 차를 마셨다. 책장 문을 열고 미술 작품집 몇 권을 꺼내 망연히 페이지를 넘겼다. 대부분 발렌티나 할머니의 책인데, 예술 관련 그림이 들어간 책이 무척 귀하고 드물던 시대에 수집한 것이었다. 한 책에서 자그마한 쪽지 하나가 툭 떨어졌다. 베레 마을에 있는 우리 집 주소가 할머니의 필체로 적혀있었다. 이상하게도 우리 집 주소는 1이 들어가는데 7이 들어간 것으로 적혀있었다. 자세히 보니 할머니가 1자의 위쪽 끄트머리를 꺾어 쓰는 버릇이 있어 7자 비슷하게 보이는 거였다. 나는 그 쪽지를 작품집 사이에 도로 끼워 넣고 페이지를 넘기며 르네상스 시대 복제화들을 감상했다. 뭔가 마음에 걸렸지만 무엇 때문인지 꼬집어 말할 수가 없었다. 설거지를 한 후 잠자리에 들었다.

새벽에 눈을 뜨자마자 침대에서 벌떡 일어나 휴대폰을 찾았다. 그리고리 골드버그 씨가 남긴 음성 메시지를 들으며 그분이 알려준 번호와 내가 받아 적은 번호를 비교했다. 그제야 모든 게 명확해졌다. 그 음성 메시지를 처음 들었을 때 내가 감정이 무척 격한 상태라 7자를 1자처럼 보이도록 잘못 쓰고 말았다. 지금까지는 나는 엉뚱한 번호로 계속 전화를 건 것이다.

떨리는 손으로 번호를 다시 입력했다. 신호음이 관자놀이 안쪽까지 공허하게 울렸다.

"여보세요!"

블라디미르 큰아버지의 밝고 단호한 목소리가 어찌나 또렷하게 들리는지 근처에 있는 것 같아 나도 모르게 주변을 둘러보았다.

"큰아버지, 비카예요."

"아이고! 그동안 얼마나 걱정했는지 알아? 스카이프에서 네가 날 차단했길래 당분간은 그냥 둬야겠다고 생각했어. 너도 내 나이가 되면 공간과 시간이 다방면으로 최선의 치료책인 걸 알게 될 거다. 얼마 전에 그리샤(그리고리의 애칭—옮긴이) 골드버그가 나한테 이메일을 보냈어. 내 조카가 키이우 전역을 돌아다니면서 나를 찾고 있다고 하더라. 너한테 내 번호를 줬다던데, 이제야 전화를 했구나."

큰아버지 말이 너무 빨라서 소화하기가 힘들었다.

"…… 멍청한 그리샤가 네 메모를 어디다 치웠는지, 내가 네 전화번호를 달라고 했더니 없대. 내가 휴대폰을 잃어버린 바람에 네 번호는 물론이고 연락처가 없어졌거든. 늙으니까 기억력도 떨어지고, 연락처를 저장해 둔 휴대폰을 잃어버렸으니 방법이 있어야지."

"죄송하다는 말을 하고 싶었어요."

내가 큰아버지를 차단한 게 아니라 큰아버지가 날 차단한 거라고 말하고 싶었지만, 사실 누가 뭘 했는지 정확히 알 수도 없었다. 그런 건 더 이상 중요하지도 않았다.

"됐다. 잊어버려. 나도 너한테 멍청한 소릴 했잖니. 그런 얘긴 그만하자. 요즘 매일 요가는 하고 있니?"

나는 창가에 서서 큰아버지가 매일 반복하는 일과 운동에 대해 하는 얘기를 들었다. 그리고 나는 니코딤의 불가사의한 실종의 전말을 알아낸 일에 대해 털어놓았다. 내 뿌리를 알기 위해, 가족은 물론 나아가 우크라이나와의 관계를 이해하기 위해 그 탐색이 얼마나 중요했는지도 덧붙여 설명했다.

"큰아버지는 우리가 소련에 감사해야 한다고 하셨지만, 우리 집

안어른인 니코딤이란 분의 이야기를 알고 나니까 감사하단 생각이
안 들어요."

"우리 쪽 집안에도 스탈린 시대에 고초를 겪은 사람들이 있어. 내
친척 조카도 소련 체제에 믿음을 잃은 후 자살했어. 기상관측소를
책임지는 일을 했던 여자 조카였거든. 지나친 원칙주의자라 살해당
한 거라고, 자살처럼 꾸며진 타살이었다고 말한 사람들도 있었어."

나는 니코딤의 비극적인 죽음을 얘기했다. 그리고 잠시 망설이다
가 알료나와의 대화를 떠올리며 결심을 굳혔다.

"아버지에 관해 여쭤볼 게 있어요."

큰아버지는 숨을 훅 들이마시며 헛기침을 했다.

"나도 너한테 할 얘기가 있는데, 먼저 해도 되겠냐?"

나는 여전히 창밖을 내다보며 그러시라고 했다. 저 아래 마당에
서 관리인이 시들어 가는 화단에 물을 주고 있었다. 페트르 이바노
비치는 한 무리의 고양이들에게 먹이를 주는 중이었다. 커피와 신
문을 파는 가판대 주변에 모여있는 사람들의 모습이 보였다. 평범
한 풍경을 내려다보고 있자니 큰아버지와의 대화가 비현실적으로
느껴졌다.

"하세요."

나는 커튼을 닫았다. 식탁 앞에 앉아 휴대폰을 앞에 내려놓고 스
피커폰으로 돌렸다. 큰아버지의 목소리가 작은 방을 채우며 높은
천장 아래서 울려 퍼졌다.

"젊었을 때 우린 고성능 녹음기계를 설계하고 싶었어. 형제들과
나는 음악을 좋아했는데 소련에서는 고품질 전축을 구하기가 너무

어려웠지. 서방 음악을 찾아 듣기도 힘들었고. 공학과에 입학을 거절당하고 나서 난 나를 받아주는 아무 학과나 들어가기로 결심했고 공학은 독학으로 공부했어. 쉽지는 않았지만 기죽을 필요도 없었어. 난 소아마비도 이겨내고 살아남은 사람이니까. 그리샤 골드버그는 유대인이라는 이유로 공과대학에 입학하지 못했어. 그래서 우리끼리 공학 공부 모임을 만들었지. 모임 이름은 '병약자와 세계주의자'였어. 공과대학이 우리를 거절한 이유를 비꼬는 의미로 붙인 이름이었어. 우린 공과대학 1학년 교과서로 서로 개인 교습을 해주면서 공부해 나갔어. 얼마 후 그리샤는 도저히 못 하겠다고 포기하더니 암시장을 뒤지기 시작했는데, 나는 끝까지 공부를 마쳤어. 2년 동안 공학을 공부했더니 녹음기 만드는 것쯤은 쉽더라고. 그리샤가 필요한 장비를 구해다 줘서 가능한 일이었지. 우리는 녹음을 해보기 시작했어. 나는 녹음기를 만들어서 노래 테이프를 복제했어. 처음엔 재미로 했는데 네 아버지가 내가 만든 장치를 팔아보자고 하더라. 네 아버지가 대학 인맥을 이용해서 고객들을 찾아냈고 우린 그걸로 돈을 벌었어. 꽤 많은 돈이었어! 그때까지 난 돈을 가져본 적이 없어서 돈에 연연하지 않았는데 돈을 벌어보니까 사람들이 왜 돈에 집착하는지 알겠더라. 돈이 있으면 힘이 생겨. 나한테서 돈 냄새가 나면 사람들은 내가 불구든 아니든 상관을 안 해. 네 아버지가 찾아낸 고객들은 음악 마니아거나 암시장 업자들이었어. 사실상 불법 사업이었지. 우리가 하는 일이 완전 불법이니까 언젠가 누구든 당국에 고발할 수 있었어. 그리고 정확히 그 일이 일어났어. 경찰들이 우리 아파트에 들이닥쳐서 내 녹음기와 장비를 싹 몰수하고 우릴 '투기'와 '실업자 생활'을 한 죄목으로 고발했어. 소련 법에서는 중범죄에 해당하는 죄였고, 난 전부 내 책임이라고 했지."

"우리 아버지를 보호하려고 그러셨어요?"

"내 책임인 게 맞으니까. 부정할 생각 없었어. 무엇보다 네 아버지는 창창한 미래가 있었어. 감옥에 갔다간 경력이고 뭐고 영원히 끝장나는 거였지."

"동생을 보호한 거 맞네요!"

내 목소리가 쉰 데다 너무 낮아서 낯설게 들렸다. 모진 심문을 받으면서도 막내 세르히를 보호하려고 그의 이름을 한 번도 언급하지 않았던 니코딤이 생각났다. 이반 큰증조할아버지과 아샤 증조할머니가 막지 않았으면 세르히 증조할아버지는 니코딤 큰증조할아버지의 실종에 관한 조사를 하면서 본인을 위험에 처하게 했을 것이다.

"내 말을 못 믿겠지만 감옥은 인생에 관한 교훈을 얻기 제일 좋은 곳이기는 해. 난 감옥에서 대부분의 사람들이 못 보는 걸 봤어. 감옥에 가지 않았으면 몰랐을 사람들의 면면도 알게 됐지. 그래서 후회 안 해."

큰아버지는 잠시 침묵하다가 말을 이었다.

"물론 우리가 내린 결정에는 늘 결과가 뒤따르게 마련이야. 아내는 나를 떠났고, 난 딸이 자라는 모습을 곁에서 지켜보지 못했어. 네 아버지는 절친이던 다닐을 자살로 잃었지. 다닐은 징집돼서 아프가니스탄 전장에 투입됐다가 거기서 겪은 일 때문에 못 견디고 제 목숨을 끊었어. 네 아버지는 학생이라 징집을 피했는데, 다닐이 자살한 것 때문에 큰 충격을 받았어."

나는 숨이 막혀 벌떡 일어섰다. 뒤로 떠밀린 의자가 쿵 소리를 내며 바닥에 쓰러졌다. 나는 수년 동안 아무도 손대지 않은 걸쇠를 더듬어 창문을 활짝 열었다. 공기가 필요했다. 숨을 깊게 들이마셨다.

마침 태양의 각도가 이 건물의 이 집 창문 쪽으로 맞아떨어져 방 안으로 숨 막히는 열기가 쏟아져 들어왔다.

"아버지는 자살한 거예요, 아니면 자살당한 거예요?"

이 질문을 하는데 니코딤의 서류철이 머릿속에 떠올랐다. 니코딤의 자살에 관한 서류를 읽으면서도 같은 질문을 떠올렸었다. '그는 자살당한 게 아니었을까?'라는 질문.

"네 아버지는 사채를 빌려주고 파산하게 만드는 놈들한테 걸려들었어. 자살당한 것이나 다름없지."

잠시 우리는 둘 다 침묵했다. 내 시선은 창문 앞 포플러나무들에 고정돼 있었다. 키 큰 나무들이라 끄트머리가 우리 층까지 닿을 정도였다. 강렬한 햇빛을 받은 나뭇잎들이 하얗다 못해 투명하게 보였다. 내 안의 검은 구멍이 속에서 맴도는 모든 생각을 집어삼켰다. 아무것도 느낄 수가 없었다. 내가 아직 고통을 느낄 수 있는지 확인하기 위해 손을 이로 물었다.

"큰아버지는 미국의 자본주의가 우리 아버지를 죽였다고 했어요." 나는 힘겹게 그 단어를 입 밖에 냈다. "무슨 뜻으로 하신 말이에요?"

"네 아버지는 꼬임에 빠져서, 적당한 가격에 친환경 에너지 주택을 건축하는 사업에 뛰어들었어. 건축에 관해 아무것도 모르면서 대단한 부동산 개발업자가 된 자기 모습을 상상했겠지. 어렸을 때도 네 아버지는 거창한 프로젝트를 하겠다며 일을 벌이고는 나한테 떠밀어 버리기 일쑤였어. 하지만 미국에 간 후에는 혼자서도 해낼 수 있을 거라고 믿더구나. '아메리칸 드림'을 이룰 거라나. '여기서 는 뭐든 가능해'라고 하더라. 통계를 보면 불가능한 건 아니겠지만, 사실 아메리칸 드림을 이룰 가능성은 무척 낮아. 결국 쏟아부은 노력이 전부 바보짓이 됐지. 네 아버지는 내 말을 듣지 않고 그 사업에 돈을 투자했어. 감당할 수 있는 것보다 더 많은 돈을 빌려서 쏟아부은 거야. 은행 놈들은 네 아버지가 막장으로 가고 있는 걸 알면서도 돈을 빌려줬어. 알고 보면 그 사업은 네 아버지처럼 남의 말에 잘 속는 호구들을 낚아서 이용해 먹고 버리는 구조였어. 결국 네 아버지는 실패했어. 얼마 안 가 그 사업이 신기루였다는 게 드러난 거야. 천문학적인 돈을 투자해도 성과가 나올까 말까 한 사업이었어. 그런데도 네 아버지는 기대를 버리지 않고 계속 은행을 찾아갔어. 은행들은 더 이상 돈을 빌려주지 않았고 네 아버지는 패배자가 됐어. 미국에서는 패배자를 반기지 않아."

나는 휘청휘청 물러서다가 벽에 기대어 섰다.

"네 아버지한테 이스라엘로 건너오라고 계속 얘기했어. 일에서 손 떼고 와서 세상 구경이나 하라고. 그런데 그동안 시간이 남아돌아서 여행은 실컷 했고 지금은 큰일을 이뤄내야 한다면서 계속 미루더라. 그러다 모든 게 무너졌어. 난 너무 멀리 떨어진 곳에 있었어……."

목소리가 잠기는가 싶더니 큰아버지가 흐느꼈다.

나는 벽에 등을 기댄 채 스르르 미끄러져 먼지 쌓인 주방 바닥에 주저앉았다. 두 손에 얼굴을 묻었다. 아버지가 캘리포니아의 친구들한테 사업 얘기를 하는 걸 들은 적이 있어서, 아버지가 어떤 사업을 벌이다 실패했는지 어느 정도는 알고 있었다. 그런데도 큰아버지한테 그 얘기를 다시 들으니 여전히 가슴 아팠다. 큰아버지와 달리 나는 미국의 자본주의 체제 탓을 할 수가 없었다. 그저 심장을 비트는 것 같은 고통이 온몸으로 퍼져나가는 걸 고스란히 느낄 뿐이었다. 3년이 지났으니 고통이 무디어졌을 줄 알았는데 여전히 어마어마한 고통이 나를 휘감았다.

그래도 큰아버지와 얘기를 나누면서, 이제는 속으로 감추거나 고통스럽지 않은 척할 필요 없이 진심으로 얘기하고 마음껏 슬퍼해도 되는 때가 왔음을 알 수 있었다. 나도 이제는 나만의 루스터 올가미를 벗어나야 했다.

"너한테 줄 물건이 있는데 소냐의 집으로 보내마."

한참 침묵이 흐른 뒤 큰아버지는 이렇게 말하고 전화를 끊었다.

햇빛이 주방에서 물러갈 때까지 나는 지저분한 주방 바닥에 앉아 있었다. 찌는 듯한 더위가 사라지자 여름날 황혼의 퀴퀴하고 눅눅한 기운이 밀려들었다. 이대로 잠들었다가 깨어나서 예전처럼 살 수 있으면 좋겠단 생각을 했다. 그런데 어떤 '예전'으로 돌아가고 싶은지를 알 수가 없었다.

며칠 후 소냐가 블라디미르 큰아버지한테 소포가 왔다며 내게 전화했다. 소냐의 집으로 찾아갔더니 소냐는 내게 곧장 그 소포를 내밀었다. 테이프를 뜯자 포장 안에 갈색 신발상자가 보였다. 편지는 없었는데, 신발상자 뚜껑을 열어본 순간 편지는 필요 없다는 걸 알 수 있었다. 큰아버지가 보내준 것은 소중히 모아온 가족의 사진들과 내가 어렸을 때 쓴 일기장이었다. 우리가 비록 멀리 떨어져 살고, 죽음으로 이별하고, 때로는 싸우기도 하지만 우리를 하나로 이어주는 것이 있다는 사실을 알기 바란 것이다.

예전에 디지털화해서 준 사진들도 섞여있었다. 내가 어렸을 때 큰아버지가 직접 인화했던 반들반들한 사진을 들고 있자니 감회가 새로웠다. 큰아버지의 초기 사진은 대부분 자기 자신과 아파트의 비딱하고 흐릿한 모습이었다. 그러다 다른 사람의 도움 없이 혼자 돌아다닐 수 있을 만큼 몸에 힘이 붙으면서 큰아버지는 키이우의 거리를 사진으로 찍기 시작했다. 줄넘기하는 소녀들, 소녀들에게 장난치는 소년들, 소년들을 놀리는 소녀들, 말썽 피우는 소년들, 행진하는 군인들, 줄 서있는 여자들, 재미있게 노는 아이들의 사진이었다. 노출 과다로 찍어 얼룩이 생긴 이 스냅 사진들은 전쟁의 상흔이 남아있는 곳에서 살아가는 사람들의 모습을 있는 그대로 담아냈다. 내가 좋아한 사진 중 하나는 1953/54 공연 시즌을 알리는 광고판 앞에 서있는 블라디미르 큰아버지의 사진이었다. 그의 머리 위쪽에는 서커스 프로그램이 담긴 포스터, 콘서트와 연극 벽보가 붙어있었다. 내용을 들여다보니 우크라이나 오페라 발레 극장에서 〈라크메〉, 〈돈키호테〉, 〈곱사등이 망아지〉, 〈프린스 이고르〉 그리고 마지막으로 〈파우스트〉가 공연될 예정이라고 적혀있었다. 사진 속에서 큰아버지는 앙상한 몸에 비해 지나치게 큰 옷을 입었는데, 한 손을 주머니에 찔러 넣고 다른 손은 재킷 안쪽으로 넣은 자신만만한 포즈였다. 맥없이 늘어지는 오른팔을 가리려고 그렇게 상남자 자세를 취한 것 같았다. 큰아버지는 오랫동안 앓았고 여전히 고통받았지만 환자로 사는 걸 거부했다. 늘 고개를 자신만만하게 살짝 기울인 자세라 온몸으로 "삶은 계속된다"고 말하는 듯했다.

소파에 함께 앉아 앞에 사진들을 펼쳐놓고 보던 소녀가 말했다.

"블라디미르 아저씨가 다리야 작은할머니를 찍은 사진이 마음에 들어요."

큰아버지는 다양한 분위기에서 할머니 사진을 찍었다. 흰 벽을 뒤에 두고 뻣뻣하고 어색한 자세로 서있는 모습, 식사 준비를 하다가 카메라를 힐끗 돌아보는 모습, 양말을 꿰매는 모습, 공책에 무언가를 적는 모습, 꿈꾸듯 먼 곳을 바라보는 모습.

제일 가슴을 울리는 사진 중 하나는 다리야 할머니가 젖먹이인 내 아버지를 품에 안고 있는 사진이었다. 전쟁이 끝나고 키이우로 돌아온 할머니는 남편이 그동안 다른 여자와 바람을 피우다가 그 여자를 가족이 함께 사는 아파트로 끌어들인 걸 알게 됐다. 할머니는 도움이 필요한 블라디미르 큰아버지 때문에 그 수모를 참았다. 할아버지는 더 이상 안 되겠다 싶었는지 애인을 정리했는데, 그동안 그 여자의 남편이 전사해서 여자가 오갈 데 없는 처지가 된 바람에 할머니는 그 여자와 몇 달 더 한집에서 살아야 했다. 할머니는 큰아버지를 데리고 의사에게 가 진료를 받게 했고 수술 후에도 도맡아 돌봤다. 얼마 후 할머니가 내 아버지를 임신하게 되면서 가족은 다시 화해하는 듯했다. 큰아버지는 지팡이에 의지해 걸어 다니기 시작했다. 할머니와 할아버지는 두 번째 신혼이라 할 만큼 사이가 좋아졌는데 당시 내 아버지는 평화와 행복에 대한 기대를 상징하는 존재였다.

큰아버지는 초췌하고 지친 다리야 할머니의 모습도 찍었다. 얼굴에 패인 깊은 주름살, 처진 눈 밑이 시선을 끌었다. 할머니는 볼품없는 외투로 앙상하게 마른 몸을 가렸고, 발보다 몇 사이즈 큰 낡은 구두를 신은 모습이었다. 무심하게 고른 옷이었을 것이다. 할머니는 버는 돈을 전부 가족을 위해 쓰면서, 본인을 위해서는 새 양말 한 켤레 뜨는 것조차 아까워했다. 심지어 우리가 키우던 푸들 개의 털을 모아 양말을 뜨서서 내 어머니를 기겁하게 하셨다.

나이 든 흔적이 역력하고 어울리지 않는 옷을 입었지만 둘째 아들을 품에 안은 다리야 할머니는 행복으로 얼굴이 환하게 빛나고 있었다. 나는 사진 속 할머니의 얼굴에서 시선을 뗄 수 없었다. 보고 있으니 속에서 감정이 요동쳤다.

"얼굴이 다 환해지게 웃으시네."

소녀가 사진을 보며 감탄했다. 사진 속 여자는 숲 산책과 페르시아 시집, 야생화를 사랑하던 다리야 할머니였다. 온갖 고생을 하며 살았지만 비통해하거나 원망하지 않고 세상을 경이롭게 바라보던 분이었다. 아버지와 함께 이 사진을 보면서, 아버지가 어디에서 비롯된 사람인지, 왜 죽지 말고 살아야 하는지를 말해줄 수 있었으면 좋았을 것이다.

옛날에 쓰던 방 안에 앉아 사랑하는 사람들의 사진에 둘러싸여 있다 보니, 과거는 고통과 아름다움을 동시에 품고 있음을, 어떤 고통은 영원히 사라지지 않지만 받아들이고 살아갈 수 있다는 사실을 깨달았다. 나는 불확실한 미래를 받아들이듯, 복잡한 과거를 포용하기로 마음먹었다. 그리고 나에게 슬퍼할 자유를 주기로 했다.

17

이른 아침의 맑은 햇살 아래 정원은 고요했다. 내 갈퀴질 소리, 내 발걸음을 따라 바스락거리는 낙엽 소리가 서늘한 공기 중에 울려퍼졌다. 봄에 내가 직접 흰 칠을 한 벗나무들이 잎사귀 하나 없이 쓸쓸한 모습으로 서있었다. 그 주 초에 나는 발렌티나 할머니, 토랴 삼촌, 드미트로와 함께 장미를 손질하고 뭉툭한 나뭇가지 주변에 젖은 흙을 쌓아놓았다. 토랴 삼촌은 무덤 파는 일을 하며 생긴 습관 때문에 장미를 덮은 흙도 무덤처럼 깔끔하게 처리해 놓았다. 할머니가 우리 정원이 묘지 같아졌다고 투덜거리자 토랴 삼촌은 장미 위에 대고 갈퀴를 흔들며 엄숙하게 말했다.

"겨울 동안 잘 살아남으라고 이렇게 해놓은 겁니다. 이건 무덤이 아니라 미래의 뿌리를 간직한 흙더미예요."

발렌티나 할머니는 어이없다는 듯 눈을 위로 굴렸다. 토랴 삼촌이 떠나자 할머니는 나더러 잎사귀를 쓸어다가 장미를 묻어둔 음침한 흙무덤을 덮어 가리라고 했다.

나는 블라디미르 큰아버지와 화해하고 얼마 후에 브뤼셀로 돌아
갔다. 떠나기 전에 발렌티나 할머니와 드미트로에게 가을에 돌아오
겠다고 약속했다. 파니 올가는 나더러 겨울에는 하데스(고대 그리스
신화에 나오는 죽은 자들의 나라—옮긴이)에 갇혀있다가 봄이면 엘리
시움(고대 그리스 신화에 나오는, 선량한 사람들이 죽은 후 사는 곳—옮
긴이)의 정원으로 풀려나는 현대판 페르세포네 같다고 우스갯소리
를 했다. 내가 브뤼셀은 지옥과는 거리가 멀고 우크라이나는 천국
이 아니라고 반박했지만 친구의 농담에 일말의 진실이 없지는 않았
다. 나는 외가 쪽 사람들과 달리 베레 마을에 대해 각별한 그리움이
없는 줄 알았는데 생각해 보니 그렇지도 않았다. 브뤼셀에 있는 동
안에는 발렌티나 할머니와 베레 마을이 그리웠고, 베레 마을에 있
는 동안에는 남편과 독특한 벨기에의 수도 브뤼셀이 눈에 밟혔다.
어렸을 때는 아버지의 가족이 있는 키이우와 어머니의 가족이 있는
베레 마을을 왔다 갔다 하며 살았는데 그렇게 살면서 느꼈던 익숙
한 그리움의 감정을 다시금 느끼는 중이었다. 이번에는 약간 달랐
는데, 양쪽을 오가는 마음이 좀 더 편안해졌고 나를 언제든 환영해
주는 집이 한 군데가 아니란 사실이 위안이 됐다. 양쪽 다 내 집이
었다.

9월에 베레 마을로 돌아와 보니 이웃들과의 대화는 다가올 겨울
에 관한 내용이 주가 됐다. 사샤 아주머니는 폴타바 시장에서 국화
판매를 마무리해서 이제는 하루가 끝나갈 무렵마다 우리에게 새로
운 소문과 소식을 물어올 일이 없게 됐다. 내년을 대비해 부지런히
꽃 구근을 심느라 우리 집 정원이나 내 옷장 상태를 걱정할 여력도

없어 보였다. 안토니나 할머니는 올해 오이 수확이 별로였다면서, 봄에 오이 주술사 여자가 자기네 오이에 제대로 주문을 외우지 않은 것 같다고 투덜거렸다. 토랴 삼촌은 어차피 조만간 끝장날 세상인데 모든 게 부질없다고 일축했다.

"내 말 명심해요. 지구의 자전축 기울기가 달라졌다니까요."

토랴 삼촌은 감자 몇 자루를 수확했고, 최근에 그가 땅에 묻어준 남자의 가족한테서 수레 한 대 분만큼의 장작을 싸게 샀다. 따뜻하고 풍성한 겨울을 날 준비를 마쳤으니 세상의 축이 더 기울었어도 걱정할 필요는 없을 것이다.

발렌티나 할머니는 여름보다 약해진 것 같았다. 정원 일 대부분을 드미트로와 토랴 삼촌에게 맡겼고 결과물에 대해 불평하지 않으셨다. 과수원의 겨울잠 채비를 어서 마치고 싶어 하는 모습이었다. 그 무렵 할머니가 약을 제때 드시도록 하는 게 내 일이 됐다. 할머니는 나더러 친구들을 만나러 나갔다 오라고 권했다.

"눈이 오면 우리끼리 얘기 나눌 시간은 많아."

할머니는 이렇게 말하고는 사과를 따거나 양배추가 수확해도 될 만큼 여물었는지 확인하러 서둘러 밖으로 나가곤 했다.

2014년 이후 매년 우크라이나를 방문하다 보니 지인의 범위가 많이 늘어나, 우크라이나에 머무는 동안 매일 다른 사람을 만나도 될 정도가 됐다. 친구들에게 전화를 걸면 친구들은 내가 우크라이나에 도착하자마자 얼굴을 봐야겠다면서 일정을 짰다. 파니 올가는 새 루슈니크 사진을 찍고 여러 지역의 고유한 문양을 분류하는 일을 도와달라고 했다. 나디아는 자수 전시회를 열게 됐다며 레셰티리우카에 오라고 초대했다. 나디아는 나를 위해 아름다운 백사자수 셔츠를 만들어 놓았다고 했다. 그러면서 전통 결혼식 예복도 만들어 주고 싶었는데 내가 이미 결혼해서 아쉽다며 "우크라이나에서 한 번 더 사랑의 서약을 하면서 두 번째 결혼식을 하는 것도 괜찮아요"라고 말했다. 소냐와 키완은 나더러 꼭 키이우에 와서 자기네 집에 머물다 가라고 했고, 알료나는 가족과 함께 오데사에서 긴 주말을 보낼 건데 같이 가자고 했다.

친구들의 제안이 고마웠지만 나는 그냥 발렌티나 할머니 옆에 있기로 했다. 블라디미르 큰아버지와는 스카이프로 연락을 계속했다. 우리 집 거실에 카메라를 설치해 비록 웹상이지만 큰아버지, 발렌티나 할머니, 내가 함께 티타임을 즐길 수 있게 됐다. 큰아버지는 푸틴을 찬양하고 우크라이나 민족주의자를 비판하는 견해를 철회하지 않았지만, 나는 우리 둘이 모든 사안에서 같은 의견일 수 없다는 점을 받아들였다. 또한 할머니의 가차 없는 완벽 추구 성향과 과수원을 중시하는 면도 받아들이기로 했다.

"우리 모두 땅의 노예가 될 운명인 거예요?"

나는 이런 말로 발렌티나 할머니를 놀리면서도 정원 일의 리듬을 잘 익혔고, 덕분에 할머니는 더 이상 내게 정원 일에 관한 특별 지시를 내릴 필요가 없게 됐다. 나는 아침이면 갈퀴로 정원의 낙엽을 쓸었다. 며칠째 공기 중에 겨울 냄새가 나서 마음이 초조해졌다. 쇠락과 부활의 순환은 끝이 없었다. 우울한 생각이 밀려들지 않도록, 봄을 위해 정원을 준비하는 일에 매달렸다.

발렌티나 할머니가 부르는 소리가 들렸다. 돌아봤더니 할머니는 정원 대문에 기대어 서서 내 휴대폰이 무슨 전염병 덩어리라도 되는 양 최대한 멀찌감치 들고 손으로 가리키고 있었다. 그리고 입 모양으로 '정보기관'이라고 말했다. KGB를 보통 가리키는 말이었다. 나는 이슬로 뒤덮인 우엉 잎에 지저분한 손을 문질러 닦고 서둘러 할머니 쪽으로 가서 전화를 받았다.

"SBU 기록보관 담당자 엘레나 이바노브나입니다. 서류 정리를 하고 있는데 지난번 니코딤 베레즈코 씨의 서류철 열람차 방문하신 건에 관해 확인할 게 있어서 전화 드렸어요. 잠깐 시간 괜찮으신가요?"

루스터 하우스의 기록보관 담당자의 목소리였다. 나는 할머니처럼 정보기관을 두려워하지 않았지만 갑작스러운 전화에 신경이 곤두섰다.

"예, 엘레나 이바노브나 씨. 말씀하세요."

나는 라일락 덤불 아래 긴 의자에 앉으며 할머니에게는 집으로 들어가라고 손짓했다. 공기가 몹시 차가운데 할머니는 재킷도 안 입고 집 밖에 나온 상태였다. 할머니는 불안한지 나무 울타리 뒤에서 잠시 머뭇거리다가 천천히 집 쪽으로 걸어갔다.

"지금 거주지를 확인해 주실 수 있나요? 두 번 요청하신 건이라 서류철에 정보를 업데이트해야 해서요."

어깨에 잔뜩 들어갔던 힘이 빠지며 나는 지금 어디 머무는지 설명했다.

"우크라이나에 오래 계시네요."

"그 정보도 공식 기록으로 남겨야 하나요?"

나는 장화 뒤꿈치로 마른 라일락 낙엽을 짓이기며 물었다.

"아뇨. 그건 아닙니다. 대답 안 하셔도 돼요. 그냥 궁금해서 여쭤 본 겁니다."

"그럼 저도 비공식적으로 뭘 좀 여쭤봐도 될까요? 원치 않으시면 대답 안 하셔도 돼요. 제 친척 어른 서류철에 보니까 자살하셨다고 되어있던데……."

엘레나 이바노브나는 내 말이 끝나기도 전에 대답했다.

"니코딤 베레즈코 씨의 사인은 자살이 아니에요. 총살당하셨어 요. 다른 수천 명과 마찬가지로요. 1937년에 KGB는 할당량을 채 우려고 사람들을 처형했고, 그 후에 정당한 법 절차대로 처리한 것 처럼 보이게 조서를 꾸몄어요. 국가에 책임을 묻지 못하도록 하려 고 자살이나 심장병으로 죽은 것처럼 가짜 사망 증명서도 발급했 죠. 베레즈코 씨의 사망 통지서도 제대로 된 서류가 아니에요. 원본 에는 사망 날짜와 시간, 서명도 없고 나중에 다른 글씨체와 다른 색 잉크로 추가 기재가 됐어요."

엘레나는 잠시 말을 멈췄다가 이어갔다.

"이런 서류를 작성한 사람들도 총살당했어요. 즈디호우스키 주임 심문관도 베레즈코 씨를 총살당하게 만든 바로 그 트로츠키주의 조 직의 배후 주동자로 고발당했죠."

나는 무릎에 떨어진 누런 낙엽의 잎맥을 문지르며 조용히 듣고만 있었다.

"물론 저희도 무슨 일이 있었는지 정확히는 알지 못해요. 앞으로 도 알아낼 수 없을 겁니다. 그들이 처리해 온 방식이 있으니 짐작하 는 거죠. 다만 선생님의 친척 어른은 무죄이고……."

"니코딤 씨가 무죄라면 그분의 아들에게 왜 그 망할 사면 증명서를 발급 안 해주셨죠? 그분의 아들은 편지를 수십 통이나 보냈는데도 발급을 못 받아서 연금을 포기한 것 같던데요."

엘레나는 차분하게 대답했다.

"제가 기관 전체를 대신해서 사과할 입장은 아닙니다만, 죄송하다는 말씀을 드립니다. 진심으로 사과드려요. 루스터 하우스에서 일하는 저희도 양심이 있고 저희 나름의 두려움도 있습니다."

"다른 것도 좀 여쭤볼게요. 제 외증조할머니인 아샤 씨가 전쟁 중에 한 일 때문에 1945년도에 KGB에 소환되셨다가 풀려나셨어요. 혹시 앞으로 협조하겠다는 조건으로 풀려나신 건가요?"

그런 질문을 하는 것조차 고통스러웠지만 여기까지 온 마당에 진실을 알고 싶었다.

"확인하고 전화 드려도 될까요?"

나는 그렇게 해달라고 부탁하면서, 증조할머니의 정식 이름과 생년월일을 댔다.

전화를 끊고 고요해진 휴대폰을 한참 바라보다가 재킷 주머니에 넣고 갈퀴를 집어 들었다. 적갈색 낙엽에서 호두 껍데기와 술 찌꺼기 냄새가 진하게 풍겼다. 엘레나 이바노브나가 들려준 니코딤의 죽음에 관한 얘기는 천지를 뒤흔들 만큼 충격적이지는 않았다. 스탈린주의자들이 저지른 끔찍한 짓에 관해, 그들이 한 짓의 범위와 어떻게 사람들을 무작위로 체포해 처형했는지에 관해 수십 권의 책을 읽어 이미 알고 있던 바였다. 대테러가 최고조에 달한 시기에 그들은 체포된 사람들을 일단 죽이고 나서 적법한 절차에 따라 이루

어진 일인 것처럼 서류를 꾸몄다. 나치 독일부터 크메르 루주(1975
~79년까지 캄보디아를 통치하고 대량 학살한 급진 공산주의 혁명 단체
―옮긴이)에 이르기까지 전체주의 정권들은 하나같이 자기네 행적
을 서류화하는 일에 소름 끼칠 정도로 집착했다. 니코딤 관련 서류
를 읽으면서 나는 그들이 만든 거짓의 거미줄에 내가 걸려들 수도
있겠다는 생각을 했다. 하지만 니코딤은 내게 단순한 통계 속 숫자
가 아니었고, 그의 죽음은 사건 파일 이상의 의미가 있었다. 갈퀴를
잡은 손이 떨렸다. 아랫입술을 꽉 깨물며 최대한 세차게 갈퀴질을
했다. 썩어가는 낙엽과 함께 내 안의 고통과 슬픔, 혐오감을 쓸어내
버리고 싶었다.

땀에 흠뻑 젖은 채로 집으로 돌아와 흙 묻은 재킷을 복도에 벗어
두었다. 신문을 들고 식탁 앞에 앉아있던 발렌티나 할머니가 걱정
스러운 눈빛으로 나를 쳐다보았다.

"볼이 빨갛구나. 감기에 걸린 거 아니냐? 이렇게 추운 날엔 정원
일 하러 나가지 말라니까." 할머니는 내 이마를 손으로 짚으며 물었
다. "그런데 KGB는 왜 전화했니?"

루스터 하우스를 새로 차지하고 들어앉은 자들이 누구든 할머니
에게는 언제나 KGB였다.

나는 니코딤이 자살한 게 아니라 무의미하고 비극적인 죽음을 맞
이했다는 사실을 알려주려고 기록보관 담당자가 전화한 것이라고
대답했다. 할머니는 차분하게 말했다.

"너나 나나 이미 알고 있었잖니."

"모든 게 기록보관 담당자 책임인 것처럼 제가 그분한테 무례하

게 굴었어요. 니코딤 큰증조할아버지의 죽음, 니코딤 큰증조할아버지의 아내분이 한 고생, 그분의 아드님이 아버지의 무죄를 증명받으려고 겪어야 했던 잔인할 정도로 복잡한 절차까지 전부 다요."

니코딤의 서류를 생각하니 몸서리가 쳐졌다. 펜을 쓱 놀려 진실을 사라지게 만들다니 너무나 참혹했다. 그 서류는 적당히 이야기를 꾸며내고 사실 정보를 이리저리 끼워 넣은 결과물에 불과했다. 그들은 입맛에 맞게 현실을 만들어 냈다. 무고한 사람이 죄인이 됐다. 검은 것은 흰 것이 되거나 그 중간의 어떤 색으로 규정지어졌다.

'진실은 언제나 밝혀진다'라고 낙관주의자들은 말한다. 하지만 안개가 걷히고 진실의 윤곽이 드러날 때쯤엔 이미 늦고 만다. 기록보관 담당자가 뭐라고 했더라? '총살당하셨어요. 다른 수천 명과 마찬가지로요.' 더 심한 낙관주의자가 되어야만 사람들이 역사의 실수에서 교훈을 얻을 것이라 믿을 수 있지 않을까.

니코딤에 관한 진실을 파헤치는 동안, 내가 밝히려는 진실이 정확히 무엇인지 수없이 고민했다. 이제 니코딤에게 무슨 일이 일어났는지 알게 됐다. 그는 죽었고, 그의 가족은 뿔뿔이 흩어졌다. 하지만 니코딤과 그의 과거에 관해 더 깊게 이해하게 된 것 같지 않았다.

"이 이야기에서 어떤 진실을 찾을 수 있을까요?"

할머니는 돋보기를 벗어서 옆으로 치워놓고 텔레비전을 켜 아침 뉴스를 틀었다.

"네가 말하는 '진실'이 무엇이냐에 달려 있겠지. 넌 니코딤에 관해 조사하면서, 실은 네 아버지의 그 일 이면의 진실을 알고 싶었던 거야……."

할머니는 '자살' 대신 그 일이라고 말했다. 그리고 말끝을 흐리면서 텔레비전을 향해 고개를 돌리고 소리를 키웠다. 할머니는 내가 큰아버지와 무슨 얘기를 했는지 알고 있었다.

"그게 네가 찾던 진실이라면, 찾은 거겠지."

언제나 그렇듯 현실적인 할머니는 지금 시선을 고정한 채 보고 있는 일기 예보자처럼 담담한 말투로 철학적인 대답을 했다. 그러면서 내년 봄에 쓸 꽃을 심기에 오늘이 알맞게 따뜻한 날씨인지 텔레비전으로 확인했다.

저녁식사를 준비하려는데 휴대폰이 울렸다.

"안녕하세요, 엘레나 이바노브나입니다. 우리 시스템에는 아샤 베레즈코 씨에 관한 정보가 없네요. 개인 서류 외에는 따로 없어요. KGB가 이분 기록에서 미심쩍은 부분을 못 찾아서 더 붙잡아둘 이유가 없어 풀어준 것으로 보입니다."

"집에 아샤 증조할머니의 개인 서류 복사본이 있거든요. 이웃과 동료들이 증조할머니에 관해 엄청 긍정적인 진술을 해줬더라고요. 보통 남을 평가하게 되면 사람들은 KGB의 비위를 맞추기 위해서나 아니면 나름의 저의를 갖고 안 좋은 말을 늘어놓잖아요."

"사람들은 우리가 생각하는 것보다 더 저질이기도 하고 더 낫기도 하고 그래요. 이 일을 하면서 알게 됐어요. 세르히 베레즈코 씨가 써 보낸 편지가 최고예요. 아샤 씨에 관해 극찬한 편지죠."

"세르히 베레즈코 씨는 아샤 증조할머니의 남편이에요."

"그는 아샤가 소련의 충성스럽고 애국적인 시민임을 자신의 모든 걸 걸고 맹세할 수 있다고 썼어요. 그 편지가 아샤를 보호하는 데 어느 정도 도움이 됐을 겁니다." 엘레나는 한숨을 쉬며 덧붙였다.
"아내를 많이 사랑하셨나 봐요."

"그러셨죠. 본인 목숨도 기꺼이 내놓으셨을 거예요."

"거의 그러신 거나 다름없어요. 그 후 KGB는 아샤 씨를 풀어주
고 그 일에 관해 더 추적하지 않았으니까요."

나는 주전자 물을 끓이고 찻쟁반을 준비했다. 우리가 가진 제일
좋은 도기 찻잔을 담고, 몇 가지 종류의 잼과 초콜릿을 얹었다. 그
걸 보고 할머니가 감탄했다.

"이게 다 뭐냐? 영국 여왕이 차를 마시러 오는 거니?"

"정원 일을 잘 마무리했으니까 우리끼리 이 정도는 먹어줘야죠.
이 집에 와인이 없는 게 아쉬워요. 술이 있으면 좋을 텐데."

"와인 있어. 크름 반도에 마지막으로 갔을 때 네 엄마랑 마산드라
포도원을 구경하고 카베르네 한 병을 사 왔어. 몇 년 되긴 했는데,
상태가 괜찮길 바라야지."

할머니는 식료품 저장실로 들어가 먼지가 약간 묻은 술병과 먼지
가 더 많이 묻은 크리스털 와인 잔 두 개를 들고 나왔다. 겉으로 봐
서는 그랑크뤼(프랑스의 버거니와 보르도 지역의 최상의 샤토에 생산된
최고급 와인—옮긴이)처럼 보이는 술병이었다. 녹슨 코르크 마개 뽑
이로 마개를 열어보려고 몇 번 끙끙대며 시도한 끝에 드디어 열었
다. 퀴퀴하고 시큼한 향이 풍겼지만 그런대로 괜찮은 것 같아 잔을
채웠다.

"뭘 위해 건배할래?"

"사랑이요. 사랑과 가족을 위해 건배해요."

우리는 우리의 정원을 가꿔야 합니다.
—볼테르의 소설 《캉디드》

'타우마(Thauma)'는 기적을 뜻하는 그리스어다. 물 위를 걷거나 빵 다섯 개와 물고기 두 마리로 5천 명을 먹이는 것 같은 초자연적인 기적이 아니라, 일상에서 느끼는 경이로움이다. 필멸자들의 세계와 천상의 세계를 나누는 베일 너머로 찰나의 순간 들여다보인 신성이다. 정교회의 교리에 따르면 두 세계 사이에는 강이 가로놓여 있고, 매 순간 두 세계를 잇는 문이 존재한다.

마지막으로 본 정원은 눈으로 뒤덮여 있었다. 발렌티나 할머니는 벚나무 가지를 가리키며 말했다.

"저기 봐라, 겨울눈이야."

얇은 얼음층 아래 미래의 꽃을 감싼 보라색 껍질이 보였다. 겨울의 과수원은 황폐하고 얼어붙은 고적한 공간이었다. 그래도 봉긋한 겨울눈마다, 눈을 뚫고 올라온 풀잎마다 생명의 기운을 품고 있었다. 겨울철 과수원이 약속하는 여름의 풍성함은 타우마 그 자체였다. 하지만 할머니의 귀에는 내 그런 얘기가 들어가지도 않았다. 할머니는 식물을 심을 다음 시즌을 계획하느라 흥분하고 초조해하는 상태였다.

"토랴 삼촌이 저쪽에 작은 온실을 만들어 줄 수 있을까?" 할머니는 정원의 한쪽 구석 빈 곳을 가리키며 물었다. "이른 결실을 맺는 새로운 토마토 하이브리드 종자에 관한 자료를 읽었어."

할머니는 차가워진 두 손을 데우려고 입김을 불었다. 할머니의 볼이 추위에 얼어서 평소 좋아하시는 식물인 가지 색이 될 정도였는데 할머니는 식물 생각에 푹 빠져서 살을 에는 듯한 칼바람과 동쪽에서 몰려오는 먹구름에 신경도 안 썼다. 나와 함께 눈더미 사이를 지나 집으로 터벅터벅 돌아가면서 할머니가 말했다.

"좋은 토마토를 재배하는 방법을 꼭 배우고 싶구나."

우크라이나로 돌아오면서 나는 니코딤에 관해 알아내기 위해 온 거라고 생각했다. 니코딤에 관한 자료를 찾는 게 단순한 일이 아니란 걸 안 후에도 내가 찾는 게 니코딤 사건의 진실이라기보다는 나 자신에 관한 진실임을 깨닫지 못했다. 그런 상태로 차츰 내 안의 빈 곳을 채워갔다. 우크라이나를 떠나면서 온통 흔들렸던 마음의 평정을 찾고 싶었고, 2014년에는 내가 우크라이나와의 인연을 절대 끊어낼 수 없다는 걸 알게 됐다. 아버지의 죽음을 애도하면서도 과거의 기록과 내 기억을 뒤져가며 여정을 계속해 나갔다. 그리고 방법을 알게 되자 외증조부모님의 목소리를 다시 들을 수 있었다.

그 목소리에 귀를 기울이며 조사를 하다 보니, 나를 이끌어 준 존재가 니코딤이었다는 사실을 깨달았다. 발렌티나 할머니나 정교회의 신비주의가 아니면 설명하기 어려운 방식으로 니코딤은 내 앞을 밝혀주었다. 그는 내가 여행을 하게 만든 기폭제였고 과거를 제대로 볼 수 있게 해준 거울이었다. 과거는 상실과 고통의 저장소이자 회복과 희망의 원천이었다. 내 조상들은 정신적 충격과 고통을 겪으면서도 행복을 찾았고 존엄을 유지했다. 가장 암울했던 시절에도 그들은 루슈니크에 자수를 놓고 체리 과수원을 가꿨다. 덕분에 나는 타우마에 대한 믿음을 당연한 것으로 받아들일 수 있었다.

자료를 조사하면서 기적을 여러 차례 경험했다. 니코딤 관련 조사를 할 때 세르히 증조할아버지의 목소리를 들었고 덕분에 퍼즐 하나를 맞출 수 있었다. 그리고 블라디미르 큰아버지와 내 아버지에 관한 얘기를 나누면서 또 다른 퍼즐을 맞췄다. 자료 조사와 대화에 어려움이 있었지만 결국 그 과정에서 내 안의 두려움을 극복할 수 있었다. 내가 찾아낸 게 정확히 무엇인지 때로는 의문이 들지만, 단순하게 보면 나는 자아와 소속감을 되찾은 거였다. 우크라이나는 언제나 내 집이었다.

2019년까지 여건이 될 때마다 우크라이나로 돌아가, 그동안 떨어져 산 세월을 메우듯 발렌티나 할머니와 최대한 많은 시간을 함께 보냈다. 이스라엘에 사는 블라디미르 큰아버지와 사촌, 그 외에 우리 대가족의 다른 구성원들과도 더 자주 연락하며 지냈다. 발렌티나 할머니와 큰아버지의 지혜와 강인함은 언제나 감동이었다. 두 분의 고집 때문에 화가 날 때도 있었지만 나는 참고 말을 아꼈다. 누가 뭐라 해도 우린 같은 뿌리에서 나온 자손들이었다. 발렌티나 할머니와 나는 부활절 빵을 준비하면서 니코딤과 내 아버지를 위해 빵 두 개를 따로 놓아두곤 했다. 수십 년 동안 잊혔던 니코딤은 가족 이야기 속으로 돌아왔다. 우리는 그를 희생자나 영웅이 아니라, 막내 세르히에게 공부해서 교사가 되라고 용기를 북돋운 큰형으로 기억한다. 우린 니코딤이 어디에 묻혔는지 모르고, 내 아버지의 안식처는 저 멀리 캘리포니아에 있지만, 그들을 기리기 위해 전통에 따라 베레 마을의 묘지에 그들을 위한 빵을 놓아두었다.

파니 올가는 새로운 일자리를 찾았고 다시 자기 아파트에서 살게 됐으며 지금도 여전히 자수 목록을 만들고 루슈니크를 수집한다. 나디아가 사랑하는 레셰티리우카의 백사자수 문양은 드디어 유네스코 무형 문화재 등재 후보로 선정됐다. 나디아는 백사자수 문양을 등재 목록에 올리기 위해 지금도 노력하고 있고, 자수 보존 작업에 매진하는 예술센터에서 근무한다. 나디아는 코비드-19 전염병 때문에 세계를 돌아다니며 레셰티리우카 스타일의 예술을 홍보할 수 없게 되자 온라인을 무대로 삼았다. 정교한 의복에 관해 가르치고 직접 만드는 일도 계속하고 있다. 나디아가 일하는 모습을 볼 때마다, 그녀의 손가락 움직임이 놀라울 정도로 능숙하고 우아하다는 것을 느끼게 된다. 나디아 같은 예술가들이 있으니, 우크라이나의 역사가 혼란스럽기 그지없는데도 불구하고 우크라이나의 예술과 아름다움이 지금까지 살아남은 게 아닐까. 나디아는 이렇게 말했다. "우린 공산주의 정권도 견디고 살아남았어요. 이번 전쟁에서도 살아남을 수 있길 바라자고요."

니코딤은 우리에게 늘 젊은 모습으로 남아있다. 그는 무덤도 없고, 얼굴도 없다. 실종됐지만 망각에서는 벗어났다. 때로는 니코딤의 여정과 내 여정이 아직 끝나지 않았고, 아직 찾아낼 게 많이 남아 있다는 생각이 든다. 어쩌다 루스터 하우스 앞을 지나갈 때면 길 건너에 서서 그 장엄한 붉은 정면을 바라보곤 한다. 여전히 나를 불안하게 만드는 곳이지만 더 이상 두렵지는 않다. 앞으로 여러 기록보관소들을 방문해 더 많은 이야기를 찾아내고 싶다. 언젠가는 할 수 있을 것이다. 그때까지는 체리 과수원에 있을 생각이다. 나무 사이를 걸으며 거친 나무껍질을 문질러 본다. "그러나 그대의 영원한 여름은 사라지지 않을 것이니(셰익스피어의 소네트 18에서 인용―옮긴이)"라고 정원에게 속삭이기도 한다. 베레 마을에서 이만큼 세월을 보냈으니 나도 이제 오이 주술사 같은 능력이 생기지 않았을까. 여기 정착해서 나만의 과수원을 만들고 싶다는 생각이 들기도 한다.

마지막으로 발렌티나 할머니를 본 것은 2019년 말이었다. 우리는 과수원이 겨울을 날 수 있도록 채비했고 내년 봄에 어떤 식물을 심을지 계획을 세웠다. 하지만 다음 해에 코로나 전염병 사태가 터지면서 나는 우크라이나로 돌아갈 수 없게 됐다. 그리고 2021년 말에 할머니가 코로나에 걸리고 말았다. 마지막으로 스카이프로 얘기를 나눴을 때 할머니는 숨 쉬는 걸 힘들어 했지만 결국 병을 이겨낸 듯한 모습이었다.

"이제 돌아다닐 만하니 일을 할 수 있겠구나. 너 주려고 사과를 한 쟁반 말려놨어. 올해 우리가 사과를 몇 개나 땄는지 아니? 사샤도 앓아누웠는데 여태 침대 밖으로 나오지도 못하고 있어."

하지만 다음 날 할머니는 병원으로 실려 가 잠든 채로 세상을 떠나셨다. 향년 여든일곱이었다. 사샤 아주머니는 병이 나았고, 할머니 장례식을 준비하는 드미트로를 도와주었다. 하관식은 토랴 삼촌이 맡았다. 코로나가 새로이 퍼져나간 바람에 우크라이나 비행편이 취소되어 어머니와 나는 스카이프로 장례식을 지켜볼 수밖에 없었다. 도저히 현실 같지 않고 모든 게 연극처럼 느껴졌다.

2022년 2월 24일, 러시아가 우크라이나를 침공하며 전쟁을 시작했다. 내가 이 글을 쓰고 있는 지금도 전쟁이 계속되고 있다. 소셜미디어에 폭격 장면, 파괴된 건물들, 피투성이 시신들의 모습이 담긴 동영상이 속속 올라와 전쟁 상황을 볼 수 있었다. 나는 잠을 잘수 없었고 거의 한계에 다다랐다. 우크라이나에 갈 수 없는 상황인데 우크라이나와 깊은 관계를 맺고 있다 보니 매일 감당할 수 없을만큼 괴로웠다. 2022년이 2014년과 다른 것은 내 고통과 분노를전 세계의 내 블로그 독자들뿐 아니라 브뤼셀의 다른 많은 분, 친구, 지인과 나눌 수 있다는 점이었다. 이 재앙 같은 상황을 다른 사람들에게 굳이 설명할 필요도 없을 만큼, 무자비한 전쟁 속에서 무차별적인 파괴가 일어나고 있었다. 우리는 어떻게든 도울 방법을모색하면서 우크라이나의 고난과 고통을 공유했다.

나는 벨기에에 도착한 난민들에게 음식을 나눠주기 위해, 그동안습관적으로 저장해 둔 밀가루와 쌀을 꺼내서 브뤼셀의 우크라이나공동체로 가져갔다. 난민들은 대부분 어린아이와 노인을 포함한 가족 단위였고, 러시아에 점령당한 우크라이나 동부 지역에서 탈출한 사람들이었다. 그들은 벨기에에서 어떻게든 다시 살아가야 하는 상황이었지만 얘기를 나눠보니 대부분 우크라이나를 그리워하면서 최대한 빨리 고향으로 돌아가고 싶어 했다. 위험에 처한 조국에 대한 그들의 열망이 고스란히 느껴졌다. 나 역시 우크라이나에 오랫동안 가지 못한 터라 그들의 감정이 더욱 크게 와닿았다. 가끔은 2014년에 세상이 우리나라에 좀 더 관심을 가져줬으면 2022년에 우리가 이런 상황에 놓였을까 하는 씁쓸한 의문이 들곤 했다. 어쨌든 나는 우크라이나 밖에 있으면서도 우크라이나 안에서 사는 것처럼 느끼고 있었다.

드미트로는 베레 마을에서 계속 살았다. 발렌티나 할머니가 돌아가시고 나서 우리 모두 이제 모든 게 예전 같지 않다는 느낌을 받았다. 그런데도 드미트로는 그곳을 떠나지 않기로 했는데, 나름의 깊은 의미가 있었다. 그는 할머니의 정원을 계속 보살피고 싶어 했다. 공습을 알리는 사이렌이 울려도 그는 땅을 깨끗이 치우고 나무들을 손질하고 줄기에 하얀 칠을 했다. 폴타바는 다른 동부 및 중앙 지역에 비해 대체로 덜 파괴된 편이었지만 여전히 긴장이 감돌았다. 그 와중에도 드미트로는 새 묘목, 꽃이 활짝 핀 과수원 사진들을 내게 보내주었고 수확기에는 체리를 두 양동이나 땄다고 알려주었다.

"나중에 누나 오면 같이 바레니키(버섯, 감자, 소금에 절인 양배추, 코티지치즈나 체리를 넣은 우크라이나식 삶은 만두—옮긴이)를 만들려고 얼려놨어."

나는 우리가 할머니의 오크나무 탁자 앞에서 반죽을 밀어 펼치고 설탕으로 절인 과일로 만두 속을 채우는 모습을 머릿속에 그려보았다. 밀가루와 체리즙 냄새, 내 두 손에 쥐어진 묵직한 밀방망이의 감촉을 상상했다. 너무 가슴이 아파서 울음이 났지만 애써 눈물을 감췄다. 그리고 체리가 두 양동이나 되니 폴타바 시민 전체를 다 먹여도 될 만큼 바레니키를 많이 만들 수 있겠다고 농담을 했다. 그러자 드미트로가 말했다.

"좋은 아이디어 같은데?"

이제 나는 아샤와 세르히 증조부모님이 왜 체리 과수원을 만들고 가꿨는지, 그들이 20세기에 국경 지방에서 무수한 재앙을 겪으며 어떻게 살아남았는지를 더 잘 이해할 수 있게 됐다. 우리는 계속 살아가면서 하루하루 조금씩, 한 번에 나무 한 그루씩 돌보며 우리만의 정원을 가꿔 간다. 과수원은 여전히 햇빛 찬란하고 새 소리로 가득하며, 절망과 두려움에 굴복하지 않고 풍성한 열매를 맺고 있다. 새순과 나뭇가지는 지독하게 암울한 나날을 희망으로 밝히는, 짓누를 수 없는 삶의 상징이다.

2022년 브뤼셀에서

감사의 말

책을 쓴다는 건 여행과 같다. 내 경우에
는 순례 여행이었다. 이 여행을 가능하게 해준 분들이 많으신데, 생
니콜라스 우크라이나 정교회 성당에서 뜻하지 않게 만난 파니 올가
와 자원봉사자들부터 언급하겠다. 성당에서 일하는 파니 올가는 어
쩌다 보니 그 성당의 비공식 기록자가 된 나를 늘 따뜻하게 맞아주
고 우크라이나의 역사, 철학, 종교에 관해 설명해 주었다. 그들의 도
움이 없었다면 나는 이토록 멋진 순례를 하지 못했을 것이다.

나디아 바쿠렌코와 레셰티리우카 예술대학 교직원들은 자수와
그 외의 우크라이나 전통 공예에 관해 차근차근 가르쳐 주었다. 나
디아의 설명을 듣고 나니 백사자수 기술이 왜 유네스코 무형 문화
재로 등재되어야 마땅한지 알 수 있었다.

카테리나 이바니우나, 볼로디미르 미코라에비치 나카즈넨코는
나를 위해 폴타바에 있는 자기네 집 문을 활짝 열고 가족 이야기를
들려주었다. 덕분에 나는 그 집에 머물면서 내 가족에 관한 조사도

진행할 수 있었다. 리비우에 사는 예술가 나탈리아 사치크는 우크라이나 문화에 깃든 활기를 이해시켜 주었고, 예술 현장을 연구해볼 마음을 갖게 해주었다. 키이우 페체르스크 라브라 수도원의 성화 미술가 나탈리아 글라도우스카와 미하일로 하요비는 우크라이나 예술에 관한 내 지식을 넓혀주고 성화 미술이라는 신비로운 세계를 접하게 해주었다. 《루스터 하우스》의 주제가 예술과 문화의 회복력인 것은 모두 그들의 귀한 가르침 덕분이다.

예전 KGB 본부였던 루스터 하우스는 처음에는 무시무시했지만, 기록보관실 직원들이 직무 범위를 넘어서는 도움을 주신 덕분에 니코딤의 서류철을 찾아냈고 그 외에 필요한 정보를 얻을 수 있었다. 프라이버시 문제 때문에 그분들의 이름을 바꿨지만 도움에 감사드리는 마음은 변함이 없다.

이 책을 집필하는 내내 도움을 준 에이전트 찰리 캠벨과 샘 에든버러에게 감사하다는 말을 전하고 싶다. 그들은 원고가 책이 되어 나올 때까지 매 단계에서 늘 인내심 있게 지원해주었다. 미국 에이전트 베니아미노 암브로시에게도 감사드린다. 여러모로 가르쳐주고 도움을 준 비라고 출판사 편집자 앤 켈리와 로즈 토마셰브스카, 에이브람스 북스 편집자 재미슨 스톨츠에게도 감사드린다. 비라고와 에이브람스 북스의 재능 넘치는 팀에게 이 책을 만드느라 고생하셨다는 말씀을 드리고 싶다. 열정적이고 헌신적으로 일해주신 덕분에 재미있게 협업할 수 있었다.

타미(Tammi)의 마르쿠 알토, 브롬버그스 폴라그(Brombergs Forlag)의 도로샤 브롬버그와 케이샤 브롬버그, 포르토(Porto)의 아나 루이자 칼메이로, 베스트셀러(BestSeller)의 레이사 카스트로, 루멘(Lumén)의 마리아 파스, 그루포 인시클로페디아(Grupo Enciclopedia)의 이아고 페르난데즈, 클라임(Klim)의 카밀리아 로데 손더가드, 모바/코비스(Mova/Kobiece)의 모니카 로시터, 아우프바우(Aufbau)의 프리데리케 실바흐, 라 나베 디 테세오(La Nave di Teseo)의 엘리자베타 스가르비, 아셰우구(Aschehoug)의 얀 스벤손과 마리 클레베, 데 아르베이데르스페르스(De Arbeiderspers)의 미셸 판 데르 바르트, 페이시즈(Faces)의 편집팀, 쾬모익켑조(Könyvmolyképző), 문학수첩, 그 외 해외 편집자들과 관련 팀에도 감사드린다.

'추락하는 이카루스가 있는 풍경'이라는 그림에 관해 패런 스미스 네메라는 친구와 오랫동안 나눈 대화를 언급하지 않을 수 없다. 나는 그 대화를 통해 상실과 애도에 관한 생각의 방향을 다시 정리할 수 있었다. 초고를 읽고 피드백을 준 캐서린 포슈코 챈에게도 고맙다는 말을 하고 싶다.

모든 버전의 원고를 다 읽어주고, 내가 우크라이나를 돌아다니느라 오랫동안 곁을 비워도 잘 참아준 남편 파루에게도 특별히 고마운 마음이다. 다양한 버전의 원고를 읽고, 날짜와 관련 이야기의 사실 확인을 도와준 가족의 도움이 없었으면 이 책은 세상에 나올 수 없었을 것이다. 지원해 주고 사랑해 준 가족에게 정말 감사한다.

2021년 가을에 세상을 떠나신 발렌티나 할머니를 기리며 이 책을 썼다. 마지막 날까지 체리 과수원을 돌보신 정말 대단한 분이셨다.

옮긴이 **공보경**

고려대학교 영어영문학과를 졸업하고 소설, 에세이, 인문 분야 전문 번역가로 활동하고 있다. 옮긴 책으로 《메이즈 러너》 시리즈, 《테메레르》 시리즈, 《제인 스틸》, 《아크라 문서》, 《작은 아씨들》, 《물에 잠긴 세계》, 《하이라이즈》, 《양들의 침묵》, 《개들의 섬》 등이 있다.

루스터 하우스

초판 1쇄 인쇄 2023년 8월 30일
초판 1쇄 발행 2023년 9월 15일

지은이 | 빅토리아 벨림
옮긴이 | 공보경
발행인 | 강봉자, 김은경

펴낸곳 | (주)문학수첩
주소 | 경기도 파주시 회동길 503-1(문발동 633-4) 출판문화단지
전화 | 031-955-9088(마케팅부) 031-955-9530(편집부)
팩스 | 031-955-9066
등록 | 1991년 11월 27일 제16-482호

ISBN 979-11-92776-79-8 03890